Tania Schlie

Eine Liebe in der Provence

Tania Schlie

Eine Liebe in der Provence

Roman

Marion von Schröder

Die Zeit heilt alle Wunden, wird behauptet.
Doch manchmal reicht die Zeit allein nicht aus.
Dann müssen wir an die Orte zurückkehren.
An Orte, die einen magischen Charakter
für uns haben, an denen wir pures Glück erlebten
und bei deren bloßem Anblick Grundwellen
dieses Glücks erneut in uns aufsteigen.
An andere Orte, die mit Schrecken und Angst
besetzt sind und denen wir uns stellen müssen,
um uns von ihnen zu befreien.
Orte der Erinnerung, an die wir zurückkehren,
damit sie uns helfen, die Wunden
in unseren Seelen zu schließen.

Kapitel 1

Hanna Ohnegroot nahm eine Flasche Evian aus dem Kühlschrank. Auf ein Glas verzichtete sie. Wenn sie richtig durstig war, hatte es ihr schon als Kind am besten geschmeckt, wenn sie in großen Schlucken direkt aus der Flasche trank. Sie wischte sich einige Tropfen von den Lippen und ließ den Blick durch den Raum schweifen.

Die Küche war immer noch der kühlste Ort des Hauses, weil die Kastanie vor dem Fenster sie fast den ganzen Tag in tiefe Schatten tauchte. Vielleicht hielt sich aus diesem Grund auch der leichte Geruch nach Geräuchertem, der sich bei geöffnetem Fenster mit den Düften aus dem Kräuterbeet mischte, das um die Ecke des Hauses lag. Hanna fuhr mit den Fingerspitzen über den wuchtigen Gasofen. Früher war an dieser Stelle eine offene Koch- und Feuerstelle gewesen. Der neue Herd war neben dem Kühlschrank das einzige Zugeständnis an die Moderne. Der Spülstein in der Farbe von Wachteleiern war schon Jahrzehnte alt und hatte Risse und abgeschlagene Stellen. Aber er paßte in dieses Haus. Die dicken Mauern bestanden aus blendendweiß getünchten, behauenen Natursteinen. In der Küche vereinigten sie sich zu einem Gewölbedach, welches über dem Herd dunkel geworden war. Die Mauern waren so uneben, daß es unmöglich war, die Töpfe, die an großen Haken an der Wand hingen, gerade auszurichten. Aber sie und die Balkendekken gaben dem Haus seine romantische Gemütlichkeit.

Vor dreißig Jahren war ihr Haus, das von allen Les Oliviers genannt wurde, das letzte des Dorfes gewesen, bevor der ungepflasterte Weg sich weiter den Hang hinaufschlängelte, zwischen Stechginster und Korkeichen, bis er sich irgendwann in den Berglavendelfeldern verlor. Heute war die Straße breiter und geteert, und oberhalb von Les Oliviers waren neue Häuser entstanden.

Sobald das Haus hinter der letzten Kurve in Sicht gekommen war, hatte Hanna gewußt, daß es richtig gewesen war, wieder herzukommen. Sie fuhr durch das Tor und spürte grenzenlose Erleichterung, die sich aus einem leichten Gefühl der Fremdheit und im gleichen Atemzug Verheißung zusammensetzte. Sie parkten, und Hanna suchte nach dem Haustürschlüssel. Ihre Finger ertasteten den zerkratzten Anhänger, der einen kitschigen Skorpion in Kunstharz zeigte. Sie zögerte, bevor sie den Schlüssel in das Schloß steckte. Marita sah sie fragend an, dann verstand sie.

»Ich stelle nur kurz den Koffer ab und fahre hinunter in den Ort, um etwas zum Abendessen zu besorgen. Dann kannst du dich erst einmal allein umsehen.«

Hanna nickte dankbar.

Durch das Küchenfenster sah sie, wie ihre beste Freundin Marita ins Auto stieg. Sie fuhr an, und die tiefhängenden Äste der großen Kastanie an der Hofeinfahrt schrammten mit einem quietschenden Geräusch über das Autodach. Wie groß der Baum geworden ist, dachte Hanna. Ich muß ihn unbedingt beschneiden lassen, bevor er das Auto ruiniert.

Hanna hatte ohne Zögern zugestimmt, als Marita sie gefragt hatte, ob sie mit nach Saint Luron kommen dürfe. Marita hatte Liebeskummer und wollte nichts lieber als Hamburg den Rücken kehren. Und Hanna war froh gewesen, daß sie sich nicht allein der Wiederbegegnung mit diesem

Ort stellen mußte. Aber jetzt, wo sie angekommen war, wollte sie die erste Stunde ganz für sich haben.

Sie ging durch den kleinen Flur in das Zimmer hinüber, das sie und ihre Schwester Maren früher geteilt hatten. Auf der anderen Seite des Gangs lag das ehemalige Elternschlafzimmer, in dem Marita wohnen wüde. Beide Räume waren ähnlich eingerichtet: zwei altmodische Einzelbetten aus dunklem Holz, die sich an den Wänden gegenüberstanden und bei jeder Bewegung leise knarrten. Hanna stellte ihren Koffer neben das Bett unter dem Fenster. Mein Gott, war das etwa der Quilt? Sie setzte sich auf die buntgemusterte Decke. An einigen Stellen, wo die Sonne ihn traf, war der Stoff über die Jahre ausgeblichen, aber Hanna fühlte sich beim Anblick der schwach leuchtenden Farben sofort wieder an das Dächergewirr eines provenzalischen Bergdorfs erinnert. Ihre Mutter hatte diesen Quilt hergestellt, an unzähligen Nachmittagen, an denen sie auf der Terrasse gesessen hatten. Liebevoll strich Hanna über die Decke, die ihr so viele Geschichten zu erzählen hatte. Dort oben die Ecke, die Helene wohl dreimal aufgetrennt hatte, weil Hanna immer wieder behauptete, die Farben würden nicht stimmen. Und daneben ein geometrisches Muster, das Hanna an die Segelschiffe im Hamburger Hafen denken ließ. Für die Umrandung hatte ihre Mutter monatelang nach der richtigen Farbe gesucht und immer neue Stoffproben mit nach Hause gebracht, weil sie unbedingt Hannas Augenfarbe, ein helles Blau mit grauen Einsprengseln, wiedergeben wollte. Am Ende, als der Quilt endlich fertig war, hatte sie zufällig auf einem Markt einen passenderen Stoff gefunden und alles noch einmal aufgemacht. Entstanden war so eine perfekte Arbeit, eine Liebesgabe für ihre Tochter. Hanna sah zu dem anderen Bett hinüber, in dem früher ihre Schwester

Maren geschlafen hatte. Der Quilt für ihr Bett war nicht mehr fertig geworden.

Durch das Wohnzimmer mit dem offenen Kamin und dem riesigen Eßtisch aus Eiche, dessen schwere Tischplatte ein Vermögen wert war, verließ Hanna die dämmrige Kühle des Hauses und trat auf die sonnenüberflutete Terrasse hinaus. Ihre Augen brauchten ein paar Sekunden, bis sie sich in der silberfarbenen Helligkeit zurechtfanden, in der jeder Umriß überscharf vor ihr stand. Unterhalb des mit Natursteinen gepflasterten Freisitzes lag eine grüne Wildnis aus Himbeer- und Oleandersträuchern, Weinstöcken und Olivenbäumen. Der Hang war in breite Terrassen aufgeteilt, die durch Feldsteinmauern gestützt wurden. Über eine Treppe, die allerdings halb zerfallen war, konnte man nach unten gelangen.

Trotz der neuerbauten Häuser war die Einsamkeit von Les Oliviers dieselbe geblieben. Die Ruhe wurde nur durch den an- und abschwellenden Gesang der Zikaden untermalt. Hanna spürte, wie sie sich auf sie übertrug. Die Stille war geradezu paradiesisch im Vergleich zu dem Leben, das sie während der letzten Jahre in Hamburg geführt hatte. Ihr Beruf als Rechtsexpertin bei einer großen Hamburger Bank nahm sie sehr in Anspruch. Auf ihrem Tisch landeten die Fälle, wo Unternehmen in Zahlungsschwierigkeiten geraten waren. Gemeinsam mit den Inhabern suchte Hanna nach Lösungen, stellte neue Tilgungspläne auf, schuldete um. Am Anfang ihrer Karriere hatte der berufliche Erfolg sie bestärkt und beflügelt. Doch in den letzen Jahren kamen immer mehr hoffnungslose Fälle auf ihren Tisch. Firmen, die ausweglos überschuldet waren oder, noch schlimmer, deren Chefs ihr frech ins Gesicht logen, während die Gelder in dunklen Kanälen versickerten. Die Abteilung war immer größer geworden, die Hierarchien strikter, ständig gab es neue Betriebsvereinbarungen, neue EDV-Systeme, neue Vorgesetzte. Einige Wochen zuvor war ihr der Fall von Egon Warschow zugewiesen worden. Warschow war Inhaber einer kleinen Tischlerei und geradezu ein Paradebeispiel für einen fleißigen, ehrlichen Handwerker. Nur leider hatte er keine glückliche Hand, was Finanzen und Buchhaltung anging. Wegen des Konkurses eines Kunden war er vorübergehend zahlungsunfähig. Er hatte bereits Anschlußaufträge an der Hand, die ihn und seine Leute mindestens ein halbes Jahr beschäftigen würden, brauchte jedoch einen kurzfristigen Kredit der Bank, um Löhne und Material zu bezahlen. Für Hanna war der Fall völlig eindeutig, selten waren alle Voraussetzungen für ein Darlehen so günstig gewesen. Doch ihr Vorgesetzter lehnte die Bewilligung ab. Sie stritt sich mit ihm herum, überschritt sogar ihre Kompetenzen, indem sie direkt zum Vorstandsvorsitzenden ging, was ihr eine schriftliche Abmahnung einbrachte. Der Kredit wurde abgelehnt, und zwei Tage später beging Warschow Selbstmord. Seine Frau blieb mit einem Berg Schulden und einem bankrotten Handwerksbetrieb zurück. Die Warschow-Sache hatte Hannas Beförderung zur Abteilungsleiterin, für die sie seit langem im Gespräch gewesen war, zunichte gemacht. Jetzt saß ein wesentlich jüngerer Kollege auf dem Platz. Hanna begann ihren Job zu hassen. Wenn sie abends nach Hause kam, war sie oft so ausgelaugt, daß sie sich zu nichts mehr aufraffen konnte. Ging sie dann ins Bett, konnte sie nicht einschlafen und war am nächsten Morgen völlig übermüdet.

Dazu kamen die Probleme mit Ullrich. Ullrich Ohnegroot war ihr Mann. Sie waren seit zwölf Jahren verheiratet, kannten sich aber schon aus der Zeit, in der Ullrich in die Immobilienfirma ihres Vaters Hermann Behnsen eingetreten war. Zwischen Ullrich und ihr stimmte es schon lange nicht mehr. Sie hatten sich nichts mehr zu sagen. Immer wieder nahm Hanna sich vor, einen neuen Anfang zu wagen, etwas in ihrem Zusammenleben zu ändern, doch es blieb bei den guten Vorsätzen. Mag sein, wenn sie ein Kind gehabt hätten ... Der Gedanke war so schmerzlich, daß Hanna die Augen schließen mußte.

Vor allem anderen war es aber der gewaltsame Tod ihrer Mutter Helene, dem sie sich hier stellen wollte. Hier in Saint Luron war damals, vor beinahe dreißig Jahren, der Unfall passiert, und seitdem war Hannas Leben aus den Fugen. Vielleicht hätte sie nie den Mut dazu gefunden, wenn Marita ihr nicht vor einigen Wochen ein Buch gegeben hätte, in dem es um Töchter ging, die ihre Mutter verloren hatten und seitdem ein Gefühl der unauslöschlichen Schuld mit sich herumtrugen. Hanna erkannte sich in den geschilderten Beispielen wieder, wie sie waren diese Frauen in ihrem Grundvertrauen erschüttert. Sie hatten Schwierigkeiten, Sicherheit und Geborgenheit in einer Beziehung zu finden, weil in ihnen immer die Angst vor einer neuen Trennung schwelte. Und wenn sie in einer Beziehung lebten, hielten sie an ihr fest, auch wenn sie längst gescheitert war, weil jede Trennung eine Wiederholung des Verlusts der Mutter in sich trug. Das Buch war eine Offenbarung für Hanna gewesen. Sie hatte gemeint, es sei nur für sie geschrieben, und sie hatte es mehrfach hintereinander verschlungen. Schließlich hatte sie den Entschluß gefaßt, nach Saint Luron zurückzukehren.

»Ach, hier bist du«, hörte sie die melodische Stimme von Marita.

»Oh, du bist schon zurück? Ich habe hier einfach gesessen

und vor mich hingeträumt.« Hanna legte die Hand über die Augen, um Maritas Gesicht vor der hellen Sonne zu sehen. Das erste, was an ihrer Freundin Marita auffiel, war neben ihrer Stimme, die den Zuhörer wie ein Lied umfing, die unglaubliche Haarfülle. Meistens band sie die dunklen Locken mit einem Tuch zurück, damit von ihrem Gesicht überhaupt etwas zu sehen war, vor allem die unzähligen Sommersprossen, die sich über die kecke Nase verteilten. Marita zog sich einen Stuhl heran und setzte sich neben Hanna. »Gibst du mir einen Schluck? Die Hitze macht durstig.«

Hanna reichte ihr die Wasserflasche hinüber. »Hast du alles gefunden?« fragte Hanna.

»Ja, ja, kein Problem. Saint Luron ist ja nicht groß, aber sehr hübsch. Und hier oben auf dem Hügel ist es einfach traumhaft. Du kannst dich glücklich schätzen, so ein Haus zu besitzen.«

Hanna lächelte. »Wie ich sehe, hast du dich schon umgezogen?« fragte sie mit Blick auf das ärmellose Top, das Maritas muskulöse Oberarme zeigte, und einen kurzen Rock. Hanna war immer noch in Jeans und Bluse, den Sachen, mit denen sie aus dem kalten Hamburg gekommen war, sie hatte lediglich den Pullover ausgezogen. Sie brauchte immer mindestens einen Tag, um sich an ein neues Klima zu gewöhnen.

»Na klar, ich will braun werden«, entgegnete Marita. »Und das da unten gehört auch alles dazu?« fragte sie dann und wies mit der Hand auf das abfallende Gelände unter ihnen.

»Ja«, sagte Hanna. »Bis runter zum Fluß, dahinter beginnt das Nachbargrundstück.«

»Zeigst du es mir?« fragte Marita.

»Gern. Komm.«

Sie gingen die halbverfallene, aus Feldsteinen gesetzte Treppe in den Garten hinunter. Sie mußten sich ihren Weg zwischen der grünen Fülle suchen. An einigen Stellen reichten ihnen Büsche und Gräser bis an die Hüfte, sie hatten Mühe, den Rand der nächsten Terrasse zu erkennen. Hanna blieb stehen, um einen Olivenzweig zu sich heranzuziehen.

»Sieh mal, da sind sogar schon Blüten dran«, sagte sie zu Marita. »Riech mal, man kann den Duft bereits erkennen.«

Marita führte den Zweig an die Nase und sog den Duft ein. »Sieht alles ziemlich verwildert aus.«

Das war richtig. Die Bäume waren seit Jahren nicht mehr kultiviert worden. Tragende und nichttragende Äste wuchsen durcheinander, wilde Triebe durften ungestört seit Jahren aus dem Boden sprießen, an jedem Baum gab es abgestorbene Äste, durch Schädlingsbefall oder Frost. In Les Oliviers wucherte alles ungestört, die Kastanie an der Einfahrt ebenso wie die Büsche und Bäume im Garten.

»Wenn ich nicht bald etwas unternehme, wird das Grundstück völlig unzugänglich werden.«

»Viel fehlt da nicht mehr«, antwortete Marita. »Aber gerade das gefällt mir. Oh, sieh nur, hier wachsen Erdbeeren!« Sie bückte sich nach einzelnen Früchten, die jedoch noch grün und bitter waren. Marita verzog den Mund und entfernte vorsichtig eine Himbeerranke, die sich um ihre Knöchel geschlungen hatte. »Ich gehe wieder rauf, im kurzen Rock ist das hier nichts.«

Hanna sah Marita nach, die sich einen Weg zum Haus bahnte. Ihr Vater hatte es Anfang der siebziger Jahre gekauft. Damals war die Gegend noch kaum von Touristen entdeckt, und ihre Eltern hatten zu den ersten Ausländern gehört, die ein altes Bauernhaus erwarben und es Stück für Stück renovierten. Der Name war geblieben: Les Oliviers.

Es lag am Südhang der Montagne de Lubéron, in der Nähe eines kleinen Dorfes, das über Jahrzehnte außer einem Bäkker und einem Café-Tabac, in dem die Bauern abends ihren Rotwein tranken, nichts zu bieten hatte. Mit den Touristen waren zwei weitere Restaurants und einige Läden mit Kunsthandwerk und Honig gekommen. Die Gemeindeverwaltung hatte den Turm des alten Schlosses oberhalb des Dorfs restaurieren lassen und vermietete ihn für Ausstellungen. Die traumhafte Aussicht vom Turm über die verschachtelten Dächer des Ortes war unverändert.

Das Wohnhaus von Les Oliviers war ein gedrungenes Gebäude, das sich unter dem Mistral duckte. Über den groben Natursteinen dehnte sich ein flachwinkliges Dach aus alten, in der Sonne verblichenen Ziegeln. Die strenge Symmetrie des Hauses – die Tür in der Mitte, rechts und links jeweils zwei Fenster – wurde durch einen seitlichen Anbau gebrochen. Dessen Dachschräge ging bis an die Hauswand heran und lief auf der anderen Seite ungefähr einen Meter über dem Boden aus. Hier hatten Hannas Eltern ein weiteres Schlafzimmer und ein Bad untergebracht. Die Modernisierung lag jetzt dreißig Jahre zurück, und der Anbau wirkte mittlerweile von der unbarmherzigen Sonne und dem Wind genauso ausgewaschen wie der Rest des Hauses. Die Fensterläden waren ursprünglich leuchtendblau gewesen, jetzt war die Farbe nur noch zu erahnen. Mit den rötlichen Dachziegeln und den leicht ockerfarben glänzenden Steinen sah Les Oliviers bei Sonnenlicht aus wie ein Aquarell.

Ein wunderschönes Haus und ein herrlich gelegenes Grundstück, dachte Hanna, während sie sich langsam, in Zickzacklinien, nach unten auf den Fluß zubewegte. Ein umgestürzter Baum gab den Blick auf die Terrasse frei. Marita lag in einem Liegestuhl und winkte ihr in diesem Augenblick zu.

Hanna spürte einen Stich. Die Art, in der Marita den Arm hob und wieder senkte, ließ in ihr Bilder ihres ersten Sommers hier entstehen. Sie schloß die Augen und sah sich selbst als Zehnjährige diesen Weg hinunterlaufen, während ihre Mutter oben auf der Terrasse blieb und sich in ihre Zeitschrift vertiefte. Hanna hörte wie damals das Summen der zahllosen Insekten und spürte das Pieksen des harten Grases unter den nackten Füßen. Sie roch den dicken, süßen Saft der überreifen Himbeeren, durchsetzt mit dem Duft der Lavendelfelder, den der Wind in Wellen herübertrug.

Ein Zweig schlug ihr ins Gesicht und brachte sie wieder in die Gegenwart zurück. Les Oliviers, der Olivenhain, dachte sie, während sie ein Blatt zwischen den Fingern zerkrümelte, um den Duft zu riechen. Derjenige, der nicht Bescheid wußte, mußte sich über den hochtrabenden Namen wundern. Dabei waren manche der verwilderten Bäume, die auf diesem Hügel wuchsen, jahrhundertealte majestätische Oliven mit knorrigen, zu bizarren Formen verwachsenen Stämmen und mächtigen Kronen. Als Kind war Hanna zu diesen alten Bäumen gelaufen, auf der Suche nach einem Stamm, den sie mit den Armen umfassen konnte. Sie waren alle viel zu dick dazu gewesen. Hanna hatte Hände und Wangen an die knorrige, warme Rinde gelehnt und durch die silber glitzernden Blätter nach oben in den Himmel gesehen, bis ihr schwindlig wurde.

Dann kam der Tag, an dem ihr Vater wie von Sinnen alles niedergemäht hatte. Mit einer Motorsäge hatte er in dem Hain gewütet und die ältesten Bäume unten am Fluß gefällt. Hanna hatte seinem Treiben starr vor Schrecken zugesehen und sich die Ohren vor dem Lärm der kreischenden Säge zugehalten. Als ihr Vater in seinem Zerstörungswerk an den Fuß des Hangs kam, war eine Bewegung wie ein Zittern durch ihren Körper gegangen. Mit dem Mut der Verzweiflung war sie ihm nachgelaufen. Dort unten stand ihr Lieblingsbaum. Der Stamm der Olive war in sich gedreht, und in Höhe ihrer Hüfte bildete ein tiefer Spalt einen Hohlraum. Dies war Hannas Lieblingsplatz. Stundenlang saß sie hier und las oder träumte vor sich hin. Vor diesen Baum stellte sich Hanna. »Nein!« schrie sie ihren Vater an, der die Säge aufheulen ließ. »Dieser nicht. Das ist mein Baum!« Sie war bereit, sich eher umbringen zu lassen als den Baum zu opfern. Ihr Vater hielt mit über den Kopf erhobenen Armen inne und nahm sie zum erstenmal seit Tagen überhaupt wahr. Die Motorsäge erstarb.

Hanna ahnte schon damals, warum ihr Vater sich dieser rasenden Zerstörung hingab. Für Hermann Behnsen war jeder gefallene Baum eine Selbstverstümmelung, als würde er sich den eigenen Arm abtrennen. Es war seine Strafe gewesen. Dafür, daß er am Steuer gesessen hatte, als seine Frau Helene an einem Baum zerschmettert wurde.

Zunehmend beunruhigt sah Hanna sich um, dann stieß sie einen erleichterten Seufzer aus. Ungefähr zwanzig Schritte links unterhalb von ihr stand der Baum, genauso zuverlässig wie in ihren Kindertagen. Vorsichtig bahnte sich Hanna einen Weg durch die Himbeersträucher, die mit ihren Dornen nach ihr griffen. Sie konnte jetzt einzelne Äste und Blätter ausmachen, der Duft des Baums wurde spürbar. Sie strich vorsichtig mit den Fingern über die rauhe Rinde, sie streichelte das blankgescheuerte Holz, wo der Stamm sich geteilt hatte. Ganz automatisch versuchte sie sich in die Öffnung zu zwängen. Ich bin viel schneller gewachsen als dieses Ungetüm von Baum, dachte sie. Sie sah in den Himmel und lauschte dem leisen Rascheln der silbrigen Blätter.

Der Unfall passierte in ihrem dritten Sommer in Les Oliviers. Hanna war damals zwölf gewesen. Sie wußte nicht, wie sie aus dem Auto herausgekommen war. Sie saß am Straßenrand, mit aufgeschrammten Schienbeinen, und starrte auf die höllenartige Szenerie, die sich ihr bot: Das hastige Flackern von Blaulichtern, die quietschenden Reifen eines Feuerwehrautos, das Jaulen einer Säge auf dem Autoblech, über alldem die gellenden Schmerzensschreie ihrer Mutter: »Hanna! Wo bist du?« Hanna wollte aufstehen und zu ihrer Mutter gehen, doch ihre Beine gehorchten ihr nicht. Dann hörten die Schreie plötzlich auf, und die Säge verstummte. Hannas Vater, der neben ihr im Gras saß, hob den blutenden Kopf und sah auf den schweren Mercedes. Er erhob sich wie in Zeitlupe, stolperte, ging zu dem Fahrzeug und fiel vor der Beifahrertür auf die Knie. Für einige Sekunden, die sich Hanna unauslöschlich einprägten, blieb die Welt stehen. Das Auto, dessen Beifahrertür halb herausgesägt war und völlig schief in den Angeln hing, ihr Vater auf Knien davor, die Hand seiner toten Frau in seiner, Feuerwehrmänner mit hängenden Armen, die Maronenbäume, in denen die Vögel jetzt wieder zaghaft zu singen begannen. Das Bild hatte nur einige Sekunden Bestand. Dann setzten die Bewegungen wieder ein. Jemand führte ihren Vater vom Auto weg, die Säge kreischte erneut auf, Befehle ertönten. Hanna sah auf ihr rechtes Schienbein, wo ein Blutstropfen dick und träge auf ihren Socken hinablief. Ein Käfer krabbelte auf sie zu. Als er ihre Schuhspitze erreicht hatte, hob er die Vorderfüße und untersuchte das Hindernis mit seinen Fühlern. Es knackte, als Hanna ihn zertrat. Etwas lief ihre Wange herunter, sie wußte nicht, ob es Blut, Tränen oder Schweiß war. Sie konnte den juckenden Strom nicht abwischen, sie konnte sich nicht bewegen. Sie fühlte die Hitze, die schwer auf ihre Schultern drückte. Ein Mann beugte sich zu ihr herunter, er trug einen weißen Kittel, er mußte Arzt sein. Er betastete ihre Beine und leuchtete mit einer Taschenlampe in ihre Augen. Er stellte Fragen. Hanna verstand nicht, was er von ihr wollte. Sie schüttelte nur immer wieder den Kopf. Warum versuchten diese Leute ihr zu helfen? War sie denn nicht schuld am Tod ihrer Mutter, weil sie auf ihre verzweifelten Rufe nicht geantwortet hatte?

Fast dreißig Jahre waren seitdem vergangen. Wenn Hanna an den Unfall dachte, kam ihr als erstes dieses Stilleben in den Sinn, wie ihr Vater vor dem Auto kniete, eine schmale, weiße Hand in seiner. Sie bemühte sich, das Bild festzuhalten, weil sie sich davor fürchtete, was unweigerlich danach kam: der metallische Geschmack von Blut, der sich auf ihren Gaumen legte, die panischen Schreie ihrer Mutter und die plötzliche Stille, in der sogar die Vögel schwiegen. Der Unfalltod ihrer Mutter war der Grund, warum Hanna nie wieder nach Saint Luron gekommen war. Hier war ihr die größte Katastrophe ihres Lebens zugestoßen, und sie hatte bisher nicht den Mut dazu gehabt, sich der Erinnerung zu stellen. Sie fürchtete, in dieser Landschaft immer und immer wieder die Todesschreie ihrer Mutter zu hören.

Und doch hatte dieser Ort gleichzeitig etwas Tröstliches an sich. In den letzten Monaten, während ihr Leben immer mehr unter ihren Händen zerronnen war, hatte sich tief in Hannas Herz das Wissen einen Weg gebahnt, daß sie in Saint Luron auch Rettung erfahren hatte. Sie wußte nicht mehr, was es gewesen war, was ihr damals geholfen hatte, und um das herauszufinden, war sie nach so vielen Jahren wieder hergekommen. Sie spürte, daß sie hier etwas von sich zurückgelassen hatte, das sie wiederfinden mußte. Sie brauchte Rettung oder, wenn sie die nicht finden konnte, zumindest ein wenig Trost, denn ihr Leben war eine einzige Enttäuschung. An einen Ort zurückkehren, an dem man eine wichtige Erfahrung gemacht hat, um auf diese Weise den Weg zum eigenen Ich wiederzufinden: In manchen Momenten fand sie diese Idee einfach nur absurd und kitschig. Aber dann sagte sie sich, daß es nur Angst war, die ihr diesen Gedanken eingab. Sie war an einem Punkt angelangt, wo sie es einfach versuchen mußte.

Hanna schüttelte sich. Sie stand noch immer an den alten Olivenbaum gelehnt. Sie ging um den Baum herum und sah zum Ende des ehemaligen Olivenhains. Dort markierte ein kleiner Fluß die Grenze. Im Sommer war er nur ein schmales Rinnsal, das sich seinen Weg durch ein steiniges Bett suchte. Wenn es regnete, trat er jedoch regelmäßig über die Ufer und setzte alles unter Wasser. Auf der anderen Seite des Wasserlaufs stand ein altes Haus, daran konnte Hanna sich dunkel erinnern. Der mächtige Turmaufbau an der Nordseite ragte über die großen Maulbeerbäume hinweg, der Rest des Hauses war hinter den Bäumen verborgen. Hanna wußte plötzlich, daß hinter dem Haus ein schattiger Hohlweg begann, der im Frühling duftete und als Abkürzung zur Autostraße führte. Hanna fühlte sich von dem Gelände wie magisch angezogen. Ihre Augen suchten nach einem Weg über den Fluß, um hinüberzugehen. Sie spürte ein Brennen im Gesicht und fuhr sich über die Wangen. Die Anspannung und die Erinnerung hatten sie zum Weinen gebracht.

»Hanna?« Marita rief vom Haus her nach ihr. »Hanna, wo bist du? Ich habe den Tisch gedeckt.«

Hanna warf einen letzten wehmutsvollen Blick auf das Nachbarhaus, dann machte sie sich auf den Rückweg.

Kapitel 2

Am nächsten Morgen wachte Hanna früher als gewöhnlich auf. Es war ein Gefühl der gespannten Erwartung, das sie aus dem Bett trieb. Und das wunderbare Wetter. Die Sonne schien bereits warm und lockend. Ohne Lärm zu machen, zog sie sich eine leichte Strickjacke über und ging hinaus auf die Terrasse. Die Tür nach draußen stand jedoch offen, und als Hanna hinaustrat, sah sie Marita, die auf den zum Garten hinunterführenden Stufen saß.

»Marita«, sagte sie und machte die wenigen Schritte zu ihrer Freundin. »Bist du auch schon wach?«

Marita drehte sich zu ihr herum. Die dunklen Locken umstanden wirr und ungekämmt ihren Kopf. Ihre Augen waren voller Schmerz.

»Habe ich dich geweckt? Tut mir leid«, sagte sie mit erstickter Stimme. »Aber manchmal überkommt es mich einfach.« Sie zog ein Taschentuch aus ihrer Jeans und putzte sich die Nase.

»Macht doch nichts. Laß es ruhig raus. Schließlich bist du hier, um über Stephan hinwegzukommen.« Hanna setzte sich neben sie und legte ihr den Arm um die Schultern. Für einen Augenblick saßen sie so da und wiegten sich wie zu einem stummen Walzer.

»Wenn es doch nur nicht so weh tun würde«, sagte Marita leise.

»Es tut mir leid, daß du traurig bist. Aber sieh dir diese

Landschaft an, hör die Stille, ist das nicht unglaublich? Hast du so etwas schon einmal erlebt? Ist das nicht viel schöner als jeder Mann?«

Marita sah auf, und sie ließen beide den Blick über die Olivenbäume schweifen.

Marita seufzte. »Du hast ja recht. Es ist wunderschön hier. Danke, daß ich mitkommen durfte. Ich mußte einfach raus aus Hamburg. Wenn ich mir vorstelle, wie es dort jetzt nieselt …« Sie mußte nicht verlegen die Augen niederschlagen, damit Hanna wußte, daß sie eigentlich die Vorstellung fürchtete, Stephan dort über den Weg zu laufen.

»Wie hast du geschlafen?« fragte Hanna.

»Eigentlich ganz gut. Ich bin gestern abend von der Fahrt so müde gewesen, daß ich sofort eingeschlafen bin. Aber seit heute morgen um sechs Uhr bin ich wach. Wenn ich erst einmal anfange, an Stephan zu denken … Jetzt sind es schon drei Monate!« sagte Marita.

Vor drei Monaten hatte Stephan Marita kurz vor der Hochzeit verlassen. Seitdem war Marita nicht mehr sie selbst, und Hanna blieb nur, hilflos zuzusehen, wie ihre Freundin, die sie immer wegen ihrer inneren Stärke und ihres Optimismus bewundert hatte, in sich zusammenfiel. Marita war todunglücklich. Es hatte Wochen gebraucht, bis man wieder ein Gespräch mit ihr führen konnte, das nicht um ihre verlorene Liebe kreiste. Seitdem Stephan fort war, hatte sie wieder zu rauchen angefangen und einige Kilo abgenommen. Zudem hatte sie sich angewöhnt, wo sie stand und ging mit dem Ring zu spielen, den Stephan ihr bei seinem Heiratsantrag geschenkt hatte. »Warum trägst du ihn immer noch? Warum wirfst du ihn nicht weg?« hatte Hanna sie schon einige Male gefragt, weil sie den Anblick nicht ertragen konnte. Wie ertappt fuhren Maritas Hände dann auseinander, um einen Augenblick später wieder an dem Ring zu drehen.

»Ich trage Stephans Ring, weil er meine Verbindung zu ihm ist. Stephan ist die einzige, die große Liebe meines Lebens. Er wird zu mir zurückkommen, wenn er seinen Fehler erkannt hat. Wenn nur das Warten nicht so endlos und traurig wäre.«

Marita war sich in dieser Sache so sicher, daß Hanna nicht wagte, ihr zu widersprechen. Anfangs hatte sie gedacht, Marita würde diese Hoffnung brauchen, um über die erste Zeit der Trennung hinwegzukommen. Mittlerweile wußte sie, daß Marita, die alles andere als eine blinde Romantikerin war, ernsthaft glaubte, Stephan würde zu ihr zurückkehren.

Ihr Handy klingelte. Hanna sah Marita fragend an, die zaghaft lächelte und mit dem Kopf nickte. »Es geht schon wieder. Geh ruhig ran. Ich koche uns einen Kaffee«, sagte sie.

Hanna nahm das Telefon vom Tisch und ging in ihr Schlafzimmer. »Hallo?« fragte sie.

»Hallo, mein Schatz. Na, wie geht es euch im sonnigen Süden? Hier regnet's Bindfäden.« Ullrichs Stimme klang ein wenig atemlos.

»Ullrich! Wie schön, daß du anrufst.« Sie freute sich wirklich, denn sie hatte nicht damit gerechnet. »Das Wetter ist herrlich, beinahe schon sommerlich.« Hanna sah auf ihre Armbanduhr. Gleich neun. Ihr Mann mußte schon im Büro sein, aber sie meinte im Hintergrund die alte Standuhr ihrer Großeltern schlagen hören, die in ihrem Haus an der Elbchaussee im Flur stand. Und ein Flüstern im Hintergrund.

»Wieso bist du noch zu Hause?« fragte sie. »Ist da jemand bei dir?«

»Wie kommst du denn darauf?« fragte er unwirsch.

»Nur so ein Gefühl«, entschuldigte sich Hanna. »Ich dachte, ich hätte jemanden gehört.«

»Ist ja schon gut«, unterbrach er sie. »Hör zu, ich muß überraschend für einige Tage nach London. Ich wollte nicht, daß du dir Sorgen machst, wenn du hier zu Hause anrufst und mich nicht erreichst. Auch über das Handy wird es schwierig werden. Ich habe langwierige Verhandlungen vor mir, da muß ich es ausstellen.«

»In Ordnung. Wann kommst du zurück?«

Er zögerte mit der Antwort. »Ich weiß noch nicht genau. Am besten melde ich mich, wenn ich wieder da bin. Macht euch ein paar schöne Tage. Wie geht's Marita? Hat sie immer noch Liebeskummer? Hauptsache, sie vermiest dir nicht die Stimmung.«

»Ach, laß ihr doch Zeit.«

Er lachte. »Natürlich. Es sind ja nicht meine Ferien. Ich bekomme ein Gespräch auf der anderen Leitung. Ich rufe dich nach meiner Rückkehr an, einverstanden?« Damit legte er auf.

Hanna sah mit gerunzelter Stirn auf den Hörer in ihrer Hand. Wieso hatte Ullrich sie so rasch abgewimmelt? Weil doch jemand bei ihm war? Wieder stieg dieses Gefühl in ihr auf, daß er ihr etwas verheimlichte. Außerdem ärgerte sie sich über sein fehlendes Einfühlungsvermögen gegenüber Marita. Aber es überraschte sie auch nicht besonders. Ullrich hatte Marita noch nie leiden können.

Marita Bucher war eine auffällige Erscheinung, schon allein durch die Haarpracht und ihre Größe. Sie war hübsch, aber sie hätte eine echte Schönheit sein können, wenn sie es verstanden hätte, sich zu präsentieren. Ihrem Aussehen haftete immer etwas leicht Nachlässiges an, ihre Hose war ein paar

Zentimeter zu kurz und an den Knien ausgebeult, die Wimperntusche verschmiert. Sie und Hanna hatten sich während des ersten Semesters an der Hamburger Universität kennengelernt. Marita hatte Geschichte studiert, Hanna Jura. Im gemeinsamen Nebenfach Romanistik waren sie sich über den Weg gelaufen, im buchstäblichen Sinne. Hanna war rückwärts aus einer Tür gekommen, in der einen Hand das Ende ihres Schals, in der anderen den Schultergurt ihrer Tasche, die sich ineinander verwirrt hatten. In diesem Augenblick war Marita über den Flur gegangen, die Augen auf die Seiten eines Buches geheftet, über das sie gleich referieren sollte. Sie hatten sich angerempelt, das Buch war quer über den Flur gerutscht und gegen eine Wand geknallt. Marita saß auf dem häßlichen Linoleum des Universitätsflures und schüttelte sich vor Lachen, während Hanna völlig verdutzt auf sie hinuntersah. »Weißt du, wovon das Buch handelt?« japste Marita zwischen zwei Lachsalven. »Vom Zusammenstoß der Kulturen!« Hanna hatte bisher nicht gewußt, daß man mit Heiterkeit auf ein schmerzhaftes Mißgeschick reagieren konnte, und sie war sofort hingerissen. Von da an waren sie kaum einen Tag getrennt gewesen, bis sie endlich ihre Examen in der Tasche hatten.

Es war ein Riesenglück für Hanna gewesen, daß sie Marita getroffen hatte. Marita war stark und selbstbewußt, und sie hatte einen Lebenshunger, der Hanna einfach mitriß. Marita interessierte sich für alles, sie kannte jeden Club und jede Kneipe, probierte Yoga und japanische Kampfsportarten, von denen Hanna noch nie gehört hatte, sie kannte unglaublich viele Leute, die unterschiedlicher nicht sein konnten, sie war kompromißlos in ihrer Beurteilung anderer und bereit, sich für ihre Überzeugungen vierteilen zu lassen.

All das konnte man von Hanna nicht gerade sagen. Sie hatte es nie gelernt, für ihre eigenen Interessen einzustehen. Der frühe Tod der Mutter und die übersteigerten Ängste ihres Vaters mochten der Grund dafür sein, daß Hanna immer das Gefühl hatte, den Erwartungen ihrer Umwelt entsprechen zu müssen. Marita hatte keine Forderungen an Hanna. Sie war einfach da, an ihrer Seite, und ließ sie sein, wie sie wollte. Sie *fragte* Hanna nach ihren Wünschen, und in Maritas Gegenwart, während sie mit ihr eine Seite des Lebens erkundete, die ihr bisher verschlossen geblieben war, begann Hanna, sich selbst zu fragen, was sie eigentlich vom Leben erwartete. An einem ihrer unzähligen gemeinsamen Abende, in einem Lokal, in das Hanna allein niemals gegangen wäre, hatte sie auch Daniel kennengelernt, die erste, die große Liebe ihres Lebens.

Marita wußte genau, was sie wollte. Ihr Traumberuf war es, Übersetzerin zu werden, »vergessene Schriftsteller will ich wieder ausgraben«, hatte sie damals immer gesagt.

Ohne Marita hätte Hanna ihre Chance wahrscheinlich nicht einmal erkannt: Kurz vor ihrem Examen fragte eine Entwicklungshilfeorganisation bei ihr an, die einen Posten im Senegal besetzen wollte. Es ging um den Aufbau mehrerer lokaler Kakao-Kooperativen, in denen ausschließlich Frauen arbeiten würden. Hanna sollte sich um die Finanzen kümmern und den Absatz koordinieren. Ihr Jurastudium und die Tatsache, daß sie Französisch sprach, waren die perfekte Ausgangslage. Und es gab noch einen Grund, warum diese Stelle im Senegal so wichtig für Hanna war: Endlich konnte sie mit dieser Aufgabe Daniel beweisen, daß sie etwas Sinnvolles tat.

»Und du kommst auf diesem Weg endlich aus Hamburg weg«, sagte Marita, die Hanna bei der Bewerbung unterstützte und ihr gut zuredete.

In den Wochen vor der Abreise war Hanna euphorisch. Sie arbeitete sich durch ganze Bände von Literatur über Afrika und Entwicklungshilfe, belegte Kurse in Internationalem Verhandlungsrecht und las Reiseführer – und lehnte den angebotenen Job im letzten Moment ab, weil sie den unausgesprochenen Vorwurf ihres Vaters nicht ertrug. Kurze Zeit später trennte sich Daniel von ihr, ein Schlag, von dem sie sich lange nicht erholen konnte.

Statt Entwicklungshilfe in Afrika zu leisten, fing Hanna an, bei der Bank zu arbeiten.

Marita ergatterte ihren ersten Auftrag als Übersetzerin. Sie lernte Stephan Wuhrer kennen, der Lektor in einem großen Verlag war. Marita bewunderte Stephan von Anfang an, sie liebte seine Belesenheit, den Intellekt und das unbestechliche literarische Urteil. Stephan empfand genauso für Marita. Die beiden lebten eine Liebe, die schon fast eine Symbiose war, sie waren das von allen bewunderte perfekte Paar. Maritas Welt war genauso, wie sie sie haben wollte, und im letzten Dezember hatten sie beschlossen, Ende Mai zu heiraten. Und dann hatte Stephan es sich von einem Tag auf den nächsten anders überlegt und war ausgezogen.

Es war Hanna unmöglich, an Marita zu denken, ohne daß ihr ihre zweite langjährige Freundin, Susanne Fuchs, in den Sinn kam. Susanne und Marita waren wie Feuer und Wasser. Wäre Susanne nicht zum Studium in Amerika gewesen, als Hanna auf dem Uniflur mit Marita zusammenstieß, sie und Marita wären nie Freundinnen geworden.

Susanne Fuchs war eine Frau auf dem Zenit des Lebens, und Hanna konnte sich nicht vorstellen, daß das jemals anders sein könnte. Sie sah aus wie ein Fotomodell und wirkte mindestens zehn Jahre jünger, als sie war. Sie war stets außergewöhnlich gut gekleidet. Hamburger Eleganz mit einem ziemlich großen Schuß Sex. Neben der Tatsache, daß sie wunderschön war und die Blicke der Männer auf sich zog, war sie äußerst ehrgeizig und erfolgreich in ihrem Beruf. »Und du bist karrieregeil«, hatte Marita sie einmal angeschrien, nachdem Susanne ihr berufliches Scheitern vorgehalten hatte. Fuchs-Immobilien hieß das Unternehmen, mit dem sie sich vor einigen Jahren selbständig gemacht hatte. Vorher hatte sie im Immobilienbüro Behnsen und Ohnegroot gearbeitet. Behnsen, das war Hannas Vater, und Ohnegroot stand für Ullrich Ohnegroot. Ullrich hielt große Stücke auf Susanne und förderte sie, wo er konnte. Hanna verstand das. Man mußte Susanne einfach bewundern. Ihre Weltläufigkeit und die Fähigkeit, auch die langweiligste Runde mit ihrer charmanten Plauderei zu beleben, ihre Intelligenz und die umfassende Bildung, an der sie andere gern teilhaben ließ, die zupackende Art, mit der sie alles im Leben meisterte, ihr Erfolg mit der eigenen Firma ... Wenn da nicht ihre arrogante Angewohnheit wäre, jeden um sich herum zu taxieren und sofort zu verkünden, was er in seinem Leben besser machen sollte. Susanne konnte nicht mit ansehen, wenn sich jemand von den Widrigkeiten des Lebens niederdrücken ließ. In ihren Augen gab es für jedes Problem eine schnelle, saubere Lösung. Und nicht nur irgendeine: Es mußte ihre, Susannes, Lösung sein, sonst taugte sie nicht.

Nie würde Susanne sich von einem Mann verletzen und aus der Bahn werfen lassen wie Marita. Sollte ein Mann es wagen, sie zu verlassen, sie würde furchtbare Rache nehmen und wahrscheinlich zu einem Zauberer gehen, um ihm in einer Voodoo-Zeremonie die Pest an den Hals zu wünschen.

Susanne und Hanna kannten sich seit frühesten Kindertagen, weil ihre Eltern Nachbarn an der Elbchaussee waren. Sie hatten dieselbe Klavierlehrerin und saßen in der Schule nebeneinander. Ihre Eltern förderten die Freundschaft zwischen den beiden, und Hanna kam in all den Jahren nicht auf die Idee, sich zu fragen, ob sie Susanne eigentlich mochte. Susannes Familie war alteingesessen und noch wohlhabender als die Behnsens. Für Susanne war es, solange sie denken konnte, selbstverständlich, daß sie etwas Besonderes war und sich über die anderen Kinder erhob. Sie scheute sich nicht, diejenigen, die das zu vergessen schienen, darauf hinzuweisen, und sie nahm sich, was sie wollte. Hanna gehörte zu den Kindern, mit denen sie »verkehrte«. In der siebten Klasse kam ein neues Mädchen in die Klasse, Viola. Sie war ebenso still und schüchtern wie Hanna, und Hanna fühlte sich vom ersten Tag an zu ihr hingezogen. Sie hätte gern Freundschaft mit ihr geschlossen, doch Susanne hintertrieb das. »Sie paßt nicht zu uns. Entweder die oder ich.« Hanna wußte sich nicht zu wehren. Vom nächsten Tag an war sie schroff zu Viola, so wie sie es oft bei Susanne gesehen hatte. Als Viola am Ende des Schuljahres die Klasse wieder verließ, war Hanna froh.

Nach dem Tod von Hannas Mutter war Susanne die einzige Freundin, die Hermann Behnsen gern im Haus sah. Als Kind wollte Susanne oft das, was Hanna hatte. Und sie bekam es. Meistens reichte ein koketter Augenaufschlag aus ihren dunkelgrauen Augen. Nach dem Abitur studierte sie selbstverständlich auf einer amerikanischen Eliteuniversität, und in dieser Zeit entstand die Freundschaft zwischen Hanna und Marita.

1990 war Susanne für die Semesterferien nach Hamburg zurückgekommen. Hanna machte eine sehr schwierige Phase durch. Daniel hatte sie gerade verlassen, sie steckte in den letzten Prüfungsvorbereitungen und hatte den Posten im Senegal abgelehnt. Dann stellte sie voller Panik fest, daß sie schwanger war. Mit wem sollte sie sich beraten, was zu tun sei? Daniel war unauffindbar, Marita für ein Auslandssemester in Bordeaux. Eines Nachmittags erzählte sie gegen ihr besseres Wissen Susanne von ihrer Schwangerschaft. Susanne löste das Problem auf ihre Weise. Sie rief eine befreundete Ärztin an und vereinbarte einen Termin für den Abbruch. Das Ganze dauerte nicht länger als eine halbe Stunde. Bereits während des Telefonats mit den großen Gesten und den komplizenhaften Blicken beschlich Hanna das Gefühl, einen Fehler gemacht zu haben. Aber Susanne ließ ihr keine Zeit zum Nachdenken, sie entschied für sie, und zwei Tage später fuhr Hanna in die Klinik.

Mit Hilfe dieses geteilten Geheimnisses hatte Hanna sich wieder in Susannes Netz verfangen, dessen Fäden sie gerade zerrissen zu haben glaubte. Und an Susannes triumphierendem Blick, als sie sie aus der Klinik abholte, sah sie, daß auch Susanne das wußte. Susanne war dabei, sich aufs neue den ersten Platz in Hannas Leben zu erkämpfen.

Nachdem sie mit ihrem Prädikatsexamen aus den Staaten zurückgekommen war, schlug ihr Snobismus noch stärker durch, wenn das überhaupt möglich war. Susanne brachte es fertig, auf Menschen herabzusehen, die sich gewisse Statussymbole wie ein teures Auto oder ein großes Haus nicht leisten konnten oder die nicht wußten, wie man Hummer aß. Hanna versuchte mit ihr darüber zu reden, doch Susanne weigerte sich, ihre Argumente anzuerkennen. »Es gibt nun mal Menschen, die besser sind als andere. Wir haben dafür auch eine größere Verantwortung«, sagte sie. Dieser ungeheuerliche Satz gab Hanna die Kraft, sich einige Zeit lang von ihr zurückzuziehen. Dann bewarb sich Susanne um eine Stelle in Hermann Behnsens Firma, und so trat sie wieder in ihr Leben. Die Erinnerung an die gemeinsamen Erlebnisse verband Hanna bei aller Kritik mit Susanne. Sie sah zu, wie die Freundin Ullrich mit ihrem Charme um den Finger wickelte. Er mochte sie und suchte ihre Freundschaft. Hanna warf er vor, sie viel zu kritisch zu sehen und eifersüchtig zu sein.

Hanna legte das Handy auf den Nachttisch neben ihr Notizbuch. Sie hatte darin herumgelesen, während sie mit Ullrich telefonierte, und hatte zufällig die Seite aufgeblättert, in der das Foto steckte. Es war das einzige Foto, das Marita und Susanne nebeneinander zeigte.

Schon merkwürdig, dachte sie, daß die beiden Frauen, mit denen ich am längsten befreundet bin, so unterschiedlich sind und sich so wenig leiden können.

KAPITEL 3

Um die Mittagszeit wollten sie ins Dorf hinunterfahren, um die Reste des alten Schlosses zu besichtigen und durch die Gassen von Saint Luron zu schlendern. Während Marita duschte, ging Hanna noch einmal durch den Garten zum Fluß hinunter. Sie blieb mit dem Ärmel in einem Himbeerstrauch hängen und riß sich ein kleines Loch in ihre weiße Bluse. Sie würde das Grundstück unbedingt auf Vordermann bringen müssen, wenn es nicht völlig verwildern sollte. Hanna ging an der alten Olive vorbei bis zum Fluß und folgte dem Wasserlauf. Ganz am östlichen Ende des Grundstücks machte der Bach einen Knick, und sie befand sich nur wenige Meter vor dem Nachbarhaus. Von dieser Stelle aus hatte man einen freien Blick auf das Gebäude und sah, wie groß es war, viel größer als Les Oliviers, ein langgestreckter zweistöckiger Bau mit dem Turm an der Nordseite. Vor der gesamten Längsseite prangte eine riesige Glyzinie, die in voller Blüte stand. Die blauen Dolden schienen das Haus unter sich begraben zu wollen. Die Pflanze mußte schon uralt sein, ihre Äste waren dicker als Hannas Arm. Ein wunderschöner Anblick.

Wie am Tag zuvor fühlte sich Hanna von dem Haus angezogen. Sie fragte sich, wie es wohl innen aussehen mochte. Bevor sie es sich anders überlegen konnte, trat sie auf die Steine, die aus dem niedrigen Wasser des Bachs herausragten. Auf der anderen Seite ging sie zögernd weiter. Sie blieb einige Schritte vor der Haustür stehen und überlegte, ob sie klopfen sollte. Da wurde an der Seite des Hauses ein Fensterladen energisch geschlossen. Erst hörte sie das Aufeinanderschlagen des Holzes, dann das Quietschen des Hakens, als er in die rostige Öse gezwängt wurde. Hanna kam sich vor wie ein Eindringling und machte auf dem Absatz kehrt.

Als die Kurve plötzlich vor ihr lag, fuhr Hanna vor Schreck zusammen. Sie bremste heftig, und Maritas Sicherheitsgurt rastete mit einem lauten Knacken ein.

»Was ist denn los?« rief Marita.

»Entschuldige. Ich war in Gedanken und habe nicht auf die Straße geachtet. Hast du dir weh getan?«

»Nein, nein, ist schon in Ordnung. Ich habe mich nur erschrocken.«

Hanna ärgerte sich über ihren Fahrfehler. Im Grunde war die Kurve am Fuß des Hangs nicht scharf oder gar gefährlich. Die Maronenbäume, die die Straße an dieser Stelle säumten, konnten damals noch nicht groß gewesen sein. Nicht groß genug, um ein Auto zu zerschmettern. Und dennoch war an dieser Stelle vor achtundzwanzig Jahren der Unfall passiert, bei dem ihre Mutter ums Leben gekommen war. Die Polizei hatte sich nicht erklären können, wie Hermann Behnsen die Kontrolle über das Fahrzeug verlieren konnte. Ihr Vater hatte später gesagt, er habe sich eine Zigarette anzünden wollen. Er hatte nie wieder in seinem Leben geraucht, und er war auch nie wieder nach Les Oliviers gekommen.

Beinahe trotzig nahm Hanna eine von den Zigaretten, die Marita ihr anbot. Ihr Vater war schließlich nicht da. Sie inhalierte hastig und hatte die Zigarette bereits aufgeraucht, als sie nach Saint Luron hineinfuhren. Unter einem grünen Blätterdach fuhren sie auf ein altes Stadttor zu. Durch das

Tor ging es in die verwinkelten Gassen des Ortes hinein, rechts von ihm lag ein ziemlich großer Platz, der von Platanen beschattet wurde. Auf der einen Seite des Platzes gab es ein Café und daneben ein Restaurant.

»Komm, laß uns auf den Schreck etwas trinken«, schlug Marita vor. »Außerdem sieht dieser Platz so einladend aus. Sieh mal, da ist ein freier Tisch in der Sonne.«

Das Café nannte sich Café de l'Etang, nach dem von einer dicken Mauer umrandeten Wasserbassin, das fast den gesamten Platz einnahm. Bevor sie sich setzten, traten sie an den Rand der hüfthohen Mauer und kühlten sich die Hände. »Das ist ein Reservoir, das Wasser hat früher die Getreidemühlen des Dorfs angetrieben«, erklärte Hanna.

»Schön«, sagte Marita und schüttelte die Tropfen von den Händen. »Schau mal, wie die Bäume sich auf der Wasseroberfläche spiegeln. Und da sind sogar Fische!«

Der Wirt kam an ihren Tisch, sah Hanna forschend ins Gesicht und streckte ihr dann die Hand hin.

»Sie müssen Hanna sein. Die Ähnlichkeit mit Ihrer Schwester ist unübersehbar. Im Dorf wird erzählt, daß das alte Haus oben bewohnt ist. Wird aber auch Zeit, daß wir Sie mal wieder zu Gesicht bekommen«, sagte er freundlich. »Ihre Schwester sieht man ja häufiger, von ihr wissen wir auch, was Sie und Ihr Vater so treiben.« Er stutzte. »Kennen Sie mich etwa nicht mehr? Ich bin doch Pierre, Pierre Picadieu! Sie sind früher immer mit Ihren Eltern gekommen und haben Grenadine-Sirup bei mir getrunken.«

Jetzt fiel es Hanna wieder ein. »Natürlich! Wie konnte ich das vergessen. Aber ich war damals ja auch noch ein Kind.«

»Warum sind Sie nie wieder hergekommen? Es gibt wohl kaum ein schöneres Fleckchen Erde als unseren Lubéron, stimmt's, Nadine?« rief er seiner Frau zu, die einige Tische weiter schmutzige Gläser auf ein rundes Tablett räumte. »Sieh mal, wer hier ist. Die Tochter von Monsieur Behnsen.«

Jetzt kam auch die Frau des Wirts an den Tisch, Hanna stellte Marita vor, man gab sich die Hand. Nadine Picadieu erkundigte sich nach Hermann Behnsen. Ihr Mann nickte lebhaft dazu und sang ein Loblied auf die Freundschaft, die die beiden früher verbunden hatte. »Ein echter Gentleman, der was von der Welt kannte. Wer weiß, wo wir heute ohne ihn wären. Er war damals der erste, der hier ein Haus gekauft hat, und er brachte weitere Käufer. Viele der alten Kästen wären bereits verfallen – und die Besitzer pleite! –, wenn er nicht gekommen wäre. Das wissen wir hier alle sehr wohl, auch wenn es natürlich immer welche gibt, die was zu meckern haben, von wegen Umweltschutz und Bewahrung der alten Traditionen, Sie wissen schon.« Pierre kratzte sich geräuschvoll am Unterarm und senkte den Blick. »Und dann diese Tragödie … Aber das Leben geht weiter.« Er seufzte tief und empfahl ihnen das Menü des Tages, ein Entrecôte mit Pfeffersoße und Kartoffelgratin. Dazu tranken sie einen schweren Rotwein, der ihnen die Zunge löste. Sie wurden übermütig, und Marita fing an, Brotkrumen in Richtung des Fischbassins zu werfen. Wenn sie traf, wirbelte das Wasser unter den schnappenden Goldfischmäulern auf. Hanna tat es ihr nach, und bald grinsten die Männer, die an den Nebentischen ihre Mittagspause machten, wenn sie danebenwarfen.

Nach dem Essen waren sie so satt und müde, daß sie auf die geplante Besichtigung verzichteten und zurück zum Haus fuhren. Schwerfällig ließen sie sich in die Liegestühle fallen.

»Jeden Tag kann ich nicht soviel essen«, stöhnte Marita und hielt sich den Bauch.

»Vor allem nicht soviel trinken«, antwortete Hanna. »Wie schaffen die Franzosen das nur?« Sie sah schläfrig zum Nachbarhaus hinüber, und wieder spürte sie diese merkwürdige Unruhe. Morgen gehe ich hin und klopfe, nahm sie sich vor, bevor sie einnickte.

Der nächste Tag war Montag, Markttag in Saint Luron. Das Straßenbild war verändert. Es waren viele Leute unterwegs, die ihre Einkäufe erledigten. Die Läden waren voll, und in den engen Gassen fuhren deutlich mehr Autos. Auch die ersten Touristen des Jahres waren dabei.

Vor Pierres Café waren alle Plätze besetzt, und der Wirt war dabei, weitere Tische direkt an der Mauer des Teichs aufzustellen. Nadine folgte ihm mit einem Lappen, mit dem sie nachlässig über die in den Wintermonaten verstaubten Tische und Sitzflächen fuhr. Als Pierre Hanna und Marita erkannte, winkte er sie zu sich heran und rückte ihnen zwei Stühle zurecht.

»Zwei kleine Rote?« fragte er augenzwinkernd.

»Nein, für mich nicht. Ich möchte bitte einen Kaffee«, antwortete Hanna.

»Für mich auch«, setzte Marita hinzu.

Fünf Minuten später stellte Pierre die Tassen vor sie hin. Er sah Hanna an und fragte: »Haben Sie eigentlich Sophie schon zu Gesicht bekommen? Es soll ihr nicht gutgehen.«

Hanna fühlte plötzlich, wie ihr ein heißer Schauer durch den Körper lief. Sie schluckte und sah verwirrt zu Pierre hoch.

Der schüttelte verwundert den Kopf. »Sie wissen doch, wen ich meine? Die alte Sophie Thaumiaux! Eigentlich heißt sie ja Gubin, aber alle im Ort nennen sie nur Thaumiaux, nach ihrer Mutter. Sie ist Ihre Nachbarin«, fügte er erklärend hinzu.

Sophie, dachte Hanna langsam, und der Name brachte etwas in ihr zum Klingen. Sie meinte, das knisternde Geräusch von blankem Stoff an ihrer Wange zu hören, ähnlich dem von raschelnder Seide, einen Geruch nach Lavendelseife, vermischt mit einem herben Hauch von Rosmarin wahrzunehmen. Und sie erinnerte sich daran, daß jemand am Vortag den Fensterladen zugeschlagen hatte. Natürlich, das konnte nur Sophie gewesen sein!

Plötzlich verstand sie die merkwürdige Anziehungskraft, die das große Haus auf der anderen Flußseite auf sie ausübte. Sie rührte daher, daß sie früher oft dort gewesen war und jeden Winkel genau gekannt hatte. Das Versprechen auf Hilfe, das sie unterschwellig gespürt hatte und das sie nach Saint Luron gebracht hatte, es kam aus diesem Haus, von Sophie, das wußte sie jetzt plötzlich wieder.

»Du meine Güte«, brachte sie stotternd hervor. »Ich war davon ausgegangen, daß sie schon längst ..., daß sie schon lange nicht mehr lebt.« Sie legte eine Hand vor den Mund. Marita sah sie überrascht an.

»Nun, so alt ist sie noch gar nicht. Ich dachte, Sie wären schon bei ihr gewesen. Nach dem, was damals passiert ist. Und schließlich hat Les Oliviers vor dem Krieg ihren Eltern gehört, Sophie ist dort aufgewachsen ...« Pierre wurde plötzlich bewußt, daß er zuviel gesagt hatte. Nadine, die in der Nähe weiter Tische putzte, rief ihm zu: »Merkst du nicht, daß du sie durcheinanderbringst? Kümmere dich lieber um die Gäste.«

»Was meinen Sie damit, daß Sophie in unserem Haus gelebt hat? In Les Oliviers?« fragte Hanna, als Pierre sich schon umdrehen wollte. Sie nahm sogar die Brille ab und schob sie nach oben ins Haar, was sie immer tat, wenn sie besonders aufmerksam zuhören wollte.

Pierre zuckte unsicher mit den Schultern. »Ach, nichts. Meine Frau hat recht, alles alte Geschichten. Wer will die denn heute noch hören.« Damit wandte er sich ab.

»Hast du begriffen, wovon er da geredet hat?« fragte Marita, sobald Pierre außer Hörweite war.

Doch Hanna reagierte nicht auf die Frage. Sie rührte mechanisch in ihrem Kaffee, während in ihrem Kopf der Name Sophie widerhallte und sie sich vergebens bemühte, die verschwommenen Fetzen der Erinnerung festzuhalten.

Auf dem Weg nach Hause, als sie durch die Kurve fuhren, fiel es ihr wieder ein. Sie stieß einen leisen Schrei aus und rief: »Natürlich. So war es! Jetzt weiß ich es wieder.«

Erst als sie das Auto unter der Kastanie vor dem Haus geparkt hatte, war Hanna bereit, Marita alles zu erzählen.

Sie ging zum Heck des Wagens, um die Tüten mit den Einkäufen herauszuheben. Mitten in der Bewegung hielt sie inne. »Sophie war unsere Nachbarin. Sie wohnt in dem Haus auf der anderen Seite des Flusses.« Hanna drehte sich zu Marita um. »Ich habe dir doch von dem Unfall erzählt, bei dem meine Mutter gestorben ist.«

Marita nickte. »Es ist unten in der Kurve passiert, wo du gestern so scharf gebremst hast, nicht wahr?« fragte sie.

»Ja.« Das, was Hanna jetzt zu sagen hatte, kostete sie eine fast übermenschliche Überwindung. »Bevor mein Vater die Kontrolle über das Auto verloren hat, hatten wir einen Streit im Auto. Ich weiß nicht mehr, worum es ging, irgendeine Nichtigkeit, aber mein Vater und ich haben uns angeschrien, und er hat nervös nach seinen Zigaretten gesucht. Er hat sich zum Handschuhfach hinübergebeugt. Eine Sekunde später sind wir an diesen Baum geknallt.« Ihr Blick flakkerte, als sie das sagte. Mit zitternder Stimme sprach sie weiter. »Sophie hat mich damals von der Unfallstelle weggeführt. Ich muß völlig verstört am Straßenrand gesessen haben.«

»Weil du dir die Schuld am Tod deiner Mutter gegeben hast!« rief Marita. »Meine Güte, was für ein schrecklicher Gedanke.«

»Damals war ich davon überzeugt. Und kommt es denn wirklich darauf an?« fragte Hanna leise. »Alle möglichen Leute sind zu mir gekommen, wie ich da an der Straße saß, um mich irgend etwas zu fragen, aber ich habe sie gar nicht wahrgenommen. Dann stand plötzlich Sophie vor mir. Ich hatte sie ein paarmal gesehen, sie hatte mir immer von der anderen Seite des Baches aus zugewinkt und mir Obst geschenkt. Sie hat einfach meinen Arm genommen und mich von der Straße weggeführt. Ich war unglaublich erleichtert, daß ich das alles nicht mehr mit ansehen mußte. Es gibt da einen schmalen Hohlweg, der als Abkürzung von ihrem Haus zur Straße dient. Es war so wohltuend, aus der Sonne zu kommen und diesen schattigen Weg entlangzugehen. Ich erinnere mich jetzt auch wieder ganz genau an die kühle Luft, als wir in den Hausflur traten. Dann hat sie mich wieder am Arm genommen und zu einem großen Sofa geführt, es war dunkelrot mit einem goldfarbenen Muster. Über diesem Sofa hing ein Gemälde von einer wunderschönen, sehr ernsten Frau mit einer unglaublichen Haarpracht, die sich um ihren Kopf legte. Ich hatte das Gefühl, die Frau von dem Bild würde auf mich aufpassen, während Sophie in die Küche ging, um ein Glas Wasser zu holen. ›Ich weiß, wie es ist, die Mutter zu verlieren‹, hat Sophie auf deutsch gesagt, als sie mit dem Glas in der Hand wiederkam. ›Es ist schwer, viel schwerer, als du denkst.‹«

»Und was ist dann passiert?« fragte Marita vorsichtig.

Hanna sagte für einen Augenblick nichts. Sie sah sich selbst den schmalen Weg durch den Olivenhain gehen und den Fluß überqueren. Wieder roch sie Sophie, wie früher, hörte ihr beruhigendes Gemurmel dicht an ihrem Ohr.

»Willst du es mir nicht erzählen?« fragte Marita sanft und zog sie neben sich auf die niedrige Steinmauer, die den Weg zum Haus begrenzte.

Hanna legte für einen Moment die Hand vor die Augen. »Ich bin immer noch erstaunt, weil mir das jetzt alles wieder einfällt. Ich hatte es komplett vergessen ...«

Marita sah sie nachdenklich an. »Mir ist das auch schon so gegangen: Ich habe etwas gehört, einen Namen oder ein bestimmtes Geräusch ... oder es ist ein Geruch, der plötzlich, nach Jahren, wieder da ist. Und eine Sekunde lang fühle ich mich in die Vergangenheit zurückversetzt.«

»Ich habe eben sogar geglaubt, noch intensiver zu fühlen als zum eigentlichen Zeitpunkt des Geschehens: Als würde es heute passieren, nicht damals. Vielleicht hat es damit zu tun, daß ich jetzt weiß, was für Auswirkungen der Unfall und die Begegnung mit Sophie auf mein Leben hatten ...« Hanna holte tief Luft. »Die Tage nach dem Unfall waren ein einziger Alptraum. Hier standen damals überall uralte Olivenbäume. Am Tag nach dem Unfall hat mein Vater sie fast alle abgeholzt. Was dann kam, war noch schlimmer. Er ist in tiefe Verzweiflung gefallen. Er hat sich kein bißchen um mich gekümmert. Er hatte mich, glaube ich, einfach vergessen. Ich sehe ihn vor mir, wie er am Tisch sitzt, kerzengerade, tadellose Haltung, aber ohne ein Wort, ohne einen Blick für mich. Er hat einfach nur vor sich hin gestiert.«

»War denn sonst niemand da? Nur ihr zwei?«

»Nur wir zwei. Meine Schwester war damals schon in Berlin, und ich war allein mit meinen Eltern hergekommen. Ich bin durch den verwüsteten Garten gestreunt. Ich erinnere mich noch genau an die Angst, die ich hatte, verrückt zu werden. Ich habe mit dem Kopf gegen die Stämme geschlagen, um überhaupt etwas zu fühlen. Ich habe immer noch gehofft, Mama würde plötzlich wieder dasein. Ich ertappte mich dabei, wie ich nach ihr rief, ganz so, als wäre sie nur kurz in ein anderes Zimmer gegangen. Ich konnte einfach nicht begreifen, daß sie nie wiederkommen würde. Richtig verstanden habe ich das erst, als wir zurück in Hamburg waren. Bis zu dem Moment hatte ich mir eingeredet, sie sei nur nicht mit in die Ferien gefahren und würde zu Hause wieder bei uns sein. Aber es kam niemand mehr, um mich morgens zu wecken, niemand sagte mir, was ich anziehen sollte oder daß es Zeit sei, sich die Hände zu waschen. Niemand fragte mich, wie es in der Schule gewesen war. Es hört sich vielleicht komisch an, aber daß meine Mutter tot war, begriff ich erst im Alltag. In den Tagen gleich nach Mamas Tod hatte ich vor allen Dingen Angst, meinen Vater verloren zu haben. Denn er war zwar anwesend, aber dennoch nicht erreichbar für mich.«

Die Erinnerung an diese Tage, die die schrecklichsten in ihrem Leben waren, kam mit aller Macht zurück zu Hanna. Sie seufzte tief auf, bevor sie weitersprach.

»Sophie hat meine Einsamkeit gesehen. Am zweiten Tag nach dem Unfall stand sie plötzlich vor mir, und wie zuvor hat sie ganz einfach meine Hand genommen und ist mit mir hinüber in ihr Haus gegangen. Ich bin hinter ihr hergelaufen wie ein herrenloses Hündchen. Dann saßen wir uns in ihrer Küche gegenüber. Sophie hat Brot und Wurst vor mich hingestellt, die ich in mich hineinschlang. ›Dein Vater hat wohl vergessen, für dich zu kochen?‹ hat sie gefragt, und damit war irgendwie alles gesagt.

Die nächsten Tage habe ich fast ausschließlich bei ihr zugebracht. Ich bin nur zum Schlafen nach Les Oliviers hinübergegangen. Sophie hat mich bereitwillig in ihr Haus gelassen. Ich bin ihr überallhin gefolgt, habe ihr beim Kochen und Putzen zugesehen und wie sie die Hühner gefüttert hat. Sie ist mit mir in den ersten Stock ihres Hauses hinaufgestiegen. Dort oben war ein ganz ungewöhnlicher Raum. Auf der ganzen Länge gab es geheimnisvolle Regale, die ich mir nicht erklären konnte. ›Hier war früher eine *Magnanerie*‹, sagte sie zu mir. Weißt du, was das ist?« Hanna sah zu Marita hinüber, die den Kopf schüttelte. »Eine Seidenspinnerei. Ich fand das damals unglaublich spannend und wollte alles darüber wissen. Sophie hat mir erklärt, wie sie als Kind geholfen hat, die Raupen zu züchten. Sie mußte die Blätter des Maulbeerbaumes pflücken, von denen die Raupen sich ernährten. Wenn sie groß und fett genug waren, begannen sie sich einzuspinnen. Am Ende des Raumes standen die großen Gefäße, in denen die Kokons gekocht wurden, damit die Tiere starben und der Faden sich abwickeln ließ. Vor dreißig Jahren war die Seidenspinnerei schon lange aufgegeben, aber die Regale standen noch da. Wir sind jeden Tag hinaufgegangen, und sie hat mir immer aufs neue von den Seidenraupen erzählt.«

Hanna warf einen gequälten Seitenblick auf Marita. Die nahm ihre Hand, und durch diese Geste ermutigte sie Hanna weiterzusprechen.

»Sophie war da, auch wenn sie nichts sagte. Das Schweigen meines Vaters war anders, bedrohlich. Er war unerreichbar für mich. Irgendwann hatte er genug. ›Schämst du dich nicht? Deine Mutter ist noch nicht einmal unter der Erde, und du suchst dir schon Ersatz? Als wenn irgend jemand sie ersetzen könnte. Ich verbiete dir, weiterhin zu dieser Frau zu gehen.‹ Sein Gesicht war dicht vor meinem, ich konnte die Verzweiflung in seinen Augen sehen.« Hanna schluckte mühsam einmal und dann noch einmal. Die Scham war wieder da, wie damals, als sie wie ein dicker Kloß im Hals saß, an dem sie zu ersticken glaubte. War sie wirklich bereit gewesen, ihre Mutter, die schöne, kühle Helene Behnsen für eine andere einzutauschen, nur weil sie gut roch und ihr zuhörte?

»Und? Warst du dazu bereit?« fragte Marita.

Hanna zuckte mit den Schultern. »Wie ich es heute sehe, hat Sophie mir damals das Leben gerettet, und dafür muß ich ihr unendlich dankbar sein. Sie hat mir gezeigt, daß das Leben weitergeht. ›Das Leben ist ein wunderbares Geschenk, das man mit ganzem Herzen annehmen muß.‹ Das waren ihre Abschiedsworte, als wir eine Woche später das Haus verriegelt haben, um nach Deutschland zurückzufahren und meine Mutter zu beerdigen.«

»Und danach? Warum bist du nie wieder hier gewesen, um sie zu besuchen? Sie hat dir doch offensichtlich viel bedeutet.«

Hanna sah Marita mit einem gequälten Lächeln an. »Kannst du dir vorstellen, daß ich Sophie vergessen hatte, bis Pierre sie vorhin erwähnt hat?«

»Dein Vater hat sie abgelehnt und dir Schuldgefühle ihretwegen eingeredet, und du hast Sophie aus deiner Erinnerung verdrängt. Das ist gut möglich.«

»Wäre es nicht so gewesen, hätte ich bestimmt früher den Mut gehabt, herzukommen. Ohne Sophie blieb nur die Angst vor den schlimmen Erinnerungen, die an diesem Haus hängen. Ich fürchte mich immer noch davor.«

Hanna nahm die Taschen wieder auf. »Laß uns hineingehen und die Sachen in den Kühlschrank stellen. Es ist zu heiß hier draußen. Ich muß dir auch noch etwas anderes erzählen.«

Gemeinsam gingen sie ins Haus, räumten die Lebensmittel weg und setzten sich dann mit einem Eistee auf die Terrasse.

»Ich muß dir etwas sagen. Ich hätte es schon viel früher tun sollen. Schließlich bist du meine beste Freundin.« Hanna fing Maritas erstaunten Blick auf, bevor sie weitersprach. »Als ich siebenundzwanzig war, im letzten Jahr mit Daniel, bin ich schwanger geworden. Ich habe das Kind abgetrieben«, sagte sie dann mit leiser Stimme, denn die Erinnerung an diese Zeit tat ihr immer noch weh.

Marita reagierte nicht gleich, denn auch sie hatte ein schlechtes Gewissen in dieser Sache. »Das wußte ich bereits von Susanne«, entgegnete sie dann.

Hanna wurde vor Scham und Wut rot. »Sie hat es dir erzählt?«

Marita lachte bitter. »Du kennst doch Susanne. Es hat ihr eine ziemliche Freude gemacht, mir das aufzutischen und zu erfahren, daß sie ein Geheimnis mit dir hatte, von dem ich nichts wußte.« Sie sah Hanna in die Augen. »Aber ich kann verstehen, daß du es nicht in die Welt hinausposaunt hast.«

»Trotzdem tut es mir leid, daß ich es dir nicht früher gesagt habe. Ich möchte keine Geheimnisse vor dir haben. Es hat nichts damit zu tun, daß ich dir nicht vertraue, das weißt du doch?«

Marita nickte.

»Ich habe damals mit dem Gedanken gespielt, das Kind zu behalten.«

»Daniel wäre auch wegen eines Kindes nicht zu dir zurückgekehrt, so wie der gestrickt war. Er hatte doch eine geradezu panische Angst vor allem, was nur den Hauch des Bürgerlich-Normalen hatte.«

Hanna sah sie an und wußte, daß Marita recht hatte. »Stimmt«, sagte sie, »und mein Vater wäre aus allen Wolken gefallen, wenn er es erfahren hätte. Trotzdem bin ich mir bis heute nicht sicher, ob es richtig war, das Kind abzutreiben. Ich wußte einfach nicht, was ich tun sollte, und es war niemand da, mit dem ich reden konnte. Und dann kam Susanne und hat die Dinge für mich geregelt. Ich war froh, daß sie für mich entschieden hat. Doch als alles vorbei war, fing ich an zu zweifeln. Und heute glaube ich, daß ich mir damals die Chance auf ein Kind genommen habe. Das ist wahrscheinlich meine Strafe.«

»Aber was redest du dir denn da ein? Dein Arzt hat dir doch bestätigt, daß du Kinder haben kannst«, rief Marita.

»Organisch ist bei mir vielleicht alles in Ordnung, aber zum Kinderkriegen gehört mehr. Wer weiß denn, ob ich genug Kraft und Liebe für ein Kind aufbringen könnte?« Auch darüber hatte etwas in dem Buch gestanden: Daß die Frauen, die ohne Mutter aufgewachsen waren, an ihrer eigenen Mutterrolle zweifelten.

Hanna sprach weiter und erzählte, was Marita im Grunde schon wußte. Daß sie in ihrem Beruf und vor allem in ihrer Ehe unglücklich war, daß die Enttäuschung über ihr unvollkommenes Leben sich immer mehr in ihr ausbreitete und sie unbedingt etwas ändern wollte, bevor es zu spät war. »In dem Buch, das du mir gegeben hast, steht, daß man sich seinen Gefühlen stellen soll. Und plötzlich habe ich geahnt, daß ich, wenn überhaupt, dann nur hier in Saint Luron die Kraft dazu finden würde. Und nachdem Pierre mich vorhin an Sophie erinnert hat, ist mir eingefallen, daß sie mir damals geholfen hat, über die erste Zeit nach Mamas Tod hinwegzukommen. Wer weiß, vielleicht hat sie noch einen Rat für mich? Das hört sich ziemlich bescheuert an, nicht wahr? Wahrscheinlich spricht die pure Verzweiflung aus mir.«

»Du mußt unbedingt zu ihr hinübergehen«, antwortete Marita.

»Ich gehe gleich morgen früh.«

Das Gespräch mit Marita und die Erinnerungen, die die Erwähnung von Sophies Namen heraufbeschworen hatte, ließen Hanna für den Rest des Tages nicht los. Wie hatte sie all das nur die ganzen Jahre über vergessen können?

Für Hanna war das Leben seit jenem Unglückstag ein anderes geworden. Es war schwer genug, mit zwölf Jahren die Mutter zu verlieren. In einem Alter, wo ein Mädchen ganz allmählich beginnt, sich von ihr abzugrenzen, sie aber dennoch dringend braucht, um ihren Platz im Leben zu finden. Helene Behnsen hatte Leichtigkeit und Unbeschwertheit in die Familie gebracht. Und durch ihr Vertrauen hatte sie Hanna stark gemacht. Wäre sie noch dagewesen, hätte Hanna den Mut gefunden, sich gegen Susanne zur Wehr zu setzen und Viola als Freundin zu gewinnen. In ihrer selbstverständlichen Toleranz und den, wenn auch zögerlichen Ansätzen zur Emanzipation war sie das ideale Gegengewicht zu ihrem Mann.

Bereits vor dem Unfall verbrauchte Hermann Behnsen seine ganze Kraft und Kreativität in seinem Immobiliengeschäft, zu Hause war er eher kleinlich. Nachdem Helene tot war, kannte er nur noch Pflichterfüllung, Haltung, Buße. »Ein Anrecht auf Glück gibt es nicht. Es kann von heute auf morgen vergehen. Das einzige, worauf man sich im Leben verlassen kann, sind die eigenen Fähigkeiten und Verdienste«, wiederholte er bei jeder sich bietenden Gelegenheit.

Hanna mißtraute diesem Wahlspruch, wußte ihm aber nichts entgegenzusetzen.

Ihre Schwester Maren versuchte ihr zu helfen. »Es war nicht deine Schuld«, sagte sie immer wieder zu ihr. Und: »Du mußt nicht alles mit dir geschehen lassen, weil du glaubst, kein Recht auf Glück zu haben.« Hanna glaubte ihr nicht. Maren war damals gerade zwanzig geworden und studierte bereits in Berlin. So blieben Hanna und ihr Vater allein in dem weitläufigen Haus an der Elbchaussee zurück. Die Räume waren zu groß für sie, es gab zu viele Zimmer, die ungenutzt einstaubten, in die sie nicht zu gehen wagten.

Hannas Leben wurde immer enger, obwohl sie in ein Alter kam, in dem es doch reicher werden sollte. Eine ganze Weile lang gelang es ihr, aus der Begegnung mit Sophie, aus ihrer Lebensbejahung und der selbstverständlichen Fröhlichkeit, die sie ausstrahlte, Kraft zu schöpfen für die Stille und Leere, die sie umgab. Doch die Erinnerung verblaßte, bis sie schließlich ganz von der sie umgebenden Traurigkeit überlagert wurde.

Kapitel 4

Wie immer vor schwierigen Situationen überlegte Hanna vor dem Spiegel lange, welche Brille sie aufsetzen sollte. Sie besaß ein knappes Dutzend, in allen Formen und Farben von schrill-auffällig bis randlos-unsichtbar. Brillen waren Hannas große Leidenschaft. Sie verfluchte sich für ihre Kurzsichtigkeit, die in den letzten Jahren stärker geworden war und sie zwang, fast immer eine zu tragen. Wenn sie sich belohnen wollte, kaufte sie meistens eine neue Brille. Wenn erste Fältchen oder Ärger sie frustrierten: Eine neue Brille half ihr darüber hinweg. Und dann hatte sie die Qual der Wahl. Welche sollte sie heute aufsetzen? Gab es eine Brille, die dazu paßte, nach Jahren zum erstenmal mit einer alten kranken Frau zu sprechen, die früher einmal sehr wichtig gewesen war und von der man sich Klarheit erhoffte? Welchen Eindruck wollte sie bei Sophie hinterlassen? Hanna zerbrach sich darüber den Kopf, dann ging sie ins Schlafzimmer, um die Brille zu holen, die sie am Vortag getragen hatte. Es war doch unsinnig, jetzt über so etwas nachzudenken!

»Ich würde ja gerne mitkommen, weil ich diese Sophie kennenlernen möchte, aber ich glaube, du gehst besser allein«, sagte Marita, die mit einem Buch auf der Terrasse saß.

»Ja, da muß ich allein hin. Ich frage mich, was aus ihr geworden ist. Ich bin ganz aufgeregt.«

»Alles andere wäre ein Wunder.« Marita stand auf und

umarmte Hanna. »Hoffentlich findest du bei ihr, was du suchst«, sagte sie und schob Hanna in die Richtung der Gartentreppe. »Ich warte hier auf dich.«

Sophie öffnete die Tür sofort nach dem ersten Klopfen.

»Hanna«, sagte sie nur. »Ich freue mich. Ich wußte, du würdest den Weg zu mir finden. Komm herein.«

Hanna hatte keine Zeit, sich über diese Begrüßung zu wundern, die so beiläufig war, als wäre sie nur einen Tag fort gewesen, nicht fast drei Jahrzehnte. Die Vertrautheit des Geruchs, der sie umgab, sobald sie die Schwelle überschritten hatte, nahm ihr den Atem: Lavendel und Rosmarin, dazu eine Nuance, die nach säuerlicher Milch roch. Ihr Herz tat ein paar unregelmäßige Schläge. Sie blieb stehen, schloß die Augen und holte einmal tief Luft. Links vom Hausflur ging es in die einfache Küche. Sie sah noch fast genauso aus wie damals. Ein Wachstuch auf dem Tisch, ein kleiner Kühlschrank mit dem Toaster darauf, daneben ein einfacher, gelb gestrichener Geschirrschrank. Sophie lud Hanna mit einer Armbewegung ein, ihr zu folgen.

»Setz dich doch«, sagte sie und nahm am Tisch Platz.

Hanna tat es ihr nach und sah sie an. Sophie war eine alte Frau geworden, das Gesicht war faltig, auf den Händen, denen man die jahrelange Arbeit ansah, und den Armen zeigten sich dunkle Altersflecken. Die Augen waren wach und grau, sie wären noch jünger gewesen, würden unter ihnen nicht tiefe Schatten des Schmerzes liegen. Hanna fragte sich, woran Sophie leiden mochte. Das üppige Haar, das beinahe den gleichen Farbton hatte wie die Augen, war im Nacken zu einem weichen Knoten geschlungen. Sophie achtete auf ihr Äußeres, das sah man neben der gepflegten Frisur auch an den goldenen Ohrringen mit schweren Aquamarinen. Die grauen Augen wanderten umher, sie beobachteten Hanna ebenso aufmerksam wie Hanna sie. Als Sophie die Stimme erhob, überraschte Hanna die Jugendlichkeit darin.

»Erzähl mir von dir«, sagte sie, und es klang sanft und hell.

Hanna wußte nicht, wo sie beginnen sollte, aber es war ganz unmöglich, über das Wetter oder andere Belanglosigkeiten zu plaudern. »Ich bin gekommen, um über damals zu sprechen. Und über heute«, sagte sie dann.

Ein Lächeln verstärkte die Falten um Sophies Augen. »Da werden wir uns wohl ein wenig mehr Zeit nehmen müssen.« Sie erhob sich schwerfällig von ihrem Stuhl. »Ich koche uns einen Kaffee, und dann erzählst du mir alles ganz in Ruhe.«

Hanna sah die schmale Gestalt am Herd hantieren. Sophie hielt sich sehr gerade. Doch das Gehen fiel ihr schwer, sie zog das linke Bein leicht nach, bemühte sich aber, es sich nicht anmerken zu lassen. Sie brühte den Kaffee auf die altmodische Art mit einem Porzellanfilter auf. Sie nahm sich Zeit für ihre Arbeit, und während sie in regelmäßigen Abständen heißes Wasser nachgoß, sah Hanna sich um. Hinter der Küche lag das Wohnzimmer. Die Bücherregale waren noch da, die Mahagonianrichte unter dem Fenster mit dem Arrangement aus Porzellanblumen und den gerahmten Fotos. In der anderen Ecke, hinter der Tür verborgen, mußte das große Sofa stehen, auf dem sie als Zwölfjährige gelegen hatte, während Sophie auf sie eingeredet und sie getröstet hatte.

»Warum bist du nicht früher gekommen?« Sophie kam mit der vollen Kanne an den Tisch.

»Mein Vater wollte es nicht.«

Sophie sah sie überrascht an. »Aber du hättest kommen können.«

Hanna biß sich auf die Unterlippe. Als wüßte Sophie Bescheid, hatte sie gleich einen wunden Punkt getroffen.

Die alte Frau ging hinüber ins Wohnzimmer, um die guten Tassen zu holen. Sie bückte sich vor der Anrichte, Hanna hörte das Geschirr gefährlich klappern. Sie sprang auf, um zu helfen. Sophie stützte sich beim Aufrichten leicht auf ihre Schulter, und die Berührung durchströmte Hanna warm. Sie wandte den Blick und stellte erleichtert fest, daß das rote Sofa und das Gemälde noch an ihrem Platz waren.

»Ich mache das«, sagte sie. »Die Tassen mit den Rosen?«

»Ja, bitte«, antwortete Sophie. »Und bring auch zwei Teller mit. Ich habe etwas Gebäck.«

Die bedächtige, aufmerksame Art, in der Sophie ihr Teller und Tasse hinstellte und sie dann noch einmal verschob, um den Henkel auszurichten, die Art, wie sie den Kuchen teilte und Hanna das schönere Stück gab, trieb Hanna plötzlich Tränen in die Augen. Sie brauchte einen Augenblick, um zu erkennen, woher sie rührten. Es war Sophies Mütterlichkeit, die Selbstverständlichkeit, mit der sie Hanna in Form von Kaffee und Kuchen etwas Gutes tat, wie sie sie umhegte, ihre Wünsche erfüllte, noch bevor sie sie aussprechen konnte. Hanna sah darin die Liebe, die eine Mutter für ihr Kind hat und die sie selbst viel zu früh entbehren mußte. Natürlich hatte es in dem Haus an der Elbchaussee eine Haushaltshilfe gegeben, die für Hanna kochte und wusch, aber auf die kleinen Gesten der Liebe, die nur Mütter für ihre Kinder haben, mußte sie seit Helenes Tod verzichten. Seither fühlte sie sich zu Frauen, die vom Alter her ihre Mutter sein konnten, hingezogen.

Schließlich saßen sie wieder am Tisch, jede mit einem Kaffee und einem Stück Rosinenkuchen vor sich.

»Wie alt bist du jetzt, Hanna?« fragte Sophie.

»Ich werde im August vierzig.«

»Ein schönes Alter. Heute jedenfalls. Zu meiner Zeit galt man mit vierzig als alte Frau. Aber heute? Man hat seinen Platz im Leben gefunden. Man kommt zur Ruhe und kann beginnen, die Früchte dessen zu genießen, was man gesät hat.«

Hanna sah sie unsicher an. »Wie meinen Sie das?«

»Du kannst ruhig du zu mir sagen, wie früher.« Hanna nickte. »Was ich meine? Du hast deine Kinder bekommen und siehst sie aufwachsen. Du hast dich für einen Beruf entschieden, für einen Mann, eben für das Leben, das du führen willst.«

Hanna schluckte schwer an ihrem Kuchen. Dann legte sie die kleine Gabel neben den Teller. »Da ist bei mir leider in allen drei Punkten Fehlanzeige«, sagte sie dann.

»Es geht dir nicht besonders gut, nicht wahr?«

Wieder dieser besorgte, mütterliche Ausdruck in ihrem Blick und der Stimme.

»Erzähle es mir ruhig. Ich kann gut zuhören. Am besten fängst du da an, wo du mit deinem Vater nach Hamburg zurückgefahren bist.«

Hanna zögerte, aber nur einen Moment. Dann sprudelten die Worte aus ihr heraus, ihre Zweifel, das Unbehagen vor der Zukunft, ihr Wunsch nach einem Kind, die fehlende Geborgenheit … »Ich bin in letzter Zeit so müde und antriebslos, weil etwas in meinem Leben fehlt.« Als sie geendet hatte, war der Kaffee in ihrer Tasse längst kalt geworden.

Sophie hatte die ganze Zeit schweigend zugehört, nur ab und zu eine Frage gestellt, wenn sie etwas nicht richtig verstand. Und dennoch hatte sich ihrer eine merkliche Erregung bemächtigt. Hanna spürte sie, noch bevor sie ihr ins Bewußtsein drang. Sophies Atem ging heftiger, die Hände, die bisher ruhig auf dem Tisch gelegen hatten, griffen nach dem Löffel, fuhren den Rand der Tasse nach.

»Oh, ich weiß, wovon du sprichst«, sagte sie, als Hanna schwieg. »Ich weiß es sehr genau. Es scheint das Schicksal von uns Frauen zu sein, daß wir uns eines Tages fragen müssen, was eigentlich von unserem Leben und von unseren Träumen geblieben ist.«

Vergeblich wartete Hanna darauf, daß sie weitersprach. »Wie meinst du das?« fragte sie schließlich.

Sophie strich mit beiden Händen über das Tischtuch, wie um es glattzustreichen, obwohl keine Falte zu sehen war. »Mir ist das, von dem du sprichst, so vertraut«, sie hob den Blick, und ihre klaren Augen ruhten auf Hanna. »Ich kenne aber auch das genaue Gegenteil. Ich werde es dir erklären, aber nicht jetzt. Kommst du mit?« Damit erhob sie sich. Sie gingen durch den Hausflur und stiegen die Treppe in das erste Stockwerk hinauf.

Auch in der alten Seidenspinnerei war alles unverändert. Hanna erkannte die ungefähr dreißig Zentimeter hohen übereinanderliegenden Regale mit den wie Reisigbesen aufragenden Kastanien- und Maulbeerästen, an denen die Raupen hingen und ihre Kokons bildeten. In einer Ecke die Kupferkessel, in denen die Kokons erhitzt wurden, um den Faden weichzumachen und ihn aufwickeln zu können.

Wie früher begann Sophie zu erzählen.

»Es war eine harte Arbeit. Viermal am Tag mußten die Raupen gefüttert werden, und sie waren die gefräßigsten Geschöpfe, die ich jemals gesehen habe. Wir haben von morgens bis abends Maulbeerblätter gepflückt, um sie zu ernähren, und am Ende hatten sie ein zehntausendfach höheres Gewicht! Agnès liebte ihre Tiere, ich glaube, am liebsten hätte sie die Eier noch in einem Säckchen am Körper getragen, um sie zu wärmen, wie die Frauen in früheren Jahrhunderten es getan haben! Wenn die Raupen sich endlich verpuppt hatten, mußten alle mithelfen, um sie abzusammeln. Alles kam auf den richtigen Zeitpunkt an. Und dann kam das Schwierigste: den Anfang des Fadens zu finden! Wir haben immer mehrere Fäden zusammengedreht, damit sie nicht so schnell rissen. Sie waren bis zu eineinhalb Kilometer lang! Es war ein Wahnsinn, sich diese Arbeit anzutun, aber Agnès hielt daran fest, weil ihre Vorfahren in den Cevennen schon seit Generationen Seidenraupen züchteten. Oft war alle Mühe vergebens. Wenn die Ratten oder Ameisen nicht die Ernte vernichteten, dann hatte sie Mühe, überhaupt einen Käufer zu finden. Nach dem Krieg war dann endgültig Schluß.« Sophie seufzte, dann sah sie Hanna mit einem verschmitzten Lächeln an. »Aber ich habe es geliebt, ganz allein hier oben zu sein. Das tausendfache Knakken und Rascheln, wenn die Raupen an den Maulbeerblättern herumsäbelten. Du konntest ihre mahlenden Kiefer hören. Mich hat dieses Geräusch immer zum Träumen gebracht.«

Wie früher merkte Hanna, daß es ihr guttat, Sophies melodischer Stimme zu lauschen. Mit einem Schlag war sie vollkommen ruhig, obwohl sie gerade eben noch durch die Schilderung ihrer eigenen Unzufriedenheit sehr aufgewühlt gewesen war.

Sie stiegen die enge Treppe wieder hinunter.

»Ich würde mich freuen, wenn du mich bald wieder besuchst«, sagte Sophie beim Abschied zu ihr. »Jetzt bin ich müde, und morgen und übermorgen bin ich nicht hier. Aber am Freitag?«

»Natürlich werde ich kommen«, sagte Hanna.

Auf dem Rückweg über den Bach und den Abhang hinauf war sie in Gedanken noch bei Sophie. Welche Würde sie ausstrahlte, welche Ruhe. Hanna bewunderte die Selbstverständlichkeit, mit der die alte Dame sie aufgenommen hatte, ebenso die Art, in der sie ihre Schmerzen und das Alleinsein akzeptierte. Schon damals hatte Sophies innere Stärke Hanna beeindruckt; nach der heutigen Begegnung wurde ihr bewußt, daß Sophie diese Haltung nicht verloren hatte, die Hanna bei sich selbst schmerzlich vermißte.

»Du sprichst von ihr immer als alte Frau. Bist du dir darüber im klaren, daß sie damals, nach dem Unfall, ungefähr vierzig Jahre gewesen sein muß, so alt wie du heute?« fragte Marita, nachdem Hanna ihr von dem Gespräch mit Sophie erzählt hatte.

Hanna war verblüfft. »Es stimmt, ich habe sie damals für alt gehalten, aber heute denke ich, sie war jung.« Und noch etwas dachte sie: Daß sie selbst viel zuwenig gefestigt war, um jemanden zu trösten und ihm neuen Lebensmut zu geben, so wie Sophie es damals bei ihr getan hatte.

Am Nachmittag fuhren sie nach Saint Luron, um die Schloßbesichtigung zu machen, die immer noch ausstand. Hanna wollte nicht an der Unfallstelle vorbeikommen, und so machten sie einen kleinen Umweg und nahmen die Straße, die von Cabrières d'Aigues kommt. Wie in einem Suppenteller lag das Dorf vor ihnen, aus dem Dächergewirr ragten die Türme der Kirche, der alte Glockenturm und der Schloßturm heraus. Gegenüber der Bibliothek fand Hanna einen Parkplatz. Pierre stand vor seinem Café und winkte ihnen zu, als sie vorübergingen.

»Wir gehen nachher auf ein Bier zu ihm. Jetzt laufen wir erst einmal herum. Meine Güte, ist das heiß heute.« Marita steuerte auf den Brunnen zu, der schräg gegenüber der

Mairie lag. Sie kühlte sich die Unterarme und trank einen Schluck des eiskalten Wassers. Während sie die Tropfen abschüttelte, sah sie in die kleine Rue de l'Horloge hinein, die hier ihren Anfang nahm. Ungefähr zwanzig Meter von hier befand sich eines der Wahrzeichen von Saint Luron, der Uhrturm. Wenn man dem ansteigenden Weg weiter bis an den Dorfrand folgte, kam man an die Reste des Schlosses.

»Ursprünglich, das heißt im 16. Jahrhundert, hat der Uhrturm auf einem der Tore gestanden, die in die Stadtmauer eingelassen waren. Von den umliegenden Feldern aus konnten die Bauern auf dem riesigen Zifferblatt die Uhrzeit erkennen«, fing Marita an zu erklären.

»Woher weißt du das denn? Eigentlich bin ich doch hier für die Fremdenführungen zuständig«, sagte Hanna verblüfft. Das war das Schöne bei Marita. Egal wohin man mit ihr fuhr, immer wußte sie Bescheid über Geschichte und Besonderheiten des jeweiligen Ortes.

Marita sah ihr lächelnd ins Gesicht. »Während du unten bei Sophie warst, habe ich Reiseführer gelesen. Wußtest du, daß dein Vater eine kleine Bibliothek über den Lubéron angelegt hat? Sehr interessant.«

Mit einer spontanen Geste nahm Hanna ihre Freundin in den Arm. »Hast du dich allein gelassen gefühlt?«

»Nein, es hat mir Spaß gemacht, und ich habe eine ganze Menge herausgefunden. Außerdem hat die Lektüre mich davon abgehalten, ständig an Stephan zu denken.« Übermütig zwinkerte sie Hanna zu. »Manchmal bin ich so weit, daß ich ihn umbringen könnte.«

Hanna lachte auf. »Es ist bestimmt gesünder, wütend auf ihn zu sein, als dich in deinem Schmerz zu vergraben.«

Sie wandten beide den Blick auf den Turm, ein wuchtiges, quadratisches Ding, auf dem die Glocke zu klein wirkte.

»Ich stelle mir gerade vor, wie sie läutet. Die Leute auf dem Feld richten sich erleichtert auf, reiben sich den schmerzenden Rücken und sehen auf die Uhr. Dann legen sie die Sense oder die Hacke aus der Hand und gehen an den Feldrand, in den Schatten, um Mittagspause zu machen. Dort warten schon die Kinder auf sie, die ihnen das Essen gebracht haben ...«

Hanna sah sie bewundernd an. »Das hört sich schön an, wie du das erzählst. Du solltest mal einen Roman schreiben. Immer hast du gleich Geschichten im Kopf, wo andere nur ein Gebäude sehen.«

»Das mache ich vielleicht, wenn ich in Rente bin. Wollen wir tatsächlich hoch zum Schloß?« Marita sah zweifelnd auf den Weg, der in der prallen Sonne lag.

Sie nahmen dann doch den steinigen Weg, und als sie oben ankamen, waren sie verschwitzt und durstig, aber der herrliche Rundblick entschädigte sie für die Mühen. Fast hätten sie von hier auch Les Oliviers sehen können, es lag direkt hinter einer Bergflanke verborgen. In dem alten Turm gab es eine Ausstellung von Landschaftsbildern, die jedoch geschlossen war. Sie gingen wieder ins Dorf hinunter und tauchten in die kühlen Gassen von Saint Luron ein. In den kleinen Läden kauften sie etwas zum Abendbrot ein, dann tranken sie einen gekühlten Roséwein bei Pierre und machten sich auf den Rückweg.

»Gleich nach dem Frühstück mache ich mich auf die Suche nach einer Säge. Diese Kastanie muß unbedingt beschnitten werden«, sagte Hanna, als sie am nächsten Morgen mit dem frischen Baguette für das Frühstück zurückkam und wieder das häßliche Geräusch vernahm, mit dem die großen Äste über das Autodach schleiften.

Eine Stunde später stand sie mitten in dem Kräuterbeet, das an der Ostseite des Hauses lag. Thymian, Rosmarin, Lavendel und Lorbeer wucherten hier seit Jahren wie alles im Garten völlig ungestutzt vor sich hin und hatten beachtliche Größen angenommen. Hanna bückte sich und bog einige verholzte Zweige zur Seite. Sofort stieg ihr der würzige Duft der Kräuter in die Nase und ließ sie an Lammkeule oder eine kräftige Suppe denken. Unter den Pflanzen kümmerte Anis vor sich hin, die Minze hatte bereits die Fugen zwischen den Terrassensteinen erobert. Sie nahm sich vor, die großen Büsche zu beschneiden, auch einiges ganz aus dem Beet zu nehmen und ihm wieder so etwas wie eine Form zu geben. Außerdem würde sie gern Wacholder und einen Feigenbaum setzen. Sie zerrte vergeblich an einem riesigen Rosmarinstrauch, er steckte zu fest in der Erde.

»Also, ich finde es ja schön, wenn alles so verwildert ist«, sagte Marita und reichte ihr ein großes Glas Wasser. »Allerdings gibt es auch kaum etwas, das ich so hasse wie körperliche Arbeit. Und dann auch noch Gartenarbeit. Laß mich alles Mögliche tun, aber verschone mich damit.« Sie kreuzte die Unterarme vor dem Gesicht, als würde sie einen Vampir abwehren.

»Du mußt mir nicht helfen«, sagte Hanna und wischte sich den Schweiß von der Stirn. »Mir macht es Spaß, hier herumzukratzen. Es lenkt mich ab.«

Marita folgte ihrem Blick den Berg hinunter zu Sophies Haus. »Du wartest darauf, daß sie zurückkommt, nicht wahr?«

»Hm.«

Nachdem sie das Wasser getrunken hatte, beschloß Hanna, eine Bestandsaufnahme des Hauses zu machen. Sie stellte rasch fest, daß die Fensterläden auf der Vorderseite, wo sie der Mistral mit voller Wucht aus dem Norden traf, gestrichen werden mußten. An einem Laden würde sie sogar einige Holzleisten ersetzen müssen, die völlig verrottet waren. Vom Dach des seitlichen Anbaus waren vereinzelte Dachziegel heruntergefallen. Sie waren nicht zerbrochen. Hanna sah nach oben, um festzustellen, wo sie fehlten. Wenn es nicht allzu hoch war, könnte sie versuchen, sie selbst wieder anzubringen. Ansonsten war das Haus glücklicherweise noch ganz passabel in Schuß.

Der Garten würde allerdings mehr Arbeit kosten. Hanna sah auf die Olivenstämme und die Weinstöcke, die unter hohem, hartem Gras und den dornenbewehrten Himbeerbüschen erstickten. Sie würde sich entscheiden müssen: Sollte sie den Garten weiterhin sich selbst überlassen und darauf warten, daß sein morbider Charme eines Tages in ungepflegte Wildnis überging? Oder sollte sie die Ärmel hochkrempeln, dem Gras und den vielen verwilderten Pflanzen zu Leibe rücken, den Weg hinunter zum Fluß neu anlegen? Sie war am östlichen Ende des Grundstücks angelangt, das zur Straße hin lag, und begann mechanisch, einzelne Steine aufzuheben, die zur teilweise eingestürzten Trockenmauer gehörten. Die kleinen Echsen, die sich auf den heißen Steinen sonnten, fühlten sich gestört und flohen nach allen Seiten. Hanna nahm einen weiteren der flachen Steine und schichtete ihn auf die anderen. Das Gebilde verlor die Balance und stürzte in sich zusammen. Nachdenklich ging Hanna zum Haus zurück. So hatte das keinen Sinn. Wenn sie Les Oliviers wieder in seinen ursprünglichen Zustand versetzen wollte, dann würde sie das geplant tun müssen. Und es würde ihre ganze Zeit und Energie kosten.

Zum Mittagessen fuhren sie nach Saint Luron. Pierre, den sie mittlerweile beim Vornamen nannten, freute sich, als die

Frauen in ihrem Peugeot 206 vorfuhren. »Die ersten Gäste der Saison sind mir immer die liebsten«, sagte er mit einem Zwinkern, »und wenn sie dann noch so hübsch und ohne Männer sind …« Er verwöhnte sie mit seinen ländlichen, deftigen Gerichten und unterhielt sie mit dem neuesten Klatsch aus der Gegend. Sie gewöhnten sich sogar an die zwei Gläser Wein zum Mittagessen. »Siehst du, so machen das die Franzosen«, sagte Marita gutgelaunt. »Sie trinken einfach so lange, bis es ihnen nichts mehr ausmacht.«

In den gleichförmigen Tagen unter dem hohen Himmel fiel der Hamburger Alltag mit seinen Anstrengungen und der Routine von ihnen ab. Die nächsten beiden Tage kamen ihnen vor wie eine ganze Woche. Hanna und Marita dösten in der Frühlingssonne, lasen oder wanderten im Garten umher. Hanna ließ sich von der Umgebung völlig gefangennehmen. Sie erwachte morgens früh und stand auf, ohne ein Ziel zu haben oder einen Gedanken daran zu verschwenden, wie sie diesen Tag verbringen sollte. Sie ließ ihn auf sich zukommen und sich durch ihn hindurchtreiben. Sie verbrachte Stunden träumend in einem Sessel oder damit, jeden einzelnen Baum, jede Pflanze genau zu betrachten, sie zu betasten und zu riechen. Sie fühlte sich außerhalb der Zeit.

Am frühen Nachmittag machten sie meistens einen kleinen Ausflug in die Umgebung. Aber nie besonders weit, es war, als wollten sie sich nur kurz entfernen, um wieder zurückkehren zu können. Sie besuchten eines der umliegenden Dörfer. In Lourmarin standen sie vor dem von einem riesigen Rosmarinbaum beschatteten Grab Albert Camus', und Marita erzählte von dem Leben und tragischen Sterben des Literaturnobelpreisträgers.

In der einsetzenden Dämmerung saßen Hanna und Marita vor dem Haus und lauschten den Zikaden. Ansonsten herrschte absolute Stille unter einem Himmel, der im Westen von türkis gefärbten Kondensstreifen erleuchtet wurde.

»Ich fühle mich wie im Paradies«, sagte Marita träumerisch und nippte an ihrem Wein.

»Ich auch«, antwortete Hanna. »Und ich weiß jetzt, daß ich in Zukunft häufiger nach Les Oliviers kommen werde.«

»Es ist eine Schande, daß dieses Haus so gut wie nie bewohnt war.«

»Die einzige, die in all der Zeit regelmäßig ein oder zwei Wochen im Jahr hier verbracht hat, ist meine Schwester. Aber in den letzten Jahren hatten ihre Kinder keine Lust mehr, immer am selben Ort Ferien zu machen, und so ist auch Maren nicht mehr gekommen.«

»Und dein Vater?«

»Der wird nie wieder einen Fuß hierhersetzen, zudem würden ihm die Reise und die sommerliche Hitze zu schaffen machen.«

»Dann liegt es an dir, das Haus zu erhalten.«

Marita sprach aus, was Hanna bereits beschlossen hatte. Sie würde sich um Les Oliviers kümmern und in Zukunft mindestens einmal im Jahr herkommen. Und in der Zwischenzeit wollte sie Freunden anbieten, hier ihre Ferien zu verbringen, damit jemand da war und das Haus mit Leben füllte. Les Oliviers sollte nicht länger verlassen und vernachlässigt daherkommen. Das hatte das Haus nicht verdient.

Hannas Gedanken wanderten zu Sophie. Morgen war Freitag, und sie hatten verabredet, daß sie zu ihr hinüberging. Sie hatte in den letzten beiden Tagen immer wieder unten am Fluß gestanden, um zu sehen, ob Sophie von ihrer kurzen Reise schon zurück war. Aber das Haus lag verlassen da.

Kapitel 5

Auch am Freitag morgen blieb es im Nachbarhaus still. Gegen zehn Uhr ging Hanna hinüber und klopfte, aber niemand öffnete. Sie fing an, sich Sorgen zu machen, doch als sie auf die Terrasse von Les Oliviers kam, erfuhr sie von Marita, daß Sophie angerufen hatte, um zu sagen, daß sie einen Tag länger weg sein würde.

»Hat sie denn erwähnt, wo sie ist?« fragte Hanna.

»Nein, aber sie hat gesagt, du sollst morgen gegen Mittag zu ihr kommen. Sie klang sehr freundlich am Telefon, eine sehr angenehme Stimme.«

Hanna merkte, wie sehr sie auf die Begegnung hin gelebt hatte. Jetzt, wo sie verschoben war, wußte sie nicht, was sie mit dem Tag anfangen sollte.

»Du machst mich ganz nervös mit deinem Herumgerenne«, sagte Marita schließlich zu ihr. »Was ist denn los?«

Hanna hielt in ihrer Bewegung inne. »Ach, ich weiß auch nicht. Aber ich mache jetzt endlich, was ich die ganze Zeit schon tun wollte.«

Sie ging in den kleinen Anbau neben dem Haus. Doch die Gartengeräte, die sie dort fand, waren verrostet und unbrauchbar. Sie fuhr in eine Baumschule und kam eine Stunde später mit einer ganzen Palette voller duftender, zum Teil blühender Kräuter und nagelneuen Gartengeräten zurück: Schubkarre, Astschneider, Hacke, Schaufel und Harke, sie hatte nichts vergessen. Als sie alles zu dem verwilderten Küchenbeet geschleppt hatte, stellte sie fest, daß sie sich wie immer hatte verführen lassen und viel zu viele Pflanzen gekauft hatte. Also fing sie damit an, die vorhandenen Gewächse radikal zurückzuschneiden. Während sie arbeitete, roch es um sie herum wie in der Küche eines Feinschmekkerlokals. Nach Rosmarin und Thymian, wildem Fenchel und Anis, nach Lavendel, Minze und Zitronenmelisse. Hanna hackte und harkte, und der Schweiß lief ihr über das Gesicht. Nachdem das Beet endlich vorbereitet war, setzte sie die neuen Pflanzen ein.

Drei Stunden später war alles fertig. Sie trat einen Schritt zurück, um sich ihre Arbeit anzusehen. Es war beinahe so geworden, wie sie es sich vorgestellt hatte. Die Kräuterpflanzen waren in einer Spirale angeordnet, alle waren kräftig, und sie hatte sie gut angegossen. Hanna war zufrieden mit dem, was sie getan hatte. Am nächsten oder übernächsten Tag würde sie den Feigenbaum besorgen, den sie schon so lange haben wollte. Sie hatte sich am Morgen schon eine Pflanze ausgesucht und sie fast bis an die Kasse getragen, sie dann aber doch stehenlassen. Sie wollte eines nach dem anderen erledigen. Eine passende Stelle für den Feigenbaum hatte sie aber schon gefunden. Rechts neben dem Rasenstück, wo sie immer das Auto parkten, war der perfekte Platz. Dort konnte er ungestört wachsen, und seine Blätter würden sich mit denen der alten Kastanie vermischen. Bei dem Gedanken fiel ihr ein, daß die Kastanie noch gestutzt werden mußte.

Marita kam, um sich das fertige Beet anzusehen. »Das ist schön geworden«, sagte sie. »Und wie das duftet! Ist das da Salbei? Dazu fallen mir Gnocchi und Kalbsleber zum Abendbrot ein. Wie wär's?«

»Mir läuft das Wasser im Mund zusammen. Fährst du

zum Einkaufen? Ich kann mich so leider nicht unter die Leute trauen.« Bei diesen Worten wies sie auf ihre schwarzen Fingernägel und die mit rötlichem Staub bedeckten Beine und Unterarme.

»Ist gut, mache ich. Ich habe ja gesagt, daß ich gern helfe, wenn es nur nichts mit Gartengeräten zu tun hat.«

Marita fuhr nach Saint Luron, und Hanna legte Hacke und Schaufel weg und brachte, was sie ausgerissen und abgeschnitten hatte, in eine Ecke des Gartens, die sie kurzerhand zum Komposthaufen erklärt hatte. Dann ging sie ins Haus, um sich zu duschen.

Sie stand vor dem Waschtisch, ein Handtuch um den Körper gewickelt, und betrachtete die stattliche Anzahl von kleinen Töpfen und Tiegeln, von Lippenstiften und Nagellacken, die dort standen. Wie viele es über die Jahre geworden sind, dachte sie. Und dabei ist es nur ein kleiner Teil, den ich mit in den Urlaub genommen habe. In Hamburg steht noch einmal soviel herum. Seit wann brauche ich eigentlich einen Abdeckstift und Augenbrauenpuder? Und wieso habe ich mir Augencreme aufschwatzen lassen? Sie beugte sich vor und brachte ihr Gesicht dicht vor den Spiegel, um die Fältchen um ihre Augen näher zu betrachten. Habe ich mir mit zwanzig eigentlich die Wimpern getuscht? Ich glaube nicht, und trotzdem habe ich mich damals umwerfend schön gefunden. Weil ich Daniel hatte und mir die Welt zu Füßen lag.

Sie ließ das Handtuch von ihrem Körper gleiten, um sich einzucremen. Auch unter den Körpercremes und Ölen konnte sie wählen. »Besonders reichhaltig« meinte ja wohl für die reifere Haut. »Nach dem Sonnenbad«, »beruhigend und glättend«, »mit Vitamin-E-Komplex« und so weiter. Von den verschiedenen Duftnoten ganz zu schweigen. Ihr

Blick fiel in den Spiegel. Sie war schlank und trug Größe 38 bis 40, aber am Bauch und an den Hüften zeigten sich erste kleine Fettpölsterchen. Wie schafften Susanne und die anderen Frauen ihres Schlages es, mit vierzig noch auszusehen wie mit Ende Zwanzig? Dabei hatte sie noch nicht einmal Kinder bekommen. Wieder mußte sie an die Zeit mit Daniel denken. Damals hatte sie weder Sonnenöl noch Après-Sun, weder Lippenstift noch Haargel gebraucht, sie war einfach schön gewesen, ihr perfektes Glück hatte sie strahlen lassen. Gehörte also nur der richtige Mann dazu? Hanna zuckte mit den Schultern und verrenkte sich, um ihre Rükkenpartie im Spiegel zu betrachten.

Später in ihrem Zimmer stand sie vor dem Kleiderschrank und ging die Bügel durch. Sie holte ein neues Kleid heraus, das eigentlich mehr zum Ausgehen war. Schwarz, in fließendem Stoff, der locker den Körper umspielte. Ein leicht geraffter, tiefer Ausschnitt betonte ihr schönes Dekolleté. Na also, geht doch, dachte sie, als sie es übergestreift hatte und sich vor dem Spiegel drehte.

Auf dem Weg nach draußen fiel ihr Blick auf das Telefon, das im Flur stand. Meine Güte, sie hatte die ganze Woche noch nicht mit Ullrich telefoniert! Er mußte doch inzwischen aus London zurück sein.

Sein Handy war ausgestellt. Kurz entschlossen wählte sie die Büronummer, um von Ullrichs Sekretärin den Namen des Hotels zu erfahren, in dem er abgestiegen war. Sie würde ihm wenigstens eine kleine Nachricht überbringen lassen.

»Es tut mir leid, ich weiß nicht, in welchem Hotel Ihr Mann abgestiegen ist«, stotterte Frau Hansen. »Er ist doch privat unterwegs. Ich dachte, mit Ihnen …«

»Wie bitte, was sagen Sie da?«

»Ich bin sicher, das wird sich alles aufklären. Wahrscheinlich nur ein Mißverständnis.« Frau Hansen versuchte die peinliche Situation zu entschärfen.

»Aber sicher. Nur ein Mißverständnis«, sagte Hanna und legte auf.

Sie wählte die Nummer der Villa. Gleich nach dem ersten Klingeln hörte sie Ullrichs atemlose Stimme.

»Ohnegroot.« Es klang so, als habe er auf ihren Anruf gewartet, die Stimme trug diese Zärtlichkeit in sich, die sie ganz am Anfang ihrer Ehe gehabt hatte.

»Hallo, ich bin's. Woher hast du gewußt, daß ich anrufe?«

Am anderen Ende blieb es für einen Moment still.

»Wieso?« fragte Ullrich und zog das O in die Länge.

»Na ja, du klingst so zärtlich, so, als hättest du mich vermißt.« Auch Hannas Stimme war weich. Vielleicht war diese Trennung wichtig für sie beide, damit sie erkannten, was sie aneinander hatten?

»Ich komme gerade zur Tür herein, deshalb bin ich etwas außer Atem. Was gibt es denn?« Jede Zärtlichkeit war aus seiner Stimme verschwunden, der Ton war rein geschäftsmäßig.

»Ich wollte nur hören, ob du gut aus London zurück bist«, antwortete Hanna enttäuscht. »Wir hatten doch vereinbart, daß du anrufst. Ich habe gerade mit Frau Hansen gesprochen, und sie hat mir gesagt, du seist privat dort gewesen.«

»Wieso sagt sie das?« polterte er. »Selbstverständlich ging es um ein Geschäft.«

»Sie hatte den Eindruck, du seist nicht allein gereist.«

»So, hatte sie den Eindruck? Natürlich war ich allein, was denn sonst. Nur weil ich mein Hotel selbst buche, darf Frau Hansen nicht derart unsinnige Gerüchte in die Welt setzen.«

In Hanna keimte plötzlich Mißtrauen auf. »Gib's zu, du

warst nicht allein dort«, sagte sie, um ihn zu necken und ihre plötzliche Unsicherheit zu überspielen.

Doch Ullrich war offensichtlich nicht zu Scherzen aufgelegt. »Jetzt hör schon auf, so einen Quatsch zu reden. Wenn du eifersüchtig bist, dann darfst du mich eben nicht so lange allein lassen.«

»Ich bin doch erst eine Woche weg«, entgegnete Hanna lahm. Sie wußte nicht mehr, warum sie ihn angerufen hatte. Das Gespräch hatte plötzlich eine unangenehme Wendung genommen. Nach wie vor hatte sie das Gefühl, daß Ullrich etwas vor ihr verbarg.

»Hör zu, ich bin gerade nach Hause gekommen und möchte mich erst mal umziehen. Laß uns nachher telefonieren, ja?« fragte er, und Hanna merkte, daß er es eilig hatte, das Gespräch zu beenden.

»Wie du willst«, antwortete sie, aber da hatte ihr Mann bereits aufgelegt.

Marita hatte nicht nur eingekauft, sondern auch gekocht. Kalbsleber in Salbeibutter, dazu Salat und frisches Baguette.

»Gnocchi habe ich nicht bekommen«, sagte sie fröhlich.

Sie hatte sich viel Mühe gegeben, der Tisch war schön gedeckt, und rundherum auf dem Fußboden hatte sie ein gutes Dutzend Teelichter aufgestellt.

»Woher hast du all die Behälter für die Teelichter?« rief Hanna aus, als sie zum Essen auf die Terrasse kam. »Das sieht ja wunderschön aus!«

»Tja, da staunst du«, antwortete Marita lachend. »Das sind die Gläser, in denen wir immer unsere Crème Brulée aus dem Supermarkt holen.«

»Haben wir schon so viele davon gegessen?« Unwillkürlich fuhr sich Hanna mit der Hand über den Bauch.

Marita lachte übermütig. »Man kann sie gut zweimal verwenden, nicht wahr? Komm, setz dich, das Essen ist fertig.«

Der Abend war sehr warm. Mit der Dunkelheit waren die Sterne am Himmel aufgegangen, die sich in den Teelichtern am Boden zu spiegeln schienen. Über allem der Gesang der Zikaden. Dazu ein mit Liebe zubereitetes Essen und ein guter dunkler Wein. Aber etwas störte die Harmonie.

Hanna war unruhig und konzentrierte sich weder auf das Essen noch auf das Gespräch. Mehrfach schreckte sie hoch, weil sie glaubte, das Telefon habe geklingelt. Aber Ullrich rief nicht an.

»Willst du mir nicht sagen, was los ist?« fragte Marita schließlich. »Du hast fast nichts gegessen und schweigst mich den ganzen Abend an.«

»Ich weiß auch nicht …« Hanna berichtete von dem mißglückten Telefongespäch mit Ullrich. »Wie er seinen Namen nannte … Wie kann ein Mann soviel Zärtlichkeit und Erotik in ein einziges Wort legen? Am Anfang hat er so mit mir gesprochen, in der ersten Zeit.« Hannas Blick verlor sich für einen Moment in der Erinnerung. »Aber als er gemerkt hat, daß ich am Telefon war, veränderte sich seine Stimme. So, als wäre diese Zärtlichkeit für jemand anderen bestimmt gewesen. Und was ist das für eine komische Geschichte mit London? Ullrich hat alles abgestritten und aufgelegt. Warum ruft er denn nicht an, er hat es doch gesagt?«

Marita dachte nach. »Aber das sind doch nicht mehr als vage Vermutungen.«

»Mein Gefühl sagt mir, etwas stimmt nicht.« Hanna zögerte, bevor sie den nächsten Satz sagte. »Ich habe sowieso schon oft gedacht, daß Ullrich und ich nicht zusammenpassen. So jemand wie Susanne wäre eine viel bessere Frau für ihn. Die beiden sind sich so ähnlich.«

»Wie kommst du denn jetzt auf Susanne?« fragte Marita verblüfft.

Hanna schob sich die Brille ins Haar. »Ist nur so eine Idee …« Aber hinter dieser Idee steckte etwas. War sie nicht vor einigen Wochen in die Küche gekommen, wo Ullrich und Susanne angeblich neue Drinks machen wollten, und hatte gesehen, wie die beiden sich eng umschlungen hielten? Sie hatte ihr ungutes Gefühl damals mit einem Lachen weggewischt und die Episode vergessen, aber jetzt stand sie ihr wieder vor Augen. »Susanne hätte jedenfalls keine Skrupel. Sie hat sich immer schon genommen, was sie wollte, ohne Rücksicht auf Freundschaften oder andere altmodische Dinge.«

»Hey, hey, was sind denn das für Töne?« Marita öffnete die zweite Flasche Wein und schenkte nach.

Hanna nahm einen großen Schluck. »Aber es ist wahr: Unsere Ehe plätschert so vor sich hin. So wie die meisten, nehme ich an. Gut möglich, daß Ullrich sich mit mir langweilt und sich anderswo Bestätigung und Leidenschaft sucht. Was machen wir denn schon groß gemeinsam? Am Tag führt jeder von uns sein eigenes Leben. Selbst am Wochenende geht oft jeder seine eigenen Wege. Wir haben nicht den Wunsch, jede freie Minute miteinander zu verbringen, so könnte man es wohl ausdrücken.«

»Redet ihr denn miteinander?«

Hanna winkte ab. »Meinst du mit Reden so richtig tiefsinnige Gespräche oder das Besprechen von organisatorischen Dingen und das Abfragen, wie es denn im Büro war?«

»Und Sex?« fragte Marita vorsichtig. Sie hatten keine Geheimnisse voreinander, und früher hatten sie sich regelmäßig über ihr Liebesleben auf dem laufenden gehalten, doch in den letzten Jahren war dieses Thema zwischen ihnen selten geworden. So als wüßten sie, daß es auf diesem Gebiet auch Dinge zu sagen gab, die einen nicht in strahlendem Licht erscheinen ließen.

»Kommt vor zwischen uns und ist auch immer ganz schön, aber daß wir nicht mehr täglich vor Leidenschaft sprühen, ist doch wohl klar. War das bei dir und Stephan etwa anders?«

Marita zuckte zusammen wie unter einem Schlag. Sie sah auf ihren Teller und nickte langsam. »Wir konnten nicht genug voneinander bekommen. Es hat kaum einen Tag gegeben, an dem wir nicht miteinander geschlafen haben. Oft mitten am Tag, ich habe konzentriert am Schreibtisch gesessen und er ist von hinten an mich herangetreten, und dann ...« Ihre Augen schimmerten feucht, als sie den Blick hob. »Ach Hanna, du weißt gar nicht, wie sehr ich diese Zärtlichkeiten, dieses Gefühl des Begehrens und die Gewißheit, begehrt zu werden, vermisse. Es bringt mich halb um. Wenn ich mir vorstelle, daß er all diese Dinge mit einer anderen teilt, könnte ich laut schreien.« Ihre Mundwinkel zitterten. »Für mich war Sex immer wichtig, ich meine, keinen bloßen Sex, sondern das körperliche Zusammensein mit jemandem, den ich liebe. Deshalb habe ich ja so viele gescheiterte Beziehungen hinter mir, weil ich mich wegen dieses Bedürfnisses mit Männern eingelassen habe, von denen ich eigentlich wußte, daß sie nicht zu mir paßten. Ich kann einfach nicht allein sein. Und mit Stephan hat beides gestimmt. Ich habe ihn bewundert, wir haben uns ergänzt und beflügelt, und ich konnte phantastischen Sex mit ihm haben, wann immer ich wollte. Und jetzt habe ich gar nichts mehr.«

»Gibt es für dich denn gar nicht die Möglichkeit, daß da ein anderer kommt?« fragte Hanna zögernd.

Marita wischte sich eine Träne aus dem Augenwinkel und schüttelte den Kopf. »Ich will keinen anderen.«

»Und du zweifelst nie daran, daß Stephan zurückkommt?«

»Ich wage es nicht.« Maritas Stimme war kaum noch zu hören. Doch plötzlich lächelte sie ihr frechstes Lächeln. »Kennst du etwa nicht den Spruch, daß es wahrscheinlicher ist, von einem Terroristen erschossen zu werden als mit vierzig noch einen Mann abzubekommen?«

Hanna lachte laut heraus, obwohl ihr nicht danach war. »Doch, hab ich schon mal gehört.«

Marita stand auf und klatschte in die Hände. »Wir geben vielleicht ein Paar Trauerklöße ab! Dabei sind wir doch hier, um unseren Urlaub zu genießen. Hör zu: Es ist unfair Ullrich gegenüber, ihn ohne Beweis zu verdächtigen. Und unfair, uns selbst den wunderbaren Abend zu verderben. Bevor wir hier also in Trübsinn versinken, lege ich schöne Musik auf, einverstanden?«

Am nächsten Morgen war Ullrich nicht zu erreichen. Hanna probierte es alle fünf Minuten. Im Büro war er noch nicht aufgetaucht, wie ihr Frau Hansen sagte, und zu Hause und auf seinem Handy ging er nicht ran. Sie wurde erst wütend, dann nervös. Außerdem hatte sie Kopfschmerzen, denn am Abend vorher hatten sie und Marita noch eine weitere Flasche Wein geleert und irgendwann zu tanzen begonnen. Es war schon weit nach Mitternacht gewesen, als sie endlich ins Bett gefunden hatten.

Um sich zu beschäftigen, blätterte Hanna in dem zwanzig Jahre alten Branchenbuch, das vergilbt neben dem mindestens ebenso alten Telefon lag. Ihr Blick erfaßte die Namen von Malern und Dachdeckern, vergaß sie aber gleich wieder. Es wollte ihr nicht gelingen, sich zu konzentrieren. Auch auf ein Frühstück mit Marita mußte sie verzichten, denn die schlief noch. Wieder wählte sie Ullrichs Nummer, und wieder kam die Nachricht, daß der Teilnehmer momentan nicht zu erreichen war.

Schließlich rief Hanna ihre Schwester Maren in Berlin an. Sie mußte einfach mit jemandem reden.

»Hallo, kleine Schwester. Das muß Gedankenübertragung gewesen sein. Ich wollte dich nämlich auch heute morgen anrufen. Wie geht es dir?« Marens Stimme kam wie meistens gut gelaunt und fröhlich aus dem Hörer. Vielleicht lag das daran, daß sie als Redakteurin für Psychologie und Lebenshilfe bei einem Frauenmagazin arbeitete. Sie hörte so viele Geschichten von gescheiterten Ehen, Depressionen und anderen Problemen, daß sie über die eigenen großzügig hinwegsehen konnte.

»Gut, bis auf ein kleines Hammerwerk in meinem Kopf. Rate, wo ich bin!«

»In Saint Luron!«

»Woher weißt du das?«

»Weil ich Ullrich getroffen habe.«

»Wie bitte? Warst du in Hamburg? Wie schade, wir hätten uns sehen können.«

Maren räusperte sich. »Ich war nicht in Hamburg, sondern in London, für die Redaktion. Ich habe ein Interview geführt. Und rate, wen ich dort getroffen habe?«

Hanna überlegte. »Doch nicht etwa Ullrich?«

»Genau den. Ich saß mit meiner Interviewpartnerin in der Lobby des Hotels, und wer kommt herein?«

Hanna mußte lachen und hielt sich gleich darauf die pochende Stirn. »Na, das war bestimmt ein freudiges Wiedersehen auf beiden Seiten.«

Maren mochte Ullrich nicht und hatte das auch nie verhehlt. Sie war acht Jahre älter als Hanna und hatte sich immer für ihre kleine Schwester verantwortlich gefühlt. Besonders nach dem Tod der Mutter. Doch Hermann Behnsen hatte nicht zugelassen, daß jemand anderes als er selbst Einfluß auf Hanna nahm. »Deine Mutter ist tot, und deine Schwester hat das Haus verlassen. Nur wir zwei sind übriggeblieben. Wir müssen jetzt zusammenhalten.« Hanna fühlte sich durch die Erwartung, die ihr Vater in sie setzte, überfordert. Sie sollte ihm die ganze Familie sein, die er einmal gehabt hatte. Das schmeichelte ihr, schnürte ihr aber manchmal geradezu die Luft ab. Auf jeden Fall war sie zu jung gewesen, um sich dem zu entziehen, und hatte sich gefügt: in die Einsamkeit des leeren Hauses, in die schweigsamen Mahlzeiten, in das Verbot, Freundinnen zu haben oder einfach nur fröhlich und ausgelassen zu sein. Maren war damals schon erwachsen gewesen und hatte sich gewehrt. Sie war klugerweise in Berlin geblieben, trotz der Beschwörungen ihres Vaters, in Hamburg weiterzustudieren.

Als sich die Heirat zwischen Ullrich und Hanna anbahnte, war Hermann Behnsen am Ziel seiner Wünsche angelangt. Doch Maren war strikt gegen diese Ehe gewesen. »Du gerätst von einer Abhängigkeit in die nächste«, hatte sie ihre Schwester gewarnt. »Du hast ja keine Ahnung, wie ähnlich sich Papa und Ullrich sind. Willst du denn vom Regen in die Traufe kommen?«

An dem Tag, als Hanna Ullrichs Antrag annahm, liebte sie ihn von ganzem Herzen. Sie kannte ihn schon, seit sie vierzehn oder fünfzehn war. Damals trat er in das Immobilienbüro Behnsen ein, und Hanna fand ihn sympathisch, mehr nicht. Er kam frisch von der Universität, und sie träumte davon zu studieren. Er war elf Jahre älter als sie, fuhr einen knallroten Mini, sah gut aus und war gebildet und charmant, besonders zu Hanna. Sie gab nicht viel darauf, schließlich war sie die Tochter des Chefs. Sie verliebte sich in Daniel, und Ullrich geriet in den sieben Jahren, die die Beziehung dauerte, völlig in den Hintergrund. Er ging nach Amerika und kam nach vier Jahren wieder, um als Kompagnon bei ihrem Vater einzusteigen. Bei Behnsen & Ohnegroot baute Ullrich einen neuen Geschäftszweig auf. Er finanzierte den Bau großer Gebäude und verkaufte sie später mit Gewinn weiter.

Nach der Trennung von Daniel, als Hanna wieder aus ihrem Kummer auftauchte, war Ullrich immer noch da, und irgendwann stellte sie verwundert fest, daß er ihr den Hof machte. Er kam häufig nach Büroschluß oder am Wochenende ins Haus, um etwas mit ihrem Vater zu besprechen. Nie vergaß er, nach Hanna zu fragen und ihr einen guten Tag zu wünschen. Er sah toll aus in seinen dunklen Anzügen, immer sehr modern und edel. Der Erfolg hatte ihn selbstbewußt und weltgewandt gemacht. Er gewöhnte sich an, noch für einen Moment bei ihr zu sitzen, wenn das Geschäftliche erledigt war. Sie saßen bei schönem Wetter draußen auf der Terrasse, vor einem Bier oder einem Glas Wein. Oft blieb er zum Essen. Als Hanna anfing zu studieren, tratschten sie über Professoren und juristische Kniffligkeiten. Hanna bewunderte seine Kenntnisse. Hermann Behnsen verheimlichte nicht, daß er nichts dagegen hatte, wenn seine rechte Hand und seine Tochter sich gut verstanden. Er überreichte den beiden mit einem Lächeln Theaterkarten oder eine Reservierung in einem guten Restaurant in der Stadt. »Die habe ich heute von einem Klienten geschenkt bekommen, dem ich zu seinem Traumhaus verholfen habe. Aber was soll ich alter Mann da? Geht ihr nur und amüsiert euch.«

Ihre Gespräche wurden persönlicher. Es ging nicht länger nur um Jura, Ullrich erzählte von sich, von seiner Kindheit, seinen Träumen. Einmal mit einem Segelboot um die Welt, das war es. Ihm fehlte nur noch die Frau, die dieses Abenteuer mit ihm teilen würde, sagte er und sah sie dabei bedeutungsvoll an. Auch Hanna öffnete sich ihm. Er fragte nach ihrer Mutter. In der Firma wußte man nur, daß sie schon lange tot war. Hanna erzählte von dem Unfall und wie schwierig die Kindheit ohne sie gewesen war.

»Ich glaube, du bist um viel Liebe betrogen worden. Ich würde sie dir so gern geben«, sagte Ullrich und küßte sie zum ersten Mal. Es schien ganz selbstverständlich, daß sie heirateten. Sie waren wie füreinander bestimmt.

Nur Maren mochte ihn von Anfang an nicht, und daran hatte sich auch nichts geändert.

»Er war ziemlich überrascht, als er mich dort in der Lobby sitzen sah«, sagte sie gerade. »Er konnte aber auch nicht so tun, als hätte er mich nicht bemerkt, ich habe genau in seiner Blickrichtung gesessen.«

»Und? Habt ihr miteinander gesprochen?«

»Nur ganz kurz.« Maren holte einmal tief Luft. »Ich muß dir etwas sagen.«

Hanna spürte, wie ihr bei diesen Worten heiß wurde. Sie schluckte trocken. Sie glaubte zu wissen, was ihre Schwester sagen würde.

»Er war nicht allein. Susanne war bei ihm.«

Also war es doch nicht mein Anruf, den er gestern erwartet hat, sondern Susannes, dachte Hanna sofort.

»Sie hat mich freudestrahlend angelächelt, dann ist sie im Fahrstuhl verschwunden, und ich habe zwei Sätze mit Ullrich gewechselt.«

»Also doch«, entfuhr es Hanna. »Aber warum hat Ullrich denn gestern behauptet, allein in London gewesen zu sein?«

Maren seufzte. »Hat er das? Ach, Schwesterchen. Ich glaube, du hast dir viel zu lange ein falsches Bild von Susanne und leider auch von deinem Mann gemacht. Aber ich habe dich von Anfang an vor ihm gewarnt. Ullrich war nie ehrlich zu dir.«

Hanna fühlte sich plötzlich, als wäre sie wieder dreizehn Jahre alt, ein unreifes Mädchen, dem die große Schwester die Welt erklären mußte. Sie versuchte es mit einer lauen Ausrede. »Na und? Die beiden sind befreundet und haben geschäftlich miteinander zu tun. Was ist denn schon dabei?« Doch während sie das sagte, tauchten Bilder in ihrem Kopf auf: Sie sah wieder die Umarmung in der Küche, die vertraulichen Blicke zwischen den beiden, die sie ausschlossen, und die seltsame, verletzende Einigkeit, wenn es um bestimmte Dinge ging, zu denen Hanna eine andere Meinung hatte. Als würde es Ullrich und Susanne Spaß machen, gemeinsam gegen Hanna zu sein.

»Was soll ich denn jetzt tun?« fragte Hanna mit einem Schluchzen.

Marens Stimme wurde versöhnlicher. »Sag Ullrich auf den Kopf zu, daß du glaubst, er betrügt dich. Und dann würde ich an deiner Stelle ernsthaft darüber nachdenken, ob du diese Ehe aufrechterhalten willst und was du bereit wärst zu verzeihen. Wie lange bleibt ihr noch in Saint Luron?«

»Bis zum nächsten Wochenende.«

»Ich würde nicht so lange warten, bevor ich mit Ullrich spreche. Die Ungewißheit könnte ich gar nicht aushalten. Ruf ihn an. Und melde dich wieder bei mir.«

»Ja«, sagte Hanna und legte auf.

Hannas erster Impuls nach dem niederschmetternden Gespräch mit ihrer Schwester war, Ullrich anzurufen. Ich frage ihn, dachte sie. Ich erzähle ihm, was ich gerade von Maren erfahren habe, er wird das Mißverständnis aufklären, und wir werden beide über den Irrtum lachen und hinterher eine gute Geschichte zu erzählen haben. Hanna nahm ihr Handy und gab die Nummer ein. Während der Apparat wählte, legte sie hastig wieder auf. Und was, wenn es doch wahr ist? Wenn Ullrich mir sagt, daß Maren recht hat, daß er ein Verhältnis mit Susanne hat? Nein, ich würde es nicht ertragen, eine solche Wahrheit über das Telefon zu erfahren. Ich will Ullrich ins Gesicht sehen, seine Reaktion beobachten, wenn ich meinen Verdacht ausspreche. Und ich muß mir vorher darüber klarwerden, was ich tun werde, wenn ich erfahre, daß er mich betrügt. Der Gedanke schoß ihr durch den Kopf, daß Ullrich die Scheidung von ihr verlangen könnte. Sie zuckte zusammen, als hätte man sie mit einem Stromkabel berührt. Sie wußte selbst, daß in ihrer Ehe längst nicht alles zum Besten stand und daß sie etwas ändern mußten, aber gleich eine Scheidung? Vor diesem Schritt hatte sie Angst.

Als Marita einige Zeit später aus ihrem Schlafzimmer kam, saß Hanna wie versteinert am Küchentisch. Marita sah sofort, daß etwas passiert war. Hanna erzählte ihr von dem Telefonat mit ihrer Schwester und fing an zu weinen. »Ich hoffe so sehr, daß es für all das eine ganz simple Erklärung gibt, aber im Grunde weiß ich, daß es nicht so ist.«

Marita wollte nicht glauben, was sie hörte. Dann wurde sie traurig. Sie nahm Hanna in den Arm und drückte sie an sich. »Es tut mir leid für dich.«

»Aber ich kann ihn doch nicht verurteilen, ohne ihm die Möglichkeit der Rechtfertigung zu geben!«

»Das sollst du auch nicht. Du mußt mit ihm sprechen. Ruf ihn an.«

Hanna wehrte ab. »Das hatte ich gerade vor, und es ging

nicht. Ich kann so etwas nicht am Telefon klären. Vielleicht ist es das Ende meiner Ehe, und das will ich von Angesicht zu Angesicht erfahren.«

»Na gut, dann wartest du, bis du wieder in Hamburg bist. Willst du früher aufbrechen?«

»Nein, bloß das nicht«, rief Hanna. »Ich muß erst mal nachdenken und alles sacken lassen.«

Sie sah auf die Uhr. Es war kurz vor zwölf. Sophie wartete auf sie.

»Ich gehe erst einmal zu Sophie. Jetzt muß sie da sein. Das wird mich auf andere Gedanken bringen.«

An dem Pflaster auf dem Handrücken, da, wo die Kanüle gesessen hatte, erkannte Hanna, daß Sophie im Krankenhaus gewesen sein mußte.

»Was ist mit dir?« fragte sie besorgt, als sie sich wie beim letzten Mal am Küchentisch gegenübersaßen.

Sophie hatte ein schmerzliches Lächeln. »So ist das mit alten Leuten. Ich war im Krankenhaus, um ein paar Untersuchungen machen zu lassen.«

»Und? Fehlt dir etwas?«

Die Antwort war ausweichend. »Ich bekomme die Ergebnisse in der nächsten Woche. Aber ich fühle mich gut, und darauf kommt es schließlich an, nicht wahr? Sag mir lieber, was mit dir ist. Du siehst aus, als wäre etwas geschehen.«

»Ich habe dir doch gesagt, daß es in meiner Ehe kriselt. Bisher war es nur das Wissen, daß wir uns auseinandergelebt haben. Aber heute morgen habe ich erfahren, daß Ullrich mit einer anderen Frau in London war. Mit meiner Freundin. Ich glaube, er betrügt mich mit ihr.«

Jetzt sah Sophie traurig aus. »Du glaubst? Kannst du ihm denn nicht vertrauen? Gegenseitiges Vertrauen ist doch das wichtigste in einer Ehe. Neben der Liebe natürlich. Wenn du deinen Mann liebst und ihm vertraust, dann kannst du alles ertragen. Weißt du, manchmal sind Männer seltsame Wesen. Sie können uns verletzen, uns in Angst und Unsicherheit versetzen. Manchmal verlassen sie uns sogar, wenn es nicht anders geht. Aber wenn Liebe dabei ist, dann wird am Ende alles gut.« Sie richtete ihre schönen grauen Augen auf Hanna. »Nur die Liebe kann uns die Angst vor dem Leben nehmen.« Sie stand auf und streckte den Arm aus.

Hanna sprang auf und reichte Sophie ihren Arm zur Unterstützung.

Sophie nickte dankend. »Komm mit nach nebenan. Der Arzt hat gesagt, ich soll mich soviel wie möglich hinlegen.«

Sie gingen in das dämmrige Wohnzimmer hinüber. Während Sophie es sich auf dem roten Sofa bequem machte und eine leichte Decke über ihre Beine breitete, blieb Hannas Blick an dem Bild der schönen ernsten Frau hängen. Sie erkannte diesen Gesichtsausdruck plötzlich wieder. Ein paarmal in den vergangenen Jahren war sie einer Frau begegnet, die sie auf ähnliche Weise angesehen hatte, und jedesmal hatte sie sich ganz stark zu ihr hingezogen gefühlt. Nun wurde ihr bewußt, daß es genau andersherum war: Sie hatte in anderen Menschen immer die Ausstrahlung der Frau auf dem Bild gesucht.

»Wer ist das eigentlich?« fragte sie.

Sophie ließ ihre Augen zwischen Hanna und der Frau auf dem Bild hin und her wandern. »Das war meine Mutter. Sie hieß Victoire – die Siegerin. Sie hat ihr Leben ihrer Liebe gewidmet. Von ihr habe ich gelernt, daß die Liebe alles überwindet, sogar den Tod. Soll ich dir von ihr erzählen?«

Kapitel 6

Alle zwei Wochen kamen die neuesten Pariser Modezeitschriften bis nach Saint Luron, und für Victoire Thaumiaux war dies immer ein besonderer Tag. Rasch blätterte sie die Magazine Seite für Seite durch. Ihr Blick erhaschte hier eine ungewöhnliche Rocklänge, dort einen Stoff, der ihr gefiel. War sie am Ende angekommen, klappte sie das Heft zu und schloß für einen Moment die Augen. Dann nahm sie sich das Magazin langsam vor, und keine Zeile, kein Detail der Zeichnungen oder Fotos entging ihr. Die Lektüre war für sie eine Reise in eine andere Welt. Diese Leidenschaft war neu und löste eine andere ab, die mit einem Sammelalbum begonnen hatte. Ihr Vater hatte ihr zum neunten Geburtstag ein Buch über die französischen Besitzungen in Afrika geschenkt, in das Bilder aus dem Kolonialalltag einzukleben waren. Vorn in dem dicken Buch war eine bunte Afrikakarte, auf der in Blau die Länder markiert waren, die zu Frankreich gehörten. Unzählige Male saß Victoire mit ihrem Vater über diese Karte gebeugt, und sie fuhren mit dem Zeigefinger nach Spanien, setzten nach Nordafrika über und durchwanderten dann die kompletten französischen Kolonien im westlichen Afrika. Vom Kongo aus machten sie einen Riesensprung bis nach Madagaskar, dann zurück aufs Festland und den Nil wieder hinauf bis ans Mittelmeer.

In Victoire entstand auf diesen imaginären Reisen eine unstillbare Sehnsucht nach den Landschaften Afrikas, die sie sich als steten Wechsel zwischen schneebedeckten Bergen und mit wilden Tieren bevölkerten Savannen vorstellte. Sie träumte davon, mit einem Floß den Kongo hinunterzufahren, über sich das Geschrei von Affen und vom Ufer her das Brüllen der Löwen. In einem abgelegenen Dorf würde sie festmachen und den Kindern Lesen und Schreiben beibringen. Ihr Vater bestärkte sie in diesen Träumen. »Frankreich ist eine Großmacht, und eine Großmacht braucht Kolonien«, war sein Lieblingsausspruch. Wenn er vom Markt im dreißig Kilometer entfernten Apt zurückkam, brachte er meistens Kolonialwaren mit: Kakao, Datteln, Nüsse, und die wurden erst gegessen, nachdem sie auf der Karte das Herkunftsland gefunden hatten.

Irgendwann verlor Victoire jedoch das Interesse an dieser Schwärmerei und fand sie unmädchenhaft. Sie begann ihre Sehnsucht nach Ferne, nach Schönem und Außergewöhnlichem in den Modezeitschriften aus Paris zu stillen. Ihrem Vater gefiel das gar nicht.

1934 wurde Victoire zwanzig Jahre alt. Sie war auf eine Art zierlich, daß viele sie fälschlicherweise für schwach hielten. Sie trug Kleidung, die ihre schlanke Taille betonte: Gürtel und breite Hosen- oder Rockbünde. Sie schneiderte sie nach den Pariser Magazinen selbst, weil sie in den örtlichen Geschäften nichts Passendes fand. Ihr dunkles Haar war im Nacken zu einem üppigen Knoten geschlungen. Wenn sie verschwitzt war oder ihr Haar nur nachlässig hochgesteckt hatte und es sich aus seinem Knoten zu lösen begann, schien es die kleine Gestalt zu beherrschen. Die dunkelblauen Augen waren nachdenklich und wachsam. Sie besaß einen Elan und eine Bestimmtheit, die ihr oft genug Ärger einbrachten.

»So findest du nie einen Mann«, sagte ihre Mutter zu ihr,

wenn Victoire wieder einen Verehrer vor den Kopf gestoßen hatte. Sie weigerte sich schlichtweg, ihnen schönzutun, weil sie wußte, daß eines Tages der Richtige kommen würde. Bis dahin würde sie lieber allein bleiben als sich für einen Mann zu verbiegen, den sie nicht achten konnte. Und in Saint Luron schien es nur solche Männer zu geben. Bei den jährlichen Festen zum Nationalfeiertag oder beim Tanz in den Mai beobachtete sie die Kerle, die stolz und breitbeinig den Tanzsaal betraten, um sich Stunden später die betrunkenen Nasen blutig zu schlagen oder als kotzende Haufen Elend draußen in der Gasse zu liegen. Nein, für so einen war sie sich zu schade.

Victoire hatte eine Tante, die Schwägerin ihres Vaters Edouard, in Sanary-sur-Mer. Einmal im Jahr fuhr sie zu Tante Ludivine, um Ferien zu machen. Sanary war für sie der Zipfel von der großen Welt, den sie erreichen konnte. An der Mittelmeerpromenade flanierten Feriengäste und Einheimische in eleganter Kleidung. Die Frauen trugen Hüte und feine Schuhe zur Schau. Die Nähe der Hafenstadt Toulon mit der Marinebasis und ihren weitgereisten Matrosen war überall spürbar. Abends vor dem Spiegel übte sich Victoire in der vertraulichen Geste, mit der eine Freundin die andere auf etwas hinwies, in der Kunst, sich in aller Lässigkeit eine Zigarette anzuzünden, sie imitierte den innigen Kuß eines Liebespaares. Sie bewunderte die Schönheit und Eleganz der Frauen und die Weltgewandtheit der Männer, die mit sauberen Fingernägeln vor den Cafés saßen und wie besessen die Zeitungen lasen.

In Saint Luron trugen die Frauen keine hohen Absätze, sie wären bei der Arbeit und auf den ungepflasterten Straßen nur hinderlich. Dort hatten Freundinnen kaum Zeit, um spazierenzugehen und zu plaudern, und Küsse in der Öffentlichkeit waren ein Ding der Unmöglichkeit, ganz zu schweigen von Männern, die ihre Fingernägel säuberten und sich für Politik oder gar Kunst interessierten.

Heute war Mittwoch, und Victoire nahm den klapprigen Bus, der zweimal die Woche in Saint Luron Station machte. In dem Augenblick, als der Fahrer den Motor startete, kam Thomas Jannel mit langen Schritten aus dem Café gerannt. Er sprang in den anfahrenden Bus und bemerkte Victoire. Ein Leuchten ging über sein Gesicht. Er wollte sich neben sie setzen, doch Victoire, die am Fenster saß, rutschte auf den Platz am Gang und stellte ihren Koffer auf den freien Sitz neben sich. Enttäuscht ging Thomas an ihr vorbei und ließ sich in die Bank hinter ihr fallen.

Victoire ließ die Landschaft an ihren Augen vorüberziehen. Das Frühlingsgewitter hatte sich schon den ganzen Morgen angekündigt, kurz vor Aix-en-Provence gewann es dann die Oberhand über das hohe Blau des Himmels. Eine gewaltige Wolkenwand schob sich schwarz von Süden heran. Anfangs fand die Sonne noch einige Lücken in den turmhohen Gebilden und ließ die Mauern der Häuser in einem harten, goldenen Licht aufleuchten. Der sommerliche Dunst war verflogen, die Dinge hatten plötzlich ihre Konturen zurück, unwichtige Details wurden grell beleuchtet: Ein Hund, der beunruhigt zum Himmel sah, eine Schaufel, die jemand an einer Mauer hatte stehen lassen. Kurz blitzte eine Fensterscheibe auf, dann war sie wieder schwarz. Der aufkommende Wind peitschte die Bäume entlang der Straße, und von einer Sekunde auf die nächste kam der Regen sintflutartig herunter. Sogar durch die geschlossenen Busfenster konnte Victoire den süßen, leicht pelzigen Geruch wahrnehmen, der entstand, wenn Regen nach langer

Trockenheit auf ausgedörrten Boden fiel. Diese anfängliche Modrigkeit, die, wenn der Regen nur lang genug fiel, zu einer betörenden Frische wurde.

Victoire war auf dem Weg zu ihrer Tante Ludivine. Deren Mann war im letzten Krieg geblieben, das Haus war schon lange zu groß, seit auch die beiden Töchter es verlassen hatten. Nun hatte sie beschlossen, an Fremde zu vermieten, um über die Runden zu kommen. An Vergnügungsreisende oder an einen der vielen Deutschen, die jetzt kamen und sich in den Dörfern am Mittelmeer ansiedelten, nachdem sie Berlin, München und Hamburg verlassen mußten.

»Solange sie zahlen, nehme ich sie«, brummte Ludivine.

Bevor es soweit war, mußte das Haus jedoch entrümpelt und geputzt, die Zimmer den Bedürfnissen der Gäste entsprechend eingerichtet werden. Ludivine hatte Victoire geschrieben und sie gebeten, ihr dabei zu helfen, und Victoire hatte begeistert zugesagt. Putzen mußte sie auch zu Hause, aber Sanary bot daneben willkommene Abwechslung. Victoire liebte das Meer, sie freute sich schon jetzt darauf, bis zur völligen Erschöpfung hinauszuschwimmen und sich dann in den sanften Wellen treiben zu lassen.

Die Arbeit, die sie erwartete, machte ihr nichts aus. Sie war sie gewöhnt. Sie würde Böden und Möbel abseifen, Fenster putzen und Vorhänge nähen, dabei mit der Tante über Nebensächliches plaudern. Sie sah aus dem Fenster. Das Gewitter tobte noch mit aller Macht über ihnen, am Horizont war aber schon wieder ein Fetzen blauer Himmel zu sehen.

Als sie nach Aix hineinfuhren, regnete es nicht mehr, in den Straßen hatten sich große Wasserlachen gebildet, und die Menschen schützten sich mit Schirmen und Zeitungen vor dem Regen, der aus den Bäumen tropfte. Victoire sah zu, wie sich der Bus seinen Weg zwischen den anderen

Fahrzeugen und den bunten Marktständen bahnte. Schließlich hielten sie im Busbahnhof.

»Ist hier noch ein Platz frei?«

Victoire ließ sich nur ungern in ihren Gedanken stören. Zudem irritierte sie das ungewöhnlich klingende Französisch des Mannes, der sich fragend über sie beugte, den tropfenden Hut in der Hand. Victoire registrierte die randlose Brille auf der geraden Nase, über die Brillengläser rannen feine Wasserschlieren, die sich aus dem dunklem Haar lösten. Sie richtete sich auf der schmalen Holzbank auf, nahm ihren Koffer vom Nebensitz und rutschte ans Fenster. Der Mann nahm ihr den Koffer ab und bugsierte ihn ins Gepäcknetz. Er war sehr groß, und seine Knie berührten die ihren, als er sich reckte, um seinen Hut ebenfalls in die Ablage zu legen. Ein paar Regentropfen fielen von dem Hut auf sie herab.

»Verzeihung«, sagte er schnell.

»Macht nichts«, antwortete Victoire und beachtete ihn nicht weiter. Sie sah aus dem Fenster, denn der Bus ruckte in diesem Augenblick an.

Als sie wieder auf der Landstraße fuhren, holte sie ihr mitgebrachtes Essen aus dem Korb, der vor ihren Füßen auf dem Boden stand. Brot, Käse, Wurst und einen Apfel. Sie warf einen schnellen Blick auf den Mann, der neben ihr saß, und fing seinen gierigen Blick auf. Ohne zu überlegen, bot sie ihm etwas an. So war es bei ihnen zu Hause Sitte. Wer mit am Tisch saß, der aß mit. Doch der Fremde lehnte ab und gab sich Mühe, nach vorn zum Fahrer zu sehen. Während sie die Bissen zum Mund führte, fühlte sich Victoire aus den Augenwinkeln beobachtet. Erst als sie aufgegessen hatte und das Übriggebliebene wieder einpacken wollte, räusperte der Mann sich:

»Wenn Sie satt sind, würde ich doch gern ein Stück ...«

»Sie sind hungrig«, stellte sie fest, als sie sah, mit welcher Konzentration er aß. Er betrachtete das Brot und die Wurst für eine Weile, roch daran, um dann beinahe andächtig hineinzubeißen. »Warum haben Sie vorhin abgelehnt? Ich habe mehr aus Langeweile gegessen.«

Er sah sie an und kaute sorgfältig den Bissen zu Ende, bevor er antwortete: »Ist schon ein paar Tage her, daß ich etwas Richtiges zwischen den Zähnen hatte. Brot gab's schon, aber nicht so etwas Gutes dazu.« Er hielt die Hand mit der Wurst hoch. »Ich wollte Ihnen nicht Ihre Mahlzeit wegnehmen.«

»Wieso haben Sie seit Tagen nichts gegessen?«

Sein Blick wurde eine Spur mißtrauisch. Er überlegte einen Augenblick lang, dann sagte er: »Ich komme aus Deutschland. Leider keine Ferienreise ...«

»Sie sind doch nicht einer von diesen Flüchtlingen? Was haben Sie angestellt?« Unwillkürlich sah sie sich um und bemerkte den fragenden Blick des Mannes, der in der Bank neben ihnen saß und gehört hatte, was sie sprachen. Von den vielen Einwanderern aus Deutschland war auch in ihren Magazinen hin und wieder die Rede. Aus den Artikeln sprachen große Bedenken und Befürchtungen. Wo sollten sie alle hin? Wovon wollten sie leben? Würden sie den Franzosen die Arbeit wegnehmen und die Beziehungen zum Nachbarland beeinträchtigen?

Auch der Fremde hatte den Blick aus der anderen Bank bemerkt. Stolz hob er die Stimme, als er sagte: »Ich habe gar nichts angestellt. Mein Pech ist, daß ich Saarländer bin. Ich habe für Frankreich gekämpft und verloren.«

»Sie meinen, bei dieser Abstimmung, die vor ein paar Wochen stattgefunden hat. Ob das Saargebiet zu Deutschland oder zu Frankreich gehören soll ...?« Victoire konnte sich nicht mehr genau erinnern, nur daran, daß die Zeitungen nach der verlorenen Abstimmung voll gewesen waren von verbitterten Kommentaren.

»Ja. Leider haben wir verloren, und die neuen Mächtigen in Berlin mögen mich nicht. Ich habe mich ein paar Wochen verstecken können, aber dann wurde es zu gefährlich, und jetzt bin ich in Frankreich. Schließlich hat Ihr Land uns Ehre und Schutz zugesichert.« Er sah sie mit einem Ausdruck an, von dem Victoire nicht sagen konnte, ob es Sarkasmus oder Hoffnung war.

Der Mann auf der anderen Seite des Gangs brummte irgend etwas vor sich und versteckte sein Gesicht dann hinter einer Zeitung.

Victoire wußte, daß es besser wäre, wenn sie das Gespräch jetzt beendete. Es war nicht gut, mit fremden Männern zu sprechen, und dann noch mit einem von diesen Ausländern, die von allen argwöhnisch beäugt wurden. Doch ihre Neugierde war stärker. »Was haben Sie nun vor? Wo wollen Sie hin?«

Der Fremde zuckte mit den Schultern. »So genau weiß ich das nicht. Ein ehemaliger Kollege ist ein paar Wochen vor mir gegangen. Er hat in Sanary Unterschlupf gefunden. Zumindest lebte er dort, als ich zum letzten Mal von ihm gehört habe. Ich bin auf dem Weg zu ihm. Ich hoffe, er kann mir weiterhelfen.«

»Ich will auch nach Sanary«, entfuhr es Victoire.

Der Mann nahm das letzte Stück Brot mit Käse und wischte sich mit dem Handrücken den Mund ab. Er reichte Victoire das Tuch zurück, in dem die Wurst eingewickelt gewesen war, und sah sie mit einem Lächeln an. »Ich habe selten so gut gegessen. Vielen Dank.« Er fuhr mit Zeigefinger und

Daumen unter die randlose Brille und rieb sich die Nasenwurzel. Dann zwinkerte er Victoire aus seinen hellen Augen fröhlich und ein bißchen entschuldigend zu und lehnte sich zurück, um zu schlafen. Victoire beobachtete ihn verstohlen von der Seite. Sein Gesicht sah aus, als hätte er in den letzten Wochen abgenommen, die Wangen waren schmal und nur nachlässig rasiert. Die hohe Stirn war glatt und jugendlich, aber um die Augen unter den kräftigen Augenbrauen zeigten sich erste Fältchen. Das dunkle Haar müßte dringend geschnitten werden. Der Anzug war einmal gut gewesen, jetzt sah er abgetragen aus. Wahrscheinlich hatte er ihn in den letzten Monaten unablässig angehabt. Wenn die kleine Tasche, die er neben ihren Koffer ins Gepäcknetz gehievt hatte, sein einziges Gepäck war ... Er hatte nicht viel Geld bei sich, sonst hätte er unterwegs richtig gegessen, sich vielleicht sogar etwas Vorzeigbares zum Anziehen gekauft. Der Mann zuckte im Schlaf zusammen, als habe er einen bösen Traum. Victoire erschrak. Sie hatte keine Veranlassung, ihn derart ungeniert zu beobachten, wenn er sich nicht wehren konnte. Was, wenn er gar nicht schlief, sondern sie unter halbgeschlossenen Lidern beobachtete? Wieder zuckte er mit den Augenlidern. Nein, er träumte tatsächlich ... Ihre Augen wanderten erneut über sein Gesicht, das jugendlich und sympathisch war. Gern hätte sie mehr von ihm gewußt. Sie gestand sich ein, daß ihn das, was er erzählt hatte, interessant machte. Ein wenig tat er ihr auch leid. Sie wischte den Gedanken schnell wieder fort. Was für ein Unsinn! Victoire stieß einen kleinen Seufzer aus, dann wandte sie den Blick wieder aus dem Fenster.

Zwei Stunden später hielt der Bus in Sanary, und die Fahrgäste drängelten zum Ausgang.

»Na dann noch einen schönen Tag!« sagte eine Stimme

hinter ihr. Victoire drehte sich um und entdeckte in der Bank hinter sich Thomas Jannel, der ihr einen merkwürdigen Blick zuwarf. Ach du meine Güte, den hatte sie ganz vergessen. Da wird er ja zu Hause was zu berichten haben, dachte sie, während der Fremde ihr den Koffer herunterreichte und ihr höflich den Vortritt ließ. Nachdem sie ausgestiegen war, sah sie noch einmal zu den Fenstern hoch und blickte in Thomas' anzügliches Grinsen.

Jetzt erst recht, dachte Victoire wütend. Ohne zu überlegen, nahm sie ihren kleinen Koffer und den Korb und ging die paar Schritte auf den Fremden zu, der unschlüssig an der Haltestelle stand.

»Wenn Sie Geld für ein Zimmer haben, könnte ich Ihnen weiterhelfen. Allerdings ist das Zimmer noch nicht bezugsfertig.« Sie lachte und fügte, als sie sein verständnisloses Gesicht sah, hinzu: »Meine Tante vermietet, das heißt, sie hat es vor. Vorher muß das Haus hergerichtet werden, und deshalb bin ich hier.« Sie legte den Kopf auf die Seite. »Wie wär's. Wollen Sie nicht ihr erster Mieter sein? Das Haus steht auf der anderen Seite der Bucht, etwas den Berg hinauf. Man hat von dort eine wunderbare Aussicht auf das Meer, falls Sie Wert darauf legen.«

Der Mann sah sie an, und Victoire bemerkte Neugier und Erleichterung in seinem schmalen, schlechtrasierten Gesicht. Er ergriff ihre Hand und schüttelte sie heftig. »Abgemacht. Mein Name ist übrigens Franz Gubin.«

Ludivine war nicht gerade begeistert, als sie Franz hinter ihrer Nichte entdeckte. Sie nahm Victoire in den Arm und gab ihr die üblichen vier Küsse auf die Wangen, während sie ihr ins Ohr zischte: »Wen hast du denn da mitgebracht?«

Victoire drehte sich zu Franz um und stellte ihn vor. »Das

ist Monsieur Gubin. Ich habe ihn im Bus getroffen. Er will für einige Zeit hier in Sanary bleiben und sucht eine Unterkunft.«

»Aber die Zimmer sind doch noch gar nicht fertig!« rief Ludivine aus.

Franz trat einen Schritt vor und beeilte sich zu sagen: »Das macht nichts, Madame. Wenn ich nur ein Bett habe. Vielleicht kann ich mich sogar nützlich machen? Es gibt doch immer Arbeiten, die für Frauen zu schwer sind.« Dabei sah er Ludivine mit einem charmanten Lächeln an.

Ludivine überlegte kurz. »Warum eigentlich nicht«, sagte sie dann. »Ob Sie nun heute hier einziehen oder in drei Tagen.« Sie reichte ihm die Hand. »Dann sind Sie mein erster Gast. Sie nehmen das Zimmer ganz oben, da haben früher meine Töchter geschlafen. Ein Bett steht noch drin ...« Sie warf einen prüfenden Blick auf Franz, der so groß war, daß er gerade durch die Tür paßte. »Es wird aber ein bißchen kurz für Sie sein. Na, kommen Sie.«

Sie gingen hintereinander durch den Salon und warfen einen Blick in die Küche. »Es gibt eine Sommerküche hinter dem Haus«, sagte Ludivine. »Wenn möglich, kochen und essen Sie dort, dann wird es nicht so eng im Haus.«

»Und unter dem Kirschbaum sitzt es sich auch luftiger als drinnen«, fügte Victoire hinzu.

Im ersten Stock befanden sich das Schlafzimmer der Hausherrin und ein weiteres Zimmer, das für die Gäste sein sollte. Ganz oben waren noch zwei Zimmer, die sich einen Balkon mit einer atemberaubenden Sicht teilten. Hier richteten sich Victoire und Franz ein.

Die nächsten Tage war Victoire mehr als beschäftigt. Wie sie es vorausgesehen hatte, gab es eine Menge zu tun. Sogar so viel, daß sie nur abends die Zeit zum Schwimmen fand.

Im Meer, das um diese Jahreszeit noch nicht sehr warm war, entspannte sie ihre müden Glieder, das kalte Wasser kühlte die vom Wischwasser geschwollenen Hände. Trotz der anstrengenden Arbeit fühlte sie sich wohl. Sie genoß es, anderswo zu sein als zu Hause. Bevor sie einschlief, lauschte sie auf das Rauschen des Meeres, das unterhalb des Hauses an den Strand rollte. Im Zimmer nebenan hörte sie Franz Gubin auf und ab gehen. Tagsüber sah sie ihn so gut wie nie, er war im Ort unterwegs. Wahrscheinlich suchte er seinen Bekannten und traf sich mit Gleichgesinnten. Manchmal hoffte sie, er würde ihnen beim Mittagessen Gesellschaft leisten, das sie mit ihrer Tante im Garten einnahm.

»Er geht überall rum und fragt nach Arbeit«, sagte Ludivine, als Victoire sie schließlich fragte, warum er nicht mit ihnen aß. »Hat sich eine schlechte Zeit ausgesucht. In ein paar Monaten werden wieder Leute für die Ernte gesucht, aber doch nicht jetzt! Er hat sogar bei den Fischern nachgefragt. Das hat mir der alte Gustave erzählt.« Ludivine schüttelte den Kopf. »Na, vielleicht ißt er auch lieber mit seinesgleichen, gibt ja genug Deutsche hier an der Küste.«

Am nächsten Tag mußte Victoire zurück nach Saint Luron. Das Haus war fertig, es war sogar ein weiteres Zimmer vermietet, an ein englisches Ehepaar, das hier Ferien machen wollte. Ludivine hatte bereits weitere Anfragen nach ihren drei Zimmern gehabt. Sie überlegte jetzt, ob sie auch das alte Gärtnerhäuschen, das auf dem Grundstück stand, herrichten sollte.

»Wo wir hier doch so viele Künstler haben«, sagte sie. »Für einen Maler wäre das Häuschen ideal, zumindest im Sommer. Es ist groß genug und hell, und man könnte davorsitzen und arbeiten.«

»Du bist ja richtig geschäftstüchtig«, sagte Victoire mit einem Lachen zu ihr.

»Und du bist frech«, gab Ludivine zurück.

»Kann ich nicht noch bleiben? Was erwartet mich denn in Saint Luron?«

»Tut mir leid, das habe ich nicht zu entscheiden. Dein Vater hat gesagt, du wärst schon viel zu lange hier. Ich habe ihn ja bereits hingehalten.«

Victoire war dabei, ihren Koffer zu packen, als es an die Balkontür klopfte. Sie ging öffnen, und Franz Gubin stand vor ihr. Hinter ihm neigte sich die Sonne bereits über dem Meer und brachte sein Gesicht zum Leuchten.

»Ihre Tante hat mir gesagt, Sie reisen morgen früh ab. Ich habe mich noch nicht bei Ihnen bedankt ...«

»Sie hätten auch woanders eine Bleibe gefunden«, wehrte Victoire ab.

»Ich bin dankbar für Ihre Fürsprache«, widersprach er. »Ich möchte mich revanchieren. Darf ich Sie zu einem kleinen Abendessen einladen?«

»Nein«, sagte Victoire und lächelte, als sie seine Enttäuschung sah. »So meine ich es nicht«, fügte sie schnell hinzu. »Ich wollte sagen, daß wir lieber ans Meer gehen. Das hätte ich ohnehin getan.«

»Gern«, sagte er. »In einer Stunde?«

Sie trafen sich vor dem Haus und wandten sich nach rechts. Victoire wollte Franz eine verschwiegene Bucht zeigen. »Die meisten Leute sitzen um diese Zeit in den Cafés am Hafen. Kommen Sie, es ist wunderschön dort.« Sie stiegen den Berg hinauf, bis sie den höchsten Punkt erreicht hatten, wo der Turm der alten Mühle stand. Unter ihnen, immer kleiner werdend, sahen sie die Häuser rund um den Hafen und die Boote. Der Leuchtturm warf über alles sein flackerndes Licht. Sie gingen weiter, und schließlich lag ihr Ziel, die Pointe de Bau Rouge, unter ihnen, und dahinter das spiegelglatte Meer. Nur ganz vorn an der Wasserkante brachen sich kleine Wellen, die im aufgehenden Mondlicht weiß leuchteten.

Sie schwammen weit hinaus, in kräftigen Zügen, unter einem sternenklaren Himmel.

»Wollen Sie den Abendstern einfangen?« rief er irgendwann hinter ihr. »Sollten wir nicht zurückschwimmen? Wir sind schon ganz schön weit draußen.«

»Kommen Sie, ich zeige Ihnen etwas«, rief sie zurück. Er schwamm ein paar Züge, bis er auf gleicher Höhe mit ihr war.

»Sehen Sie nur!« Sie zeigte in die Tiefe, wo merkwürdige Gebilde schwach leuchteten und sich schleppend bewegten. »Wie Kinder mit Laternen im Nebel, nicht wahr?« sagte Victoire.

»Was in aller Welt ist das?« fragte Franz verblüfft.

»Das sind Quallen, die das Mondlicht reflektieren und mit ihrem Tanz Partner anlocken. Das stelle ich mir zumindest immer vor, vielleicht schrecken sie auf diese Weise aber auch nur Feinde ab.«

Sie ließen sich in dem weichen Wasser treiben und beobachteten das Naturschauspiel für eine Weile. Dann schwammen sie zurück.

»Sie lieben das Meer«, stellte er fest, als sie sich am Strand in ihre Handtücher wickelten. »Sind Sie oft hier?«

»So oft es geht, aber immer viel zu selten. Wo haben Sie schwimmen gelernt? Vom Saarland aus ist das Meer weit … Selbst hier in den Dörfern, die direkt an der Küste liegen, können nur ganz wenige Menschen schwimmen.«

Franz setzte sich neben sie in den Sand, der noch eine kleine Restwärme ausstrahlte, und sah sie an. Wie im Bus lief ihm Wasser aus dem Haar und tropfte ihm auf die Nase. Er suchte nach seiner Brille und setzte sie auf. »Jetzt kann ich Sie richtig sehen«, sagte er. »Ohne meine Brille bin ich beinahe blind.«

»Dann nehmen Sie sie sofort ab, damit ich mich anziehen kann. Mir ist kalt.«

Victoire zog sich rasch um und trocknete ihr Haar so gut es ging. »Sie dürfen Ihre Brille wieder aufsetzen«, sagte sie dann und setzte sich neben ihn. »Wie haben Sie das eben im Wasser gemacht? Da hatten Sie sie nicht auf.«

»Ich bin einfach dem Geräusch nachgeschwommen«, lachte er. »Nein, im Ernst, so schlimm ist es nun auch wieder nicht. Aber ich kann mir nicht leisten, sie zu verlieren.«

»Und ...?«

»Was meinen Sie?«

»Wie Sie schwimmen gelernt haben.«

»Ach so! Als mein Vater noch lebte, ist er jedes Jahr mit meiner Mutter und mir ans Meer gefahren. Meistens an die holländische Nordseeküste. Eigentlich hatten wir dafür kein Geld, mein Vater war Bergmann, und Bergleute fahren nicht in den Urlaub, aber er hat darauf bestanden und deshalb auf viele andere Dinge verzichtet. In diesen zwei Ferienwochen war ich beinahe ständig im Wasser. Ich bin ein guter Schwimmer!« sagte er plötzlich voller Ernst, und Victoire mußte lachen.

»Wo sind Ihre Eltern jetzt? Haben Sie Kontakt zu ihnen?«

Sein Blick verfinsterte sich. »Meine Mutter ist im Saarland geblieben. Ich hoffe nur, daß sie meinetwegen keine Schwierigkeiten bekommt ...«

»Und Ihr Vater?«

»Hat die Schützengräben überlebt und ist dann einige Jahre nach dem Krieg bei einem Grubenunglück ums Leben gekommen. Ich war damals vierzehn. Danach bin ich nie wieder am Meer gewesen, bis jetzt.«

Victoire biß sich auf die Lippen. »Das tut mir leid.«

»Aber Sie können doch nichts dafür«, rief er aus und sah sie überrascht an.

»Ich meine ja nur, daß es mir leid tut, daß Sie Ihren Vater als Kind verloren haben«, murmelte sie und wandte den Blick ab, der ihr plötzlich zu intensiv wurde.

Sie waren beide hungrig, und nun gingen sie doch noch in eines der Cafés am Hafen, um überbackene Muscheln zu essen. Dazu bestellten sie eiskalten Rosé aus dem Nachbarort Bandol.

»Ein sehr gutes Essen, und ein noch besserer Wein«, stellte Franz befriedigt fest und löste die letzte Muschel aus ihrer Schale.

»Sie scheinen genauso verrückt nach Muscheln zu sein wie ich«, sagte Victoire. »Ich esse sie für mein Leben gern. Und außerdem sind sie hier billig.«

Er wischte sich die Finger in der Papierserviette ab und lehnte sich entspannt zurück. »Danke, daß Sie darauf Rücksicht genommen haben. Wenn ich das nächste Mal kein Geld in der Tasche habe, weiß ich, wo ich mich trotzdem satt essen kann.«

Franz saß ihr gegenüber, und Victoire stellte fest, daß seine Haut in den letzten Tagen einen bronzenen Ton angenommen hatte. Die Bräune ließ die kleinen Fältchen um die Augen deutlicher hervortreten. Dennoch wirkte er jugendlich, obwohl er bestimmt einige Jahre älter war als sie. Franz ließ ein ansteckendes Lachen hören. Victoire fragte sich zum wiederholten Mal, woher er die Fröhlichkeit nahm.

»Was werden Sie anfangen?« fragte sie, während sie einen Rest Soße mit Brot auftunkte.

Er wurde ernst. »Ich werde mir so schnell wie möglich eine Arbeit suchen. Der Bekannte, der vor mir nach Sanary gekommen ist, hatte Geld für mich in Verwahrung. Aber sehr lange wird es nicht reichen. Irgendwann werden meine Reserven aufgebraucht sein.«

»Haben Sie ihn getroffen? Kann er nichts für Sie tun?«

»Nein, er ist schon nicht mehr hier. Er hat ein Visum für Amerika bekommen und hat vor zwei Wochen ein Schiff genommen. Er ist Physiker, wissen Sie, solche Leute sucht man in Amerika.«

»Und Ihr Geld?«

Er grinste. »Ja, bis auf eine größere Summe, die er sich, sagen wir mal, geliehen hat, um die Schiffspassage zu bezahlen.«

Victoire sah ihn erschrocken an.

»Nein, nein«, wehrte er ab, »er hat mir versprochen, das Geld zurückzugeben, sobald er sich drüben eingerichtet hat. Geld ist auch nicht das einzige, was ich brauche ...«

»Was ist es denn?«

»Nun, ich würde meinem Leben gern möglichst bald wieder einen Sinn geben. Wissen Sie, es ist nicht so leicht zu ertragen, wenn man für etwas mit ganzer Seele kämpft und dann haushoch verliert, wenn man aus dem eigenen Land gejagt wird und niemand einen haben will. Und daß die Nazis sich jetzt bei uns breitmachen und es anständigen Leuten verbieten, in Ruhe zu leben, das macht mich bitter.«

Victoire schluckte. »Was sind Sie eigentlich von Beruf?«

»Journalist. So ungefähr das Schlimmste, was einem passieren kann, wenn man ins Exil geht.« Er betrachtete seine Hände, die fein und gepflegt waren. Victoire folgte seinem

Blick. »Die sehen nicht so aus, als könnten sie zupacken, nicht wahr? Dabei können sie es! Früher habe ich sogar im Bergbau gearbeitet. Ich würde auch alle anderen Arbeiten übernehmen. Nur leider gibt mir niemand die Möglichkeit dazu. Journalist und Deutscher. Keine besonders gute Kombination.«

Zum erstenmal, seitdem sie ihn kannte, mißglückte Franz ein Lächeln. »Ihre Tante hat mir erzählt, daß Sie ihr nur für ein paar Tage geholfen haben. Schade, ich hatte gehofft, Sie wohnen in Sanary.«

Victoire stützte die Ellenbogen rechts und links von ihrem leergegessenen Teller auf den Tisch und sagte wehmütig: »Nein, leider nicht. Ich würde viel darum geben, am Meer zu wohnen.«

»Wo ist Ihr Zuhause?«

»Im Vaucluse.«

Franz sah sie verständnislos an.

»So heißt das Departement, in dem Saint Luron liegt. Dort wohne ich. Ein kleiner Ort, ungefähr hundert Kilometer von hier entfernt im Landesinneren.«

»Was tun Sie dort?« fragte er weiter.

Victoire seufzte. »Nicht viel, das ist es ja. Meine Eltern züchten Obstbäume. Es ist ein mühseliges Geschäft und bringt nicht viel ein. Dazu der übliche kleine Acker für die Selbstversorgung, ein bißchen Wein, ein paar Oliven. Ich fürchte, in meinem Dorf ist nicht viel los.« Sie merkte plötzlich, wie schwer ihr der Gedanke war, wieder in die Eintönigkeit Saint Lurons zurückzukehren. Die gute Laune des Abends war dahin. Sie nahm ihre Jacke und das Handtuch. »Wir sollten gehen, es ist schon spät.«

Sie gingen nebeneinander die Uferpromenade entlang. Das leise Plätschern der Wellen mischte sich mit dem Geräusch, das der Wind in den Bäumen machte. Das Meer leuchtete im Mondlicht. Es war eine schöne Nacht.

An der Stelle, wo Ludivines Haus etwas erhöht am Hang lag, nahmen sie die kleine Straße, die zum Teil in Treppen nach oben führte. Diesen Weg waren sie auch am ersten Tag gegangen. Vor ihren Zimmern standen sie sich für einen Moment unschlüssig gegenüber. Franz nahm Victoires Hand und hielt sie fest.

»Danke«, wiederholte er.

»Ist schon gut«, antwortete Victoire und wollte sich umdrehen, doch er hielt sie zurück.

»Darf ich Sie mal in Ihrem Dorf in den Bergen besuchen, wenn ich es nicht mehr aushalte? Sie sind der einzige Mensch, den ich hier kenne. Jetzt haben Sie so etwas wie eine Verantwortung für mich.«

»Gern«, sagte sie und ging in ihr Zimmer.

In ihrem Bett ließ sie den Abend Revue passieren, während sie Franz Gubin hörte, der auf und ab ging, wobei er sich Mühe gab, nicht zuviel Lärm zu machen. Er wird ja doch nicht kommen, dachte sie mit einem leisen Bedauern.

Kapitel 7

Während sie erzählte, ging eine sichtbare Veränderung mit Sophie vor. Es war, als würde die Jugend, von der sie sprach, mit der Erzählung in ihren Körper zurückkehren. Erst warf sie die Decke ab, weil Wärme ihren Körper durchströmte. Dann setzte sie sich auf und untermalte, was sie sagte, mit lebhaften Gebärden. Als sie die letzten Worte gesprochen hatte, erhob sie sich von dem Sofa, um zum Fenster zu gehen, und Hanna schien es, als wäre sogar ihr Hinken schwächer geworden. Kein Zweifel, die Reise in die Vergangenheit hatte Sophie belebt.

Auch in Hanna hatten die Sätze etwas bewirkt. Atemlos blieb sie auf ihrem Stuhl sitzen. Es brauchte einen Augenblick, bis sie bemerkte, daß ihr rechtes Handgelenk, auf das sie das Kinn gestützt hatte, eingeschlafen war. Sie rieb es, um den Schmerz zu vertreiben. Doch die eigentliche Wirkung entfalteten Sophies Worte in ihren Gedanken. Die Einsicht verbreitete sich langsam, aber sie schien unumkehrbar: Victoires Geschichte hatte etwas für Hannas Leben zu bedeuten, das spürte sie ganz deutlich.

»Wie geht es weiter?« fragte sie, und ihre Augen wanderten zu dem Gemälde. »Wird Franz Victoire besuchen?«

Sophie lachte leise. »Das möchtest du gern wissen?« Sie drehte sich zu Hanna um. »Das Leben ist ein Geschenk, das einem gemacht wird«, sagte sie. »Du solltest dieses Geschenk nicht zurückweisen.«

Hanna erinnerte sich gut an die Worte. »Das hast du zu mir gesagt, als ich damals mit meinem Vater und meiner toten Mutter nach Deutschland zurückgefahren bin. Ich habe dir nie für alles gedankt.«

Sophie wischte den Einwand fort. »Diese Worte haben heute noch genausoviel Gültigkeit. Das werde ich dir mit der Geschichte beweisen. Aber nicht mehr heute. Komm morgen wieder.«

»Ich habe das sonderbare Gefühl, die Geschichte von Victoire und Franz geht mich ganz persönlich etwas an«, sagte Hanna zu Marita, nachdem sie wieder in Les Oliviers war und ihr alles erzählt hatte.

»So sonderbar finde ich das gar nicht«, sagte Marita, und Hanna konnte sehen, wie es hinter ihrer Stirn arbeitete. »Du bist nach Saint Luron gekommen, um etwas über dich und deine Wünsche herauszufinden. Ist nicht der beste Weg dahin, sich in die Geschichte eines anderen zu versenken, sie zu verstehen und von ihr zu lernen?«

Hanna nickte nachdenklich. »So habe ich das noch nie betrachtet.«

Marita strich sich die Locken aus dem Gesicht, doch sie fielen sofort wieder zurück. »Nach dem, was du mir erzählt hast, hat Victoire sich in Franz verliebt, obwohl die Zeiten gegen sie waren. Sie dürften es ziemlich schwer gehabt haben. Ein politischer Flüchtling aus Deutschland und eine Französin … Spätestens als der Krieg ausbrach und die Deutschen Frankreich besetzten, werden sie Probleme bekommen haben, nicht nur mit mißtrauischen Nachbarn, sondern auch mit den Behörden. Damals sind die meisten deutschen Emigranten als feindliche Ausländer interniert worden, egal ob sie Sympathien für Hitler hatten oder nicht.«

»Und was soll das mit mir zu tun haben? Meine Ehe wird doch nicht durch schwierige Zeitumstände zerstört. Im Gegenteil: Ullrich und ich passen von der sozialen Herkunft und allem geradezu perfekt zusammen«, rief Hanna. »Da könnte man wohl eher von einer schwierigen Liebe in guten Zeiten sprechen.«

Marita warf ihr einen schnellen Blick zu. »Ich rede nicht von Ullrich, sondern von Daniel.«

Hanna schnappte nach Luft. »Daniel? Aber das ist doch schon beinahe vierzehn Jahre her!«

»Und wieso weißt du dann beinahe auf den Tag genau, wie lange es her ist? Wenn du mich fragst, bist du nie über ihn hinweggekommen.«

»Das ist doch Unsinn!« sagte sie leichthin, doch die flammende Röte, die ihre Wangen überzog, verriet sie.

»Kann ich nicht morgen mitkommen, wenn Sophie die Geschichte weitererzählt? Ich finde das alles so unglaublich spannend.«

Hanna nickte. »Von mir aus gern. Sophie hat bestimmt auch nichts dagegen.«

Sie lehnten sich in ihren Stühlen zurück und genossen die warmen Sonnenstrahlen auf der Haut. In Hannas Kopf schwirrte es wie in einem Bienenkorb, und sie schloß vor Verwirrung die Augen. Wieso kam ihr Daniel in den letzten Tagen immer wieder in den Sinn? Und warum erwähnte Marita ihn ausgerechnet jetzt? Sie war beinahe eingeschlafen, als ihr Handy klingelte. Ullrich! war ihr erster Gedanke. Oh, nein, nicht jetzt! Sie bezweifelte, daß sie die Kraft für ein Gespräch mit ihm aufbringen würde. Trotzdem ging sie mit klopfendem Herzen an den Apparat.

»Hallo«, klang es aus dem Hörer. Hanna zuckte zusammen. Sie brauchte einen Moment, um die Stimme zu erkennen. »Hier ist Stephan. Tut mir leid, daß ich dich störe, aber ich habe gehört, daß du und Marita gemeinsam in Frankreich seid. Sie hat mal wieder ihr Handy ausgeschaltet, und ich muß sie unbedingt sprechen.«

»Was willst du von ihr?« fragte Hanna. Obwohl sie ihm beinahe dankbar war, daß er am Telefon war und nicht Ullrich, spürte sie, daß er nicht anrief, weil er sich mit Marita versöhnen wollte. Sie senkte die Stimme, aber Marita ahnte bereits, wer da am Telefon war. Sie sah Hanna flehentlich an.

»Kann ich jetzt mit ihr sprechen, bitte?« kam es aus dem Hörer.

»Wie? Na gut. Ich schau mal nach, wo sie ist.«

Hanna legte die Hand über die Sprechmuschel und flüsterte: »Willst du wirklich mit ihm reden?«

Marita war bereits aufgesprungen und hatte den Arm ausgestreckt. Angst und Freude wechselten sich in ihrem Gesicht ab. Automatisch fuhr sie sich mit der Hand ordnend durch das verwuschelte Haar, als ob Stephan sie sehen könnte. Hanna reichte ihr das Telefon und stand auf. Sie machte Marita ein Zeichen, daß sie im Haus auf sie warten würde.

Der Kaffee war gerade durch die Maschine gelaufen, als Marita in die Küche kam. Sie bebte vor Wut und gab der Küchentür einen kräftigen Tritt, dann schlug sie mit der Faust auf den Tisch.

»Dieser Dreckskerl! Dieser verdammte, miese Dreckskerl!« schrie sie dabei, ihr Gesicht verzerrte sich, und nun begannen die Tränen zu fließen. Sie ging zum Tisch, ließ sich auf einen Stuhl fallen und barg den Kopf auf den Armen. Ihr Oberkörper wurde vom Schluchzen geschüttelt.

Hanna gab ihr ein paar Minuten, um sich auszuweinen. Sie legte ihr nur die Hände auf die Schultern, um zu zeigen, daß sie da war.

Irgendwann hob Marita den Kopf und wischte sich über Nase und Augen. »Er ist so ein Schwein. Weißt du, warum er angerufen hat?«

»Er hat dich wohl nicht gefragt, ob du zu ihm zurückkommst?«

»Er will den Schreibtisch!«

Der Schreibtisch. Er war eine Art Liebespfand zwischen den beiden. Stephan hatte das antike Stück auf einem Flohmarkt in Berlin entdeckt und es für viel Geld nach Hamburg transportieren lassen. Dort hatte er ihn für noch mehr Geld aufarbeiten lassen und ihn Marita zu ihrem fünfjährigen Jubiläum geschenkt. Er sollte Marita nicht nur seine Liebe beweisen, sondern ihr auch zeigen, wie sehr er ihre Arbeit als Übersetzerin schätzte. »An diesem Schreibtisch sollst du Befriedigung finden und Ruhm und Ehre«, hatte er etwas pathetisch zu ihr gesagt. Und Marita hatte sich auf Anhieb in das Möbelstück verliebt und betrachtete es als Talisman.

»Soll er doch seinen verfluchten Ring zurücknehmen, der ist mir egal. Aber nicht den Schreibtisch. Er weiß doch, daß ich geradezu abergläubisch an ihm hänge.« Wütend zerrte sie den Ring aus gehämmertem Gold von ihrem Finger und warf ihn auf den Tisch.

Hanna nahm den Ring wortlos an sich. »Ich glaube nicht, daß du ihn zurückgeben mußt, wenn du nicht willst«, sagte sie. »Geschenkt ist geschenkt.«

»Pah! Er hat ihn sich schon aus der Wohnung geholt. Er hat ja immer noch einen Schlüssel. Er wollte mir eben am Telefon nur Bescheid sagen, damit ich nicht denke, es sei eingebrochen worden. Kannst du mir sagen, wo ich jetzt arbeiten soll?« Wieder fing sie an zu weinen.

Hanna hielt es für zwecklos, Marita zu sagen, daß sie sich

jederzeit einen anderen Schreibtisch zulegen könne. Darum ging es nicht.

»Komm, versuch es nicht allzu schwerzunehmen. Verdirb dir nicht deinen Urlaub. Laß uns heute etwas Besonderes unternehmen. Wollen wir nach Aix fahren? Oder ans Meer? Los, komm!«

Eine Stunde später saßen sie im Auto auf dem Weg nach Sanary-sur-Mer. Marita hatte die Idee gehabt.

»Hast du nicht gesagt, dort hätten Victoire und Franz sich kennengelernt? Wir könnten uns den Ort ansehen.«

Eigentlich war es schon ziemlich spät am Tag für einen solchen Ausflug, aber beide hatten das Bedürfnis nach Ablenkung. Während sie so schnell sie eben durften die Autobahn in Richtung Mittelmeer fuhren, waren sie schweigsam. Hanna konzentrierte sich auf den Verkehr, und Marita verkroch sich in ihrem Kummer. Sie sah gedankenverloren aus dem Fenster, zündete sich mit zitternden Fingern eine Zigarette nach der anderen an und wollte sich offensichtlich nicht unterhalten. Hannas Gedanken wanderten zu Ullrich. Was er wohl gerade in Hamburg tat? Sie sah auf die Uhr. Es war kurz nach drei. Wenn er keine Klienten hatte, ging er um diese Zeit meistens hinunter auf die Straße, um einen Kaffee zu trinken und vor allem ein Stück Kuchen zu essen. Bei dem Gedanken mußte Hanna lächeln. Ullrich war normalerweise die Disziplin in Person, aber bei Süßem konnte er nicht widerstehen. Und seit kürzlich eine portugiesische Bäckerei in der Nähe des Büros aufgemacht hatte, verging kaum ein Tag, an dem er sich nicht eines der mit Vanillecreme gefüllten Törtchen gönnte. Hanna war die einzige, die diese Schwäche und auch seine anderen kannte, und der Gedanke an diese Vertrautheit versetzte ihr einen

Stich in der Herzgegend. Gab es denn wirklich keinen Weg, daß sie wieder zueinanderfanden? Hatte sie die Zeichen einer beginnenden Entfremdung zu leichtfertig übersehen? Hätte sie früher etwas unternehmen müssen? Ullrich war in den letzten Monaten oft sehr spät aus dem Büro gekommen und dann gleich zu Bett gegangen. Und wenn sie ehrlich war, hatte sie die ungestörten Abende ohne ihn genossen, sie hatte ihn nicht einmal vermißt. Wann hatten sie das letzte Mal miteinander geschlafen? Oh Gott, war das wirklich schon so lange her? Ohne daß sie es verhindern konnte, spürte sie plötzlich ein körperliches Begehren nach ihrem Mann. Verwundert fühlte sie eine feuchte Wärme zwischen ihren Beinen aufsteigen. Was war mit ihr los? Kam das von der Angst, ihn zu verlieren? Hatte es überhaupt einen Sinn, daß sie sich hier Gedanken über ihre Ehe machte, wenn Ullrich sich vielleicht längst für Susanne entschieden hatte? Was, wenn er sie bei ihrer Rückkehr vor vollendete Tatsachen stellte?

Die Trennung von Daniel kam ihr in den Sinn. Auch so eine Erinnerung, die jedesmal aufs neue weh tat. Hanna wußte noch ganz genau, wie es sich damals angefühlt hatte.

Es war 1990 gewesen, ein strahlender Sommertag im Juli. Daniels schlacksige Silhouette vor der Haustür, er kam nicht einmal herein. Der Anblick war wie eine gestochen scharfe Fotografie in ihr Gedächtnis eingebrannt. Sie wartete zu Hause auf ihn, denn sie wollten gemeinsam für ein paar Tage an die Nordsee fahren. Noch immer legte sich ein eiskalter Ring um ihr Herz und schnürte es ab, wenn sie an den Augenblick dachte.

»Ich kann nicht mitfahren«, hatte Daniel gesagt. »Ich trenne mich von dir.«

Hanna sah sein Gesicht, das gebräunte, jungenhafte Gesicht, sah die sinnlichen Lippen, die sie so gern küßte, unter dem hellblonden Bart. Sie verstand gar nichts.

»Was sagst du da?« flüsterte sie.

»Es geht einfach nicht mehr mit uns«, antwortete er. »Wir passen nicht zusammen.« Er wies mit dem Arm nach oben, auf das große Treppenhaus und die Bilder an den Wänden. »Sieh dich doch hier mal um. Wie du lebst! Die Tochter aus besseren Kreisen. Du bist so verdammt bequem geworden. Wenn wir früher ans Meer gefahren sind, haben wir die Nächte unter dem Sternenhimmel verbracht. Aber jetzt muß es natürlich ein Hotel sein.«

»Aber ich habe nichts dagegen, in den Dünen zu schlafen wie früher!«

»Du vielleicht nicht, aber dein Vater. Ich kann diesen resignierten Blick nicht länger ertragen, mit dem er dir Geld zusteckt. Dieser Blick, der mir sagen soll, für was für einen Versager er mich hält. Die ganzen Jahre habe ich gehofft, es würde sich etwas ändern, du würdest dich endlich von ihm und seinen Erwartungen freimachen. Aber du hast es in all den Jahren, die wir zusammen sind, ja nicht einmal geschafft, aus diesem Kasten auszuziehen! Ich will nicht länger zusehen, wie du dein Leben vergeudest. In dir steckt soviel Kraft, soviel Neugier, und du bist so sträflich bequem. Du hast ungezählte Gelegenheiten ungenutzt vorüberstreichen lassen, ich kann das nicht länger ertragen.« Seine Stimme war jetzt voller Zorn. »Und du hast nicht den Mut, dich für mich und gegen deinen Vater zu entscheiden. Dieser Job im Senegal wäre die Rettung gewesen, für dich und für uns. Damit hättest du es geschafft. Und was tust du? Du schlägst die Chance aus, die vielleicht deine letzte war. Es tut mir leid, ich kann das nicht länger ertragen.«

Hannas Herz machte einen Sprung. Sie hatte es ja gewußt. Seit sie vor drei Monaten ihre Absage in den Kasten geworfen hatte, hatte sie es gewußt. Mit diesem Brief beraubte sie sich der Möglichkeit, ihr Leben endlich selbst zu bestimmen. Daß sie mit diesem Brief auch Daniel verlieren würde, war ihr nicht in den Sinn gekommen. Aber hätte sie die Kraft gehabt, es zu ändern? Sich über die sorgenvolle Miene ihres Vaters und seine gutgemeinten Worte hinwegzusetzen? »Diese zwei Jahre in Afrika werden dich deine Karriere kosten. Danach kriegst du in keinem seriösen Unternehmen mehr einen Fuß auf den Boden. Du hast doch hier in Hamburg ein wunderbares Angebot. Mein Freund Werner nimmt dich in seine Bank, du kannst ganz oben einsteigen. Was willst du denn mehr? Es wäre besser für deine berufliche Zukunft. Von mir will ich ja gar nicht reden.« Er sank in seinem Sessel zusammen, und sie dachte daran, was sein Hausarzt ihr über seine schwächliche Konstitution gesagt hatte.

Als ihr diese Zusammenhänge blitzartig klarwurden, sah sie sich plötzlich so, wie Daniel sie sehen mußte: die verwöhnte Tochter aus gutem Hause, deren Leben über die tausendfachen Fäden der guten Beziehungen vorausgeplant war und die nur darauf wartete, einen gutsituierten Mann zu heiraten und mit ihm viele Kinder zu haben.

Sie versuchte einen hilflosen letzten Einwand: »Aber es war doch sieben Jahre lang wunderschön mit uns, perfekt.«

Daniel vergrub die Hände in den Taschen seiner verwaschenen Jeans und senkte den Blick. »Ja, es war schön mit dir«, sagte er, und Hanna glaubte Verzweiflung in seiner Stimme zu hören. »Du bist die erste Frau gewesen, mit der ich länger als nur eine Nacht zusammen war. Am Anfang war es, wie es bei der ersten Liebe ist. Ich hatte geglaubt, ich würde mich nach einer gewissen Zeit wieder trennen, mich anderen Frauen zuwenden. Aber meine Gefühle für dich sind immer stärker geworden. Ich habe dich mit allen Fasern geliebt. Ich liebe dich immer noch, aber du hast alles zerstört.«

»Was liebst du an mir? Sag es mir. Bitte!« schrie sie.

Er sah sie an, und sie erkannte die Traurigkeit in seinen Augen. »Dein Einfühlungsvermögen, deine Fröhlichkeit und deinen Gerechtigkeitssinn, die Großzügigkeit, mit der du Freundschaft und Aufmerksamkeit verschenkst. Besonders liebe ich an dir, daß du niemals jemandem weh tun könntest – außer dir selbst.«

»Daniel! Wenn du mich liebst, dann bleib doch bei mir. Laß es uns noch einmal versuchen, ich bitte dich. Ich liebe dich doch auch!«

»Es tut mir leid, dafür ist es zu spät. Ich wünsche dir alles Gute.«

Mit diesen Worten drehte er sich um und ging.

Die Trennung von Daniel hatte eine Wunde gerissen, die nie richtig verheilt war. Daniel war nach der Trennung aus Hamburg verschwunden, und Hanna hatte ihn nicht wiedergesehen. Sie hatte statt dessen sein Kind abgetrieben. Die Erinnerung trieb ihr auch nach so vielen Jahren noch die Tränen in die Augen. Damals wie heute wünschte sie sich, daß er sie doch nur noch ein einziges Mal in die Arme genommen hätte. Sie hatte an jenem Tag gespürt, daß auch Daniel alle Kraft aufbringen mußte, um sie nicht an sich zu reißen, weil er Angst hatte, sie dann nicht wieder loslassen zu können.

Wo mochte er jetzt sein? Wie mochte es ihm gehen? Ob auch er ab und zu an sie dachte? Ich glaube, wenn ich wieder in Hamburg bin, rufe ich mal ein paar ehemalige Freunde von ihm an. Vielleicht wissen sie, was aus ihm geworden ist. Hanna lächelte bei dem Gedanken, und er tröstete sie. Ja, genau das würde sie tun.

Mit Daniel hatte sie die vielleicht wichtigste Zeit ihres Lebens verbracht. Sie war neben ihm erwachsen geworden und hatte die Welt erkundet, mit ihm verbanden sie Erinnerungen, die zu ihren schönsten und prägendsten gehörten. Sie wußte plötzlich, daß eine Trennung von Ullrich sie nicht auf die gleiche Weise zerreißen würde. Hanna erschrak bei diesem Gedanken, den sie in einem Augenblick der Unachtsamkeit zugelassen hatte. Hatte sie mit Anfang Zwanzig bedingungsloser geliebt? Oder war ihre Liebe zu Ullrich nicht so stark, wie sie sein sollte?

»Hier steht ja schon Sanary. Du mußt rausfahren«, sagte Marita in einem Tonfall, als hätte sie das schon einmal gesagt.

Sie nahmen eine langgestreckte Kurve und sahen plötzlich die Bucht von St. Cyr unter sich liegen. Der Anblick war so überwältigend, daß ihre trübe Stimmung sich verflüchtigte. Das Blau der See mit den weißen Tupfen der Boote blendete sie. Direkt unter ihnen fuhr jemand Wasserski und zog eine schneeweiße Fontäne hinter sich her.

»Nur noch zehn Kilometer. Wir sind ja schon fast da!« rief Marita aus, nachdem sie ein Hinweisschild passiert hatten.

Sie fuhren an Bandol vorbei. Die letzten Kilometer führten direkt am Strand entlang. Dort, wo der Strand etwas breiter und der Sand fein war, drängelten sich die Menschen, aber es gab zu dieser Jahreszeit auch noch einsame Abschnitte. Am Ortseingang von Sanary fuhren sie durch die mit Blumenmustern üppig geschmückten Kreisverkehre, die Straße stieg an und fiel dann zum Hafen hin wieder ab. Sie fanden einen Parkplatz gleich am Ende der palmengesäumten Promenade und stellten das Auto ab. Als erstes setzten sie sich auf die Terrasse des Café Nautique, um das grandiose Panorama vor ihnen zu bewundern: blaues Meer, bunte Boote, Marktschreier, die Bootsausflüge zum Fischen oder in die Buchten von Cassis anboten, ein Stück weiter links ein zweistöckiges altes Kinderkarussell, das wie aus einem Märchen daherkam und dessen Musik in Fetzen herübertönte, *Volare, La Mer,* dahinter Dattelpalmen und blühende Oleanderbüsche, die so groß wie Bäume waren.

Marita wußte, daß das Nautique in den dreißiger Jahren eines der Emigrantencafés gewesen war.

»Es wurde damals von einer Frau betrieben, die allgemein ›Witwe Schwob‹ genannt wurde. Hier haben sie wohl alle gesessen, bei einem Kaffee, der bei den meisten für den halben Tag reichen mußte, um die neuesten Gerüchte auszutauschen und sich Sorgen über ihre Familien und Freunde in Deutschland und über ihre eigene Zukunft zu machen«, sagte Marita, während sie ihre drei Löffel Zucker in die Tasse rührte.

Sie tranken aus und schlenderten durch die schmalen Gassen hinter dem Hafen. Dort war es schattig und kühl, ein schönes Geschäft reihte sich an das andere. Sie gingen in einige hinein, zogen Kleider und Hosen aus den Regalen, rochen an Lavendelgestecken und probierten Rosmarinhonig auf winzigen Löffeln aus Olivenholz. In einem Antiquitätengeschäft, das aus allen Nähten zu platzen schien, entdeckte Marita in einem Regal eine Schale, die außen über und über mit Blütenranken bemalt war. Die Farbe war ursprünglich intensiv rot gewesen und über die Jahre zu einem zarten Koralleton verblaßt. Sie sah aus wie eine überdimensionale, ovale Suppenterrine ohne Deckel und war so groß, daß Marita sie knapp mit beiden Armen umfassen konnte.

In ihrer Außergewöhnlichkeit paßte sie zu Marita, die sich auf der Stelle in sie verliebte. Hanna glaubte ihren Augen nicht zu trauen, als sie sah, wie der gutaussehende Besitzer des Ladens Marita mit den Augen verschlang. Sie mußte lachen: Da hatten zwei Menschen offensichtlich etwas entdeckt, von dem sie auf der Stelle fasziniert waren.

»Wie ich sehe, gehören Sie und diese Schale zusammen«, sagte er mit einer Stimme, deren wohlklingendes Timbre jede Frau dahinschmelzen ließ, wenn sie nicht gerade taub war. »Diesem Glück will ich nicht im Weg stehen. Für zweihundert Euro gehört sie Ihnen. Unter einer Bedingung: Sie trinken mit mir einen Kaffee.«

Marita sah ihn ungläubig an, merkte dann, daß sie gemeint war und brach in schallendes Gelächter aus. Sie legte den Kopf in den Nacken und ließ ihr lockiges Haar fliegen.

»Es ist Porzellan aus Limoges«, sagte der Verkäufer etwas hilflos, dann lachte er ebenfalls.

Marita mußte immer noch kichern. »Ist gut, ich nehme sie.«

»Und der Kaffee?« fragte der Mann und schenkte ihr ein Lächeln, das verführerischer nicht sein konnte.

»Hören Sie, ich liebe altes Porzellan. Und für diese Schale würde ich sogar einen Pastis trinken gehen«, erklärte sie schmunzelnd.

Hanna stand neben ihnen und sah von Marita zu dem Verkäufer und wieder zurück. Zwischen den beiden funkte es, das war unübersehbar. Und dabei war Marita noch vor zwei Stunden am Boden zerstört gewesen.

»Mein Name ist Jacques.« Er streckte erst Marita, dann Hanna die Hand hin. »Heute abend, gegen acht Uhr?« fragte er.

»Ähm …«, machte Hanna in Maritas Richtung.

Marita schüttelte amüsiert den Kopf. »Tut mir leid, heute abend um acht sind wir schon wieder in Saint Luron. Verkaufen Sie mir die Schale trotzdem?«

Jacques schluckte, doch er hatte gleich ein neues Angebot. »Ich packe sie ein, und Sie kommen nachher und holen sie ab, einverstanden?«

Als sie wieder auf der Straße standen, wollten sie sich ausschütten vor Lachen.

»Meine Güte, hat das Spaß gemacht. Ich hatte ganz vergessen, wie schön Flirten ist«, rief Marita.

»Na, das war wohl ein bißchen mehr. Der hat dich geradezu mit seinen Gigolo-Augen verschlungen. Ich dachte schon, du merkst das nie!«

Marita wurde ernst. »Ich will die Schale, einen Mann habe ich schon.« Sie zwinkerte Hanna zu. »Aber laß mich nachher allein hingehen, okay?«

In bester Stimmung schlenderten sie weiter. Sie kamen an einem Restaurant vorbei, vor dem jemand damit beschäftigt war, Austern zu öffnen.

»Die genehmigen wir uns gleich«, sagte Hanna, die für Austern schwärmte.

»Ich denke, Austern ißt man nur in Monaten mit R?« fragte Marita.

»Die Franzosen machen da zum Glück keinen Unterschied.«

»Also gut, und ich spendiere dir ein Glas Champagner dazu. Wenn schon, denn schon.«

Sie waren wieder in die Helligkeit und die Hitze des Hafens eingetaucht. Marita zeigte nach rechts, wo sich die Straße in die Höhe schlängelte und schöne alte Villen standen. »Wollen wir vor dem Essen noch den Hang da drüben hinaufgehen? Siehst du ganz oben den runden Turm?«

Hanna schaute in die Richtung und nickte.

»1938 hat der Schriftsteller Franz Werfel ihn gemietet. Der Turm hatte ursprünglich zwölf Fenster, ganz oben war Werfels Arbeitszimmer. Eines Nachts, schon während des Krieges, hat er ein Manuskript gesucht und ist dazu mit einer Taschenlampe in den Turm gestiegen. Die Nachbarn haben prompt die Polizei gerufen, weil sie ihn verdächtigten, den Deutschen heimlich Blinkzeichen zu geben.«

Sie gingen die Stufen des gewundenen Wegs hinauf, bis sie vor dem Turm standen. Unterhalb konnten sie die Dächer und von riesigen Pinien beschatteten Gärten der anderen Häuser sehen, noch weiter unten lagen der Hafen und die Promenade.

Hanna pustete. »Ganz schön steil. Aber wenigstens haben sie von hier eine schöne Aussicht gehabt. Irgendwo hier oben könnte Ludivines Haus gewesen sein.«

Sie trat an ein schmiedeeisernes Tor und versuchte ein Namensschild zu entdecken. Ein kleiner Hund schoß kläffend auf sie zu. »Wir sollten lieber wieder runtergehen. Wahrscheinlich gehört das Haus schon längst jemand anderem, und wir wissen ja auch gar nicht genau, wo es gestanden hat.«

»Gute Idee, laß uns gehen und etwas essen. Mir ist heiß, und ich habe Hunger.«

Wie geplant setzten sie sich in eines der Restaurants an der Promenade und bestellten Meeresfrüchte und Salat, dazu einen Roséwein, der herrlich fruchtig war.

Während sie auf ihre Bestellung warteten, hielt auf dem Zebrastreifen vor dem Café ein eher unscheinbares Auto. Irgendein betagtes französisches Modell. Die Beifahrertür öffnete sich, und ein alter Mann stieg mühselig aus. Ungeachtet der Hitze trug er ein weißes Hemd, eine Weste und darüber ein dunkelblaues Jackett. In aller Ruhe, ohne sich um die hinter ihm hupenden Autos zu kümmern, beugte er sich noch einmal zu der Fahrerin hinunter und sagte ein paar Worte zu ihr. Dann schloß er umständlich die Tür, richtete sich auf, blieb einen Augenblick stehen und setzte sich an einen Tisch ganz in der Nähe.

Hanna und Marita hatten die Szene beobachtet.

»Was für ein würdevoller alter Mann«, sagte Marita. »So wäre ich auch gern, wenn ich alt bin.«

»Er ist bestimmt aus Paris«, fügte Hanna hinzu.

»Bewundernswert, wie der sich seine Zeit nimmt und sich um nichts außer sich selbst kümmert.«

Nach dem Essen lehnte Hanna sich zurück, blickte über die glitzernde Bucht vor ihnen und sagte: »Das ist ein wunderbarer Tag. Ich glaube, ich habe mich in Sanary verliebt. Sieh dir nur diese Farben an, die schönen Häuser, die Menschen, die alle aussehen, als hätten sie Ferien. Ich kann mir gut vorstellen, was Victoire hier gesucht hat.«

Marita seufzte wohlig. »Ja, es ist ein Paradies. Aber dein Haus im Olivenhain gefällt mir besser. Hier wären mir auf die Dauer zu viele Leute. Ich ziehe die Ruhe von Saint Luron vor.«

»Obwohl es hier charmante Antiquitätenhändler gibt, auf die du in Saint Luron lange warten mußt«, neckte Hanna sie.

Zum Abschluß ihres Ausflugs ging Hanna ans Ende des Hafenbeckens und setzte sich auf einen der großen Felsen. Zum Schwimmen war das Wasser viel zu kalt, aber sie ließ die Beine in die leichten Wellen hängen. Marita ging zu ihrer Verabredung mit Jacques, eine halbe Stunde später wollten sie sich am Auto treffen.

Marita verspätete sich, womit Hanna beinahe gerechnet hatte. Sie wartete auf einer der Bänke vor dem Karussell, hielt ihr Gesicht in die Abendsonne und schloß die Augen, während um sie herum die alten Schlager gespielt wurden. Als Marita kam, hatte sie rote Wangen und blitzende Augen.

»Tut mir leid, daß ich zu spät bin«, sagte sie übermütig. »Aber du glaubst gar nicht, wie charmant dieser Mann ist.«

»Du meine Güte, was ist denn das?« Hanna starrte auf den großen Karton, den Marita mühsam vor sich her trug. Oben war das Papier über und über mit echten Rosenköpfen beklebt, die einen berauschenden Duft verströmten.

»Ist doch süß, oder? Das muß ihn Stunden gekostet haben.«

»Und?« fragte Hanna.

»Was, und? Ich habe ihm meine Nummer gegeben …«

»Was hast du?«

»Ja, wieso nicht? Aber ich habe ihm gesagt, daß ich liiert bin.« Sie lächelte. »Er machte nicht den Eindruck, als würde ihn das abhalten.«

Maritas Fröhlichkeit riß Hanna mit. »Weißt du noch …?« Auf der Hinfahrt hatten sie kaum ein Wort gesprochen, während der gesamten Rückfahrt standen ihre Münder nicht still. Sie sprachen über Jacques und andere Verehrer, die sie auf ihren gemeinsamen Urlaubsreisen verzaubert hatten. Abends machten sie es sich auf der Terrasse gemütlich. Marita schrieb einen langen Brief an Stephan, den sie wie alle anderen nicht abschicken würde, Hanna las in einem Reiseführer über Sanary, den sie unter den Büchern ihres Vaters gefunden hatte. Die Sonne hatte sie müde gemacht, und sie gingen zeitig ins Bett.

Am nächsten Morgen hatte Hanna Mühe, aus ihren Träumen zurück in die Wirklichkeit zu finden. Während sie unter der kalten Dusche stand, stiegen die wirren Bilder der

Nacht wieder in ihr auf. Da war eine Frau, die angesichts einer Katastrophe vergebens um Hilfe flehte. Dann hatte sie mit Ullrich geschlafen, voller Leidenschaft und Zärtlichkeit, doch plötzlich war es Daniel gewesen, der sie umfangen hielt. Und dann war ihr Victoire erschienen, mit Haaren, die ihr bis an die Taille reichten, und sie kaufte eine Porzellanschüssel mit blutroten Blumen.

Nach einem ausgiebigen Frühstück klopften sie gegen zehn bei Sophie. Wieder bewunderte Hanna ihr volles Haar, das mit einem glänzenden Kamm hochgesteckt war, und den wachen Blick, der neugierig auf Marita ruhte.

»Das ist wohl deine Freundin? Ich habe schon an den Stimmen gehört, daß ihr da oben zu zweit seid. Kommen Sie herein.«

»Darf ich?« fragte Marita und gab ihr die Hand.

Sophie behielt sie einen Moment in der ihren, und stolz bemerkte Hanna, daß Marita von Sophies ruhiger, besonnener Art und der herben Schönheit ebenso beeindruckt war wie sie selbst. Sophie war eine Frau, die trotz ihres Alters und obwohl sie keinerlei äußere Zeichen von Macht oder Reichtum hatte, im Mittelpunkt des Interesses und der Sympathie stand.

»Warum denn nicht? Ich bekomme nicht sehr oft Besuch. Das Leben wird einsam, wenn man alt ist.«

Sophie ging voraus, und ihre Schritte hatten wieder etwas Steifes, Hinkendes an sich. Daran konnte Hanna ablesen, daß sie sich heute nicht so gut fühlte wie gestern. Sophie wollte sich nichts anmerken lassen, aber sie war froh, als Hanna das Kaffeekochen übernahm.

»Du kennst dich ja aus«, sagte sie. »Ich gehe mit deiner Freundin schon mal ins Wohnzimmer. Sind Sie auch aus Hamburg?« wandte sie sich an Marita.

Hanna öffnete die Schränke auf der Suche nach Kaffeepulver. Sie stieß auf eine Vielzahl schöner alter Blechdosen, in denen Sophie ihre Vorräte aufbewahrte. Reis, Nudeln, Mehl und Zucker, die Grundnahrungsmittel, mehr nicht. Wahrscheinlich kochte sie für sich selbst nicht viel. Kein Zweifel, dies war der Haushalt einer alleinlebenden alten Frau. Hanna füllte den Wasserkessel und stellte ihn auf den Herd. Dann holte sie Teller und Tassen aus der Anrichte im Wohnzimmer.

»Machen Sie auch Urlaub von Ihrer Familie wie Hanna?« fragte Sophie Marita.

Hanna hörte, wie Marita schluckte. »Nicht direkt«, sagte sie dann. »Ich bin nicht verheiratet.«

»Ach so?«

Der Wasserkessel begann zu summen, und Hanna ging zurück in die Küche. Dort saß ein kleiner schwarzweißer Kater mitten auf dem Küchentisch und miaute sie an.

»Hallo, wer bist du denn?« fragte Hanna und streckte die Hand aus. Der Kater neigte den Kopf und ließ sich von ihr kraulen. »Aber jetzt runter, hier hast du nichts zu suchen«, sagte sie energisch und gab dem Tier einen leichten Schubs.

»Sitzt er schon wieder auf dem Tisch? Er weiß genau, daß er das nicht darf. Charlot, du alter Gauner!« hörte sie Sophies helle Stimme von nebenan. Charlot streckte den Schwanz nach oben und stolzierte aus dem Zimmer.

Hanna goß das kochende Wasser auf den Kaffee und ging zum Durchgang ins Wohnzimmer. »Wie heißt der kleine Frechdachs? Charlot?«

»Ja. Er ist mir vor ein paar Monaten zugelaufen. Wir haben früher immer Katzen gehabt, und das hat er wohl gespürt. Er ist sehr zutraulich und verschmust, aber manchmal sehe ich ihn tagelang nicht. Dann fange ich schon an, ihn zu vermissen.«

Als der Kaffee in die großen Tassen geschenkt war, nahm Sophie einige Schlucke, wie um sich zu konzentrieren.

»Wollt ihr wissen, wie es mit Victoire und Franz weiterging?« fragte sie.

»Ja, unbedingt. Mir ist die Geschichte nicht aus dem Kopf gegangen. Stell dir vor, ich habe heute nacht sogar von Victoire geträumt«, antwortete Hanna.

»Na, dann hat sie dir ja tatsächlich etwas zu sagen.« Sophie lehnte sich zurück und begann zu erzählen.

Kapitel 8

Franz Gubin kam schon zwei Wochen später nach Saint Luron. Es war Sonnabend, und Victoire versetzte es einen gehörigen Schrecken, als sie ihn an diesem Nachmittag vor dem Café sitzen sah. Sie war gerade auf dem Heimweg vom Bäcker, wo sie das Brot geholt hatte. Er winkte ihr leicht zu. Sie ging zögernd weiter. Aus den Augenwinkeln sah sie, daß er zahlte und aufstand. Er holte sie ein, kurz bevor sie in die Straße einbog, die zu ihrem Elternhaus führte.

»Sie sind mir nicht aus dem Kopf gegangen«, sagte er zur Begrüßung.

Victoire spürte, wie sie rot wurde. Sie hatte seit ihrer Rückkehr ein paarmal an ihn gedacht, aber Sanary und die Begegnung mit Franz gehörten für sie zu einer anderen Welt, die mit ihrem Leben in Saint Luron nicht das geringste zu tun hatte. Sie konnte beides nicht zusammenbringen. Als sie Franz jetzt so unverhofft vor sich stehen sah, war sie verwirrt, gleichzeitig keimte eine verrückte Hoffnung in ihr auf.

»Wie geht es Ihnen? Was tun Sie hier?« brachte sie ein bißchen atemlos hervor.

»Ich habe doch gesagt, ich würde Sie besuchen. Wir haben Wochenende, ich hatte nichts Besseres vor, und der Bus fuhr gerade ab.«

Über die letzte Bemerkung mußte sie lachen.

»Nein, im Ernst, ich bekomme in Sanary einfach keine

Arbeit, dort sind zu viele von uns. Da habe ich mir gedacht, ich versuche es hier in den Bergen. Aber ich wollte Sie auch unbedingt wiedersehen. Ich muß oft an unseren gemeinsamen Abend denken. Es war der schönste, den ich seit meiner Abreise erlebt habe.«

Victoire sah schnell zu ihm hoch, und das warme Leuchten hinter seinen Brillengläsern ließ auch ihr warm werden. Trotz der Wiedersehensfreude fühlte sie sich unwohl. Sie konnte unmöglich hier mit ihm stehenbleiben, wo sie für alle sichtbar waren wie auf einem Präsentierteller. Sie mochte sich gar nicht vorstellen, was sich jemand wie Thomas Jannel ausmalen würde, wenn er sie hier zusammen sah. Unwillkürlich sah sie sich um.

»Begleiten Sie mich nach Hause?« fragte sie.

»Mit dem größten Vergnügen«, sagte Franz erfreut. Er bot ihr seinen Arm, und Victoires erster Impuls war, erschrokken abzuwehren. Aber dann hängte sie sich bei ihm ein. Die Berührung war leicht und angenehm, Victoire spürte sie wie die ersten Sonnenstrahlen nach einem kalten Winter. Sie war ganz anders als die plumpen Annäherungsversuche der jungen Männer aus dem Dorf auf dem Tanzboden. Sie konzentrierte sich so sehr darauf, daß sie aus dem Tritt kam. Er drückte ihren Arm ein wenig fester, und sie gingen weiter.

Nach wenigen Minuten kamen sie an den Dorfrand. Dort, gegenüber vom Friedhof, der sich hinter einer hohen Mauer versteckte, lag das Haus von Victoires Eltern, umgeben von einer Lorbeerhecke. Es war klein und unscheinbar. In dem gestampften Hof stand eine Bank unter einem Kirschbaum. Nur ungern ließ Victoire Franz' Arm los.

»Setzen Sie sich, Sie möchten bestimmt etwas trinken. Der Weg ist staubig.«

»Gern«, sagte er.

Sie ging ins Haus, legte das Brot auf den Tisch und füllte ein Glas mit Wasser. Ihre Eltern waren nicht da, wie sie erleichtert feststellte. Rasch fuhr sie sich vor dem kleinen Spiegel mit der Hand über das Haar und steckte eine Strähne fest, die sich gelöst hatte. Dann trat sie wieder vor das Haus und setzte sich neben Franz.

»Erzählen Sie«, sagte sie.

Nach weiteren zwei Wochen war er wieder da. Diesmal hatte er seinen Koffer dabei und für Victoire ein Paar Schuhe mit Absätzen. Sie waren hellbraun mit zwei Riemchen über dem Spann, die mit einem Knopf geschlossen wurde. Sie paßten wie für sie gemacht. Für Victoire waren sie das schönste Geschenk ihres Lebens.

»Woher wußten Sie ...?«

Franz lachte. »Ich habe die begehrlichen Blicke bemerkt, die Sie für die Schuhe anderer Frauen haben.« Er zögerte. »Und außerdem bin ich der Meinung, daß elegante Schuhe einfach zu Ihrem Aussehen gehören. Wissen Sie denn nicht, wie schön Sie sind?«

Abends machten sie einen kleinen Spaziergang durch Saint Luron, Victoire trug die neuen Schuhe und hatte sich bei Franz untergehakt. Als sie Thomas Jannel und seine Freunde vor dem Café de l'Etang sitzen sah, war es zu spät, sich zu verstecken. Mit hocherhobenem Kopf, ohne sie eines Blickes zu würdigen, ging sie an ihnen vorüber.

Franz fand für die nächsten Monate Wohnung und Arbeit bei einem Weinbauern im Nachbarort Cabrières d'Aigues. Am nächsten Morgen würde er anfangen.

Unter dem alten Stadttor, das vom Café her nicht einsehbar war, nahmen sie Abschied. Die Vertrautheit, die sich zwischen ihnen eingestellt hatte, war plötzlich verflogen. Auf einmal war alles anders, weil sie wußten, daß sie sich jetzt jederzeit sehen konnten. Franz kam nicht mehr zu Besuch, er wohnte jetzt im Nachbarort, nur ein paar Kilometer entfernt. Sie standen sich unschlüssig gegenüber, nicht wissend, was sie sagen sollten. Franz hielt Victoires Hand in seiner, und plötzlich zog er sie an sich und nahm sie zum ersten Mal in die Arme. Er küßte sie. Victoire spürte seine weichen Lippen und die Zunge, die ihren Mund streichelte. Kleine Blitze fuhren durch ihren Körper. Sie stand auf ihren hochhackigen Schuhen und fürchtete, ihre Beine würde nachgeben. Sie mußte sich an Franz klammern. Sie fühlte seine Oberarme und die Muskeln an seinem Rücken. Alle diese Eindrücke waren völlig neu für sie. Als er sie losließ, taumelte sie einen Schritt zurück und wischte sich mit dem Handrücken über die Lippen. Franz lächelte und zog sie noch einmal an sich. Wieder fanden ihre Lippen sich, und jetzt wagte Victoire, den Kuß zu erwidern. Sie wußte nicht, ob sie es richtig machte, sie probierte es einfach aus und berauschte sich an dem Geschmack, den sein Mund hatte. Sie merkte nicht, daß sich ihr ein Stöhnen entrang. Staunend spürte sie Franz' Geschlecht an ihrem Bauch. So fühlte sich das also an.

Franz machte sich los, in seinen Augen las Victoire Bestürzung und Verwirrung.

»Ich komme morgen abend wieder. Wir treffen uns hier. Wirst du kommen?«

Was für eine überflüssige Frage, dachte Victoire.

Natürlich blieben ihre Treffen nicht unbemerkt. Einige Tage später, Victoire und ihre Mutter saßen vor dem Haus und entsteinten Kirschen, kam Victoires Vater aus dem Café. Wie er die Straße herunterkam, drückte seine Haltung kaum verhohlene Wut aus. Er betrat ohne ein Wort den Hof und kam auf Victoire zu. Sie sah seinen Zorn und wollte ausweichen, doch da schlug er ihr schon mit der flachen Hand ins Gesicht. Edouard Thaumiaux war trotz seiner fünfundsechzig Jahre immer noch ein starker Mann, und in diesen Schlag legte er seine ganze Kraft. Victoire stürzte seitlich von der Bank.

»Du wirst diesen verfluchten *Boche* nie wiedersehen, hast du mich verstanden? Ich habe nicht im Großen Krieg gegen die Deutschen gekämpft, damit meine Tochter mit einem von denen herumpoussiert! Sie haben meinen Bruder auf dem Gewissen! Schande über dich!« Keuchend drehte er sich um und ging ins Haus.

Ihre Mutter half ihr auf. »Die Leute im Dorf reden«, sagte sie. »Eine Frau muß auf ihren Ruf achten.«

Victoire hielt sich die schmerzende Wange. »Ich liebe ihn, Maman, und nur ihn. Was soll ich denn tun?«

Ihre Mutter seufzte. »Ich kann dich ja verstehen. Du weißt, ich habe immer zu dir gehalten, wenn Papa dich mit jemandem aus dem Dorf verheiraten wollte. Aber wenn du diesen Mann wählst, kann ich dir nicht mehr helfen.«

In Saint Luron gab es einige, die nichts gegen Franz hatten und auch nicht dem üblichen Mißtrauen gegen Fremde erlegen waren. Monique Lavande gehörte zu ihnen, Victoires ehemalige Schulfreundin, die jetzt die kleine Dorfbücherei führte. Doktor Verneuil, der lange in Marseille gelebt hatte und den Umgang mit Fremden als bereichernd empfand. Die drei heimlichen Sympathisanten der Kommunistischen Partei, die Franz wegen seines politischen Widerstands gegen Hitler bewunderten. Von diesen und ein paar anderen wurde er François genannt. Für die meisten im Dorf aber war und blieb er Fritz, der häßliche Deutsche, der Erbfeind.

Franz Gubin und Victoire Thaumiaux heirateten dennoch vier Monate später, gegen den Willen aller. Selbst der Bürgermeister war sich nicht zu schade gewesen, ins Haus zu kommen, nachdem sie das Aufgebot bestellt hatten, und Victoire ins Gewissen zu reden. Warum sie denn keinen Franzosen nehme, warum es denn »so jemand« sein müsse, ein Ausländer, ein Flüchtling und Habenichts? Solche Männer könnten gefährlich werden, man wisse doch nie, was sie im Schilde führten. Ob sie denn keine Rücksicht auf die Gefühle ihres Vaters nehmen würde? Victoires Antwort war schneidend: »Unsere Papiere sind in Ordnung, und ich bin volljährig. Sie können uns die Trauung nicht verweigern.«

Und ihrem Vater, der mit dem Gedanken spielte, sie zu seiner Schwägerin nach Sanary zu schicken, um die Hochzeit zu hintertreiben, sagte sie an diesem Abend, daß sie schwanger sei und schon aus diesem Grund Franz heiraten würde. Edouards Gesicht wechselte die Farbe. Seine Frau Yolande meinte später, er hätte Victoire in diesem Augenblick umgebracht, wenn ihn die Nachricht nicht buchstäblich von den Füßen gerissen hätte. Schweratmend ließ er sich auf einen Stuhl fallen und wies Victoire noch in derselben Stunde die Tür. Fortan redete er kein Wort mehr mit ihr und wechselte die Straßenseite, wenn sie ihm entgegenkam. Nie zuvor hatte Victoire ihn derart kalt erlebt. Sie hatte immer gedacht, ihr Vater habe ein Herz, aber wenn dem so war, dann verschloß er es ihr gegenüber.

Victoire zog bereits vor der Hochzeit in das Zimmer, das Franz bewohnte. Die Leute redeten ohnehin über sie, da kam es darauf nicht mehr an.

Edouard Thaumiaux erschien nicht zur Trauung. Wie viele andere in Saint Luron besann er sich ausgerechnet jetzt auf seinen Patriotismus. Beim Bankett nach der Zeremonie waren nur wenige Gäste anwesend: Victoires Mutter, die sich trotz aller Sorgen am Glück ihrer Tochter freute, der Bürgermeister und sein Sekretär, weil das Amt es erforderte. Monique Lavande war gekommen und Christine Valloit, eine andere Freundin, die vor kurzem nach Apt geheiratet hatte, mit ihrem Mann. Dazu waren einige Nachbarn erschienen, die offensichtlich noch nicht wußten, auf welche Seite sie sich schlagen sollten. Auch möglich, daß sie sich einfach umsonst satt essen wollten. Die Stimmung unter den Gästen war verhalten, nur Victoire und Franz warfen sich Blicke voller Liebe zu.

»Hoffentlich bist du stark genug für das, was auf dich zukommt«, sagte Monique beim Abschied zu ihr und küßte sie auf die Wange.

Victoire beunruhigte das nicht. »Noch nie in meinem Leben war ich mir so sicher, das Richtige zu tun«, sagte sie zu ihrer Mutter am Morgen der Trauung, als Yolande ihr half, das Kleid anzuziehen, ohne den großen Haarknoten zu zerstören, der sich kunstvoll um ihren Kopf legte. »Ich liebe Franz, und ich bewundere ihn für seinen Mut und seine Zuversicht, für die Festigkeit seiner Ansichten. Und dafür, daß er mich respektiert. Ich glaube, er ist der einzige Mensch außer dir, der mich so sein läßt, wie ich bin. Ich hoffe, ich kann diese Stärke auch an unser Kind weitergeben.« Sie strich liebevoll über ihren Bauch, der sich unter dem weißen Rock bereits leicht wölbte. Den anderen Grund, aus dem sie Franz liebte, das, was er in der Nacht mit ihr tat, konnte sie ihrer Mutter nicht sagen. »Papa wird sich schon wieder beruhigen. Laß ihn nur erst mal seinen Enkel auf dem Schoß haben, dann wird er sich schon eines Besseren besinnen.«

»Sei dir da nicht so sicher«, antwortete Yolande Thaumiaux vorsichtig. »Dein Vater kann stur sein. Und er ist zutiefst verbittert, daß seine einzige Tochter sich mit einem Deutschen eingelassen hat.«

»Aber Franz ist doch gar kein Deutscher. Eigentlich ist er Franzose. Er spricht Französisch, und er hat für Frankreich gekämpft! Wie oft soll ich das denn noch sagen?« rief Victoire aus.

»Für deinen Vater macht das keinen Unterschied. Du weißt, am liebsten hätte er gesehen, wenn du jemanden aus der Nachbarschaft genommen hättest.«

»So jemanden wie Thomas etwa? Ständig lauert er mir auf und zischt mir Gemeinheiten zu. Ich habe manchmal richtig Angst vor ihm. Oder meinst du Di-Di-Didier Mar-ro-ron?«

Beide mußten lachen bei der Vorstellung, daß Victoire den Dorftrottel heiratete.

»Du hältst doch zu mir?« fragte Victoire ihre Mutter voller ängstlicher Zärtlichkeit. »Dich und Papa zu verlieren, wäre zuviel für mich.«

Yolande legte den Arm um ihre Tochter. »Natürlich lasse ich dich nicht im Stich. Ich finde Franz ja auch sympathisch. Wehe, wenn er nicht immer gut zu dir ist!« Sie zupfte noch einmal an dem Hochzeitskleid herum und legte die Hände auf Victoires Bauch. »Und außerdem kann mir niemand verbieten, meinen Enkel zu sehen.«

Kurz nach der Hochzeit, die im September 1935 stattfand, starb der alte Grégoire Dumoulin, und sein Haus stand zum Verkauf. Es lag außerhalb des Dorfs, ungefähr einen halben Kilometer den Lubéron hinauf. Das Anwesen hieß Les Oliviers wegen der uralten Olivenbäume, die dort standen. Die Bäume warfen eine reiche Ernte ab, ein kräftiger Mann, der sie gut pflegte, konnte den Ertrag noch steigern. Zu dem kleinen Haus gehörten ein Gemüsegarten und einige Obstbäume. Grégoires Erben hatten ein Geschäft in Apt und wollten dort investieren. An dem Haus hatten sie kein Interesse, waren auch froh, Saint Luron hinter sich gelassen zu haben. Sie waren bereit, es für eine angemessene Summe zu verkaufen, sogar an Franz. Der überlegte nicht lange und griff zu. Das Geld stammte von dem Freund aus Amerika, der ihm die Schulden zurückzahlte. Um die noch fehlende Summe aufzubringen, verkaufte Yolande das einzige Schmuckstück von Wert, das sie besaß, eine goldene Kette. »Du hättest sie ohnehin irgendwann bekommen, und jetzt brauchst du sie«, sagte sie zu Victoire.

Yolande Thaumiaux sollte nicht mehr das Glück genießen, ihr Enkelkind im Arm zu halten. Sie starb acht Wochen vor Sophies Geburt. Edouard fand sie abends im Garten liegend, da lebte sie schon seit einigen Stunden nicht mehr. Ihr Herz war immer schwach gewesen, aber mit diesem plötzlichen Tod hatte niemand gerechnet. Sie war nur fünfzig Jahre alt geworden.

Victoire erschrak, als sie ihren Vater bei der Beerdigung sah. Er stand vor dem offenen Grab und hatte Mühe, sich auf den Beinen zu halten. Als Victoire, ohne zu überlegen, zu ihm eilte, um ihn zu stützen, richtete er sich mit letzter Kraft auf und wies mit dem Zeigefinger auf sie. »Du! Du bist doch schuld an ihrem Tod. Sie hat die Schande nicht überlebt, die du über sie gebracht hast. Du sollst verflucht sein, mitsamt deinem Balg und deinem dahergelaufenen Mann!«

Hilflos mußte Victoire mit ansehen, wie ihr Vater sich auf sie stürzen wollte und der Pfarrer und zwei weitere Männer ihn mit vereinten Kräften davon abzuhalten versuchten. Es gelang Edouard, sich loszumachen. Er bückte sich nach den Kieselsteinen, mit denen die Friedhofswege geharkt waren, und schleuderte eine Handvoll in Victoires Richtung. Er war völlig außer sich.

»Gehen Sie jetzt, bitte«, sagte der Pfarrer über die Schulter zu ihr, während er Edouard festhielt. Franz legte den Arm um sie und führte sie vom Friedhof.

Victoire war verzweifelt, für sie war es, als hätte sie an diesem Tag nicht nur die Mutter, sondern auch ihren Vater zu Grabe getragen. Erst abends, als Franz sich im Bett neben sie legte und sie mit seinen Zärtlichkeiten umfing, konnte sie sich beruhigen. »Denk an dein Kind«, flüsterte er ihr zwischen zwei Liebkosungen ins Ohr. »Denk an uns ...«

Am Tag, als ihre Mutter beerdigt wurde, empfand Victoire die Abgeschiedenheit von Les Oliviers einmal mehr als Geschenk Gottes.

Die erste Olivenernte, die sie einfuhren, war üppig, weil das Jahr gut gewesen war. Die Ernte fing gleich nach der Überschreibung des Besitzes mit den grünen Tischoliven an, die sie von Hand pflückten. Dann ging es weiter mit den dunklen Oliven, die vom Baum geschüttelt wurden. Die letzten Früchte ernteten sie Anfang Januar. Aus ihnen wurde das kostbare Öl gepreßt. Zum Hof gehörte eine alte Ölpresse, doch Franz und Victoire trauten sich diese für sie neue Arbeit nicht zu, und so brachten sie ihre Früchte nach Saint Luron in die Mühle. Als sie ihr Geld bekamen, fuhren sie Anfang Februar für ein paar Tage nach Sanary ans Meer – ein Affront für das ganze Dorf. Wer fuhr schon in den Urlaub! Franz kaufte ein weiteres Paar Schuhe für Victoire, rot und zart und wunderschön. Zum Schwimmen war das Wasser zu kalt, und Victoire hatte auch Angst um das Kind in ihrem Bauch, aber die Ferienwoche sollte später zu ihren schönsten Erinnerungen gehören.

Kapitel 9

Franz und Victoire haben Les Oliviers gekauft. Also hat Pierre recht gehabt …«, sagte Marita nachdenklich.

»Er hat uns erzählt, daß du früher dort gewohnt hast«, setzte Hanna als Erklärung hinzu.

Sophie nickte. »Ja, das Haus hat einmal meinen Eltern gehört. Ich habe meine Kindheit dort oben verbracht. Ich kenne das Haus noch, wie es früher war. Und den Olivenhain …«, entgegnete Sophie.

»Welches war dein Zimmer?« wollte Hanna wissen.

»Damals gab es einen weiteren Raum hinter dem Schlafzimmer, der gehörte mir. Ich habe gern in Les Oliviers gewohnt. Aber das alles ist schon so lange her.« Das Entrückte, das Sophie während der Erzählung gehabt hatte, war aus ihrem Gesicht verschwunden. Sie war wieder eine liebenswürdige alte Frau, die mit ihren Schmerzen kämpfte.

»Daher sprechen Sie so gut deutsch, weil Ihr Vater Deutscher war«, sagte Marita.

»Ja, ich habe nach dem Krieg sogar einige Jahre in Deutschland gelebt, in der Heimat meines Vaters, im Saarland. Hier in Saint Luron war es nicht immer angenehm für mich, auch nach dem Krieg nicht.«

»Es ist bestimmt nicht leicht gewesen, mitten im Krieg mit einem deutschen Vater«, sagte Hanna.

Sophie hob die Hände und ließ sie wieder sinken. »Es gab da einige sehr häßliche Begebenheiten, wie ihr euch denken könnt. Aber ich würde gern der Reihe nach erzählen.« Sie lächelte. »Sonst bekomme ich hier oben ...«, sie tippte sich mit dem Zeigefinger an die Stirn, »noch etwas durcheinander. Und euch liegt doch an der Wahrheit?«

»Wenn das Loch im Stamm noch größer wird, werden wir es mit Steinen oder Erde auffüllen müssen, damit der Baum dem Mistral standhalten kann. Sieh nur, Sophie kann fast darin stehen.«

Victoire war damit beschäftigt, die Krone des alten Olivenbaums mit einer hölzernen Harke zu bearbeiten, um die reifen Früchte abzustreifen. Unter dem Baum waren Betttücher ausgelegt, die die herabfallenden Oliven auffingen. Die Arbeit war anstrengend und manchmal, wenn sie oben auf der Leiter stand und mit der langen Harke hantierte, auch nicht ganz ungefährlich. Victoire mußte gut aufpassen.

Sie drehte sich um und sah in Franz' besorgtes Gesicht. »Mach dir darüber keine Gedanken. Oben in den Bergen gibt es einen uralten Baum. Mein Vater hat mir immer seine Geschichte erzählt, wenn ich Trost brauchte: Niemand weiß mehr, wer ihn gepflanzt hat. Schon Papas Urgroßvater hat unter diesem Baum Schatten gesucht. Er hat im Laufe der Jahrhunderte zweimal Feuer gefangen, und man hielt ihn für tot. Aber eines Tages, aus den tiefsten Tiefen seiner Wurzeln, hat er neue Kraft geschöpft, und im Jahr darauf hat er wieder geblüht. Olivenbäume sind unsterblich, man muß ihnen nur vertrauen.«

Franz nahm den großen Korb voller Oliven vom Rücken und stellte ihn auf die Erde. Mit federnden Schritten kam er auf seine Frau und seine Tochter zu. Sophie hatte im letzten Monat laufen gelernt. Damit sie nicht ständig davonlief, hatte Victoire sie mit einem Spielzeug in den Hohlraum des alten Baumes gesetzt. Sie streckte die Arme nach ihrem Vater aus. Franz nahm sie und wirbelte sie im Kreis herum, bis sie vor Vergnügen juchzte.

»Ganz schön hart, die Arbeit eines Olivenbauern«, sagte Franz und lachte dabei wie üblich. »Aber es ist schon die dritte Ernte, die wir einfahren, und sie wird wieder gut, um nicht zu sagen sehr gut. Ich rechne mit dreißig bis fünfzig Kilo pro Baum. Und dieser hier bringt es mindestens auf hundertfünfzig. Er ist eine kleine Goldgrube.«

»Er ist majestätisch, und ich bewundere ihn«, antwortete Victoire. »Und? Wie weit bist du?« fragte sie dann. »Ich lege Sophie gleich zum Mittagsschlaf hin, dann mache ich hier weiter.«

Franz strich mit der Hand über die vernarbte Rinde. Dann nahm er seine randlose Brille ab, um sich die angestrengten Augen zu reiben. »Ich werde trotzdem Bernard um Rat fragen, was ich tun soll, um den Stamm zu stabilisieren. Ich bin nur froh, daß wenigstens er zu uns hält. Ohne seine Ratschläge hätten wir es nie geschafft. Wie naiv wir waren, als wir dieses Stück Land gekauft haben. Damals hätte ich mir nicht träumen lassen, wie wichtig der richtige Zeitpunkt für die Ernte ist und daß er sogar von einem Baum zum anderen innerhalb eines Hains variieren kann!«

»Jetzt sei nicht so bescheiden«, antwortete Victoire. »Du hast in den letzten zwei Jahren mehr gelernt als so mancher Bauer in einem langen Leben.« Aus ihren Worten sprach der Stolz, den sie für ihren Mann empfand. Liebevoll sah sie auf seine hohe Gestalt, die so gar nichts Bäuerliches an sich hatte.

Und sie hatte recht. Franz erwies sich als äußerst geschickter und weitsichtiger Olivenhainbesitzer. Nachdem er im vergangenen Jahr zum erstenmal sein eigenes Öl gepreßt hatte, war ein Händler auf ihn zugekommen. Er erzielte gute Preise für seine Qualität. Nur im ersten Jahr hatte er seine Früchte in die Kooperative zum Pressen gebracht, seitdem benutzte er die eigene Mühle, die zu Les Oliviers gehörte. Das Ergebnis war von leicht grünlicher Färbung, frisch und fruchtig, feinsamtig auf den Fingerspitzen und der Zunge. Aber ohne Bernard Clavel und seine Frau Agnès hätten sie es nie bis hierher geschafft. Die Nachbarn waren die einzigen, die den Kontakt zu Victoire und Franz suchten. Die Leute aus Saint Luron blieben ablehnend, um nicht zu sagen feindlich. Es gab welche unter ihnen, die befürchteten, Franz würde für die Deutschen spionieren. Und sie sagten das auch laut.

»Bereust du manchmal, hier bei uns geblieben zu sein?« fragte Victoire.

Franz setzte sich Sophie auf die Schultern. Mit dem einen Arm hielt er sie dort oben fest, den anderen legte er um Victoire. Er sah ihr tief in die Augen und sagte: »Ich bereue gar nichts. Am wenigsten, daß ich dich geheiratet habe.« Er küßte seine Frau lange und zärtlich. Der Kuß nahm kein Ende, und schließlich sagte Franz mit rauher Stimme: »Komm, laß uns ins Haus gehen. Die Oliven können auch noch ein Stündchen warten.« Hand in Hand eilten sie den Abhang hinauf.

Vom Frühjahr bis in den späten Herbst hinein hatten Franz und Victoire mehr Arbeit, als sie bewältigen konnten. Der Olivenhain und die Weinstöcke, der Gemüsegarten und die Hühner im Stall, die Hausarbeit und die kleine Sophie und natürlich auch ihre Ehe, all das brauchte ihre ganze Aufmerksamkeit und hielt sie davon ab, sich Sorgen über die

Zukunft zu machen. Sie waren sich in ihrer kleinen Familie genug, nur selten vermißten sie eine Zerstreuung. Sie hatten es aufgegeben, die Feste in den umliegenden Dörfern zu besuchen. Die Ablehnung der anderen war zu offensichtlich. Vielleicht hätte Edouard Thaumiaux mit der Zeit die Situation entschärfen können, doch weil er im Café als einer der Lautesten auf seine Tochter und ihren Deutschen schimpfte, nahmen sich auch die anderen das Recht heraus, sie schief anzusehen und schlecht über sie zu reden. Ihr Vater war weder zu Sophies Taufe noch zu ihrem ersten Geburtstag erschienen.

»Gib ihm etwas Zeit. Er ist ein störrischer alter Mann, den der frühe Tod seiner Frau aus der Bahn geworfen hat. Es wird ihn Überwindung kosten, den Weg zu dir zurückzufinden, aber eines Tages wird er ihn gehen«, beruhigte Franz Victoire am Abend von Sophies Geburtstag.

»Ich wünsche mir so, daß du recht hast«, seufzte Victoire. »Er ist der einzige Verwandte, den wir haben, Sophie und ich. Neben dir natürlich, Tante Ludivine. Ich bin dir so dankbar, daß wenigstens du zu uns hältst.« Sie nahm Ludivines Hand und drückte sie.

Ihre Tante, die im Gegensatz zu Edouard die Geburtstagseinladung angenommen hatte, schüttelte den Kopf. »Es ist zum Verzweifeln! Du bist seine einzige Tochter, Sophie ist seine einzige Enkelin! Wie kann er nur so hartherzig sein? Er hat sogar mir verboten, in euer Haus zu gehen. Aber wir können ihn nicht ändern.« Sie setzte sich aufrecht auf ihren Stuhl. »Weißt du, dein Vater war nicht immer so. Wenn ich noch daran denke, wie verliebt er und Yolande waren. Sie haben ihre Flitterwochen bei uns verbracht, das war im Jahr vor dem Großen Krieg. Sie waren so glücklich ... Sie haben genauso herumgeturtelt wie ihr.« Sie lächelte bei der Erinnerung. »Ja, glaubt nur nicht, daß ihr die ersten seid, die je geliebt haben. Als du dich dann angekündigt hast, war er völlig aus dem Häuschen. Damals war die Welt für ihn noch in Ordnung. Im zweiten Kriegsjahr, du fingst gerade an zu sprechen, wurde er eingezogen. Er hat nie darüber geredet, was er an der Front erlebt hat. Ich weiß nur, daß er den Stellungskrieg mitgemacht hat: wochenlang im Schützengraben, kein Bett, keinen trockenen Fetzen mehr am Leib, Hunger und Läuse und immer die Angst, völlig sinnlos sein Leben zu verlieren. Damals ist etwas in ihm kaputtgegangen.« Sie überlegte einen Moment lang. »Seine Mürrischkeit, der Jähzorn, seine immer wieder auftauchende Mutlosigkeit, die schon beinahe krankhaft war – vor dem Krieg hatte er all das nicht. Nur wenn er mit dir spielte oder dir Geschichten erzählte, schien er alles zu vergessen und war wie früher ... Ja, er kam zurück und war ein anderer Mensch. Und mein guter Jean-Marie ist im Krieg geblieben. Daß sein jüngerer Bruder sterben mußte und ich mit meinen beiden kleinen Töchtern allein zurückblieb, das hat Edouard den letzten Schlag versetzt. Er kam von der Front und erfuhr, wer von seinen Freunden alles gefallen war. Ich glaube, allein aus Saint Luron zwanzig Männer. Aber der schlimmste, sinnloseste, ungerechteste Tod war der seines kleinen Bruders. Von dem Tag an hat er die Deutschen und alles, was deutsch war, gehaßt. Er machte nicht den geringsten Unterschied zwischen einem deutschen Kriegsverbrecher und einem armen Frontsoldaten, der ihm im Graben gegenüberlag und auf ihn schoß, um nicht selbst erschossen zu werden. Sein Haß ist wie eine offene Wunde. Und wenn nicht einmal du sie schließen kannst, dann kann es niemand, auch nicht deine kleine Tochter.«

Wie recht ihre Tante hatte, sollte Victoire zwei Monate später erfahren. Sie war mit Sophie auf dem Friedhof, um das Grab ihrer Mutter zu besuchen. Plötzlich hörte sie die sich nähernden schweren Schritte ihres Vaters.

Sie drehte sich zu ihm um und sah ihn auf sich zukommen. Er hatte schon früher leicht gehinkt, und weil er so rasch wie möglich ging, beinahe lief, wurde dieses Hinken zu einem stolpernden Humpeln. Drohend schüttelte er die rechte Faust über dem Kopf. Er war immer noch ein Hüne von Mann, nur hatte er stark abgenommen. Seine Hosen, die wegen seiner Größe immer leicht zu kurz gewesen waren, umflatterten die Beine. Der gestrickte Pullover, den er trotz der Hitze über dem Hemd trug, hatte ein Loch unterhalb des Kragens. Victoire erkannte ihn wieder, Yolande hatte ihn im Winter vor ihrem Tod gestrickt. An seinem Jakkett fehlten zwei Knöpfe. Das Haar war fast weiß geworden und stand in dünnen Strähnen von seinem Kopf ab. Victoire spürte plötzlich Mitleid mit dem alten Mann und das Bedürfnis, ihm zur Seite zu stehen, sein Äußeres in Ordnung zu bringen, um ihm so seine Würde wiederzugeben. Sie machte einen Schritt auf ihn zu. »Papa!«

Er wischte die Begrüßung mit einer heftigen Handbewegung beiseite. »Bring sie hier weg«, fuhr er Victoire an und wies mit einem nikotinbraunen Zeigefinger auf Sophie. Er sah dabei weder seine Tochter noch seine Enkelin an, sondern starrte auf den Boden.

Victoire wich entsetzt zurück. »Was sagst du da? Sie ist Mamas Fleisch und Blut. Und deines auch!«

»Bring sie weg«, schrie er. »Sie ist ein Bastard. Sie verdient es nicht, zu unserer Familie zu gehören.«

Sophie sah den bösen alten Mann ängstlich an. Alles an ihm strahlte Ablehnung und Haß aus. Sie begann zu weinen und streckte die Arme nach ihrer Mutter aus. Victoire nahm sie schnell auf den Arm und barg ihren kleinen Kopf an ihrer Schulter.

»Wie kannst du so etwas sagen? Sie ist ein unschuldiges Kind. Papa!«

Er machte einen drohenden Schritt auf sie zu, und Victoire schützte Sophies Kopf mit dem Arm.

»Der Wechselbalg ist schuldig! Durch dich. Und du hast auch kein Recht, hier am Grab meiner Frau zu stehen. Du hast sie in den Tod getrieben. Bocheflittchen! Geh mir aus den Augen!« Er hatte Speichelbläschen in den Mundwinkeln. Die Augen traten ihm aus den Höhlen, auf der Stirn zeigte sich eine dunkelrote Ader. Er sah aus, als würde er gleich einen Schlaganfall bekommen

Victoire bemühte sich immer noch, die Situation zu erfassen. Sie versuchte zu begreifen, daß ihr Vater eben gerade das letzte dünne Band, das sie noch miteinander verknüpfte, zerschnitten hatte. Es war nicht mit ihm zu reden. Sein Haß schien unumstößlich und ewig.

»Irgendwann wird es dir leid tun, Papa«, preßte sie zwischen den Zähnen hervor. Sie setzte Sophie nicht in den Kinderwagen, sondern behielt sie dicht an ihrem Körper, wie um sie vor dem bösen Blick des alten Mannes abzuschirmen. Dann verließ sie fluchtartig den Friedhof, in ihren Ohren dröhnten die Beschimpfungen, die ihr Vater, der sich völlig erschöpft auf die Grabumfassung hatte fallen lassen, ihr nachrief. Als sie durch das Tor auf die Straße trat, kam ihr eine Horde größerer Kinder entgegen, die die Szene beobachtet hatten. Sie liefen ein ganzes Stück Weg auf der anderen Straßenseite neben ihr her und schmähten sie und Sophie als Vaterlandsverräter und Spione. »Bocheflittchen!« riefen sie ein ums andere Mal. Erst als sie das Café erreicht hatten, trat der Wirt vor die Tür und verjagte die Kinder. Victoire gab sich Mühe, nicht zu weinen, bis sie außer Sichtweite des Dorfes war. Dann ließ sie ihren Tränen freien Lauf. Den ganzen Weg nach Hause weinte sie, und Sophie, die ihre Mutter noch nie so verzweifelt gesehen hatte, weinte auch und klammerte sich an sie. In Les Oliviers angekommen, ließ sie sich in einen Sessel fallen und preßte ihre Tochter an sich. Die Hoffnung auf eine Versöhnung mit ihrem Vater war gerade zunichte geworden. Es war sogar noch schlimmer: Auf dem Friedhof hatte sie erkannt, daß ihr Vater eine mögliche Gefahr für ihre Tochter darstellte. Sie mußte Vorkehrungen treffen, um sie zu schützen.

Nach einigen Tagen hatte Victoire den Bruch mit ihrem Vater akzeptiert. Sie konnte die Dinge nicht ändern, also machte es keinen Sinn, mit ihnen zu hadern. Sie fand sich damit ab, keinen Vater mehr zu haben.

Das einzige Vergnügen, daß die kleine Familie sich gönnte, war ein gelegentlicher Besuch in Sanary. Wenn Ludivine ein Zimmer frei hatte, dann wohnten sie bei ihr, und Victoire genoß endlich, worauf alle jungen Mütter ein ungeteiltes Anrecht haben: Jemand bewunderte ihre süße kleine Tochter, verhätschelte und verwöhnte sie und erfüllte die Mutter mit Stolz und Liebe auf ihr Kind. In Saint Luron beachtete kaum jemand Sophie.

Sophie blieb auch abends bei ihrer Großtante, wenn Victoire und Franz noch einmal zum Schwimmen gingen. Am liebsten gingen sie zur Pointe de Bau Rouge, wo sie zum erstenmal gemeinsam gewesen waren. Sie ließen sich im Wasser treiben, hielten Ausschau nach den leuchtenden Quallen und erinnerten sich an den Beginn ihrer Liebe. Wenn sie an den Strand zurückkamen und das Wasser ihre Körper ausgekühlt hatte, nahm Franz sie in die Arme und liebkoste ihr Gesicht. Sie liebten sich am Fuß der Steilküste, im Schutz einiger großer Felsen.

»Ich liebe dich, Franz«, keuchte Victoire, bevor die Erregung in Wellen über ihr zusammenschlug.

»Und ich liebe dich. Mehr als mein Leben!« Franz schrie es heraus und erfüllte Victoire mit unendlicher Seligkeit.

Nach der Liebe lagen sie noch lange eng umschlungen nebeneinander und sahen in den Sternenhimmel.

»Ich möchte noch ein Kind«, sagte sie an einem dieser Abende zu ihm. Franz rückte ein Stück von ihr weg und stützte sich auf einen Ellenbogen, um ihr besser ins Gesicht sehen zu können. An der Stelle, wo er sie eben noch mit seiner Wärme zugedeckt hatte, spürte Victoire plötzlich die kühle Nachtluft, die ihr eine Gänsehaut machte.

»Nicht in diesen Zeiten.«

»Was haben wir denn für Zeiten«, fragte Victoire mit leichter Koketterie und bedauerte es gleich darauf.

In diesem Punkt verstand Franz keinen Spaß. Wenn es um Politik ging, besonders um die Vorgänge in Deutschland, war er ein anderer. Dann war von seinem geradezu jugendlichen Optimismus, von seiner ansteckenden Lebenslust kaum noch etwas zu spüren. Wenn die Rede auf seine Heimat kam, verfinsterte sich sein Gesicht, er konnte gerade noch ein zärtlicher Ehemann und Vater gewesen sein, schon wandte er sich ab. Wie ein Besessener sammelte er alle Nachrichten aus dem »Tausendjährigen Reich«, deren er habhaft werden konnte. Doch seine Kenntnisse, seine Analysen bewirkten nichts mehr. Früher hatten die Leute seine Artikel gelesen, er hatte durch seine Argumente überzeugen können. Heute blieb ihm nur, beinahe täglich Briefe an andere Emigranten zu schreiben und mit ihnen des langen und breiten die Entwicklungen in Deutschland zu diskutieren. Aber es war ein Gespräch im luftleeren Raum. Nichts davon drang nach außen, und hinter der Grenze wurde seine Argumente schon gar nicht gehört. Die Einsicht seines Scheiterns machte ihn bitter und kompromißlos. Er versuchte Victoire seine Gedanken nahezubringen. Victoire war viel zu klug, um die politischen Zusammenhänge nicht zu verstehen, doch für sie hatten sie eine andere Bedeutung. Und das sagte sie ihm auch jetzt wieder.

»Für mich ist das wichtigste, daß es meiner Familie gutgeht, Sophie und dir. Solange bei uns alles in Ordnung ist, interessiert mich ein Gesetz, das in einem anderen Land erlassen wird, herzlich wenig.« Sie drückte sich absichtlich brutal aus, weil sie diese Diskussion schon so oft geführt hatten.

»Aber wie kann es dir gutgehen, wenn es so vielen anderen schlechtgeht?« fragte Franz empört zurück.

»Was kann Sophie dafür? Warum soll sie darunter leiden?« war ihre Antwort.

»Und meine Mutter?« brüllte er. »Sie wird von der Gestapo schikaniert, bloß weil ich ihr Sohn bin. Man läßt sie nicht ausreisen, um ein Druckmittel gegen mich in der Hand zu haben. Findest du das etwa in Ordnung?«

Victoire schüttelte den Kopf. »Natürlich nicht. Ich würde Himmel und Erde in Bewegung setzen, um deiner Mutter zu helfen. Sag mir, was ich tun kann. Soll ich in Saint Luron für sie demonstrieren? Und uns damit völlig ins Abseits bringen?«

Franz setzte sich auf und rückte ein Stück von ihr ab. »Du bist unfair und kindisch. Was sollte es bringen, wenn du allein hier auf die Straße gehst?«

»Eben.«

»Aber es gibt andere Möglichkeiten!«

»Sag sie mir.«

»Alle Gleichgesinnten müssen zusammenhalten. Wir müssen uns organisieren. Und zuallererst müssen wir uns informieren. Wir müssen genau Bescheid wissen, was in Deutschland passiert – und übrigens auch hier in Frankreich –, damit wir reagieren können.«

»Ich habe bei den Wahlen im letzten Jahr für Léon Blum und die Volksfront gestimmt, weil sie gegen Hitler waren. Ich lese aufmerksam die Zeitungen, obwohl ich weiß, daß ich längst nicht alles glauben kann, was dort steht. Ich bin immer bereit, in meiner Umgebung zu helfen, nenn es solidarisch sein, wenn du willst. Aber den Rest der Zeit kümmere ich mich um meine kleine Tochter, die ein Recht darauf hat, in Liebe und Selbstvertrauen aufzuwachsen.« Victoire war aufgestanden. Sie hatte vergessen, daß sie gerade geliebt hatte und keine Kleider trug.

Bewundernd sah Franz ihren schönen Körper, der sich im Mondlicht streckte. Sehnen und Muskeln traten auf der glatten Haut hervor, als sie mit raschen Schritten auf und ab ging. Ihr Haarknoten hatte sich gelöst, und die dunklen Locken fielen ihr auf den Rücken. Victoire bemerkte seinen Blick. Lachend nahm sie ein Handtuch und warf es ihm ins Gesicht. »Siehst du, wenn es um den Augenblick geht, vergißt auch du die Weltpolitik.«

Franz sprang auf und lief hinter ihr her. Atemlos fielen sie in den Sand, und er vergrub sein Gesicht in ihrer Halsbeuge.

Kapitel 10

Er hat sich tatsächlich von dir losgesagt? Was für ein hartherziger, gemeiner Mann!« Hanna standen die Tränen in den Augen, als sie das sagte.

»Ja, mein Großvater war nicht gerade ein Opa wie aus dem Bilderbuch. Ich habe ihn gefürchtet und gehaßt«, antwortete Sophie. »Ich kann bis heute nicht an ihn denken, ohne Trauer und Wut zu empfinden. Er hat meine Kindheit vergiftet.« Sie setzte sich auf und rieb mit beiden Händen ihre Oberschenkel, wobei sie schmerzhaft das Gesicht verzog.

»Pah, Edouard war ein alter Mann, der seine traumatischen Kriegserlebnisse nicht verwinden konnte. Aber die Person, die unsere Aufmerksamkeit und unseren ganzen Respekt verdient, ist doch Victoire. Mit welcher Beharrlichkeit und unbedingter Stärke sie zu Franz gehalten hat. Sie hat nicht eine Sekunde gezögert, als es darum ging, sich zwischen ihrem Vater und ihrem Ehemann zu entscheiden. Wie sicher mußte sie sich ihrer Liebe sein! Denn nicht nur ihr Vater, fast alle waren gegen Franz. So wäre ich auch gern.« Aus Maritas Worten sprach uneingeschränkte Bewunderung.

»Und ich?« fragte Hanna plötzlich in die Stille hinein, die entstanden war. »Ich habe Daniel verloren und mich damit getröstet, daß es meinen Vater froh machen würde, wenn er aus meinem Leben verschwindet. Und ich habe Ullrich geheiratet, obwohl ich in meinem tiefsten Innern wußte, daß meine Liebe zu ihm lange nicht so stark war wie die zu Daniel.« Sie war sich nicht bewußt, daß sie die Gedanken, die ihr zum erstenmal in dieser Deutlichkeit vor Augen standen, laut ausgesprochen hatte. Als sie es bemerkte, wurde sie vor Scham rot. Sie sah von Sophie zu Marita. »Das wollte ich gar nicht sagen.« Sie schüttelte den Kopf. »Aber es ist wahr, leider. Und jetzt scheine ich die Quittung für meine Halbherzigkeit zu bekommen. Daniel ist schon lange weg, und wie es aussieht, betrügt Ullrich mich.«

»Wäre es nicht an der Zeit, dir in diesem Punkt Klarheit zu verschaffen?« fragte Sopie. »Was, wenn du dich irrst?«

Hanna stand auf. »Du hast recht. Ich rufe ihn heute noch an und spreche mit ihm.« Sie ging auf Sophie zu und nahm sie in den Arm, um sich zu verabschieden. »Du bist ganz kalt. Ist dir nicht gut?« fragte sie erschrocken.

Die alte Frau konnte ein Stöhnen nicht unterdrücken. »Wenn du mir nur die Decke bringst. Ich muß mich ausruhen«, sagte sie.

Auch Marita war aufgestanden. »Ich glaube, wir lassen Sie jetzt besser allein.«

»Ich koche nachher etwas und bringe es dir.«

Hanna wußte nicht, ob Sophie sie gehört hatte. Sie hatte bereits die Augen geschlossen und schien eingenickt zu sein.

»Sie macht den Eindruck, als sei sie ernstlich krank«, sagte Marita auf dem Rückweg.

»Ist dir das auch aufgefallen? Hoffentlich haben wir sie nicht zu sehr angestrengt«, meinte Hanna besorgt. »Aber während sie redet, scheint es ihr besser zu gehen.«

Marita stimmte ihr zu. »Es ist gut möglich, daß das Erzählen ihr Mühe macht, aber es scheint ihr auch sehr gut zu tun. Sie wird sichtbar jünger, eine ganz erstaunliche Verwandlung geht in ihr vor.«

Hanna brachte ihre nächste Frage kaum über die Lippen. »Meinst du, sie erzählt uns das alles, weil sie ihr Leben kurz vor dem Ende noch einmal an sich vorüberziehen lassen will?«

Marita antwortete nicht.

Den Rest des Tages verbrachten sie auf der Terrasse. Solange sie gekocht und sich um Sophie gekümmert hatte, konnte Hanna ihre Unruhe überspielen. Doch als alles getan war, knisterte die Luft vor Spannung.

»Du wolltest Ullrich anrufen«, sagte Marita schließlich. »Schieb es nicht weiter auf, du bist es dir schuldig.«

Hanna ging in ihr Schlafzimmer. Sie atmete tief durch, dann wählte sie. Ullrich war nicht zu Hause. Bei seinem Handy sprang die Mailbox an. Ihr erster Impuls war Erleichterung über den Aufschub. Sie dachte nach. Dann nahm sie das Telefon wieder in die Hand und wählte die Nummer von Susanne. Während sie das Freizeichen hörte, bemerkte sie, daß ihre Hand zitterte.

»Fuchs«, kam Susannes Stimme aus dem Hörer.

Hanna kam sofort zur Sache. »Hier ist Hanna. Ist Ullrich bei dir?« Sie konnte förmlich spüren, wie Susanne nach Worten suchte.

»Ullrich? Wie kommst du darauf?«

»Keine Ausflüchte. Komm mir nicht so. Ich will ihn sprechen! Jetzt gleich!«

Am anderen Ende der Leitung raschelte und knackte es. Dann hörte sie Ullrichs Stimme, die betont heiter und harmlos klang: »Hanna! Ich nehme an, du hast versucht, mich zu Hause zu erreichen? Dort ist es so still ohne dich, und da bin ich kurz zu Susanne gefahren.«

Hanna war auf einmal ganz ruhig. »Du hast ein Verhältnis mit ihr.«

»Was? Wie kommst du denn auf diese dumme Idee?«

Seine Art, sie wie ein Kind zu behandeln, hatte sie immer geärgert, in dieser Situation fand sie sie im höchsten Maße verletzend.

»Und wieso fährst du mit ihr nach London und streitest es dann ab?« Ihre Sicherheit geriet ins Wanken. Sie schrie die letzten Worte und wußte, daß sie Ullrich damit zur Weißglut trieb. Wenn er wütend wurde, dann wurde seine Stimme schneidend und sarkastisch, hysterisches Schreien und Weinen war für Frauen reserviert, die sich nicht unter Kontrolle hatten.

»Ach, ich kann mir schon denken, wem ich das zu verdanken habe. Hat deine saubere Schwester mal wieder den Mund nicht halten können, die dumme Kuh? Die versucht doch seit Beginn unserer Ehe, mich schlechtzumachen. Was hat sie denn gesehen? Susanne und ich waren geschäftlich in London, na und? So verdiene ich nun mal mein Geld. Ist das etwa ein Verbrechen? Was habt ihr euch da wieder zusammengereimt? Ich nehme an, Marita wird in dieselbe Kerbe gehauen haben. Bloß weil ihr Kerl sie sitzengelassen hat, sind nicht alle Männer schlecht!«

Wie hatte Maren gesagt: »Ullrich war noch nie ehrlich zu dir.« Ihre Kehle war rauh, sie hatte plötzlich schrecklichen Durst. »Ach, Ullrich, warum tust du mir das an? Jetzt belüg mich nicht auch noch. Das habe ich nicht verdient.« Sie angelte nach der Wasserflasche, die neben dem Bett stand, und mußte feststellen, daß sie leer war.

Er hatte damit gerechnet, daß sie weinen würde, ihre ruhige Antwort verunsicherte ihn. Er schnappte hörbar nach Luft. Dann antwortete er zögernd: »Ich weiß gar nicht, was du meinst. Das bildest du dir doch alles nur ein. Nichts als Hirngespinste. Susanne und ich haben in London ein Riesengeschäft abgeschlossen. Ein englischer Kunde, der in Hamburg in Immobilien investieren will und an dem wir eine fette Provision verdienen werden. Wenn das Geschäft klappt, wollte ich dich überraschen. Ich wollte dir ein Auto kaufen, einen roten Mini, wie ich ihn früher hatte, sogar als Cabrio. Aber jetzt hast du dir selbst die Überraschung kaputtgemacht.« Er hatte sich wieder in der Gewalt und versuchte sie zu verunsichern. »Ich will, daß du jetzt sofort nach Hamburg kommst! Dann werden wir alles in Ruhe besprechen, und dieses dumme Mißverständnis wird sich klären.«

Hanna war plötzlich zu Tode erschöpft. »Ich will weder einen roten Mini noch will ich nach Hamburg kommen.« Sie legte auf und warf den Hörer aufs Bett. Als es gleich darauf wieder klingelte, ging sie nicht ran.

Sie blieb auf dem Bett sitzen und fuhr sich mit den Händen über das Gesicht, als würde sie es waschen. In ihrem Kopf pochte es. Was hatte sie jetzt gewonnen? Ullrich hatte zwar abgestritten, eine Affäre mit Susanne zu haben, aber seine Reaktion hatte ihn verraten. Sie war typisch für ihn: vorsichtig nachfragen, was der andere weiß, keinesfalls mehr zugeben, sich dann nicht entschuldigen, sondern sofort zum Gegenangriff übergehen. Ullrichs Strategie. Aber diesmal wollte sie sich nicht von ihm einwickeln lassen.

Hanna ging wieder hinaus auf die Terrasse und setzte sich neben Marita, die sie fragend ansah.

»Er streitet alles ab«, sagte Hanna gepreßt. »Ich hatte auch nichts anderes erwartet. Ullrich ist immer den Weg des geringsten Widerstands gegangen und war darauf bedacht, möglichst gut dazustehen.« Ihre Stimme zitterte vor Wut. »Tut mir leid, ich muß mich jetzt bewegen.«

Sie lief hinunter zum Fluß, ging an Sophies Haus vorbei und rannte durch den Hohlweg bis zur Straße. Im Schatten eines Baumes blieb sie keuchend stehen. Plötzlich war Charlot an ihren Füßen. Er war ihr wohl nachgelaufen. Sie beugte sich hinunter, um den kleinen Kater auf den Arm zu nehmen, aber offensichtlich merkte er, wie aufgewühlt sie war. Er fuhr seine Krallen aus und befreite sich. Hanna drehte sich nach ihm um, als sie mit schnellen Schritten die Straße überquerte, wo der Hohlweg weiterlief. Doch Charlot kam ihr nicht weiter nach, offensichtlich gehörte das Terrain jenseits der Straße nicht mehr zu seinem Revier. Hanna lief noch ungefähr zwei Kilometer weiter, dann machte sie sich auf den Rückweg. Nach zwei Stunden stand sie völlig erschöpft wieder vor Les Oliviers. Ihre Beine fühlten sich von der Anstrengung zittrig an, aber ihr Kopf war freigepustet. Es war kurz nach Sonnenuntergang, und die Landschaft hatte sich verändert. Der Dunst hatte sich in der kühlen Abendluft aufgelöst, die Berge lagen wie blankgeputzt vor ihr. Hanna meinte sogar, die steil abfallende Kante der Montagne Sainte Victoire im Süden zu erkennen. Cézanne hatte Jahrzehnte seines Lebens damit zugebracht, diesen Berg, der sich ihm in dem gleißenden Licht nur in scharfen Konturen und glatten Flächen zu präsentieren schien und sich seinem impressionistischen Malstil verweigerte, in immer neuen Farben zu malen. Diese Landschaft war ihm Lebenswerk gewesen. Genauso scharf wie die Umrisse des Berges sah Hanna plötzlich, was sie zu tun hatte: Sie wollte sich nicht unterkriegen lassen. Sie war nach Saint Luron gekommen, um ihrem Leben wieder eine Richtung zu geben und sich über ihre Beziehung zu Ullrich klarzuwerden. Ihr Verdacht, er würde sie betrügen, machte diese Entscheidung nur noch dringlicher. War es da nicht passend, daß auch das Haus und der Olivenhain dringend instand gesetzt werden mußten? Hanna hatte plötzlich die Vorstellung, daß die Arbeit an Les Oliviers, die Beschäftigung damit, hier wieder alles in Ordnung zu bringen, ihr helfen würde, ihr Leben zu ordnen. Die Idee, nachzugeben und ihr altes Leben wieder aufnehmen, das sie schon seit Jahren nicht mehr glücklich machte, erschien ihr plötzlich wie Verrat. Nein, sie würde nicht den bequemen Weg gehen. Das hatte sie all die Jahre getan. Seit sie nicht um Daniel gekämpft hatte.

Hanna sah an sich herunter. Sie zog den breiten Ehering vom Finger. Ihre Hand fühlte sich leichter an, beweglicher. Sie betrachtete den weißen Streifen Haut, wo der Ring gesessen hatte. In ein bis zwei Tagen würde er verschwunden sein. Für heute streifte sie den Ring wieder über, aber sie hatte eine Ahnung bekommen, daß es ohne ihn auch gehen würde.

Dann nahm sie sich entschlossen das Telefonbuch vor. Sie würde gleich morgen früh einen Gärtner anrufen.

Der nächste Morgen war von einer unglaublichen Süße. Die weiche Luft war erfüllt von den Geräuschen der Provence, der allgegenwärtige Gesang der Zikaden wurde unterbrochen vom Quaken einzelner Frösche, die ihren nächtlichen Gesang verlängerten. Schwalben stießen mit schrillem Geschrei auf das Haus nieder.

Hanna und Marita saßen mit ihren großen Kaffeebechern und frischen Croissants draußen und genossen die Kulisse.

»Diese Landschaft ist ein einziges Paradies. Man hört und

sieht nur Natur, es ist beinahe zu schön, um wahr zu sein«, schwärmte Marita, während sie sich Aprikosenmarmelade löffelweise auf ihr Croissant schaufelte.

Hanna hatte ein schlechtes Gewissen. »Ich hoffe, du bist mir nicht böse, weil ich soviel Zeit allein verbringe. Ich brauche das einfach, um mit mir ins Reine zu kommen. Und ich spüre, daß es mir guttut.« Sie kicherte. »Weißt du, was ich gestern gemacht habe? Meinen Ehering abgenommen, zum erstenmal seit zwölf Jahren. Und es hat überhaupt nicht weh getan!«

Marita lachte. »Und mein Ring ist weg. Ich habe ihn überall gesucht, kann ihn aber nicht finden.«

Hanna verriet mit keinem Wort, daß sie Maritas Ring in die Schublade ihres Nachtschranks gelegt hatte. Sie glaubte, es würde ihrer Freundin guttun, nicht ständig durch den Schmuck an Stephan erinnert zu werden. »Ich habe einen Gärtner angerufen, er wird heute im Lauf des Vormittags kommen, um sich alles anzusehen«, sagte sie statt dessen.

»Wie stellst du dir das vor? Heute ist Montag, wir wollen am Sonnabend zurückfahren. Bis dahin kann er unmöglich alles herrichten«, sagte Marita zweifelnd.

Hanna biß sich nachdenklich auf die Unterlippe. »Ich weiß noch nicht so genau, wie ich das machen will. Im Zweifelsfall muß ich in den nächsten Monaten eben mal fürs Wochenende herkommen, um die Fortschritte der Arbeit zu besprechen. Auf jeden Fall ist es mir wichtig, jetzt damit anzufangen. Ich habe mir das vorgenommen und will mich nicht schon bei der ersten kleinen Schwierigkeit entmutigen lassen.« Sie sah ihre Freundin an. »Aber das bedeutet natürlich, daß ich heute mit dem Gärtner alles besichtigen und besprechen muß.«

Marita setzte ihre Sonnenbrille auf und lehnte sich in ihrem Stuhl zurück. »Mach dir um mich keine Sorgen«, sagte sie. »Ich könnte dieses himmlische Nichtstun noch monatelang ertragen. Und solange die Verpflegung weiterhin so gut ist wie bisher ...« Damit stopfte sie sich einen weiteren Bissen in den Mund.

Der Gärtner hieß Jean-Claude und war ein kleiner rundlicher Mann um die Sechzig. Unter seinen riesigen Schnauzer hätte eigentlich eine dieser gelben Zigaretten gehört, doch er war Nichtraucher. An seinen rissigen Nägeln und der Art, wie er zärtlich über ein Blatt strich und eine Frucht prüfte, sah Hanna, daß er seinen Beruf aus Leidenschaft gewählt hatte. Sie vermutete, daß seine Frau gestorben war und er allein lebte, denn er trug zwar einen Ring, seine Kleidung war jedoch an einigen Stellen durchlöchert, und er hätte dringend einmal zum Frisör gemußt. Er inspizierte den Garten, Hanna immer einen Schritt hinter ihm, und schüttelte bei jedem zweiten Baum bedenklich den Kopf. Er sagte die ganze Zeit kein Wort, antwortete auch nicht auf Hannas ungeduldige Fragen. Bei den Olivenbäumen fingen sie an. Jean-Claude berührte die Stämme und streichelte über die Wunden, die Hermann Behnsen vor so vielen Jahren mit der Motorsäge geschlagen hatte. Aus den Schnittflächen waren mit den Jahren neue Äste gesprossen, die inzwischen auch schon eine beachtliche Stärke hatten. So wie die Bäume aussahen, wirkten sie wie Köpfe, um die wirr das Haar stand. Hanna schämte sich einmal mehr für den Frevel, der hier an der Natur begangen worden war. Sie sah die Ehrfurcht, mit der Jean-Claude die Bäume behandelte, und wußte, daß sie den richtigen Mann beauftragt hatte. Vor Hannas Olive am Ende des Gartens blieben sie stehen. Jean-Claude maß in acht weiten Schritten den Umfang des Stammes. Er hob den Kopf und betrachtete die mächtige Krone, die in einem metallischen Grün über ihnen leuchtete. Dann besah er sich den gespaltenen Stamm und die einzelnen Baumadern, die nach wie vor den Lebenssaft des Riesen in die Höhe transportierten und Ähnlichkeit mit feingedrechselten Säulen hatten, die einen Baldachin stützten.

Zu Hannas großer Erleichterung fing er endlich an zu reden, in ganzen Sätzen und offensichtlich bewegt. »Niemand im Dorf kann sich mehr erinnern, wann der Blitz in diesen Baum eingeschlagen ist. Muß schon einige Jahrzehnte her sein. Nach der Verletzung hat der Baum Wucherungen gebildet, um die fehlenden Versorgungsbahnen zu ersetzen. Sehen Sie sich die Adern an: Als würde eine Gruppe von Männern Sirtaki tanzen.« Er trat einen Schritt zurück und hob die Arme. Hanna glaubte schon, er würde anfangen zu tanzen, um ihr zu zeigen, was er meinte. »Stellen Sie sich nur vor, wie erhaben es gewesen wäre, wenn alle Bäume hätten so wachsen dürfen.« Für den Rest der Besichtigung verfiel er wieder in Schweigen.

Ganz am östlichen Ende des Grundstücks stießen sie auf ein flaches Gemäuer, das völlig überwuchert war. Hanna war es schon einmal aufgefallen, sie hatte es für einen Schuppen zur Aufbewahrung von Arbeitsgeräten gehalten.

»Aha, hier steht sie also«, meinte Jean-Claude zufrieden. Er versuchte sich einen Zugang zu der Tür zu verschaffen, die hinter Unmengen von Ranken zu sehen war, doch es war unmöglich.

»Was ist das?« fragte Hanna.

»Die Ölmühle. Ich wußte, daß sie hier irgendwo sein muß.« Mehr sagte er nicht, wie üblich.

Erst als er nach geraumer Zeit mit seiner Betrachtung fertig war, war er bereit, ihr seine Meinung mitzuteilen.

»Ihr Vater hat damals wirklich ganze Arbeit geleistet. Es ist eine Schande, wie er die Bäume zugerichtet hat. Und seitdem hat sich niemand mehr um sie gekümmert. Ist verdammt viel Arbeit, verdammt viel.« Er zwirbelte seinen Riesenschnauzer und verzog dabei das Gesicht wie im Schmerz. »Die Olivenbäume müssen beschnitten werden, die vielen Triebe bis auf zwei oder drei Haupttriebe gekappt werden. Einige Bäume sind nicht zu retten, die fällen wir. Und die, die jetzt schon tot sind, werden wir ausgraben. Bevor wir damit anfangen, muß alles, was darunter wächst, weg, die Himbeeren und das andere Gestrüpp. Wenn die Bäume wieder in Form gebracht sind und Luft zum Wachsen haben, können Sie mit einer reichen Ernte rechnen. Diese Bäume waren immer dankbar, wenn sie gut behandelt wurden. Sehen Sie hier«, er zog ein paar besenstieldicke Himbeerranken auseinander, um zu zeigen, was darunter wuchs, »zwischen die Olivenbäume hat man Weinstöcke gesetzt. Wenn man das Unkraut wegreißt, haben Sie vielleicht auch die Chance auf ein paar Flaschen eigenen Wein. Die Lage hier oben ist nicht übel, habe ich mir sagen lassen. Wissen Sie, daß es in den Beständen der Kooperative von Saint Luron noch einige Flaschen gibt? Ja, tatsächlich! *Domaine Les Oliviers* steht darauf, und sie stammen aus der Zeit kurz nach dem Krieg. Trinken können Sie den nicht mehr, aber vielleicht das Etikett anschauen …«

Mit großen Schritten maß er die Breite einer Terrasse, einmal und noch einmal, um dann zu verkünden: »Die Terrassen sind zum Glück breit genug für den Trecker. Den brauche ich nämlich, ein Mann allein schafft das nicht. Vielleicht würde ich auch noch jemanden mitbringen, ein Nachbar, ein guter Mann, der das Geld brauchen kann.«

Hanna nickte zustimmend, aber auch das beachtete Jean-

Claude nicht. Sie waren ein paar Schritte bis ganz ans westliche Ende des Grundstücks gegangen und standen jetzt vor einer der teilweise eingestürzten Trockenmauern. Er ruckelte an einem Stein auf halber Höhe. Er ließ sich ohne große Mühe herausziehen, und andere Steine rutschten nach.

»Am besten alles einreißen«, brummte er dann.

»Oh, nein, bloß nicht. Ich möchte sie gern erhalten, sonst würde doch auch das Gelände abrutschen. Außerdem sind sie nicht überall so kaputt wie hier. Nur die letzten beiden Mauern sind morsch, die oberen sind alle gut in Schuß.«

Jean-Claude grinste sie an. »Hab ich mir gedacht. Die Deutschen wollen immer alles erhalten, auch wenn es unpraktisch und teuer ist. Diese Arbeit kann ich aber nicht machen. Ich frag Auguste, der hat Erfahrung damit. Ist nämlich eine Wissenschaft für sich«, antwortete er. »Sonst fällt Ihnen nach zwei Monaten alles wieder zusammen.«

Sie sprachen über den Preis und vereinbarten, daß Jean-Claude am nächsten Morgen anfangen würde.

»Ich werde mitarbeiten«, sagte Hanna, als sie ihre Vereinbarung mit einem Handschlag besiegelten. »Ich will lernen, wie man Olivenbäume kultiviert.«

»Wie Sie meinen«, brummte er gleichmütig.

Langsam gingen sie zurück zum Haus, und Hanna begleitete den Gärtner zu seinem Auto. Als sie zurückkam, lief Marita ihr entgegen. »Da unten bei Sophie stimmt etwas nicht. Ich glaube, ich habe einen Krankenwagen gesehen.«

»Was? Ich gehe sofort hinüber, um nachzusehen«, sagte Hanna hastig und war schon auf dem Weg. Für eine Sekunde stand das andere Bild wieder vor ihr, der Krankenwagen, Blaulicht, das Geräusch der Metallsäge. Hanna lief so schnell sie konnte die alte Treppe durch den Olivenhain hinunter und geriet ein paarmal ins Stolpern. Als sie vor Sophies

Haus ankam, wurde gerade die Heckklappe des Krankenwagens geschlossen.

»Was ist mit ihr?« rief sie den Sanitätern zu.

»Wohl ein leichter Schlaganfall, wie es aussieht. Kennen Sie die alte Dame?« fragte er.

»Kann ich mit ihr sprechen?«

Der Mann zuckte die Schultern und öffnete die Seitentür des Wagens. Zögernd stieg Hanna ein. Als sie Sophie sah, mußte sie sich alle Mühe geben, um ihr Entsetzen nicht herauszuschreien. Klein und blaß, mit einer Atemmaske über dem Gesicht, lag Sophie auf einer Trage. Ihre schönen grauen Augen waren geschlossen.

»Hört sie mich?« fragte Hanna.

Der Mann schüttelte den Kopf. »Sie hat uns angerufen und dann sogar noch ein paar Sachen zusammengepackt. Aber seitdem wir hier sind, hat die Kraft sie verlassen.«

Hanna nahm Sophies Hand und drückte sie. »Sophie«, sagte sie leise zu ihr. »Sophie! Du mußt wieder gesund werden.« Sie meinte als Antwort einen leichten Druck von Sophies Hand zu spüren, und diese Geste erleichterte sie so, daß sie aufschluchzte.

»Wir müssen los«, sagte der Sanitäter.

»Wohin bringen Sie sie?«

»Ins Krankenhaus nach Manosque.« Er forderte Hanna mit einer Handbewegung auf, den Krankenwagen zu verlassen.

»Ich komme morgen, hörst du, Sophie? Werde wieder gesund.« Sie drückte ein letztes Mal die kleine Hand.

»Jetzt mach dir nicht so viele Sorgen«, versuchte Marita sie zu trösten, als sie am nächsten Morgen gleich nach dem Frühstück aufbrachen. »Ein leichter Schlaganfall, das geht vorüber. Du hast doch selbst gesagt, Sophie hätte reagiert, als du mit ihr gesprochen hast.«

Hanna seufzte. »Hoffentlich hast du recht.«

Kurz hinter Saint Luron begann eine enge Allee. Der rasche Wechsel von Helligkeit und Schatten, dazu die knallroten Mohnfelder rechts und links der Straße blendeten das Auge mit ihren Kontrasten und der Farbenpracht. Ein paar Kilometer weiter erstreckte sich links von ihnen ein künstlicher See, der entlang der Straße über mehrere hundert Meter mit einer alten Mauer gesichert war. Auf dieser Mauer und unter alten Bäumen saßen Menschen beim Picknick und genossen den Anblick des türkisfarbenen Wassers. Der verführerische Duft von Holzofenpizza stieg Hanna und Marita in die Nase.

»Auf dem Rückweg, versprochen?« fragte Marita.

Hanna lachte. »Es ist mir ein Rätsel, wie jemand ständig ans Essen denken kann und trotzdem nicht zunimmt.«

Sie entschieden sich für die Strecke über Montfuron, ein winziges Dorf, das sich an einen Hügel schmiegte. Die Straßen waren so eng, daß Besucher ihr Auto auf einem Außenparkplatz abstellen mußten. Hanna hielt kurz an, weil sie die Aussicht genießen wollten. Linkerhand, noch ein Stück weit den Hügel hinauf, stand eine alte Windmühle inmitten von blühendem Ginster, ein Farbenmeer von Gelb und Grün, darüber der blaue Himmel.

»Die Farben in diesem Land nehmen mir den Atem«, sagte Marita. »Zu schade, daß ich keine Malerin bin.«

»Sag das nicht. Ich mußte gestern abend an Paul Cézanne denken, der Jahrzehnte damit zugebracht hat, den Berg bei Aix zu malen.«

»Vielleicht hast du recht. Außerdem ist es verflixt windig hier oben«, sagte Marita und zog ihre Strickjacke enger um den Körper.

»Stimmt, ganz schön kühl. Aber diese Aussicht! Schade, daß wir so einen traurigen Anlaß für unseren Ausflug haben. Die Strecke ist wunderschön.« Unter sich konnten sie die Türme von Manosque, der Stadt des Provencedichters Jean Giono, liegen sehen.

»Komm, laß uns weiterfahren. Und hoffen, daß alles nicht so schlimm ist«, schlug Marita vor. »Wie nehmen uns auf der Rückfahrt Zeit für die Landschaft.«

»Ja, bringen wir es hinter uns.«

Der Weg zum Krankenhaus war gut ausgeschildert, und eine freundliche Dame am Empfang sagte ihnen, in welchem Zimmer sie Sophie finden würden. Hanna ging voraus durch den langen weißen Flur mit dem graugesprenkelten Linoleumfußboden. Einige Bilder an den Wänden konnten die Tristesse nicht aufhellen. Krankenhausflure sind offensichtlich überall gleich deprimierend, dachte Hanna. Ihr fiel auf, daß Marita zögerte, und sie wandte sich zu ihr um.

»Ist etwas?«

Marita bemühte sich so flach wie möglich zu atmen. »Ich hasse Krankenhäuser, dieser Geruch …«, stieß sie hervor. »Tut mir leid, ich halte das nicht aus. Ich warte draußen auf dich.«

Hanna wollte noch etwas sagen, aber Marita hatte sich bereits umgedreht. Sie lief fast.

Vor Sophies Tür holte Hanna tief Luft. Sie merkte plötzlich, daß auch sie Angst vor dem hatte, was sie gleich zu sehen bekommen würde. Was, wenn Sophies Schlaganfall so heftig war, daß sie nicht mehr sprechen konnte, wenn sie gelähmt war, sie vielleicht nicht einmal erkannte? Hanna fielen plötzlich Geschichten von Leuten ein, die einen Schlaganfall erlitten hatten: sprachlos, halbseitig gelähmt, die Erinnerung verloren, für den Rest des Lebens ein Pflegefall ... Sie hob die Hand, um zu klopfen, wagte es dann aber doch nicht.

»Möchten Sie zu Madame Gubin?« hörte sie da eine sanfte Stimme neben sich sagen. »Gehen Sie ruhig hinein, es geht ihr gut, sie hat ziemliches Glück gehabt.«

Hanna sah einen älteren Arzt im weißen Kittel vor sich stehen.

»Oh, tatsächlich? Es geht ihr gut? Ich ... Da fällt mir aber ein Stein vom Herzen«, stammelte sie.

Der Arzt stutzte. »Sie müssen die Freundin aus Deutschland sein. Ich höre es an Ihrer Aussprache. Madame Gubin hat uns von Ihnen berichtet. Gehen Sie, gehen Sie zu ihr, sie wartet auf Sie.«

»Ist wirklich alles in Ordnung mit ihr?« fragte Hanna.

Der Arzt runzelte die Stirn. »Für diesmal ist es glimpflich abgelaufen, ein leichter Schlaganfall. Aber sie hat einen sehr hohen Blutdruck, und es könnte sich wiederholen. Sie steht schon seit längerer Zeit unter unserer Beobachtung, gerade in der letzten Woche war sie für einige Untersuchungen hier. Ich glaube, daß eine Abwechslung ihr guttun wird. Nun gehen Sie schon hinein.«

Hanna gab sich einen Ruck und öffnete die Tür.

»Hanna! Ich hatte gehofft, daß du mich besuchen kommst. Schließlich ist Manosque eine Reise wert. Wo ist deine Freundin? Ist sie nicht mitgekommen?«

Wieder so eine Begrüßung, als wäre es eine ganz alltägliche Begegnung. Hanna stieß einen erleichterten Seufzer aus. Sie war so froh, Sophie wach und munter zu sehen. Erst jetzt, als die Zentnerlast der Sorge von ihr abfiel, merkte sie, wie schwer sie gewogen hatte. Sie ging auf Sophies Bett zu und nahm die alte Frau ohne Zögern in den Arm.

»Ach Sophie, ich bin so froh, daß dir nichts fehlt.«

»Na ja, ich bin zwar nicht das, was man als kerngesund bezeichnet, aber diesmal bin ich dem Tod von der Schippe gesprungen. Reich mir doch bitte meinen Bademantel herüber. Und dann begleite mich in den Garten. Hier drinnen erstickt man ja!«

Sophie hakte sich bei Hanna ein, und Hanna stellte mit Schrecken fest, wie schwer die zierliche Frau sich auf sie stützte. Sie gingen in den kleinen Park, der zum Krankenhaus gehörte. Unter einer ausladenden Platane standen ein paar Bänke. Hier wartete Marita auf sie.

»Sie mögen wohl auch keine Krankenhäuser?« fragte Sophie. »Aber leider läßt es sich nicht immer umgehen.«

Marita schüttelte langsam den Kopf. Sie rückte ein Stück zur Seite, und sie nahmen alle drei Platz. Sophie nahmen sie in die Mitte.

»Wie geht es Ihnen?« fragte Marita.

Sophie ließ den Blick in den dunkelblauen Himmel schweifen, auf dem durchsichtige Schleierwolken schwammen. »Hier draußen fühle ich mich schon besser.« Sie sprach mit Mühe, ein wenig kurzatmig, und sie schloß die Augen, als müsse sie neue Kraft schöpfen.

Über ihren Kopf hinweg warf Marita Hanna einen besorgten Blick zu. Hanna wies mit den Augen auf den Leichenwagen, der in diesem Augenblick vor dem Krankenhaus vorfuhr. Auch Sophie bemerkte ihn. Schweigend sahen die drei zu, wie kurze Zeit später ein Sarg herausgetragen und in den Bestattungswagen geschoben wurde. Der Wagen rollte langsam aus dem Tor auf die Straße.

Sophie seufzte einmal tief, dann setzte sie sich gerade hin und sagte mit fester Stimme: »Ich möchte euch gern den Fortgang meiner Geschichte erzählen. Wer weiß, wieviel Zeit mir noch bleibt?«

Kapitel 11

Im Spätsommer 1938 ging die Angst vor einem Krieg um. Der wahnsinnige Schnauzbart auf der anderen Rheinseite geiferte und fuchtelte, seine Stimme überschlug sich zitternd, bis sie kaum noch zu verstehen war, und trotzdem hörten seine Zuhörer, daß er eine »Heimkehr ins Reich« für die Deutschen in den tschechischen Grenzgebieten Böhmens und Mährens forderte. Andernfalls drohte er der Welt mit Krieg. Am 29. September fuhr der französische Premierminister Daladier nach München und handelte dort mit dem Briten Chamberlain, mit Mussolini und Hitler ein Abkommen aus. Die Tschechen hatten dem internationalen Druck nichts entgegenzusetzen und mußten die sudetendeutschen Gebiete an das Deutsche Reich abtreten. Bei seiner Rückkehr nach London schwenkte Chamberlain seinen Regenschirm und rief, der Friede sei von nun an gesichert, und in Paris wurde Daladier von den Franzosen begeistert als Friedensbewahrer gefeiert.

Auch in Saint Luron saßen die Männer vor dem Radioempfänger im Café de l'Etang und vernahmen die Nachricht von Daladiers triumphaler Landung. Der Wirt gab eine Runde aus, was einige noch glücklicher machte als die politischen Nachrichten.

Franz stand mit einigem Abstand zu den anderen am Tresen. Er schob das Glas von sich, das der Wirt ihm hinstellte.

»Das ist kein Grund zum Feiern«, sagte er. »Daladiers

Reise war kein Sieg, sondern eine Kapitulation. Hitler wird nie Ruhe geben. Was wird er als nächstes wollen? Vor einem halben Jahr war es Österreich, jetzt die Tschechoslowakei. Wann wird ihn endlich jemand in die Schranken weisen? Wenn wir Blum noch hätten …«

Der Mann neben ihm drehte sich zu Franz um und nahm eine drohende Haltung ein. Mit vor Wut verzerrtem Gesicht sagte er: »Wenn wir den Israeliten Blum noch hätten, dann wäre Frankreich jetzt im Chaos versunken!«

Franz' Stimme war eisig. »Der Krieg kommt so oder so. Und in der Zwischenzeit kann Hitler in aller Ruhe weiter aufrüsten.«

Eine andere Stimme erhob sich, die von Robert Poulenc, dem Schmied. »Das müßte dir doch recht sein, Fritz. Bist ja schließlich selbst Deutscher.«

Franz biß die Zähne zusammen und brachte hervor: »Ich bin Deutscher, aber kein Nazi.«

»Ich glaube jedenfalls nicht, daß du zufällig hier bist. Toulon ist unser wichtigster Marinestützpunkt. Kann mir schon vorstellen, daß Hitler wissen will, wie viele Kriegsschiffe wir haben.«

»Genau, und wie man hört, fährst du häufiger als gewöhnlich dorthin!« Die Stimme gehörte Xavier Poulenc, dem Sohn des Schmieds, der seit kurzem verantwortlicher Polizist in Saint Luron war.

»Was willst du damit sagen?« Franz' Stimme war jetzt gefährlich leise geworden. Er machte einen Schritt auf den jungen Poulenc zu, der von seinem Platz am Tisch aufgestanden war und sich die Uniform zurechtzupfte.

»Na ja, ich meine nur … Wir haben die Anweisung zu höchster Wachsamkeit. Wenn man den Feind schon im eigenen Land hat.«

»Ich soll euer Feind sein? Was bin ich denn eigentlich? Ein Nazi? Ein Kommunist? Ein Spion?« Er wandte sich wieder an Poulenc: »Du bist doch dumm wie das Eisen, das dein Vater schlägt. Wenn alle französischen Beamten so denken wie du, wird Hitler leichtes Spiel haben.« Franz spuckte vor dem Polizisten aus.

Diese respektlose Geste hätten die Männer jedem anderen durchgehen lassen, sie hätten sich sogar diebisch darüber gefreut. Daß aber ein Dahergelaufener ihre Obrigkeit beleidigte, versetzte sie in heilige Empörung. Franz wußte nicht, wer ihm den ersten groben Stoß zwischen die Schulterblätter gab. Er drehte sich um, als ihn bereits der zweite Schlag traf. Der Kreis der Männer schloß sich drohend immer enger um ihn.

Wer weiß, wie die Sache ausgegangen wäre, wenn Poulenc ihn nicht kurzerhand verhaftet hätte. Unter dem Gejohle der anderen mußte er mit auf die Wache, Poulenc machte umständlich ein Protokoll und ließ ihn dann laufen.

Victoire schrie erschrocken auf, als er das Haus betrat. Das rechte Auge war zugeschwollen, aus der Braue rann das Blut, aber zum Glück war die Brille heil geblieben. Bevor er die Tür ins Schloß warf, brüllte Franz den Berg hinunter, als könnten die Männer im Dorf ihn noch hören: »Ihr Kretins, ihr werdet schon sehen, daß ich recht habe!«

Victoire versuchte ihn zu beruhigen und zu erfahren, was passiert war. Als sie sich alles zusammengereimt hatte, konnte sie die Männer aus dem Dorf ein wenig verstehen.

»Aber ist es nicht das wichtigste, den Krieg zu verhindern?« fragte sie. »Denk doch an Sophie.«

»Willst du das nicht einsehen?« rief er und schlug sich mit der Hand vor die Stirn. »Der Krieg gegen Hitler ist nicht zu verhindern. Dieser Krieg wird kommen, das ist sicher wie das Amen in der Kirche. Es geht nur noch darum, wie stark man Nazideutschland vorher werden läßt. Und wenn es soweit ist, dann gnade uns Gott.« Mit leerem Blick saß er ihr gegenüber. Victoire wischte ihm mit einem feuchten Tuch das Blut von der Wange, doch er wehrte ab.

Sie ließ sich ihm gegenüber am Tisch nieder. »Aber … Aber du hast doch immer zu mir gesagt, alles wird gut. Immer hast du gesagt, uns kann nichts passieren!« Die letzten Worte schrie sie ihm entgegen, weil sie plötzlich Angst hatte. Wieso war Franz auf einmal so mutlos? Wo war sein unerschütterlicher Optimismus geblieben? Sie hatte ihm immer geglaubt, wenn er gesagt hatte, alles werde ein gutes Ende nehmen, auch wenn es zwischendurch schwere Zeiten zu überstehen galt. Dieser Glaube hatte sie die Entfremdung von ihrem Vater überstehen lassen. Was, wenn Franz jetzt aufgab? Sie berührte ihn leicht an der Schulter, doch er drehte sich unwirsch weg.

Stumm saß er am Tisch. Als sie ins Bett gingen, nahm er sie zum erstenmal, seit sie sich kannten, nicht in die Arme.

Am nächsten Morgen packte er ein paar Sachen und nahm den Bus nach Sanary. »Ich muß mit jemandem reden, der so denkt wie ich. Hier oben werde ich noch verrückt!« stieß er beim Abschied hervor.

Victoire blieb mit Sophie zurück, wütend und verunsichert.

Als Franz Ende der Woche mit kräftigen Schritten und hocherhobenen Kopfes den Berg hinaufkam, roch er nach Weltläufigkeit und Pfeifentabak, nach dem Duft, den Victoire bei sich »Sanary« nannte und den sie mehr liebte als jeden anderen. Das Zusammensein mit Gleichgesinnten hatte ihm neue Kraft gegeben und ihn in seiner Überzeugung bestärkt. Er hatte wieder die Gewißheit, nicht allein zu sein. Nach den zwei Tagen, die er fort war, hatte Franz seine alte Liebenswürdigkeit und Fröhlichkeit wiedergefunden, und darauf kam es Victoire an. Franz machte wieder mit Freude seine Arbeit und war abends zufrieden mit dem Erreichten. Er schmiedete sogar Pläne für das nächste Frühjahr. Er sprach davon, Aprikosenbäume zu setzen. »Alle Welt will Aprikosen, sollst mal sehen.«

Es sah so aus, als sei alles wieder in Ordnung.

Im September darauf war der falsche Frieden dann vorüber. Die deutsche Wehrmacht überfiel Polen, und Frankreich erklärte Deutschland den Krieg, ließ die Waffen aber vorerst ruhen. Die französischen Männer wurden mobilisiert und an die Grenze verlegt, wo sie den deutschen Soldaten gegenüberstanden, ohne daß ein Schuß fiel.

Franz mußte sich wie alle Ausländer der Region im Internierungslager Les Milles bei Aix-en-Provence melden. Eine ehemalige Ziegelei wurde dort als Lager genutzt. Am 7. September 1939 waren die ersten fünfzig »feindlichen Ausländer« dort eingetroffen. Als Franz zu ihnen stieß, ungefähr drei Wochen später, war das Lager auf dem besten Weg, überfüllt zu sein. Die Männer wohnten und schliefen in den zweistöckigen alten Hallen, die bis auf die Lattenregale, in denen die Ziegel gelagert wurden, kahl waren. Es gab kein Licht, keinen Schrank, keinen Stuhl, aber dafür den allgegenwärtigen Ziegelstaub, der auch das Jahr, in dem die Ziegelei stillgestanden hatte, überdauert hatte. Die Tage verliefen eintönig, man schlenderte über den eingezäunten Platz, tauschte Lebensgeschichten aus und versuchte Neuigkeiten zu erfahren. Die Internierten wurden nach Gruppenzugehörigkeit eingeteilt, die bald eine eigene Rangfolge bildeten: Da gab es Deutsche und

Österreicher, ehemalige Fremdenlegionäre, die für Frankreich gekämpft hatten und verbittert ihre Orden herzeigten, Saarländer, Männer, die mit Französinnen verheiratet waren und Kinder hatten. Einige hatten sogar Söhne, die in der französischen Armee dienten. Jeder versuchte dem anderen klarzumachen, warum ausgerechnet er nur fälschlicherweise interniert sei und baldmöglichst entlassen werden müsse.

Am Sonntag nach Franz' Internierung fuhr Victoire kurzerhand nach Les Milles. Sie stand so lange am Zaun, bis jemand Franz gefunden hatte. Sein Anblick, wie er langsam, ungläubig, dann, als er sie erkannte, vor Freude immer schneller auf sie zukam, ließ ihr das Herz schmelzen. Der Wachposten sah weg, als sie sich durch den Stacheldraht bei den Händen nahmen und sich zu küssen versuchten. Victoire steckte ihm Zigaretten, Geld und eine Wurst zu.

»Was tust du hier?« fragte er, während er das Mitgebrachte hastig in seinen Hosentaschen versteckte.

»Ich hatte keine Nachricht von dir. Was ist los? Wie lange mußt du bleiben?«

»Wir dürfen nicht schreiben. Ich glaube, der Lagerkommandant weiß selbst noch nicht, wie das hier laufen soll. Es herrscht ein unglaubliches Chaos.«

Der Wachposten räusperte sich und sah in ihre Richtung.

»Hör zu«, sagte Franz schnell. »Schreib an Max Braun in Paris. Er war damals Vorsitzender der Saar-SPD, jetzt hat er ein Hilfskomitee für uns Saarflüchtlinge gegründet. Er soll bestätigen, daß ich für ihn gearbeitet habe und kein Nazi bin. Es sieht so aus, als würden wir Saarländer bald freikommen, da kann das Papier helfen.«

Der Posten kam auf sie zu und hob das Gewehr.

»Wie geht es Sophie? Wo ist sie?« Sein Blick flackerte zwischen Victoire und dem Wachhabenden hin und her.

»Ich habe sie bei Agnès Clavel gelassen. Aber wie geht es dir? Bekommt ihr genug zu essen? Sag schnell!«

Franz gelang ein Lächeln. »Mach dir keine Sorgen. Ich lasse mich nicht unterkriegen. Ich bin bald zurück. Die haben keinen Grund, mich hier festzuhalten. Frankreich hat den Saarländern seinen besonderen Schutz zugesagt.« Bei den letzten Worten hob er die Stimme und sprach in Richtung des Wachmanns.

»Keine Kontakte durch den Zaun!« befahl der.

Franz drückte Victoires Hand ein letztes Mal, dann entfernte er sich langsam rückwärts.

»Es ist so schwer ohne dich!« rief Victoire ihm zu. »Ich kann es kaum aushalten!« Franz war noch nah genug, um zu sehen, wie sie rot wurde und sich ihre Augen mit Tränen füllten. Er wollte noch einmal zu ihr gehen, doch der Wachposten stellte sich ihm in den Weg, das Gewehr vor der Brust. Franz ließ den Blick nicht von Victoire, während er sich Schritt für Schritt von ihr entfernte. Sie sah ihm nach, bis er in der Menge der anderen unterging und sie ihn nicht mehr ausmachen konnte.

Ende Oktober wurde Franz aufgrund der Empfehlung von Max Braun aus dem Lager entlassen.

»Ich muß etwas tun«, sagte er.

»Aber was denn?« fragte Victoire ängstlich.

»Vielleicht melde ich mich freiwillig zur französischen Armee.«

»Und was wird dann aus uns?« fragte Victoire und drückte Sophie an sich.

Franz sah sie überrascht an. »Aber für euch würde ich es doch tun. Was wird denn aus euch, wenn die Deutschen hierherkommen? Du hast einen Reichsflüchtling geheiratet, das werden sie dir übelnehmen, glaub mir. Die kennen keinen Spaß! Vielleicht würde ich euch sogar schaden, wenn ich hierbliebe.«

»Ach? Aber wenn ich ihnen sage, daß du in der Armee gegen sie kämpfst, dann wird sie das freuen? Bitte, Franz, tu nichts Unüberlegtes. Wir brauchen dich hier. Allein kann ich Les Oliviers nicht bewirtschaften.«

Franz kam zu ihr und strich ihr über das Haar. »Mach dir keine Sorgen. Wir entscheiden gemeinsam. Vorerst bleibe ich. Schließlich sind die Deutschen noch auf ihrer Rheinseite.«

Sie wußten beide, daß es nicht so bleiben würde, obwohl sie nicht darüber sprachen. Aber sie verlebten die nächsten Monate in der größtmöglichen Harmonie. Tagsüber arbeiteten sie Seite an Seite, während Sophie mit einer Puppe oder einem Spielzeug in der Nähe war. Sie erzählten sich Geschichten und lachten viel. Sie machten sich die Tage so schön sie nur konnten, und nachts versicherten sie sich ihrer Liebe.

»Eigentlich muß ich Hitler dankbar sein, daß er dich hierher zur mir geführt hat«, flüsterte Victoire ihm ins Ohr, nachdem sie sich voller zärtlicher Leidenschaft geliebt hatten.

»Ich hätte dich auch ohne ihn gefunden. Du bist die Frau meines Lebens, weißt du das eigentlich? Ich werde nie eine andere lieben.«

»Ja, das weiß ich«, antwortete Victoire glücklich.

Diese vielleicht schönste Zeit ihrer Liebe fand am 10. Mai 1940 ein Ende. Hitlers Armeen rückten in Belgien und Frankreich ein und stießen ohne nennenswerten Widerstand auf Paris vor.

Der Sommer kam früh in diesem Jahr. Die weiche Luft streichelte die Haut, die Felder und Wiesen um Saint Luron leuchteten in allen Farben. Das Leben schien voller Versprechungen zu sein.

Victoire war mit Sophie in Apt gewesen, um Stoff für ein Kleid zu kaufen. Sophie war vor einem Monat vier Jahre alt geworden, und sie wuchs in letzter Zeit so schnell, daß Victoire ihr etwas Neues zum Anziehen nähen wollte.

Als sie auf dem Platz vor der Mairie aus dem Bus stieg, standen einige Leute vor einem Aushang, der an die Tür des Rathauses geschlagen worden war, und redeten eifrig. Sie sahen Victoire und bildeten eine Gasse. Victoire ging auf das Plakat zu, während es um sie herum still wurde. Sie ahnte, daß dieser Anschlag sie betraf und daß er nichts Gutes zu bedeuten hatte. »Was sollen sie denn machen? Wir müssen uns doch schützen«, murmelte Clothilde Merzier, die Nachbarin ihres Vaters. »Wurde auch Zeit«, brummte ein anderer, den Victoire nicht kannte. Sie sah Befriedigung in den Gesichtern, in einem oder zweien Mitleid. Unter zwei gekreuzten Trikoloren stand dort in großen Lettern eine Bekanntmachung, die alle Ausländer betraf. Alle Männer deutscher Abstammung zwischen siebzehn und sechsundfünfzig hatten sich unverzüglich im Lager von Les Milles einzufinden. Sie sollten auf eigene Kosten anreisen, Lebensmittel für drei Tage und ein Eßgeschirr waren mitzubringen.

Schon wieder, dachte Victoire. Und: Jetzt ist es soweit.

Sie eilte mit Sophie an der Hand nach Hause und fand Franz in der Küche vor. Er hatte auf sie gewartet.

»Ich weiß schon Bescheid«, sagte er, stand auf und kam auf sie zu, um sie zu umarmen. »Ich muß gleich auf die Mairie, um mir einen Passierschein zu besorgen. Ohne Passierschein kann ich mich ja nicht einmal in meine eigene Internierung begeben!«

Victoire konnte ein Schluchzen nicht unterdrücken. Franz zog sie an sich und küßte sie auf das Haar.

»Hast du wirklich geglaubt, alles würde so schön bleiben? Der Krieg war unausweichlich, und jetzt ist er da. Es war doch nur eine Frage der Zeit, bis man uns wieder trennen würde. Wir können nur hoffen, daß Hitler schnell besiegt wird.« Er drückte sie noch einmal ganz fest an sich, dann machte er sich los.

Victoire putzte sich die Nase und nickte. »Ich packe in der Zwischenzeit deine Sachen. Was willst du mitnehmen?« Sie wunderte sich selbst über die Sachlichkeit, mit der sie die praktischen Dinge erledigte. Sie legte Hemden und Hosen heraus, suchte haltbare Lebensmittel und Waschzeug zusammen.

Aber sobald Franz das Haus verlassen hatte, um aufs Rathaus zu gehen, ließ sie sich auf einen Stuhl fallen und weinte hemmungslos. Wie lange würde es diesmal dauern? Würden sie Franz wieder so rasch freilassen wie beim letzten Mal? Was, wenn die Deutschen bis in den Süden des Landes marschierten und in die Lager kamen? Wie gefährdet war Franz? Was würden sie mit ihm machen?

In dieser Nacht schlief Victoire nicht. Immer wieder drängte sie sich in Franz' Arme, um seine Nähe so intensiv wie möglich zu spüren. Als ob sie befürchtete, es sei das letzte Mal, daß sie sich so nahe waren. Franz bemühte sich, sie zu beruhigen.

»Was soll mir schon groß geschehen?« fragte er und nahm Victoires Gesicht in seine Hände. »Ich habe gegen Hitler gekämpft, und ich habe eine französische Frau und eine französische Tochter. Wenn es sein muß, melde ich mich eben zur Armee.«

Victoire schlug die Augen nieder. Sie hatte nicht an die Franzosen gedacht, sondern an die Deutschen. Was würden sie Franz antun, wenn sie ihn in die Finger bekämen?

Der Abschied war verzweifelt. Und demütigend. Denn Xavier Poulenc erschien um Punkt acht Uhr, um Franz zum Bus zu bringen und sicherzustellen, daß er der Aufforderung zur Meldung im Lager von Les Milles nachkam. Poulenc war an sich ein gutmütiger Mensch, doch die Beleidigung vor den versammelten Männern des Dorfes konnte er Franz nicht verzeihen. Er war gröber als nötig.

Zum Abschied nahm Franz Sophie in den Arm und sprach leise mit ihr. »Mach dir keine Sorgen um mich. Und glaub nicht, was die Leute sagen. Ich habe immer treu zu meinem Land gestanden und versucht, es zu beschützen.«

In den nächsten vier Wochen kam kein Brief, kein Wort, keine Nachricht. Nach zehn Tagen wiederholte Victoire die umständliche Reise nach Les Milles, nur um stundenlang unter glühender Sonne an einer Mauer entlangzugehen. Immer wieder rief sie Franz' Namen, doch es wäre purer Zufall gewesen, wenn sie ihn unter den dreitausend Männern entdeckt hätte. Einer kam vorsichtig in ihre Nähe, um zu erfahren, wen sie sprechen wollte. Er schüttelte bedauernd den Kopf, als Victoire ihm den Namen zurief. Vielleicht war er gar nicht mehr in Les Milles? Die Wachposten, die jetzt strikte Order hatte, jeglichen Kontakt der Internierten nach außen zu unterbinden, jagten den Mann davon. Plötzlich glaubte Victoire, Franz unter den Männer zu erkennen, die in einer langen Schlange von vielleicht hundert Männern vor einem riesigen Holztrog anstanden, aus dem Suppe geschöpft wurde. Sie winkte und rief, doch er hörte sie nicht, und sie war sich auch nicht sicher, ob er es wirklich war. Mutlos und völlig erschöpft nahm sie spätabends den letzten Bus zurück nach Saint Luron.

In den Wochen, in denen die Wehrmacht über den Norden und den Osten Frankreichs herfiel und sie nahezu kampflos besetzte, versank Frankreich in einem Chaos, das Anzeichen der Hölle in sich trug. Sämtliche Straßen waren verstopft, die Eisenbahnen derart überfüllt, daß der Zugang zu den Bahnhöfen abgesperrt und von der Armee bewacht wurde. Als sich die Deutschen der Hauptstadt näherten, flohen die Pariser in Richtung Süden. Sie benutzten dafür alles, was Räder hatte, auch Kinderwagen und Fahrräder. Oft kamen sie nur bis an die großen Ausfallstraßen, von dort an waren die Wege hoffnungslos überfüllt. Die Menschen campierten in Straßengräben, während Fliegerangriffe auf sie niedergingen. Frauen verkauften sich für ein paar Liter Benzin, das von einer Stunde auf die andere vom Markt verschwunden war. Kinder gingen in dem Gewühl verloren. Nachdem sich die Lage beruhigt hatte, konnte man in der Zeitung von vermißten und aufgefundenen Kindern lesen. In diesen Wochen offenbarten viele ihren wahren Charakter. Menschen, die sich bisher für ehrlich gehalten hatten, bestahlen ihre Nachbarn, die neben ihnen die Nacht verbrachten. Ehefrauen verließen ihre Männer, weil sie sich größere Chancen für eine Flucht mit ihrem Geliebten ausrechneten. Gastwirte und Bauern, bei denen die bedauernswerten Menschen Schutz und Nahrung suchten, verriegelten ihre Türen.

Die Bewohner von Saint Luron sahen mitleidig und mit einer gewissen Genugtuung auf die Flüchtlingsströme. »Wie gut, daß wir hier im Süden leben, bis hierher werden die Deutschen nicht kommen. Unsere Dörfer werden sie nicht überrennen.« Aber sie waren zornig über die hohen

Preise und daß sie alles abgeben mußten für die Städte, in denen die Lebensmittel knapp wurden.

»Wir kleinen Leute haben schon immer die ganze Last des Krieges getragen«, beschwerte sich Robert Poulenc, der Schmied, und die Umstehenden nickten heftig. »Erst haben wir uns verheizen lassen, während die Bonzen und Offiziere es sich hinter der Front bequem gemacht haben. Und jetzt sitzen sie in ihren bunten Uniformen in ihren dicken Autos und machen sich auf in Richtung spanische Grenze. Und behaupten noch, der verlorene Krieg wäre unsere Schuld, weil wir unser Vaterland nicht lieben! Und zu allem Überfluß müssen wir denen auch noch unsere Ernte überlassen. Vielleicht können zur Abwechslung mal die was für Frankreich tun? Eine Schweinerei ist das!«

Victoire jagte jeder Flüchtling, der es bis Saint Luron geschafft hatte, Angst ein. Aus den von der Wehrmacht besetzten Gebieten drangen keine Nachrichten durch. Der Norden war komplett abgeschnitten, es gab weder Post noch Zeitungen. Aber man hörte von den Bekanntmachungen, die überall an Türen und Mauern hingen und mit »Verboten« begannen und mit »bei Todesstrafe« endeten.

Am 14. Juni fiel Paris in die Hände der Deutschen. In ganz Frankreich standen die Menschen vor ihren Häusern und gestikulierten und hörten zum letztenmal Radio, bevor sie die Geräte entweder abgeben mußten oder sie in Heuschobern oder auf Dachböden versteckten. Viele weinten um das alte Frankreich, das es nicht mehr gab.

An diesem Tag kam Monique Lavande zu Victoire nach Les Oliviers. Ihr Mann Hugo war gleich in der ersten Kriegswoche in Gefangenschaft geraten. Monique zeigte mit Tränen in den Augen den Brief, den er ihr geschrieben hatte.

»Seitdem höre ich nichts mehr von ihm. Ich weiß nicht

einmal, ob er noch in Frankreich oder schon in Deutschland ist. Vielleicht lebt er gar nicht mehr?« weinte sie.

Victoire wußte genau, wie sie sich fühlen mußte, und drückte ihr die Hand.

»Am meisten setzt mir meine Schwiegermutter zu. Sie hat mich nie gemocht, und sie ist die hartherzigste Frau, die ich kenne. Stell dir vor, sie bespitzelt mich und wirft mir allen Ernstes vor, ich würde Hugo vergessen, weil ich trotzdem esse und ab und zu lache. Sie macht mir das Leben zur Hölle!«

Auch Victoire waren die Tiraden der Alten bereits zu Ohren gekommen.

»Man hört doch von gewissen jungen Französinnen, die beim Kirchgang ihre neuen Hüte tragen und danach plaudernd zusammenstehen, damit sie den blonden Deutschen auffallen. Wartet nur ab, bald wird auch meine Schwiegertochter mit ihnen lachen und scherzen, und ich werde in ohnmächtigem Zorn und Ekel zusehen müssen.« Derartige Reden führte sie am Sonntag nach dem Gottesdienst, wenn der Pfarrer seine Predigt über die Freuden der Vaterlandsliebe und die Pflichten eines guten Franzosen beendet hatte.

»Hörst du etwas von Franz?« fragte Monique.

Victoire schüttelte den Kopf. Nein, sie hatte keine Nachricht von ihm. Ihre größte Sorge war, daß die Deutschen weiter vormarschierten und bis nach Les Milles kamen. Was würden sie mit Franz tun, der in Deutschland per Haftbefehl gesucht wurde?

Einige Tage später hieß es, die Wehrmacht stünde vor Lyon, ein Bauer, der in Apt auf dem Markt gewesen war, verbreitete die Neuigkeit. Victoire war außer sich vor Sorge. Bereits am nächsten Tag hatte sie Grund zur Hoffnung: Im Radio wurde berichtet, daß diejenigen Internierten, die mit

Französinnen verheiratet waren, freikommen sollten, wenn sie über einen Wohnsitz und ein Einkommen verfügten. Wohl hundertmal am Tag sah Victoire die Straße hinunter, doch Franz kam nicht nach Hause. Zwei Wochen später war der Krieg zu Ende. Frankreich kapitulierte und schloß mit Deutschland einen Waffenstillstand. Der Norden des Landes blieb von den Deutschen besetzt, der Süden und Saint Luron kamen zur sogenannten »freien« Zone. Die Flüchtlingsströme machten kehrt, um zu sehen, was von ihren Dörfern und Häusern übriggeblieben war.

Zwei Tage bevor der Waffenstillstand eine vorläufige Sicherheit bot, wurde Franz mit anderen, die begründete Angst vor einem deutschen Einmarsch im Lager hatten, per Zug aus Les Milles abtransportiert. Wohin die Reise gehen sollte, wußte anfangs niemand. Der Zug fuhr mit zweitausend Gefangenen, die von den Deutschen per Haftbefehl gesucht wurden, in Richtung Westen, am Mittelmeer entlang, von dem die Männer in den völlig überhitzten Waggons nichts sahen, über Toulouse, durchquerte den ganzen Süden Frankreichs und landete schließlich in Bayonne, das nahe der spanischen Grenze am Atlantik liegt. Dort hielt man die Deutschen für eine Vorhut der Wehrmacht. Die Bahnarbeiter weigerten sich, den Zug abzufertigen. Also fuhr er in der entgegengesetzten Richtung zurück. Nach einer Irrfahrt und einer Zwischenstation in einem anderen Lager landeten die Insassen im September, fast drei Monate später, wieder in Les Milles.

Victoire erfuhr dies alles aus Andeutungen, die Franz ihr später mittels der zensierten Mitteilungen machte. Sie war froh, daß er am Leben war, Hoffnung auf seine baldige Freilassung gab es nicht. Victoire lebte nur für die spärlichen Postkarten, die er schreiben durfte.

Die Menschen im Dorf sahen sie jetzt, wo der Feind im Land war, noch mißtrauischer an als sonst. Wären die Clavels und ihre Freundin Monique nicht gewesen, sie hätte mit niemandem außer Sophie gesprochen.

So verging ein Jahr.

Kapitel 12

Sophies Blick kehrte wie aus weiter Ferne in die Gegenwart zurück, zu der Bank unter dem großen Baum, auf der sie immer noch saßen. Wieder einmal hatten Hanna und Marita beobachten können, wie gut es Sophie tat, wenn sie über die Vergangenheit sprach. Ihre Stimme war während des Erzählens fester und sicherer geworden, der Stolz auf ihre Eltern war deutlich spürbar.

Hanna räusperte sich. »Darf ich dich etwas fragen?«

Sophie sah sie an und nickte.

»Bist du niemals wütend auf deine Eltern gewesen? Schließlich war dein Vater ein Emigrant und wegen seiner politischen Haltung im Gefängnis. Er war nicht da, als du ihn gebraucht hast. Und Victoire war eine Ausgestoßene im Ort. Hast du ihr nicht manchmal ihren Hochmut vorgeworfen, sich mit Franz eingelassen zu haben und damit so anders zu sein als alle anderen? Das ist doch auch auf dich zurückgefallen. Hast du dir nicht manchmal Eltern gewünscht, die ganz normal sind, so wie alle anderen?«

Sophie nickte wieder langsam. »Ich habe meinen Vater sehr geliebt, er hatte mir nie etwas Böses getan. Als er verhaftet wurde, habe ich mich natürlich gefragt, was er getan hatte. Heute bin ich stolz darauf, daß er sich der Barbarei widersetzt hat und kein Mitläufer oder gar ein Täter war. Und daß meine Mutter sich in ihn verliebt hat, dafür konnte sie auch nichts. Liebe macht blind, heißt es doch. Ich habe schon als Kind immer gewußt, daß ihre Liebe etwas ganz Besonderes war, so stark und uneigennützig! Aber manchmal war es schwierig für mich, das muß ich zugeben.« Sie senkte den Blick. Offensichtlich war sie in einer Erinnerung gefangen, die nicht zu ihren schönsten gehörte. »Ich bin jetzt müde. Ich werde ein Schläfchen halten.«

Hanna brachte sie zurück auf ihr Zimmer. Dann machten sie und Marita sich auf den Rückweg.

Sie hielten an der Pizzeria am See, der es ihnen auf dem Hinweg so angetan hatte. Die Pizza war riesig und scharf, und sie aßen mit Appetit.

»Sophie lebt auf, wenn sie uns von ihren Eltern erzählt. Es ist wie ein Zeugnis-Ablegen, ein Sich-Vergewissern, daß das eigene Leben richtig verlaufen ist. Das kennt man doch von vielen Menschen, die am Ende ihres Lebens angelangt sind«, meinte Hanna.

»Man nennt das, glaube ich, Heilung durch autobiographisches Erzählen. Bei religiösen Menschen könnte man von einer Beichte sprechen.«

Hanna spielte nachdenklich mit dem Strohhalm in ihrem Wasserglas. Dann fuhr sie plötzlich auf. »Du meine Güte, heute wollte doch Jean-Claude kommen. Ich habe ihn ganz vergessen.«

»Der Gärtner?« fragte Marita. »Jetzt mach dir um den keine Sorgen. Der weiß schon, was er zu tun hat.«

»Du hast recht«, sagte Hanna und lehnte sich wieder zurück. »Immer mache ich mir über irgend etwas Gedanken. Meistens über Kleinigkeiten. Könnte ich doch nur ein bißchen sorgloser sein.«

»Genau! Deine Sorgen möchte ich manchmal haben.«

Hanna sah sie mit zusammengezogenen Brauen an und nahm langsam den letzten Bissen ihrer Pizza. Dann stand sie auf und ging ungefähr fünzig Meter den See entlang, wo keine Leute waren. Dort blieb sie stehen und zog sich die Jeans aus. Marita lachte sich halbtot, als sie sah, wie Hanna Anlauf nahm und von der Mauer in den See sprang. Sie schrie wie eine Verrückte, weil das Wasser viel kälter als erwartet war. So schnell sie konnte schwamm sie einige Züge und rannte dann zu Marita zurück.

»Jeden Tag keine gute, aber eine verrückte Tat«, meinte sie, während sie herumhampelte wie von einer Hornisse gestochen und mit den Zähnen klapperte. »Meinst du, das hilft?«

Marita reichte ihr lächelnd einen Pullover. »Ist bestimmt ein guter Anfang.«

Jean-Claude wollte gerade gehen, als Hanna das Auto unter der Kastanie parkte. Ihre Haut prickelte immer noch nach dem Bad in dem eiskalten Wasser.

»Sie waren nicht da, aber ich weiß ja, was zu tun ist«, brummte er und sah dabei auf ihr Haar, aus dem das Wasser tropfte. »Morgen früh bin ich wieder hier.« Mit diesen Worten setzte er sich in sein Auto und fuhr davon.

»Na, den hast du ja ordentlich beeindruckt«, neckte Marita sie, und Hanna mußte grinsen.

Am nächsten Tag war sie aber bereit, als Jean-Claude seine Arbeit aufnahm. Voller Eifer folgte sie ihm in den Olivenhain. Er hatte an der obersten Terrasse angefangen und wollte sich nach unten vorarbeiten. Hanna sah, wie er mit energischen Handgriffen nach wilden Himbeerranken und Unkraut griff und sie ausriß. Sie wollte es ihm nachtun und merkte, daß die Arbeit viel schwerer war, als sie gedacht hatte. Das Ausreißen war mühsam, bei den größeren Ranken fehlte ihr einfach die Kraft. Sie widersetzten sich und waren ineinander zu armdicken Bündeln verhakt. Nach einer halben Stunde waren Hannas Arme zerkratzt. Dazu kam der Staub, der sie husten ließ.

»Wissen Sie was? Sie schneiden die Ranken ab und tragen sie dort drüben zusammen, damit wir sie später verbrennen können, und ich grabe die Pflanzen aus«, sagte Jean-Claude. »Ich glaube, so kommen wir schneller voran.«

Hanna war ihm dankbar. »Das Kräuterbeet war ein Kinderspiel dagegen.«

Der Gärtner stützte die Hände auf das obere Ende seiner Schaufel und lachte. »Ich hab's gesehen. Gut, daß Ihnen die Hälfte eingeht. Sie haben viel zu viele Pflanzen gesetzt.«

Gegen Mittag hatten sie erst drei der zweihundert Olivenbäume halbwegs von den Himbeeren befreit.

»Wenn wir so weitermachen, sind wir in einem halben Jahr noch dabei«, beschied Jean-Claude, als sie eine Pause im Schatten der Bäume einlegten. »Wir brauchen den Trekker. Ich werde meinen Nachbarn fragen.«

Er verabschiedete sich, um dann zwei Stunden später anzurufen und zu sagen, daß er erst in einigen Tagen kommen würde, vorher sei der Trecker nicht frei.

»Na, bis dahin sind meine Kratzer auch verheilt«, sagte Hanna und sah zweifelnd auf ihre Arme und Beine hinab.

Die Arbeit hatte ihr zugesetzt, ihre Glieder waren schwer wie Blei. Sie machte sich auf einen gehörigen Muskelkater gefaßt. Sie hatte gehofft, die körperliche Erschöpfung würde sie ihre Probleme vergessen lassen, doch die Gedanken kamen und gingen in ihrem Kopf, wie sie wollten. Ständig mußte sie an Ullrich denken. Sie hatte sich hundertmal vorgestellt, was sie tun könnte: Sollte sie ihn noch einmal anrufen, in der Hoffnung, alles würde sich aufklären? Sie griff zum Telefon und legte den Hörer wieder hin. Sie würde seinen Rechtfertigungen ja doch nicht trauen. Das war das eigentliche Dilemma bei der ganzen Geschichte: Sie vertraute ihrem Mann nicht mehr. Sollte sie vielleicht nach Hamburg fahren, um ihn von Angesicht zu Angesicht zur Rede zu stellen? Vielleicht würde sie ihn sogar mit Susanne erwischen? Dann hätte sie wenigstens Gewißheit. Der Zweifel war es, der ihr am meisten zusetzte.

»Ruf doch Susanne an und frag sie«, schlug Marita vor. »Immerhin war sie mal deine Freundin.«

»Um Gottes willen, nein!« rief Hanna entsetzt. »Eine solche Demütigung würde ich nicht überleben!«

Die Entscheidung wurde ihr abgenommen, denn am späten Abend, sie wollten gerade ins Bett gehen, klingelte das Telefon.

»Du?« fragte Hanna völlig verblüfft, als Susanne sich meldete.

»Hat Ullrich dich angerufen?« fragte Susanne knapp.

»Nein, warum fragst du?« Hannas Stimme wurde feindselig.

Susanne redete nicht lange um den heißen Brei herum. »Du weißt ja, daß er neulich abend bei mir war?«

»Und?«

»Was hat er dir gesagt?«

Hannas Atem stockte. Sie ahnte, was jetzt kommen würde. »Was soll er erzählt haben?« fragte sie zögernd.

»Das habe ich mir beinahe gedacht, daß er zu feige dazu war. Dann sage ich es dir jetzt, klar und deutlich. Ullrich und ich sind ein Paar. Und seitdem du in der Provence bist, wohnt er praktisch bei mir.«

»Das glaube ich nicht!« entfuhr es Hanna.

»Glaub, was du willst. Ich habe dieses Versteckspiel jedenfalls satt. Ich habe keine Lust mehr, die heimliche Geliebte zu spielen. Ich bin für klare Verhältnisse. Jetzt weißt du, was los ist. Vielleicht ist es auch für dich besser so.«

»Wie lange geht das schon zwischen Ullrich und dir?« brachte Hanna heraus. Sie wunderte sich über sich selbst, wie gelassen sie blieb.

»Fast zwei Jahre. Und soll ich dir etwas sagen: Wenn du ihn mehr geliebt hättest, wäre es dir mal aufgefallen, meinst du nicht?« Susanne sprach mit einer Stimme, als würde sie einen Vortrag über die Vorzüge eines zum Kauf stehenden Hauses halten.

Hanna holte tief Luft. »Soll ich *dir* mal was sagen? Ihr beide verdient einander. Ich bedaure, dich je als Freundin bezeichnet zu haben.«

Susanne ließ ein überhebliches Lachen hören. Hanna legte so schnell wie möglich auf, aber das Lachen klang in ihren Ohren nach.

Sie schlug die Hände vor das Gesicht und begann haltlos zu weinen. Sinnlose Gedanken jagten sich in ihrem Hirn. Wie fühlt man sich, wenn man erfährt, daß der Ehemann einen betrügt? Mit der Frau, die mal die beste Freundin war? Die Erkenntnis reifte in ihr, daß ihr gewohntes Leben gerade zerbrochen war. Hanna dachte an andere Paare, die sich getrennt hatten. Jetzt begann sie zu verstehen, was für eine Niederlage das für den Verlassenen war.

»Ich habe es doch ohnehin schon gewußt«, sagte sie unter Tränen zu Marita. »Warum tut es dann trotzdem noch so weh?«

»Es tut immer weh«, sagte Marita. »Stell dir vor, es wäre nicht so.«

Hanna nickte. »Jetzt weiß ich wenigstens Bescheid, und die Zweifel haben ein Ende. Und dennoch: zwei Jahre! Seit zwei Jahren betrügt mich Ullrich, und während der ganzen Zeit hat Susanne so getan, als wären wir Freundinnen.« Sie wußte nicht, wer sie mehr enttäuscht hatte: Ullrich oder Susanne. Sie trank ein ziemlich großes Glas Marc, das Marita vor sie hingestellt hatte. Der Alkohol brannte in ihrem Körper wie Feuer, und sie mußte sich schütteln. Jetzt ist es wenigstens raus, dachte sie dann. Da hat Susanne recht. Endlich hat die Ungewißheit ein Ende.

»Natürlich bist du unglaublich verletzt. Er hat dich schließlich auf mieseste Art hintergangen. Das tut weh. Aber frag dich mal, ob du Ullrich überhaupt noch liebst«, sagte Marita. »Vielleicht hilft das.«

Hanna nickte. Langsam stand sie auf und ging in ihr Zimmer. Sie setzte sich auf das Bett und wickelte sich in den Quilt ihrer Mutter. Das gab ihr ein wenig Trost. Dann nahm sie das Foto von ihrem Mann, das sie seit Jahren mit sich herumtrug, aus dem Portemonnaie. Sie hatte es lange nicht mehr genau betrachtet. Ullrich sah gut aus, das dunkle Haar um das scharfgeschnittene Gesicht, die kräftige Nase ... Aber sein Gesicht berührte sie nicht mehr, sie verspürte weder Lust, es zu streicheln, noch Zärtlichkeit. Die Grübchen, die sich rechts und links des Mundes von der Nase zum Kinn zeigten, ließen ihn plötzlich nicht mehr männlich und stark wirken, sondern hart und egoistisch. Vor Ullrichs Bild schob sich immer wieder ein anderes, das von Daniel. Marita klopfte leise an die Tür und kam herein. Wortlos setzte sie sich neben Hanna, legte den Arm um sie und blieb einfach so sitzen. »Danke«, flüsterte Hanna, bevor sie einschlief.

Es mochte an der ungewohnten körperlichen Anstrengung liegen oder an dem Alkohol, den sie getrunken hatte. Hanna schlief tief und fest. Aber kurz vor Sonnenaufgang fuhr sie mit einem Schrei aus dem Schlaf. Sie war naßgeschwitzt, und ihr Kissen war feucht von Tränen. Ihr erster Gedanke galt Ullrich, und damit war an Weiterschlafen nicht mehr zu denken. Hanna glaubte in dem Zimmer zu erstikken. Sie warf die Bettdecke ab, schließlich stand sie auf. Sie ging auf die Terrasse und sah ins Tal hinab, wo nur ganz wenige Lichter gelblich leuchteten. Die Nacht war kühl, und sie schauderte unter dem Luftzug, der ihre heiße Haut streifte.

»Kannst du auch nicht schlafen? Du solltest wieder ins Bett gehen, wenn dir kalt ist«, sagte Marita leise hinter ihr, um sie nicht zu erschrecken.

Hanna drehte sich zu ihr herum und bemerkte, daß sie die Arme um den Körper geschlungen hatte, als wollte sie sich wärmen. Oder war es der Wunsch nach einer Umarmung gewesen? Das Bedürfnis, von jemandem gehalten zu werden, der die Dämonen vertrieb?

»In einer halben Stunde geht die Sonne auf. Soll ich uns eine Decke holen, und wir schauen uns das gemeinsam an?« schlug Marita vor.

Hanna nickte dankbar. »Ich bin so froh, daß du hier bei mir bist und wir unseren Kummer teilen können.«

»Geteiltes Leid ist halbes Leid, in dem Spruch steckt mehr als ein Körnchen Wahrheit.«

Sie drehten die Stühle in Richtung Osten, setzten sich dicht nebeneinander und unterhielten sich leise, während über dem Tal der Himmel langsam heller wurde. Von einer Sekunde auf die andere ging die Sonne auf. Als die ersten Strahlen flach über den Horizont schossen und sie so blendeten, daß sie die Augen schließen mußten, hatten sie beschlossen, sich nicht unterkriegen zu lassen. Alles würde wieder in Ordnung kommen, versprachen sie sich gegenseitig. Dann gingen sie zurück ins Bett, um noch eine Stunde zu schlafen.

»Heute brauche ich Ablenkung. Wollen wir nicht einfach so durch die Gegend fahren?« schlug Hanna beim Frühstück vor.

»Von mir aus gern«, antwortete Marita. »Darf ich mal ans Steuer? Und die Handys bleiben zu Hause.«

Sie durchfuhren die wunderschöne Landschaft ohne ein konkretes Ziel. Kleine Dörfer mit ihren quadratischen Häusern, das karge Hochland an den Ausläufern des Lubéron, wo das Gras bereits zu verdorren begann, dann plötzlich die schnurgeraden Reihen eines Lavendelfeldes, dazwischen die Flüsse, die über Steine sprudelten. In der Ferne glänzte die weiße Kuppe des Mont Ventoux, des windigen Berges. Sie kamen durch einen Ort, in dem gerade Markttag war. An den Ständen boten die Bauern der Region ihre Produkte an: Hühner und Hasen, Oliven in verschiedenen Tunken, kleine harte Würste, Käse natürlich, vor allem Ziegenkäse in allen Reifegraden, natur, in Asche oder Kräutern gewälzt, in Kastanienblätter gewickelt, es schien eine unendliche Fülle von Zubereitungsarten zu geben. Daneben die Obst- und Gemüsestände. Hier war die Ware nicht zu fragilen Pyramiden aufgestapelt wie auf den großen Märkten, die viele Touristen besuchten. Hier lagen die Zwiebeln und Kartoffeln und die ersten Bohnen in billigen Plastikschüsseln, was sie aber keineswegs weniger frisch und appetitlich aussehen ließ. Die Ware wurde nicht gewogen. Man zahlte den Preis, der auf dicken Pappen an den Schüsseln stand. Hanna und Marita ließen sich von der Frische und dem Duft verführen. Sie kauften ein flaches Brot, höllisch scharfe Oliven, Wurst und Käse, dazu Tomaten und zum Nachtisch eine hauchdünne Apfeltorte mit Walnüssen, die kunstvoll in einer Pappschachtel verpackt wurde. Am Ausgang des Marktes stand ein alter Mann, der Pflanzen verkaufte. Sie waren noch klein, und es war nicht zu erkennen, was einmal aus ihnen werden sollte. Weder Hanna noch Marita konnten seinem Dialekt folgen, aber sie verstanden, daß es Blütenpflanzen waren. Hanna kaufte zehn verschiedene Pflänzchen, die sie in großen Schalen auf die Mauer vor der Terrasse stellen wollte.

Sie besorgten noch eine große Flasche Wasser, dann fuhren sie weiter auf der Suche nach einem Platz für ihr Picknick. Auf einer Wiese vor einem Fluß, über dem unzählige Schmetterling flatterten, breiteten sie ihr Essen aus, danach lagen sie satt und faul im Halbschatten und balancierten mit nackten Füßen auf den glitschigen Steinen des Baches.

»Heute keine verrückte Tat?« fragte Marita.

Hanna lachte. »Kommt noch, aber dieses Wasser ist mir wirklich zu kalt.«

Sie alberten herum, und den ganzen Tag über sprachen sie weder über Ullrich noch über Stephan. Es war, als hätten sie sich eine Atempause verordnet. Als sie gegen Abend wieder nach Saint Luron kamen, fühlten sie sich gestärkt von der Natur, dem guten Essen und dem Wissen, daß sie Freundinnen waren.

In Les Oliviers machte Hanna sich daran, die gekauften Pflanzen in die Erde zu setzen. Sie hatten während des Tages im Auto gelitten und brauchten dringend Wasser. Im Schuppen hatte sie Terrakottatöpfe gesehen. Sie schleppte zwei von ihnen herbei und stellte sie auf die niedrige Mauer, die den rechten Rand der Terrasse bildete, dann füllte sie sie mit Erde und setzte die Pflanzen ein.

»Ich bin gespannt, was daraus wird«, sagte sie, während sie die Erde von den Händen klopfte. »Was ist denn mit dir los?« fragte sie, als sie Marita sah.

»Rate, wer gerade angerufen hat!« sagte sie, und ein Strahlen ging über ihr Gesicht.

Hanna mußte überlegen. Sie wußte, daß es nicht Stephan sein konnte, dann hätte Marita anders reagiert. »Du meinst doch nicht etwa … Jacques?«

»Genau der. Wir haben ein bißchen geplaudert, und ich habe ihm gesagt, daß wir am Sonnabend nach Hause fahren. Er war richtig geknickt. Ich glaube, er wollte sich mit mir verabreden. Na, was sagst du dazu?«

Hanna blieb der Mund offenstehen.

»Ich sehe schon, du bist sprachlos«, sagte Marita übermütig.

Am Freitag morgen rief Sophie an.

»Ich habe so lange auf die Ärzte eingeredet, bis sie mir erlaubt haben, das Wochenende zu Hause zu verbringen. Kannst du mich abholen? Nur, wenn es für dich keine Mühe ist.«

»Nein, nein, das mache ich gern. Wann soll ich kommen?«

»Jetzt gleich? Die Ärzte waren gerade zur Visite da. Ich packe meine Tasche und warte auf dich.«

Hanna freute sich, daß Sophie sie um diesen Gefallen bat. »Ich mache mich gleich auf den Weg. In einer knappen Stunde bin ich da.«

Als Hanna den Flur zu Sophies Krankenzimmer hinunterging, traf sie den Arzt.

»Sie holen Madame Gubin ab?« fragte er.

»Ja, sie hat gesagt, sie darf übers Wochenende nach Hause.«

Der Arzt rieb sich das Kinn.

»Ist etwas nicht in Ordnung?« fragte Hanna besorgt.

»Es geht der alten Dame gar nicht gut, und sie weiß es. Ich kann verstehen, daß sie nicht hier sein will, wenn …«

Hanna merkte, wie ihr das Blut gefror. »Wenn was?«

»Es kann jederzeit so weit sein. Bei dem Schlaganfall ist

eine Erweiterung der Aorta aufgetreten …« Er gab ihr die Hand. »Achten Sie auf sie. Sie scheint Sie sehr zu mögen.«

»Ich sie auch«, sagte Hanna leise.

Sophie saß in einem Stuhl am Fenster, ihre Handtasche vor sich auf dem Schoß. Als sie Hanna sah, ging ein Strahlen über ihr Gesicht, und die grauen Augen leuchteten jung wie immer. »Hanna, da bist du ja. Ich hoffe, ich habe dir nicht zuviel abverlangt?«

»Ich bin so froh, wenn ich dir behilflich sein kann«, gab Hanna zur Antwort.

»Dann tu mir alten Frau den Gefallen und hilf mir hoch. Ich will nach Hause.«

Auf dem Weg zum Auto fragte Sophie nach Marita.

»Sie haßt Krankenhäuser. Sie mußte als Kind einmal monatelang in einem liegen, und das kann sie nicht vergessen.«

Langsam stieg Sophie in das Auto und lehnte sich zufrieden zurück. »Jetzt aber los«, sagte sie.

Als sie durch Cabrières d'Aigues fuhren, wies sie mit der Hand aus dem Fenster auf einen verlassenen Bauernhof. »Hier hat Franz damals gearbeitet, bevor meine Eltern Les Oliviers gekauft haben«, sagte sie. »Ja, hier bin ich wohl entstanden.« Plötzlich lächelte sie verschmitzt. »Und bald bin ich genauso verfallen wie das Haus.«

Hanna fiel in ihr Lachen ein.

»Ich möchte in den Olivenhain«, sagte Sophie, kurz bevor sie am Ziel waren.

Hanna sah sie überrascht von der Seite an. »Natürlich, dann kommst du mit zu mir.«

Marita hatte das Auto kommen hören und wartete vor dem Haus. Sie half Sophie beim Aussteigen.

»Schön, daß Sie wieder da sind«, sagte sie.

Sophie sah sich um. »Endlich wieder frische Luft«, sagte

sie erleichtert. »Da fühlt man sich doch gleich viel weniger krank.« Sie schien es plötzlich eilig zu haben, zu den alten Olivenbäumen am Fluß zu kommen. »Helft ihr mir?« fragte sie und hielt Hanna und Marita die Hände hin.

Die Treppe zwischen den Bäumen war zu schmal für drei Personen. Hanna nahm Sophie am Arm und paßte auf, daß sie das Gleichgewicht behielt.

»Früher habe ich immer den Weg über den Fluß genommen, wenn ich zu den alten Bäumen wollte. Aber seitdem mein altes Bein mir Scherereien macht, habe ich Angst, auszurutschen und zu fallen.«

Als sie unten angekommen waren, strebte Sophie in Richtung der alten Olive mit dem gespaltenen Stamm. Sie machte sich von Hanna los, um die letzten Schritte allein zu gehen. Vor dem Baum blieb sie stehen, legte beide Handflächen in Höhe ihres Gesichts auf die Rinde und sah nach oben. Dann ging sie bedächtig um den Baum herum und strich mit den Fingern über das weichere Holz im Innern des Spalts. Es sah aus, als würde sie nach etwas suchen. Sie stellte sich auf die Zehenspitzen und tastete weiter die Höhlung ab. »Ah!« sagte sie dann und zog die Hand wieder hervor. Zwischen Zeigefinger und Daumen hielt sie eine Glasmarmel. Nachdem sie sie an ihrer Hose gerieben hatte, hielt sie sie gegen das Sonnenlicht. Die Marmel glänzte gelb und blau und warf kleine hüpfende Lichtsprenkel in die Gesichter von Hanna und Marita.

»In dieser Öffnung habe ich als kleines Kind immer gesessen. Und nachdem meine Eltern nicht mehr bei mir waren, bin ich jeden Tag hierhergekommen, um mit ihnen Zwiesprache zu halten. Ich habe auch Briefchen und kleine Geschenke für sie hier hinterlegt. Diese Marmel gehört dazu. Ich habe sie die ganzen Jahre über hier liegengelassen, und manchmal bin ich hergekommen, um sie in der Hand zu halten und mich an früher zu erinnern.«

»Du meinst, die Marmel liegt da schon, seit du ein Kind warst?« fragte Hanna.

»Das ist jetzt mehr als sechzig Jahre her.«

»Aber dann hätte ich sie ja finden können! Dieser Baum war nämlich auch mein Lieblingsbaum, als ich Kind war.«

»Sie haben gesagt, Sie hätten die kleinen Dinge für Ihre Eltern hierhergelegt. Wir wissen, daß Ihr Vater in einem Lager war. Aber wo war Victoire?« fragte Marita.

Sophie drehte sich zu ihr herum. »Habe ich euch das noch nicht erzählt?«

Kapitel 13

Na, wen haben wir denn da, die kleine Gubin? Du setzt dich ganz nach hinten. Oder möchte jemand neben Gubin sitzen?« Mademoiselle Brion hob den Blick und schickte ihn über die Klasse. Niemand meldete sich. »Na also«, sagte sie zufrieden, und die Genugtuung nahm ihrer Stimme die übliche Kälte. »In die letzte Bank.«

Hier, in der letzten Bank, saß Sophie, wäre es um ihre schulischen Leistungen gegangen, falsch. Sie war ihren Altersgenossen weit voraus. Victoire hatte ihr schon mit fünf Jahren Lesen und Schreiben beigebracht, und Sophie hatte gern und schnell gelernt. »Ich will nicht, daß du so dumm und unwissend bist wie die Leute im Dorf. Sie sind nur deshalb so abweisend uns gegenüber, weil sie es nicht besser wissen.«

»Was heißt abweisend?« fragte Sophie.

Victoire erklärte es ihr.

Die Kinder in der kleinen Schule von Saint Luron, in der alle Kinder vom Vorschulalter bis zur vierten Klasse gemeinsam in einem Raum saßen, behandelten Sophie so, wie ihre Eltern und die Lehrerin es vormachten. Sie bekam mehr Schmähungen und Schläge ab als jeder andere Schüler. Die Zurückweisungen machten aus ihr ein zähes Kind, das sich nichts gefallen ließ. Als das erste Mal jemand schlecht über ihre Eltern sprach, lief sie weinend nach Hause. Beim zweiten Mal schlug sie zu.

Weil sie sich wehrte, zog sie sich den besonderen Haß ihrer Lehrerin zu. Mademoiselle Brion machte keinen Hehl aus ihrer Sympathie für Marschall Philippe Pétain, der mit Hitler den Waffenstillstand geschlossen hatte und dessen Regierung in Vichy residierte. Sophie war für sie ein rotes Tuch. Als sie in der Klasse zum erstenmal darüber sprachen, worauf es jetzt in Frankreich ankam, und Mademoiselle Brion in ihrer schönsten Schrift die drei Wörter an die Tafel schrieb, die die neuen Werte im Land zusammenfaßten: Gott, Familie, Vaterland, meldete Sophie sich und erzählte stolz, daß ihr Vater für Frankreich gekämpft hatte. »Er hat immer treu zu seinem Land gestanden.« Mademoiselle Brion schnappte hörbar nach Luft, ihre hagere Gestalt wurde geradezu geschüttelt vor Fassungslosigkeit über soviel Unverfrorenheit. »Und? Wer von euch ist noch der Meinung, daß Sophies Vater ein Patriot ist?« Natürlich meldete sich niemand. »Na siehst du«, sagte die Lehrerin zu ihr. »Dein Vater ist eine Gefahr für Frankreich, sonst hätte man ihn nicht in einem Lager eingesperrt. Und deine Mutter ist eine Verräterin, weil sie ihn geheiratet hat.« Mit großen Lettern, die lange nicht so schön waren wie die Schrift auf der Tafel, schrieb sie die drei Wörter »Gott, Familie, Vaterland« auf einen Bogen Papier und heftete ihn mit zwei Sicherheitsnadeln auf Sophies Rücken, wobei sie ihr ins Fleisch stach. Sie zwang sie, nach der Schule mit dem Schild durch Saint Luron zu laufen, eine Horde johlender Mitschüler hinter ihr. Sophie hatte sich noch nie in ihrem Leben so geschämt. Blind vor Tränen rannte sie durch die Straßen, die Arme über den Kopf gelegt, als könnte sie sich so vor den Beschimpfungen ihrer Klassenkameraden schützen. Sie empfand einen unbeschreiblichen Haß nicht nur auf Mademoiselle Brion, sondern auch auf ihren Vater. »Warum ist er anders als die anderen? Warum kann er denn kein guter Franzose sein?« beklagte sie sich unter Tränen bei Madame Clavel. Sie war nach der Schule zuerst zu ihr gelaufen, damit sie ihr half, das Blatt von ihrem Rücken zu nehmen. Sie durfte damit nicht vor ihrer Mutter erscheinen, das spürte sie.

Als Victoire am Abend die blutigen Kratzer auf ihrem Rücken sah, gab Sophie als Erklärung an, sie sei an den Himbeerranken hängengeblieben.

Am nächsten Tag in der Schule konnte sie sich nicht auf den Unterricht konzentieren. Statt dessen starrte sie das Bild des greisen Marschalls an, dessen stechende Augen von dem Platz über der Tür über die Klasse wachten. »Marschall, wir sind für dich da« stand unter dem Bild. Ich bin aber nicht für dich da, knurrte Sophie in sich hinein, mich kriegst du nicht. Mich kriegst du nicht! Und sie fixierte die Augen des Mannes, um es ihm zu beweisen. Ihre Lider wurden schwer vor Anstrengung, ihre Fäuste ballten sich unter dem Tisch zusammen, in den Handflächen hinterließen die Fingernägel tiefe Rillen. In der Nacht, von ihrem Bett aus, ließ sie immer noch nicht von dem Bild ab. Der Marschall sollte fühlen, daß sie nicht auf seiner Seite war. Sie sah sich selbst aufstehen. Sie flog den Berg hinab, barfuß, und doch spürte sie nicht die spitzen Steinchen. Ihr war auch nicht kalt, obwohl sie nur ein Nachthemd trug. Niemand sah sie, wie sie den Weg zur Schule nahm und das Klassenzimmer betrat. Mit aller Kraft schob sie den Lehrertisch unter die Tür, stellte einen Stuhl darauf und kletterte hinauf. Sie stand nun Auge in Auge mit dem alten Mann. Ihren ganzen Haß legte sie in diesen Blick und wendete ihn auch nicht ab, als sie vorsichtig an dem Nagel ruckelte, an dem der verhaßte Staatschef hing. Dann machte sie sich auf den Heimweg und lag im Nu wieder in ihrem Bett.

Am nächsten Morgen wachte sie seltsam getröstet auf. In der Schule setzte sie ihre stumme Beobachtung fort und triumphierte, als der Marschall für einen Augenblick verlegen den Blick abwendete. Als Mademoiselle Brion am dritten Tag mit zackigem Schritt das Klassenzimmer betrat, hatte Sophie keine Augen für sie. Sie starrte nach wie vor auf ihren Feind. Die Lehrerin ließ die Tür hinter sich ins Schloß fallen. Der Nagel, an dem der Rahmen aufgehängt war, lokkerte sich und fiel heraus. Splittersprühend krachte Pétain auf den Fußboden, ein Winkel des Rahmens, in dem sein koloriertes Bild noch hing, rutschte mit Schwung über den Fußboden des Klassenzimmers und blieb vor Sophies Füßen liegen. Die atmete wie nach einer übermenschlichen Anstrengung aus und sagte kein Wort.

Die deutschen Besatzer machten sich in Frankreich immer breiter und nahmen sich ungeniert, was ihnen gefiel. Saint Luron lag jenseits der Demarkationslinie im unbesetzten Teil des Landes, doch die Auswirkungen waren bis hier zu spüren. Auch in Saint Luron sah man die Bilder aus Paris: Hakenkreuzfahnen hingen anstelle der Trikolore vom Eiffelturm und vom Triumphbogen. Die Theater und Kinos, die Restaurants und Bars waren von deutschen Soldaten belagert. Ständig gab es neue demütigende Vorschriften. Wer sich widersetzte oder nur protestierte, wurde unnachsichtig verfolgt. In fast jeder Familie waren Vater oder Söhne mobilisiert. Man fürchtete sich vor dem Postboten, der die offiziellen Telegramme mit den Gefallenenmeldungen brachte, und ängstigte sich um die Männer, von denen es keine Nachrichten mehr gab und die man in Kriegsgefangenschaft vermutete. Lebensmittelknappheit, Stromkürzungen, die Beschränkung der Reisefreiheit und der allgemeine wirtschaftliche

Niedergang machten den Franzosen das Leben schwer. Der Alltag wurde durch den Schwarzmarkt bestimmt. Die Bauern von Saint Luron mußten hinnehmen, daß sie keine Tiere mehr schlachten, keine Früchte mehr frei verkaufen durften. Wer überleben wollte, hielt sich nicht daran, doch alle hatten Angst, erwischt zu werden. Man traute dem Nachbarn nicht mehr und zog sich in die eigenen vier Wände zurück. In einer Art schlitzohrigem Protest stellten viele Franzosen die Uhren nicht eine Stunde vor wie die Deutschen. Man lebte zwar mit ihnen in einem Land, aber nach einer anderen Zeit. Und verkaufte ihnen Seidenstrümpfe und Wäsche, die in den letzten Jahren in den Regalen liegengeblieben waren, mit einem unschuldigen Lächeln zu überteuerten Preisen.

Mehrere junge Männer aus Saint Luron verschwanden und schlossen sich einer Widerstandsgruppe an, weil sie die Schande nicht länger ertrugen. Nach der Rundfunkrede General de Gaulles, der ein paar Tage nach dem Fall von Paris im Londoner Exil zum Widerstand gegen Hitler und Pétain aufgerufen hatte, sammelten sich die ersten, und im Lauf der Jahre wurden sie immer zahlreicher. Nachts kamen sie in die Dörfer, um Lebensmittel oder Benzin zu stehlen. Hier und da hörte man, daß besonders eifrige Vichy-Anhänger krankenhausreif geprügelt wurden. In Apt gab es einen Sprengstoffanschlag auf die Gendarmerie, und als ein Trupp deutscher Soldaten durch die Stadt zog, wurde er von den umliegenden Häuserdächern mit Steinen beworfen. An manchen Morgen konnten die Frühaufsteher ein gaullistisches oder ein kommunistisches Flugblatt an der Stadtmauer lesen, das schnellstens von Xavier Poulenc wieder abgerissen wurde.

Victoire hatte Hochachtung vor denjenigen, die die Gefahr des Widerstands auf sich nahmen. Wenn sie manchmal nachts ins Haus kamen, weil sie etwas brauchten, dann gab sie es ihnen. Sie unterstützte sie nicht nur aus politischen Gründen, denn daß sie Pétain haßte, der ihre Familie zerstört hatte, lag auf der Hand. Manchmal wünschte sie sich, Franz sei bei ihnen.

Auch Sophie wußte sehr genau, wer da spät in der Nacht an die Tür von Les Oliviers klopfte und daß sie darüber kein Wort verlieren durfte. Oft ahnte sie am Abend beim Zubettgehen bereits, wenn es wieder soweit war. Ein Kribbeln bemächtigte sie ihrer, das sie nicht einschlafen ließ. Manchmal stand sie dann auf und stellte einige Konserven und Kerzen auf den Tisch.

»Für wen ist das?« fragte Victoire.

»Für die Leute, die heute nacht kommen werden.«

Victoire lernte, den Ahnungen ihrer Tochter zu vertrauen. Aber sie wagte nicht, sie danach zu fragen, ob Franz irgendwann unter den nächtlichen Besuchern sein würde. Sie wollte ihr Schicksal nicht herausfordern.

Nicht alle in Saint Luron halfen der Résistance. Es gab Leute, die sie für simple Banditen oder Drückeberger hielten. Als in das Rathaus eingebrochen wurde und Formulare für Ausweispapiere gestohlen wurden, erregten sich einige, daß die Männer sich doch nur der Armee oder dem Arbeitsdienst in Deutschland entziehen wollten. Und als ein paar Ortschaften weiter ein junger Mann als Geisel erschossen wurde, nachdem ein deutscher Soldat bei einem Patrouillengang ermordet worden war, standen sich die Meinungen noch unversöhnlicher gegenüber.

Dann kam der Tag, an dem Victoire verhaftet wurde.

Durch das Küchenfenster sah sie Thomas Jannel und Xavier Poulenc den Weg heraufkommen. Sie kommen sogar zu zweit, dachte sie. Die starke Steigung des Hangs zwang sie dazu, sich vornübergebeugt, in kurzen, abgehackten Schritten durch die Hitze zu kämpfen. Sie sahen derangiert aus, nicht gerade ihrem wichtigen Auftrag entsprechend. Hoffentlich würden sie nicht Victoire dafür büßen lassen.

Für einen Augenblick mußte sie sich auf den Waschtisch stützen und die Augen schließen. Dann drehte sie sich langsam um, holte den kleinen Koffer, der oben auf dem Schrank seinen Platz hatte, und legte ihn aufs Bett. Sie ging zwischen Schlafzimmer und Küche hin und her. Sie hatte sich schon vor Wochen überlegt, was sie mitnehmen würde, wenn es soweit wäre: Wäsche zum Wechseln und eine Decke, etwas Geld, Seife, die Strickarbeit, die sie vor einigen Tagen begonnen hatte. Ganz zum Schluß nahm sie das Foto, das Franz und Sophie zeigte, aus dem Olivenholzrahmen, der auf der Anrichte stand, und legte es in das blaugelb karierte Heft, damit es keine Knicke bekam. Das Heft kam zuoberst in den Koffer.

Die Polizisten hatten bereits das Gartentor erreicht. Während sie für einen Moment im Schatten der Kastanie stehenblieben, um ihre verrutschten Krawatten zu richten, wechselte Victoire ihre Schuhe. Die alten stellte sie neben die Tür und streifte ihre Lieblingsschuhe über, die roten mit den kleinen Riemchen, die Franz ihr in Sanary gekauft hatte. Indem sie seine Schuhe trug, fühlte sie sich ihm nahe und zeigte aller Welt, daß sie nicht Franz die Schuld an ihrer Verhaftung gab.

Es klopfte, laut und energisch. Victoire machte einen raschen Schritt auf Sophie zu, die ihr stumm zugesehen hatte, drückte sie an sich und flüsterte ihr zu: »Es ist soweit. Wir machen es so, wie wir besprochen haben. Geh nach nebenan und sei leise. Wenn ich weg bin, läufst du zu Madame Clavel hinüber.« Sie spürte, wie ihre Stimme brüchig wurde. Tränen traten ihr in die Augen, aber sie riß sich zusammen. Sie durfte ihre Tochter nicht noch mehr ängstigen. »Mach dir keine Sorgen, Sophie. Spätestens morgen abend bin ich wieder da. Stell dir vor, vielleicht treffe ich Papa! Dann gebe ich ihm einen dicken Kuß von dir.« Sie küßte ihre Tochter auf den Haaransatz und schob sie ins Nebenzimmer. Dann ging sie die Tür öffnen.

Als erster betrat Xavier Poulenc das Haus. Er nahm seine Uniformmütze ab und wünschte einen guten Tag. Es war ihm anzusehen, daß er sich nicht wohl in seiner Haut fühlte. Ihm folgte sein Vorgesetzter, Thomas Jannel. Jannel war bis vor zwei Jahren Polizist in Saint Luron gewesen, kürzlich hatte man ihn zum Chef des Polizeihauptkommissariats in Apt gemacht. Er war in den letzten zwei Jahren zu einem mächtigen Mann mit wichtigen Freunden aufgestiegen. Vor ihm nahm man sich besser in acht. Er trug einen schlechtsitzenden schwarzen Anzug und einen offensichtlich neuen dunklen Hut. An der Krempe zeichneten sich Schweißflekken ab. Jannel drängelte sich an seinem Kollegen vorbei und stellte sich breitbeinig mitten in die Küche.

»Victoire Gubin?« sagte er mit zu lauter Stimme. »Ich verhafte Sie.«

Als Poulenc die herrische Geste sah, setzte er seine Mütze wieder auf und räusperte sich.

Sophie stand hinter der Tür zum Schlafzimmer. Durch den schmalen Spalt der offenen Tür sah sie, wie Jannel mit großen Schritten die Küche und das angrenzende Wohnzimmer durchmaß, Schubladen aufriß und durchwühlte, hinter einen Bilderrahmen sah und ein Buch durchblätterte, das er aus dem Regal genommen hatte. Poulenc war immer dicht hinter ihm.

»Dazu hast du kein Recht!« sagte Victoire mit schneidender Stimme und nahm ihm das Buch aus der Hand.

Jannel drehte sich blitzschnell zu ihr herum und brachte sein Gesicht dicht vor ihres: »Und du hast mich gefälligst nicht zu duzen. Ich bin von Staats wegen hier!« Seine Stimme klang gemein.

Victoire lachte auf: »Ich soll dich nicht duzen? Wir sind gemeinsam in die Schule gegangen!«

»Gut, daß du mich daran erinnerst. Damals hast du ja immer gedacht, du wärst was Besseres«, zischte er. »Immer hast du auf uns andere herabgesehen. Aber jetzt hat sich der Wind glücklicherweise gedreht. Da helfen dir auch deine schicken Kleider nicht. Und dein Mann schon gar nicht!«

Hinter der Tür spürte Sophie, daß der fremde Mann immer wütender wurde. Sie hatte Angst vor ihm. Entsetzt hörte sie, wie ihre Mutter ihn mit Hohn in der Stimme anfuhr.

»Sag doch gleich, wie du es meinst! Wenn ich dich geheiratet hätte, dann wäre alles in Ordnung, das meinst du doch. Ich habe dich aber nicht geheiratet, lieber wäre ich über glühende Kohlen gelaufen!«

Jetzt machte Poulenc einen Schritt nach vorn. »Victoire«, sagte er, »Madame Gubin, ich bitte Sie. Das tut hier doch gar nichts zur Sache. Es geht doch nur um die Überprüfung Ihrer Papiere. Wir haben die Order, Sie mitzunehmen … sicherlich nur eine Formalität … Das Gesetz zum Schutz der inneren Sicherheit …«

Jannel merkte, daß er zu weit gegangen war. Um seine Haltung wiederzufinden, zündete er sich eine Zigarette an. Das Streichholz warf er auf den Boden. Er nahm ein paar hastige Züge, dann sagte er geschäftsmäßig: »Du darfst ein Gepäckstück mitnehmen. Wie ich sehe, hast du schon gepackt. Wo ist die Kleine?«

Damit hatte Victoire nicht gerechnet. »Was soll das? Was hat Sophie damit zu tun? Sie ist nicht hier.« Victoire machte eine unbewußte Bewegung auf die Tür zu, hinter der ihre Tochter sich versteckt hielt. Jannel durchschaute sie. Mit zwei Schritten war er an der Tür und riß sie auf. Sekunden später stand er über Sophie und zog sie am Arm mit sich zu den anderen. Wie eine Jagdbeute hielt er sie. »Und wer ist das? Die Kleine geht mit dir, schließlich kann sie nicht allein bleiben.«

Poulenc wollte etwas sagen, doch in diesem Augenblick betrat Agnès Clavel das Haus. Agnès hatte die Polizisten ebenfalls kommen sehen und wie Victoire gewußt, was das zu bedeuten hatte. So schnell es ihre Beine zuließen, hatte sie den kleinen Fluß überquert und war den Hügel heraufgelaufen.

Schweratmend baute sie sich vor dem Kommissar auf und sah ihm direkt in die Augen. »Jetzt mach aber mal einen Punkt, Thomas! Ich bin die Schwester deiner Mutter, und ich sage dir, daß Sophie bei mir bleibt, bis ihre Mutter wiederkommt. Mag sein, daß es ein Gesetz gibt, das dir erlaubt, Victoire zu verhaften. Aber ganz bestimmt hast du kein Recht, ein unschuldiges Kind ins Gefängnis zu stecken. Sophie kann nichts dafür, und sie bleibt bei mir, basta.«

Jannel zuckte mit den Schultern. »Es ist völlig unerheblich, ob du meine Tante bist oder nicht. Gesetz ist Gesetz. Ich hatte den Auftrag, auch die Kleine mitzunehmen, wenn niemand da ist, der sich um sie kümmert. Aber wenn du das übernimmst, bitte schön! Also los, gehen wir!«

Er ließ Sophie los, die zu ihrer Mutter rannte und sich weinend an sie klammerte. Victoire ging vor ihr auf die Knie, nahm sie in den Arm und flüsterte wie eine Beschwörungsformel ihre Worte: »Ich habe nichts getan. Spätestens morgen abend bin ich zurück. Solange gehst du zu Madame Clavel. Mach dir keine Sorgen.« Sie stand auf und wandte sich Agnès zu, gab ihr die Hand und drückte sie lange. Ihre Augen waren ein einziges Flehen. Ihre mühsam aufrechterhaltene Sicherheit wankte. Sie stolperte einen Schritt zurück und hielt sich an der Hand von Agnès fest. Ihr letzter Blick galt Sophie. Als sie den Anblick ihrer hilflosen Tochter nicht länger ertragen konnte, wandte sie sich abrupt um und nahm ihren Koffer.

Jannel ging voraus, dann kam Victoire und zum Schluß Poulenc, der verlegen die Hand an die Mütze legte. Die Tür fiel hart ins Schloß.

Sophie und Agnès blieben reglos stehen und starrten auf die Tür. Das letzte, was Sophie von ihrer Mutter hörte, waren ihre Schritte in den hochhackigen Schuhen. Laut und in viel zu schneller Folge knirschten sie über den unebenen Weg. Für einen Moment verstummte das Geräusch, sie mußte am Tor stehen und warten, bis einer der Polizisten es öffnete. Dann ertönte wieder das schnelle Klack, Klack, bis es leiser wurde und schließlich verstummte.

Noch am Tag von Victoires Verhaftung erschien ein seltener Besucher bei Bernard und Agnès Clavel. Edouard Thaumiaux war gekommen, um seine Enkeltocher zu sich zu nehmen.

Sophie drückte sich an Agnès, als der alte Mann das Haus betrat, eine tiefe Zornesfalte auf der Stirn. Sie kannte die hagere Gestalt in den abgewetzten Hosen natürlich, auch wenn sie sich an die haßerfüllte Szene auf dem Friedhof nicht mehr erinnern konnte. Aber jedesmal wenn sie ihm auf dem Schulweg begegnete, beschimpfte er sie. Was wollte er hier?

»Wo ist das Zigeunerkind?« fragte er.

»Was geht dich das an, Edouard?« fragte Bernard. »Sie ist bei uns, und hier bleibt sie auch. Bis ihre Mutter zurückkommt.«

»Pah! Bis die zurückkommt. Und wann soll das sein? Ist ihr Vater denn zurück? Es wird Zeit, daß das Kind eine richtige französische Erziehung bekommt. Ich bin ihr nächster Verwandter. Ich werde mich um sie kümmern.«

Er streckte den Arm nach Sophie aus, doch sie wich mit einem erschrockenen »Nein!« zurück und klammerte sich an Agnès. Bernard Clavel war aufgestanden.

»Hör doch, Edouard. Wir waren immer Freunde ... Laß das Kind bei uns. Sie kennt uns, und so ist es mit Victoire vereinbart. Was soll die Kleine bei dir? Du kannst doch nicht richtig für sie sorgen.«

Edouard ließ sich nicht erweichen. »Ich nehme sie mit, kein Wort mehr!« Wieder griff er nach Sophie.

»Dann laß mich wenigstens ein paar Sachen für sie einpacken«, rief Agnès.

»Sie braucht nichts. Und sie verdient auch nichts. Los, komm.« Damit packte er die weinende Sophie und zerrte sie mit sich zur Tür.

»Damit kommst du nicht durch, Edouard Thaumiaux. Du hast nicht das Recht, dich an einem Kind zu rächen!«

Edouard winkte verächtlich ab und verließ das Haus.

»Du versündigst dich!« schrie Agnès voller Verzweiflung hinter ihm her. »Sophie, ich kümmere mich um alles. Bald bist du wieder hier.«

Als Agnès am nächsten Morgen die Tür der Mairie aufstieß, um zu erfahren, was mit Victoire und Sophie geschehen sollte, kam ihr Monique Lavande entgegen. Mit einem Blick verständigten sich die Frauen, dann gingen sie gemeinsam zu dem großen Brunnen auf der anderen Straßenseite, um ungestört miteinander zu reden.

»Sie müssen sich der Demütigung nicht mehr aussetzen«, begann Monique, nachdem sie sich nebeneinander auf den Brunnenrand gesetzt hatten. »Ich war bereits beim Bürgermeister. Er sitzt da unter dem Pétain-Porträt und wäscht seine Hände in Unschuld. Am liebsten hätte er mich wohl auch verhaftet, weil ich Fragen gestellt habe.« Sie lachte bitter auf. »Aber das traut er sich natürlich nicht, weil Hugo in Deutschland ist.«

»Was haben Sie erfahren? Wo ist Victoire?« fragte Agnès hastig.

Monique senkte die Stimme. »Man hat sie nach Rieucros gebracht.«

Agnès sah sie verständnislos an.

»Das ist ein Frauenlager, ungefähr auf halbem Weg von hier nach Lyon.«

»Ein Lager? Sie meinen ein Gefängnis?«

Monique schnaubte verächtlich. »Um jemanden ins Gefängnis zu stecken, braucht man eine rechtliche Grundlage. Das ist bei diesen Lagern etwas einfacher. Zuerst hat man dort spanische Flüchtlinge eingesperrt, dann folgten die Deutschen, und jetzt sollen dort immer mehr Französinnen einsitzen. Ich weiß das von einer Freundin, deren Schwester eine Zeitlang dort verbringen durfte.«

»Aber was wirft man Victoire vor?«

»Da gibt es verschiedene Möglichkeiten: leichter Lebenswandel, Abweichung von der Moral, Prostitution, politische Unzuverlässigkeit … Ich denke, in ihrem Fall reicht die Tatsache, daß Franz Deutscher ist und sie selbst nicht gerade für Pétain schwärmt …«

»Ich habe ihr immer gesagt, sie soll mit ihren Äußerungen vorsichtig sein«, rief Agnès aus.

»Dafür ist es leider zu spät. Und wenn man dann noch Feinde hat wie Thomas …«

Agnès wurde rot vor Zorn. »Er ist der Sohn meiner Schwester … Aber was können wir für Victoire tun? Das Schlimmste wissen Sie noch gar nicht. Edouard ist gestern bei uns gewesen und hat Sophie mitgenommen. Wenn Victoire das erfährt …«

Monique griff nach ihrem Arm. »Was erzählen Sie da? Edouard haßt die Kleine doch!« Sie überlegte einen Moment. Dann sagte sie: »Ich fahre heute noch nach Apt und spreche mit einem Anwalt. Können Sie Victoire einen Brief schreiben und ihr sagen, sie soll eine Verfügung erwirken, daß Sophie sofort aus dem Haus ihres Großvaters herauskommt?«

»Geht denn das?«

»Ich weiß es nicht«, antwortete Monique ungeduldig. »Aber wir müssen es versuchen. Eine andere Möglichkeit haben wir nicht.«

Zum Abschied blickten sie sich fest in die Augen und gaben sich die Hand.

»Danke«, sagte Agnès. »Hören Sie etwas von Hugo?«

Monique sah zu Boden. »Nein.« Mit raschen Schritten eilte sie davon.

Agnès ging die Straße hinunter zum Haus von Edouard Thaumiaux. Sie hatte einige Sachen für Sophie zusammengepackt. Das Kind brauchte doch etwas zum Anziehen und seinen Schulranzen! Als sie sich dem Haus näherte, kam Sophie hinter ihr hergelaufen. Die Schule war gerade aus. »Tante Agnès«, rief sie. »Tante Agnès!« Sie warf sich schluchzend in ihre Arme. »Monsieur Thaumiaux ist so gemein. Er beschimpft mich die ganze Zeit. Ich will nicht bei ihm bleiben.«

»Er ist dein Großvater, Sophie.«

Sophie sah zu ihr hoch und sagte mit fester Stimme: »Nein, das ist er nicht. Großväter lieben ihre Enkel, aber Monsieur Thaumiaux haßt mich. Ich will zu meiner Mutter. Wo ist sie?«

Agnès wagte nicht, sie anzusehen. »Sie ist an einem Ort mit vielen anderen Frauen. Ich weiß nicht, wann sie zurückkommt.«

»Da will ich auch hin. Zu dem bösen alten Mann gehe ich nicht.« Sophie weinte, und die Verzweiflung des Kindes zerriß Agnès das Herz.

»Hör zu, ich schreibe noch heute an deine Mutter. Sie wird einen Brief aufsetzen, daß du wieder zu uns kommst, wie es abgesprochen war. Aber so lange mußt du bei deinem Großvater bleiben.«

Sie standen jetzt vor dem Haus. Edouard riß die Tür auf und zerrte Sophie grob ins Innere.

»Edouard! Ich habe ihr Kleider mitgebracht und ihre Puppe.«

»Das verdient sie nicht!« war seine Antwort. Er nahm die Tasche mit den Sachen und schleuderte sie von sich in den Garten. Die Tür wurde zugeschlagen. Agnès sammelte die verstreute Kleidung wieder ein und stellte die Tasche vor die Tür.

Noch am Nachmittag schrieb sie einen Brief an Victoire, in dem sie das Vorgefallene schilderte, natürlich ohne zu wissen, ob er sie erreichen würde. Und für alle Fälle schrieb sie auch an Ludivine Thaumiaux in Sanary. Auch sie würde bezeugen, daß Edouard kein geeigneter Pflegevater für Sophie war.

Zwei Wochen später kam eine Antwort. Ein Brief mit dem

Stempel von Rieucros, ein von einem Notar gegengezeichnetes Dokument, das das vorläufige Sorgerecht für Sophie auf das Ehepaar Clavel übertrug und Edouard Thaumiaux ausdrücklich ausschloß.

»Hoffentlich reicht das«, seufzte Bernard, nachdem er den Schriftsatz gelesen hatte. »Was schreibt sie noch?«

Agnès hielt einen kleinen Zettel in der Hand, auf den mit fliegender Hand ein paar Nachrichten gekritzelt waren. »Mir geht es gut. Ich komme nicht nach Hause. Bitte kümmert euch um Sophie.« Unten in einer Ecke war noch, kaum leserlich, notiert: »Nachrichten von Franz?«

Agnès ließ den Zettel sinken und weinte.

Sophie war wieder da. Ihr Großvater hatte sich verbissen dagegen gewehrt, daß sie zu den Clavels zurückkehren durfte, doch Agnès und Bernard hatten nicht nachgegeben.

Als sie zurückkam, war Sophie dünn und still. Sie zuckte zusammen, wenn man sich ihr näherte, ihre Beine waren von blauen Flecken übersät. Doktor Verneuil kam vorbei, ein gutherziger, menschenfreundlicher Mann, der unter den Verhältnissen litt. »Er hat sie geschlagen«, sagte er. »Wissen Sie, daß er sie in ein Waisenhaus geben wollte? Nach Bonnieux. Er hatte sie schon von der Schule abgemeldet.«

»Mein Gott, wie kann er so grausam sein? Sie ist doch ein Kind!«

»Stellen Sie sich vor, er sieht in ihr eine Kriegsverbrecherin. Er gibt ihr die Schuld am Tod seines Bruders im Großen Krieg. Er hat es mir erzählt.« Doktor Verneuil stand auf. »Ich werde in Zukunft auf Sophie achten, wenn sie unten im Dorf ist. Sie haben meine Hochachtung für das, was Sie tun. Leider gibt es in diesen Tagen nicht viele Menschen, die denken wie Sie.«

Sophie sprach nie darüber, was sie in den Wochen im Haus von Edouard Thaumiaux erlebt hatte. Sie war in sich gekehrt und hatte Mühe, ihre gewohnte Fröhlichkeit wiederzufinden.

»Ist es meine Schuld?« fragte sie eines Abends vor dem Zubettgehen, und Agnès sah die Angst in ihren Augen.

»Was ist deine Schuld?« fragte sie zurück und fürchtete sich vor der Antwort.

»Daß Maman und Papa weggegangen sind und mich allein gelassen haben. Ich habe mich nicht gut benommen, nicht wahr? Niemand mag mich, die Kinder in der Schule nicht und nicht Mademoiselle Brion, und der alte Mann, der mein Großvater sein soll, mag mich erst recht nicht.«

Agnès hatte Mühe, angesichts der kindlichen Verzweiflung die Tränen zurückzuhalten. Sie nahm Sophie zärtlich in die Arme und flüsterte mit erstickter Stimme in ihr Ohr: »Du bist an gar nichts schuld. Du hast alles richtig gemacht, glaub mir. Deine Eltern wollten nicht von dir fort, aber schlechte Menschen haben sie mitgenommen. Sie werden wiederkommen, und wir warten hier auf sie.« Sie sah Sophie ins Gesicht und küßte sie dann auf die Stirn. »Ich habe dich lieb, und Bernard auch. Was meinst du, warum wir dich unbedingt bei uns haben wollen und uns deshalb sogar mit deinem Großvater angelegt haben?« Sie wiegte Sophie in ihren Armen, und ihr kam eine Idee.

»Weißt du was?« schlug sie vor. »Wie wäre es, wenn du jeden Abend mit deinen Eltern sprichst?«

Sophie schluckte ihre Tränen hinunter und sah Agnès mit großen Augen an. »Wie soll ich das denn machen?«

»Nun, du kannst ihnen kleine Briefe schreiben, du kannst Bilder für sie malen. Und wenn dir danach ist, dann legst du sie an einen Ort, den nur du kennst, und wenn deine Eltern zurück sind, dann gehst du hin und holst sie für sie.«

Sophie nickte langsam. Von da an ging sie jeden Abend hinüber in den Garten von Les Oliviers und hielt an dem großen Olivenbaum Zwiesprache mit ihren Eltern. In dem ausgehöhlten Stamm hinterlegte sie für sie kleine Gegenstände: ein besonders schöner Stein, ein toter Schmetterling, ein Bonbon. Auch die vielen Briefchen, die sie in kindlicher Schrift an Franz und Victoire schrieb, bewahrte sie dort auf. Alle endeten mit den Worten: »Wann kommt ihr wieder?«

Kapitel 14

Hanna brachte Sophie nach Hause. Dazu gingen sie wieder hoch zum Haus und fuhren dann mit dem Auto zur alten Seidenspinnerei, weil Sophie sich die Überquerung des Bachs nicht zutraute.

»Willst du nicht doch mit uns kommen?« fragte sie vor der Haustür. »Marita und ich wollen bei Pierre zu Abend essen.«

Sophie schüttelte den Kopf. »Ich bin viel zu müde. Ich werde meine Sachen auspacken und mich ins Bett legen.«

»Unser Urlaub ist vorüber. Morgen fahren wir wieder nach Hamburg«, sagte Marita, als Pierre die Teller abräumte. Sie waren die letzten Gäste.

»Aber wir wollten uns vorher unbedingt von Ihnen verabschieden«, ergänzte Hanna.

»Sie reisen ab? Das ist aber schade. Ich hatte mich gerade an Sie gewöhnt. Warten Sie, lassen Sie uns wenigstens einen Abschiedstrunk nehmen.« Er ging hinter den Tresen seines Lokals und kam mit einer Flasche Calvados und drei Gläsern zurück an ihren Tisch. Er schenkte ein und hob sein Glas. »Nicht wahr, Sie kommen wieder?« stellte Pierre fest. »Diesmal lassen Sie nicht Jahre verstreichen, bevor wir Sie wieder zu Gesicht bekommen? Darauf trinken wir. Santé!«

Erst gegen Mitternacht waren sie zurück in Saint Luron. Es tat ihnen beiden weh, Abschied zu nehmen.

»Ich werde das alles hier so sehr vermissen«, sagte Marita, als sie den Weg vom Auto zum Haus gingen. »Die Farben, die Gerüche, die milde Luft, das gute Leben. Ich würde so gern wiederkommen.«

In der Nacht konnte Hanna nicht schlafen. Sie hatte sich bereits den ganzen Abend über unwohl gefühlt, doch nun wurde der Druck in der Magengegend unerträglich, als hätte ihr jemand mit der Faust einen Hieb versetzt. Sie fürchtete, sich übergeben zu müssen. Als sie aufstand, um ein Glas Wasser zu trinken, war ihr schwindelig und sie mußte sich am Türrahmen festhalten. Am ganzen Körper zitternd legte sie sich wieder hin, aber nur, um sich ruhelos von einer Seite auf die andere zu wälzen. Der Tag der Abreise stand wie ein schwarzer Schatten vor ihr. Was würde in Hamburg auf sie zukommen? Die Aussicht, am Montag wieder in die Bank zu gehen, war trostlos. Und wenn sie sich erst vorstellte, daß sie Ullrich gegenübertreten müßte … Ob er gerade bei Susanne war? Der Gedanke jagte einen neuen Krampf durch ihren Körper und ließ sie aufstöhnen. Hatte sie eigentlich genug für ihre Ehe getan? Verpaßte Gelegenheiten kamen ihr in den Sinn, abgelehnte Vorschläge, weil sie sich nicht aufraffen konnte. Warum ging sie nie mit, wenn er Golf spielte? Gab Susanne ihm im Bett etwas, was sie ihm verweigerte? Hätte sie liebevoller ihm gegenüber sein müssen?

Und wenn dem so war, warum war sie nicht bereit, mehr zu geben? Weil sie ihn nicht genug liebte, vielleicht nie richtig geliebt hatte? Am Anfang ihrer Ehe war das nicht so gewesen, aber was hatte sich seitdem verändert? Wieder kam ihr Daniel in den Sinn. Im Vergleich mit ihm konnte Ullrich nicht bestehen. Aber verklärte nicht jeder die erste Liebe? Wurde nicht gesagt, sie sei einmalig und unvergeßlich? Was wäre passiert, wenn sie und Daniel damals zusammengeblieben wären? Wenn er gewußt hätte, daß sie ein Kind von ihm erwartete? Würde sie dann auch hier in ihrem Bett liegen, sich vor Schmerzen krümmen und vor sich hinweinen?

An Sophie mochte sie gar nicht denken. In den Stunden, die sie mit ihr verbracht hatte, war sie zu einer Freundin geworden. Nein, es war mehr als Freundschaft. Hanna kamen Sophies liebevollen Gesten in den Sinn. Der Gedanke streifte sie, daß Sophie den Platz ihrer Mutter eingenommen hatte, daß sie ihr etwas schenkte, was Mütter ihren Töchtern schenken. Und in den letzten Tagen war auch so etwas wie Verantwortung in ihr gewachsen. Sophie schien auf sie zu warten, sie brauchte sie, um mit ihr gemeinsam in ihre Vergangenheit einzutauchen. Sie benötigte ihre Hilfe auch in den praktischen Dingen des Alltags. Wer sollte sich um sie kümmern, wenn Hanna nicht mehr da war?

Es war schon fast Morgen, als Hanna noch einmal aufstand und ein Schmerzmittel nahm. Kurze Zeit später beruhigte sie sich, und sie schlief ein. Das lag nicht nur an der Tablette, sondern auch daran, daß sie endlich eine Entscheidung getroffen hatte.

»Ich komme nicht mit zurück nach Hamburg«, sagte sie am Morgen beim Frühstück zu Marita.

Marita nahm eine wuschelige Strähne ihres Haars aus dem Gesicht und sah sie verdutzt an. »Die Lösung liegt eigentlich auf der Hand, aber ich hätte nie gedacht, daß du den Mut dazu hast.«

Hanna lachte unsicher. »Ich habe doch gesagt, daß ich ab sofort jeden Tag eine verrückte Tat tue.«

»Ich habe dich heute nacht durchs Haus wandern hören …«

»Tut mir leid, wenn ich dich gestört habe, aber mir war nicht gut.«

Marita winkte ab. »Ich nehme an, du hast nachgedacht und konntest deshalb nicht schlafen?«

»Mir war richtiggehend übel von der ganzen Grübelei. Aber ich kann Sophie nicht allein lassen. Jedenfalls nicht so kurz, nachdem ich sie wiedergefunden habe. Sie hat soviel für mich getan, jetzt bin ich an der Reihe. Außerdem will ich wissen, was aus Victoire und Franz geworden ist. Ich kann Ullrich erst dann gegenübertreten, wenn ich weiß, wie diese Liebesgeschichte ausgegangen ist.«

Marita legte ihr die Hand auf den Unterarm. »Seltsam, ich habe genau dasselbe Gefühl! Irgend etwas soll dir Victoires Beispiel sagen, da bin ich mir auch ganz sicher. Hast du bemerkt, wie Sophie dich ansieht, wenn sie von damals erzählt?«

»Tatsächlich? In der letzten Nacht habe ich begriffen, daß ich nur hier in Saint Luron Antwort auf meine Fragen finden kann. Hier, in der Ruhe und der Einsamkeit. In Hamburg wäre ich gleich wieder im Alltagstrott und hätte gar keine Zeit mehr zum Nachdenken.«

Marita nickte. »Es ist richtig, daß du bleibst. Was sagst du deinem Chef?«

»Mir wird schon was einfallen. Ich versuche meinen Urlaub zu verlängern oder sage ihm, ich sei krank. Wenn er mich dann feuert, ist es mir auch recht, ich will mir sowieso etwas anderes suchen.«

»Keine schlechte Idee. Fast bedaure ich, daß ich den richtigen Beruf gefunden habe. Sonst könnte ich jetzt auch hierbleiben. Aber ich habe einen Abgabetermin, den ich unbedingt halten will.«

»Du kannst doch hier arbeiten.«

Marita seufzte. »Nein, das geht nicht. Ich brauche die Unterlagen aus der Bibliothek. Und ich würde mich hier auch viel zu sehr ablenken lassen. Ich habe in den letzten Wochen nichts von dem gemacht, was ich mir vorgenommen habe. Nein, nein, laß mich nur fahren. Aber du bleibst hier. Denk nach, finde zu dir zurück. Fast hätte ich gesagt: Mach einen Töpferkurs.« Sie kicherte, und Hanna gab ihr einen leichten Klaps auf die Hand.

Sie verabredeten, daß Marita das Auto mitnahm. Hanna würde sich in Saint Luron einen Wagen leihen. Pierre würde schon wissen, wo es einen zu mieten gab.

Beim Abschied lagen sie sich in den Armen. Hanna weinte.

»Laß es dir gutgehen«, sagte Marita. »Nutze deinen Aufenthalt. Versuch die Zeit zu genießen. Wann ist man schon mal ganz für sich?«

Wenn man von seinem Mann betrogen wird, hätte Hanna am liebsten geantwortet, aber sie wußte, daß Marita es anders gemeint hatte. »Laß du es dir auch gutgehen«, antwortete sie. »Wir telefonieren, hörst du? Der Club der trauernden Witwen.«

»Na ja, Witwe stimmt nicht ganz. Es gibt für uns immerhin die winzige Möglichkeit, daß unsere Männer zu uns zurückkehren. Bei Toten ist das eher schwierig.«

Hanna biß sich auf die Lippe. »Ich weiß nicht, ob ich noch mit Ullrich zusammensein will. Deshalb bleibe ich ja, um mir darüber klarzuwerden.«

»Ich würde Stephan mit Kußhand wieder nehmen, wenn er vor der Tür stände«, antwortete Marita wie aus der Pistole geschossen.

Eine letzte Umarmung, dann fuhr sie den Berg hinunter und verschwand hinter der Kurve.

Für den Rest des Tages suchte Hanna sich eine Beschäftigung. Sie rief bei Sophie an, um zu fragen, ob sie ihre Hilfe brauchte, doch Sophie verneinte, es gehe ihr gut. Es war seltsam, plötzlich ganz allein zu sein. Da war niemand mehr, dem sie eine Beobachtung mitteilen konnte. Wenn sie auf die Terrasse kam, erwartete sie, Marita in ihrem Liegestuhl zu sehen, und als sie sich etwas zu essen machte, stellte sie automatisch zwei Teller auf den Tisch. Schließlich fing sie an, das ganze Haus gründlich zu putzen. Als alles fertig war, holte sie die Astschere, die sie gekauft hatte, und eine Leiter und beschnitt endlich die Kastanie an der Einfahrt. Als sie dann noch die Terrasse gefegt und alle Blumen gewässert hatte, wurde es dunkel, und sie war müde. Sie ging hinunter an den Fluß und legte sich dort auf einen großen Stein. Über ihr gingen die Sterne auf, einer nach dem anderen. Sie ertappte sich bei dem Wunsch, eine Sternschnuppe zu entdecken. Quatsch, sagte sie sich. Ich brauche keine himmlischen Vorzeichen, um die nächste Zeit hier zu überstehen. Ich brauche einfach nur einen festen Willen und Selbstvertrauen.

Auf der anderen Seite des Bachs hörte sie Holz auf Holz schlagen. Sophie schloß die Fensterläden, um ins Bett zu gehen. Wie anders das Geräusch jetzt wirkte, überhaupt nicht mehr abweisend. Sophie entdeckte sie und winkte ihr mit erhobenem Arm zu, Hanna gab den Gruß zurück. Es war Nacht geworden, und sie mußte sich ihren Weg durch den Olivenhain suchen. Aber sie war ihn mittlerweile schon oft gegangen und fand ihn ohne Probleme. Sie fühlte sich so sicher, daß sie alle Fenster in der Nacht weit geöffnet ließ, das gab ihr das Gefühl, unter freiem Himmel zu schlafen.

Nach ihrer ersten Nacht allein auf Les Oliviers erwachte Hanna aus einem tiefen Schlaf. Sie fühlte sich ausgeruht und guter Laune.

Sie öffnete die Augen, dann sah sie automatisch auf die Uhr. Sie mußte sich erst daran erinnern, daß sie ganz allein und nur sich selbst verantwortlich war. Niemand machte ihr Vorschriften, sie konnte tun und lassen, was sie wollte, und es störte niemanden, ob sie um sechs Uhr oder um elf aufstand. Ihr zweiter Gedanke galt Ullrich, und sofort spürte sie wieder den schmerzhaften Druck in der Magengegend. Sie zwang sich, an etwas anderes zu denken. Sie stand auf, reckte sich ein paarmal vor dem offenen Fenster, um die Reste des Schlafs aus ihrem Körper zu vertreiben. Sie stellte das Radio an und summte die Melodie mit, während sie sich in der Küche einen Milchkaffee machte und ein Croissant in den Toaster schob. Wie gut, daß sie gestern, nachdem Marita gefahren war, noch nach Saint Luron gelaufen war, sich bei Pierre (»Oh, Sie bleiben uns erhalten? Wie mich das freut!«) ein Auto geliehen und ein paar Einkäufe gemacht hatte. Sie stellte alles auf ein Tablett und setzte sich auf die Terrasse. Es mußte in der Nacht geregnet haben, die Steine zu ihren Füßen waren noch feucht, und die Luft war angenehm kühl an diesem Morgen.

Sie hatte ihr Croissant erst halb gegessen, als das Telefon klingelte. Das konnte nur Ullrich sein. Hanna holte tief Luft und nahm ab. Sie fürchtete sich vor dem Gespräch, aber sie konnte es auch nicht vor sich herschieben.

»Wieso bist du noch in Saint Luron? Weißt du, daß ich mir gestern abend die Finger wund gewählt habe? Warum bist du nicht wenigstens ans Telefon gegangen?« Kein Hallo, keine zärtliche Besorgnis, nur Ungehaltenheit, weil er umsonst auf sie gewartet hatte. »Ich habe schließlich Marita angerufen, um zu erfahren, wo du steckst. Und die war unfreundlich wie noch nie zu mir! Weißt du, wie ich mir vorgekommen bin, als ich von ihr hören mußte, daß du nicht mitgekommen bist? Wie ein Trottel! Du hättest mir doch Bescheid sagen müssen!«

Ich soll Bescheid sagen, wenn ich meinen Urlaub verlängere, aber du sagst mir nicht, daß du seit zwei Jahren eine Geliebte hast? dachte Hanna. Ullrichs Vorwurf kam ihr derart grotesk vor, daß sie beinahe gelacht hätte. Mechanisch sagte sie: »Das mit dem Telefon tut mir leid. Ich war gestern den ganzen Abend im Garten und hatte mein Handy im Haus gelassen.«

»Aber warum bist du nicht mit Marita nach Hause gekommen, wie es abgesprochen war? Du mußt doch in die Bank.«

Hanna holte tief Luft, und sie wußte, was sie zu tun hatte. Mit eisiger Stimme sagte sie: »Susanne hat mich angerufen und mir von eurem Verhältnis erzählt. Ich bleibe hier, um zu überlegen, wie es weitergehen soll.«

Ullrich atmete scharf ein. »Susanne hat dich angerufen? Dazu hatte sie kein Recht. Was hat sie dir gesagt? Hanna, nimm das nicht zu ernst. Das alles hat überhaupt nichts zu bedeuten. Ich bin doch mit dir verheiratet!«

Hanna glaubte nicht recht zu hören. Sie konnte sich nicht länger zusammenreißen. »Bist du so gefühllos, oder tust du nur so? Du hast seit zwei Jahren ein Verhältnis mit Susanne«, schrie sie, »seit zwei verdammten Jahren! Wie kannst du derart gemein sein? Und jetzt verlangst du, ich solle so tun, als sei nichts gewesen? Hast du überhaupt eine Ahnung, wie es in mir aussieht?«

»Hanna, bitte …«

Bevor ihre Stimme versagte und in ein Schluchzen überging, drückte sie das Gespräch weg.

Ullrich hatte offensichtlich nicht den Funken einer Idee, wie sehr er sie verletzt hatte, und das war absolut niederschmetternd. Sein fehlendes Einfühlungsvermögen konnte nur bedeuten, daß er überhaupt keine Gefühle für sie hatte. Wie hatte sie sich nur so in ihrem Mann täuschen können? Aufgebracht lief sie hin und her, immer wieder, bis sie sich heftig an dem schweren Terrassentisch stieß. Sie blieb stehen, um sich die Nase zu putzen. Sie konnte jetzt nicht länger allein sein. Sie mußte unbedingt mit jemandem sprechen, der ehrlich und geradlinig war, und wer wäre da richtiger als Sophie? Auf dem Weg in die alte Seidenspinnerei fühlte Hanna sich schon etwas leichter. Bei Sophie würde sie Trost finden. Mit ihrer Selbstverständlichkeit, das Leben zu nehmen, wie es kam, würde sie Hanna einen Weg weisen. Sie setzte in geübten Sprüngen ihre Füße auf die Steine im Flußbett, zwischen denen das klare Wasser schäumte und sprudelte.

In ihrer Vorfreude auf die Begegnung mit Sophie bemerkte Hanna anfangs nicht einmal, daß am Nachbarhaus noch alle Läden geschlossen waren. Als sie dessen gewahr wurde, erschrak sie zutiefst. Sie klopfte laut und rief Sophies Namen, aber nichts rührte sich. Vergeblich lief sie um das alte Haus herum, um nach einem offenen Fensterladen zu suchen. Jetzt machte sie sich ernsthafte Sorgen. Sie mußte unbedingt in das Haus kommen. Sie rannte zurück zur Eingangstür, rüttelte an ihr und fand sie unverschlossen. Rasch trat sie in den Hausflur, in dem es stockdunkel war. Hanna machte Licht. Dann lief sie ans Ende des Flurs, wo Sophies Schlafzimmer lag.

Bevor sie die Tür öffnete, zögerte sie. Sie legte die Hand an die Klinke und hatte Angst vor dem, was sie erwartete. Dann, mit einem Ruck, öffnete sie die Tür und schlug die Hände vor den Mund, als sie Sophie im schwachen Schein des hereinfallenden Lichts sah. Sie lag auf dem Bett, eine Hand auf der Brust, als würde sie nach ihrer Kette tasten. Hanna lehnte sich einen Moment an den Türrahmen, um Kraft zu sammeln, dann trat sie an das Bett. Sie hatte noch nie einen Toten gesehen, aber Sophie war tot, das wußte sie. Der Tod mußte friedlich gekommen sein, ein Lächeln lag auf ihrem Gesicht. Die Haut in ihrem Gesicht war ganz entspannt, fast faltenlos.

Hanna setzte sich auf die Bettkante und legte ihre Stirn auf Sophies Hand. Noch einmal nahm sie ganz bewußt den Duft wahr, den Sophie verströmte: Lavendel, frischer Rosmarin und Milch. Lange saß sie unbeweglich da, atmete ganz tief und spürte die schwache Wärme. Nachdem sie auf diese Weise Abschied genommen hatte, erhob sie sich langsam und sah sich um.

Auf dem Nachtschränkchen standen Fläschchen mit Medizin und ein Glas Wasser, das Buch, in dem sie gerade gelesen hatte, ein Foto, das einen jungen Mann zeigte. Auch an den Wänden hingen Fotos. Ein Hochzeitsfoto von Victoire und Franz, daneben zwei Kinderfotos. Sie erkannte Les Oliviers und eine Aufnahme von der Magnanerie im ersten Stock. Eine Frau in einem langen Kleid und einer hellen Schürze stand vor den Regalen, in denen die Raupen wuchsen. Sie trug einen geflochtenen Korb vor dem Körper, in dem die runden Kokons lagen. Konnte das Agnès Clavel sein? Hanna hätte Sophie gern zu diesen Fotos befragt, nun war es nicht mehr möglich. Voller Entsetzen erkannte sie, daß mit Sophie auch die Verbindung zu den alten Zeiten abgerissen war. Sie wollte jetzt nicht weinen, weil sie Angst hatte, nicht wieder aufhören zu können. Sie wandte sich ab und sah sich weiter in Sophies Schlafzimmer um. Vor dem Bett lag ein leuchtendroter Läufer, der einzige Farbklecks in dem Zimmer. Die Wand nahm ein großer Kleiderschrank ein, in dessen Tür ein Spiegel eingelassen war. Dem Bett gegenüber stand eine Kommode mit einigen Döschen und einer flachen Schale darauf. Hanna ließ alles, wie es war, und rief Pierre an. Sie wußte nicht, an wen sie sich sonst wenden sollte.

Sie wartete an Sophies Bett, bis Nadine und Pierre mit dem Arzt und dem Bestatter erschienen. Während der halben Stunde, die es dauerte, bis sie kamen, hielt sie sich mit den Augen an den Gegenständen in dem Zimmer fest, um nicht weinen zu müssen. Dann suchte sie gemeinsam mit Nadine ein Kleid heraus, das Sophie auf ihrer letzten Reise tragen sollte. Als sie die Schranktür öffnete, erkannte sie wieder Sophies Geruch, zum letzten Mal ... In der altmodischen Küche kochte sie einen Kaffee, während die anderen die Tote wuschen und umzogen. Still saßen sie um den Küchentisch, dann wurde Sophie weggefahren, und der Arzt folgte mit Pierre und Nadine dem Leichenwagen. Hanna verschloß das Haus. Ganz so, als ob sie die letzte Verwandte der Verstorbenen sei.

Als sie am Fluß stand, war Charlot plötzlich neben ihr. Er miaute klagend und folgte ihr nach Les Oliviers.

Erst oben auf der Terrasse kamen die Tränen. Ihre Trauer war grenzenlos. Sie war so glücklich gewesen, Sophie wiedergefunden zu haben. Sie hatte sich bei ihr wohl gefühlt und Kraft geschöpft. Fast war ihr, als würde sie ein zweites Mal um ihre tote Mutter trauern. Sie rief Marita in Hamburg an und erzählte ihr, was passiert war.

»Ich fühle mich entsetzlich allein«, sagte sie unter Tränen. »Erst habe ich Ullrich verloren und jetzt Sophie. In mir steigt vieles wieder auf, was ich schon längst hinter mir geglaubt hatte. Es tut so weh! Mir ist nicht einmal die Zeit geblieben, mit ihr über den Tod meiner Mutter zu sprechen. Ich habe zu lange gewartet.« Wieder wurde sie von einem Schluchzen geschüttelt.

»Weine ruhig, ich bleibe hier am Telefon und bin bei dir«, versuchte Marita sie zu trösten. »Mir tut es auch furchtbar leid, daß Sophie nicht mehr da ist. Sie war eine ganz besondere Frau. Freue dich, daß du sie kennen durftest und sie dir ihr Herz geöffnet hat. Du bist nämlich auch wichtig für sie gewesen. Als wir bei ihr gesessen haben und sie uns die Geschichte ihrer Herkunft erzählt hat, da habe ich das Gefühl gehabt, sie hat auf dich gewartet, um sich das alles noch einmal von der Seele zu reden.«

»Meinst du wirklich?« Hanna sah wieder das Lächeln auf dem toten Gesicht vor sich. Ja, es schien ihr, als wäre Sophie friedlich und im Einklang mit sich gegangen.

»Wenn ein Mensch im Angesicht des Todes weiß, daß er sein Leben richtig gelebt hat, dann fällt der Abschied nicht so schwer. Und diesen Eindruck hatte ich von Sophie.«

Hanna fand den Gedanken überaus tröstlich. »Aber ich weiß nicht, wie die Geschichte von Victoire und Franz ausgegangen ist. Ob sie sich wiedergefunden haben. Ob sie gemeinsam alt geworden sind.«

Marita überlegte einen Augenblick. »Vielleicht bist du es Sophie schuldig, das herauszufinden? Um auch für dich selbst eine Entscheidung zu treffen?«

Der Gedanke nahm Hanna derart gefangen, daß sie auflegte, ohne sich von Marita zu verabschieden.

Sophies Beerdigung fand am Dienstag darauf statt. Saint Luron war klein, und nur wenige Menschen folgten dem Sarg. Einige von ihnen, die ganz alten, sahen aus, als bedauerten sie, nicht selbst an der Reihe gewesen zu sein. Schwer stützten sie sich auf Stöcke und Gehhilfen. Der Sarg wurde auf einem Wagen zwischen den Reihen mit den steinumfaßten Gräbern hindurchgefahren. Die Räder quietschten bei jeder Kurve, und Hanna fragte sich, warum man das nicht abstellen konnte. Auf den Granitplatten standen und lagen die porzellanenen Zeugnisse für die Liebe und den Schmerz der Angehörigen: bunte Blumengestecke, in Verzweiflung gerungene Hände und retuschierte Fotos der Verblichenen, dazu sinnreiche Sprüche von ewigem Gedenken und nie endender Liebe. Das Grab, in dem Sophie ihre letzte Ruhe finden sollte, war im Vergleich dazu auffallend schlicht. »*Souvenez-vous des Disparus* – Gedenkt der Toten« stand über dem Portal der Grabkammer aus Sandstein. Das geschmiedete Tor unter dem Kreuz war geöffnet, die angehobene Grabplatte lehnte an der Wand. Da steht nicht einmal der Familienname, dachte Hanna verwundert, während der Sarg hinuntergelassen und die Grabplatte wieder aufgelegt wurde. Sie sah zu, wie die Trauergäste eine kleine Schlange bildeten, um ihre Blumen abzulegen und für einen Augenblick in stillem Gedenken an die Tote zu verharren.

Als erster trat ein Mann vor, der ungefähr in Hannas Alter war. »Der Sohn«, wisperte jemand hinter ihr, »habe ihn lange nicht gesehen.«

Er sah nicht aus wie jemand von hier, sein Anzug war zu elegant, die Frisur zu modern. Aber er sah gut aus, ernst und sehr männlich. Sein scharfgeschnittenes Gesicht hatte etwas Indianerhaftes. Vielleicht kommt er aus Paris, dachte Hanna, während Sophies Sohn einen großen Strauß weißer Lilien auf das Grab legte. Seine Bewegungen waren schmerzvoll und zärtlich. Hanna wandte den Blick ab. Direkt vor ihr gingen Pierre, Nadine und Pierres alte Mutter. Sie mußte mindestens achtzig Jahre alt sein und stützte sich schwer auf ihren Sohn und die Schwiegertochter.

Pierre wandte sich zu ihr um. »Bis nachher. Wir treffen uns im Café.«

Hanna nickte, während Pierre beruhigend auf seine Mutter einredete, die sich immer wieder mit einem kleinen weißen Taschentuch über die Augen fuhr.

Als Hanna an der Reihe war, Sophies Sohn zu kondolieren, gab sie ihm kurz die Hand und fing seinen fragenden Blick auf. Sie war die einzige Fremde auf der Beerdigung seiner Mutter.

»Ich wohne im Nachbarhaus. Mein Name ist Hanna Ohnegroot. Es tut mir leid, daß Sie Ihre Mutter verloren haben«, sagte sie leise zu ihm. Er wollte etwas zu ihr sagen, doch Hanna spürte, wie ihr angesichts der Endgültigkeit, die das Grab hatte, die Tränen in die Augen stiegen. Rasch wandte sie sich ab. Als sie ging, spürte sie seinen fragenden Blick in ihrem Rücken. Zwischen den Schulterblättern lief ihr der Schweiß hinab.

Bei Pierre hatten sich ungefähr drei Dutzend Leute zu Kaffee und belegten Broten eingefunden. Hanna war den Weg vom Friedhof zu Fuß gelaufen, weil sie nach dem Schock der Beerdigung wieder zu sich kommen wollte, bevor sie zu den anderen stieß. Schließlich wußten sie nichts von ihrer besonderen Beziehung zu Sophie, und sie wollte nicht durch haltlose Tränen auffallen.

Sie betrat den kleinen Nebenraum, an dem die Tische zusammengestellt und mit Papiertüchern bedeckt waren. Nadine entdeckte sie und drückte ihr eine Tasse Kaffee in die Hand. Hanna nippte in kleinen Schlucken und wunderte sich, wie gut das heiße Getränk tat.

»Eigentlich war sie ja viel zu jung zum Sterben«, sagte Nadine zu ihr. »Sie war noch keine Siebzig. Wissen Sie, in einem Ort wie Saint Luron kennen sich natürlich alle. Aber Sophie war anders. Sie hat nie viel mit den anderen zu schaffen gehabt. Meine Schwiegermutter war die einzige, mit der sie befreundet war. Die alte Dame ist seit der Beerdigung ganz durcheinander. Meint, sie wäre doch als ältere vor ihr an der Reihe gewesen. Was will man machen?« Nadine wies mit dem Kopf auf Pierres Mutter, die zusammengesunken in einem alten Lehnstuhl saß und vor sich hin sah.

»Wie lange kennt Madame Picadieu Sophie denn schon?«

»Das kann ich Ihnen nicht sagen. Sie spricht nicht über die Vergangenheit. Außerdem ist sie manchmal im Kopf nicht mehr ganz klar.« Nadine zuckte mit den Schultern. »Wer weiß, wie es uns in dem Alter geht. Die beiden Damen sind immer auf eine sehr vornehme Art und Weise miteinander umgegangen. Die haben sich nicht alles brühwarm erzählt, wie das heutzutage Mode ist. Entschuldigen Sie, Pierre ruft mich in der Küche.« Sie wandte sich ab, kam dann aber noch einmal zurück. »Ich finde es schön, daß Sie wieder hier sind. Stellen Sie sich vor, wer hätte sonst bemerken sollen, daß die alte Sophie nicht mehr ist? Eine schreckliche Vorstellung.«

Hanna suchte sich einen freien Stuhl und setzte sich. Sie hatte in den letzten Tagen kaum etwas gegessen, weil ihr Magen wie zugeschnürt gewesen war. Hier, in der Gesellschaft von anderen Trauernden, verspürte sie plötzlich Hunger und nahm sich ein belegtes Brötchen. Jemand setzte sich neben sie.

»Ich habe mich noch gar nicht dafür bedankt, was Sie für meine Mutter getan haben.«

Hanna drehte sich um und sah in das aufmerksame Gesicht von Laurent Gubin.

»Man hat mir gesagt, Sie wohnen in dem Haus oberhalb. Sie haben es gemietet, nehme ich an?«

»Nein, das Haus gehört meinem Vater.«

Laurent überlegte einen Augenblick, dann hellte sich sein Gesicht auf. »Natürlich, Sie sind Hanna Behnsen. Warum haben Sie das denn nicht gleich gesagt?«

Hanna schluckte den Rest ihres Brötchens hinunter. »Ohnegroot. Ich bin verheiratet.«

»Ich bin Ihnen wirklich dankbar«, wiederholte er seine Worte.

Hanna schüttelte den Kopf. »Ich muß Ihrer Mutter dankbar sein. Wir haben in den letzten beiden Wochen vor ihrem Tod viele Stunden miteinander verbracht.«

»Wie früher«, murmelte Laurent.

Hanna sah ihn fragend an.

»Na ja, früher sind Sie doch auch oft in unserem Haus gewesen.«

Ein Gast näherte sich, weil er sich verabschieden wollte. Laurent entschuldigte sich und stand auf.

»Der war seit mindestens zwei Jahren nicht mehr hier«, hörte Hanna eine Frau in der Nähe sagen. »Bin ich froh, daß mein Philippe in Marseille wohnt und nicht in New York. So bekomme ich ihn und die Kinder wenigstens in den Ferien zu sehen.«

Hanna hörte noch andere Unterhaltungsfetzen. Sophie sei herzkrank gewesen, »wie die Mutter, die ist ja auch zu früh gestorben«. Man fragte sich, was aus Sophies Haus werden sollte, ob es zu den anderen gehören würde, die nach dem Tod der Eigentümer verfielen. Hanna sah zu Pierres Mutter hinüber, die allein in ihrem Stuhl saß. Die alte Frau tat ihr leid, und sie ging kurz entschlossen zu ihr hinüber. Sie streckte ihr die Hand hin.

»Guten Tag, mein Name ist Hanna. Ich wohne in Les Oliviers.«

Pierres Mutter sah zu ihr auf und beugte sich in ihrem Stuhl schwerfällig nach vorn, um nach Hannas Hand zu greifen. Ihre wasserblauen Augen forschten in Hannas Gesicht. »So, so, Les Oliviers. Dort wohnte Victoire mit ihrem François. Ein solches Paar hat es seitdem nicht wieder in Saint Luron gegeben. Die beiden wären auch zusammen in die Hölle gegangen, nur um beieinander zu sein. Und in gewissem Sinne haben sie das ja auch getan …« Sie schüttelte langsam den Kopf, dann lächelte sie schmerzlich. »Ich war damals auf ihrer Hochzeit, wissen Sie. Die meisten sind nicht hingegangen, weil sie gegen die Heirat waren, gegen François oder Franz, wie er ja eigentlich hieß. Eine Schande war das damals!« Sie hob die Stimme, damit die anderen sie hören mußten. »Eine Schande für unser Dorf und für unsere Nation. Und was Edouard ihnen angetan hat, seiner Tochter und besonders seiner Enkelin! Ich frage mich noch heute, woher er diesen Haß genommen hat. Ich habe zu der Zeit unsere Bibliothek geleitet. Sophie war damals oft bei mir. Sie hat mir geholfen, die Bücher zu katalogisieren, und wenn die ausgeliehenen Bücher zurückgegeben wurden, hat sie sie an ihren Platz im Regal gestellt. Ich habe dem Kind manchmal ein Brot zugesteckt. In der Zeit, als sie bei ihrem Großvater war, bekam sie nämlich nicht einmal genug zu essen.«

In Hanna hatte es die ganze Zeit gearbeitet, aber jetzt wußte sie, wonach sie gesucht hatte. »Natürlich, Monique Picadieu! Sie sind eine geborene Lavande. Sie waren mit Victoire befreundet und später mit Sophie!« Meine Güte, schoß es ihr durch den Kopf. Wenn sie so alt ist wie Victoire, dann muß sie über neunzig sein. Kein Wunder, daß sie die Dinge durcheinanderbringt.

Wie zur Bestätigung reagierte Monique nicht auf Hannas Worte. »Sie hätten Victoire und François sehen sollen, wie sie durchs Dorf flaniert sind. Arm in Arm und verliebt bis über beide Ohren. Victoire natürlich in ihren hohen Schuhen. Sie trug nämlich immer ganz besonders elegante Schuhe mit hohen Absätzen, müssen Sie wissen.« Hanna nickte, obwohl Monique es nicht wahrnahm. »Sie hat einfach nicht zurückgesteckt, im Gegenteil. Sie hat hundertprozentig zu ihrem Mann gestanden, da kam niemand dazwischen.« Sie kicherte. »Sein Glück so zur Schau stellen, Küsse in der Öffentlichkeit! Das war vielen ein Dorn im Auge.«

Hanna wollte fragen, was denn aus Victoire geworden war, aber Monique sah sie plötzlich an, und ihre Augen verloschen. Jeder Glanz war aus ihnen gewichen, die Mundwinkel hingen herunter. Eine ganz andere Frau saß auf einmal vor Hanna. Sie machte eine unwillige Handbewegung und versuchte aufzustehen. Pierre kam zu ihnen herüber.

»Lassen Sie sie jetzt besser allein. Es wundert mich ohnehin, daß sie sich auf ein Gespräch mit Ihnen eingelassen hat. Da müssen Sie aber ein interessantes Thema am Wickel gehabt haben. Worum ging es denn?«

»Ich habe sie gefragt, was sie über Sophies Eltern weiß.«

»Sie meinen die Gubins? Obwohl hier immer noch alle Thaumiaux sagen, das geht aus den Köpfen nicht mehr raus.« Pierre kratzte sich am Kopf. »Eine vertrackte Geschichte. Man hört immer noch Gerüchte über die Familie. Meine Mutter war mit Victoire gut befreundet, und nach ihrem Tod mit Sophie. Sie ist damals ziemlich mutig gewesen, weil sie zu ihnen gehalten hat. Ja, es ist traurig mit anzusehen, was aus einem Leben wird.« Er warf einen Blick zurück auf seine Mutter, deren Kopf auf die Brust gesunken war. Sie schlief.

»Aber eben war sie ganz wach.«

Pierre hob hilflos die Schultern, dann ging er wieder in die Küche.

Zurück in Les Oliviers, fühlte Hanna sich leer. Der Gedanke, daß niemand mehr in dem Haus auf der anderen Flußseite lebte, erschreckte sie. Sie war froh, als sie Jean-Claude entdeckte, der mit dem Trecker zwischen den Olivenbäumen rangierte. Sie zog sich alte Kleidung an, dann ging sie zu ihm, um zu helfen. Arbeit war genau das Richtige, um die trüben Gedanken zu vertreiben.

Kapitel 15

Ohne den Trecker hätten sie es nie geschafft. Mit dem schweren Gefährt rodeten sie die großen Unkrautpflanzen und die abgestorbenen Bäume, dann gingen sie mit Hacken und Händen daran, den Rest auszureißen. Sie hörten erst auf, als die Dämmerung einsetzte. Müde saßen Hanna und Jean-Claude nebeneinander.

An diesem Tag hatten sie das Unkraut auf der ganzen Länge der obersten Terrasse entfernt. Hanna konnte das System erkennen, nach dem die Olivenbäume gepflanzt worden waren: In Reihen, die sich in einem leichten Bogen um den Hügel legten, standen jeweils zehn Bäume nebeneinander auf einer der ungefähr sechs Meter breiten Terrassen. Die Olivenbäume waren in der Mitte der Terrassen gepflanzt, und davor und dahinter, zu den Mauern hin, wuchsen die Weinstöcke.

»Jetzt habe ich eine Vorstellung davon, wie es hier ausgesehen hat, als der Hain noch bewirtschaftet war«, sagte sie zu Jean-Claude. »Und auch, daß es eine Plackerei war.« Dabei sah sie auf ihre Hände, die schmerzten und gerötet waren. Sie war beinahe am ganzen Körper zerstochen von den Dornen und den Mücken.

Jean-Claude nahm die Mütze ab und wischte sich mit dem Handrücken den Schweiß von der Stirn. »Ja, wenn alle Terrassen soweit sind, geht es ans Beschneiden. Schauen Sie her!« Er stand auf und ging zum nächsten Baum. »Jeder Zweig, der in die Höhe wächst, gibt Holz, jeder Zweig, der nach unten wächst, gibt Früchte. Alles kommt darauf an, das rechte Gleichgewicht zwischen beiden zu finden. Natürlich ist es auch wichtig, die richtigen Triebe wegzunehmen«, sagte er und zwinkerte ihr listig zu. »Früchte tragen nämlich nur die zweijährigen Äste.«

»Das scheint eine richtige Wissenschaft zu sein«, stöhnte Hanna. »Sie müssen jedes Jahr wiederkommen und die Bäume pflegen.«

»Wenn Sie gut aufpassen, können Sie es bald selbst. Was ist, sind Sie morgen wieder dabei?«

»Natürlich!« rief Hanna, und der Gärtner nickte. Dann verabschiedete er sich.

Hanna war wegen der ungewohnten körperlichen Arbeit viel zu müde, um sich etwas zu kochen. Sie nahm ein Stück Käse und einen Joghurt aus dem Kühlschrank und setzte sich vor das Haus, um voller Stolz auf ihre erste gerodete Terrasse zu schauen. Die Arbeit hatte sie von ihren Sorgen und ihrer Trauer abgelenkt. Jetzt, wo sie zur Ruhe kam, drängten sich die trüben Gedanken wieder in den Vordergrund. Mit schmerzenden Gliedern stand sie auf und trat an den Rand der Mauer. Sie konnte sehen, daß im Nachbarhaus Licht brannte. Das war bestimmt Laurent Gubin, der die Hinterlassenschaften seiner Mutter ordnete. Sie fragte sich, wie lange er bleiben würde, wann er nach New York zurückfuhr und ob sie ihn noch einmal sehen würde. Bevor sie den Gedanken weiterverfolgen konnte, merkte sie, wie ihr die Augen zufielen. Mit letzter Kraft schleppte sie sich in ihr Bett und schlief sofort ein.

Tags darauf erschien Jean-Claude nicht. Hanna dachte sich nichts dabei. Ihr Gärtner kam, wann er wollte, und blieb so lange, wie er mochte. Sie verstand nicht, woran es lag, aber es machte ihr auch nichts aus. Heute war sie ganz froh über einen Tag, den sie für sich hatte. Und ob die Arbeit einen Tag früher oder später fertig wurde, darauf kam es ihr nicht an.

Sie beschloß, den Morgen zu nutzen, um zu Fuß zum Friedhof zu gehen. Sie wollte noch einmal allein an Sophies Grab stehen. In dem schmalen Hohlweg auf der anderen Seite des Flusses war es kühl und dunkel bis auf die wenigen Sonnenflecken, die durch das Grün drangen. Hanna nahm die tausendfachen Geräusche, das Knacken, Summen und Rascheln der Insekten, den Gesang der Vögel, wahr, während sie rasch bergab ging. An der Straße wandte sie sich nach rechts. Es war heiß hier, aber Hanna spürte die Hitze nicht, weil sie in Gedanken ein Zwiegespräch mit Sophie führte, in dem es um Ullrich ging. Sie hatte sich angewöhnt, sich zu fragen, was Sophie dazu sagen würde, wenn sie überlegte, wie es mit Ullrich und ihr weitergehen sollte. Im Vorübergehen registrierte sie den Brunnen, an dem sie hätte trinken wollen, aber sie ging weiter, weil sie in ihre Grübeleien vertieft war.

Sophies Grab lag ganz am Ende der Hauptallee, direkt an der Mauer, die den Friedhof umgab. Hanna lenkte ihre Schritte nach rechts und wanderte langsam zwischen der Umfriedung und den Grabreihen entlang, während sie die Inschriften las. Vor einem Kindergrab blieb sie kurz stehen und lehnte sich an die grob verputzte Mauer hinter ihr. Sie schrie leise auf, als die Hitze der Steine auf ihren Armen brannte. Mit gesenktem Kopf ging sie weiter. Sie hatte schon fast Sophies Grab erreicht, als sie Laurent Gubin entdeckte. Er stand am Grab seiner Mutter, einen Strauß Feldblumen in der Hand. Hanna wollte sich unbemerkt umdrehen und gehen, doch er hatte sie bereits gesehen, stutzte einen Augenblick und machte dann einen Schritt auf sie zu.

»Guten Tag, Hanna. Schön, Sie zu sehen! Sie waren gestern so schnell verschwunden, ich hätte gern noch mit Ihnen gesprochen. Ich wäre sonst heute zu Ihnen nach Les Oliviers heraufgekommen.«

»Entschuldigen Sie, ich wollte Sie in Ihrer Trauer nicht stören. Ich habe Sie zu spät gesehen«, sagte Hanna schnell.

»Aber das macht doch nichts. Wie gesagt, ich wollte ohnehin mit Ihnen reden.«

Hanna sah ihn fragend an.

»Ich möchte Ihnen danken für alles, was Sie für Sophie getan haben.«

»Sie hat auch viel für mich getan«, antwortete Hanna leise.

Laurent nickte. »Das mag sein. Aber meine Mutter hat mir von Ihnen erzählt. Es war ihr sehr wichtig, daß Sie nach so vielen Jahren wieder hergekommen sind und Zeit mit ihr verbracht haben.«

»Das hat sie Ihnen erzählt?«

»Ja. Und ich war ganz beruhigt zu erfahren, wie gut es ihr tat, mit Ihnen zusammenzusein.«

»Die Leute sagen, Sie leben in New York?«

Laurent nickte. »Und ich kann leider viel zu selten hier sein. Obwohl es ein so wunderschöner Fleck Erde ist. Vielleicht hätte ich häufiger kommen sollen, solange sie noch da war. Aber das bedauert wohl fast jeder, der einen nahen Verwandten verliert: die verpaßten Gelegenheiten ...«

»Also wenn ich die Möglichkeit hätte, an diesem Ort meine Ferien zu verbringen ...«, rief Hanna aus.

»Sie hatten doch die Möglichkeit und haben sie die ganzen Jahre über nicht genutzt.«

»Stimmt«, antwortete sie verblüfft.

»Na ja, ich kann das verstehen, mit den schlimmen Erinnerungen, die an diesem Ort hängen ... Ich bin in einer Minute fertig, lassen Sie uns zusammen gehen. Oder wollen Sie noch ein anderes Grab besuchen?« Er sah sie erschrokken an. »Doch nicht etwa Ihr Vater?«

»Nein, nein«, wehrte Hanna ab. »Außer Ihrer Mutter gibt es hier niemanden, den ich kenne.«

»Ah, gut, bitte warten Sie auf mich.«

Laurent bückte sich und legte die Blumen nieder. Seine rechte Hand streichelte zum Abschied leicht über die Grabplatte. Er schloß die Tür zur Grabkammer und drehte sich zu Hanna um, die ihm zugesehen hatte. »Ich weiß, der Strauß sieht ein wenig unpassend aus: Klatschmohn, Lupinen und Frauenmantel. Und er wird in zwei Stunden verblüht sein, genau wie die Kränze und Gebinde anläßlich der Beerdigung. Aber meine Mutter liebte Feldblumen über alles. Sie wollte immer alles unverfälscht und natürlich haben. Ja, so war sie …«

Hanna fand seine Geste anrührend. Daß Laurent »Unkraut« auf das Grab seiner Mutter legte, mußte viele andere Friedhofbesucher zumindest verwundern, wenn nicht aufregen. Sie sah ihm zu, wie er seine schmalen, kräftigen Hände gegeneinanderrieb, um ein paar Erdkrumen abzuschütteln, und sich dann mit ihnen durch das dunkle Haar fuhr. Als sie den Blick wieder hob, spürte sie das Flirren der Hitze, die sich jetzt wie eine Glocke über die Mauern senkte. Der Geruch der Blumen auf Sophies Grab legte sich modrig auf ihre Zunge und verursachte ihr Ekel. Unwillkürlich preßte sie eine Hand vor den Mund. Sie bemühte sich, an etwas anderes zu denken, sich auf eine Vogelstimme zu konzentrieren, doch die Stille war bleiern. Entsetzt spürte sie, wie sich eiskalter Schweiß auf ihrer Stirn und zwischen den Brüsten bildete. Sie wollte einen Schritt machen, doch es wurde ein Stolpern daraus.

Laurent bemerkte es.

»Kommen Sie in den Schatten, schnell.« Er faßte sie am Arm, mit einer Hand, die kühl und trocken war, und zog sie ein paar Schritte weiter in den Schatten der Mauer. Sie wankte neben ihm her. »Setzen Sie sich hin. Es macht nichts, wenn es ein Grab ist. Warten Sie hier. Ich habe etwas zu Trinken im Auto. Bin gleich wieder da.«

Hanna wollte sagen, was man in einer solchen Situation wider besseres Wissen sagt: daß es nicht so schlimm sei, doch dann ließ sie sich dankbar im Schatten nieder. Ihre Zunge war plötzlich zu groß in ihrem Mund. Sie klebte am Gaumen, und in ihrem Kopf dröhnte es. Kein Lufthauch bewegte die Hitze, die zwischen den Gräbern lag. Eine Gänsehaut, gefolgt von einem weiteren Schweißausbruch, überfiel sie.

Laurent kam mit großen Schritten zurück, und Hanna trank gierig aus der Wasserflasche, die er ihr hinhielt. Das Wasser war kühl, und sie ließ einige Tropfen über Kinn und Hals laufen. Sie mußte sich beherrschen, um sich nicht den Rest der Flasche über den Kopf zu gießen.

»Danke«, sagte sie erleichtert.

Er nahm ihr die Flasche aus der Hand, und trotz ihrer Benommenheit bemerkte sie die Eleganz der Bewegung, mit der er sie wieder zuschraubte. »Sie sollten besser aufpassen. Tragen Sie einen Hut, wenn Sie über Mittag in der Sonne unterwegs sind. Oder machen Sie es wie die Leute hier: Bleiben Sie während der Mittagshitze im Haus.«

»Heute morgen kam es mir nicht so heiß vor, aber hier staut sich die Wärme wie in einem Backofen«, versuchte sie zu erklären.

»Ist ja nichts passiert. Wie fühlen Sie sich?« Seine Augen ruhten auf ihr, und sie sah ihn zum erstenmal richtig an. Ein leicht olivfarbenes, feingeschnittenes Gesicht, in das eine

Strähne des dunklen Haars fiel. Auch die Brauen waren kräftig und dunkel. Sie hätte gern seine Augen gesehen, und als ob er ihren Gedanken erraten hätte, nahm er seine Sonnenbrille ab, und sie entdeckte bernsteinfarbene Augen mit einem Stich ins Grüne. Seine Lippen hatten dagegen die Farbe von kräftigem Bordeauxwein, ein faszinierender Kontrast.

»Es geht schon wieder«, sagte sie. »So etwas ist mir noch nie passiert. Vielen Dank für Ihre Hilfe. Aber jetzt fühle ich mich viel besser.«

»Sie werden heute bestimmt Kopfschmerzen bekommen. Suchen Sie sich ein schattiges Plätzchen und ruhen Sie sich aus.«

Kopfschmerzen habe ich schon, dachte Hanna. Sie sah ihn immer noch neugierig an. Er war wirklich gutaussehend, aber seine Reife verhinderte, daß er einer dieser Schönlinge war. Das Gesicht wirkte herausfordernd durch den Gegensatz zwischen der Sanftheit, die von den grünbraunen Augen ausging, und der energischen Mundpartie. Das scharfe Profil paßte gut zu den eleganten Händen mit den langen Fingern. Männer mit diesem Aussehen neigten oft zu Überheblichkeit. Hanna wußte das aus eigener Erfahrung. Viele der erfolgreichen Männer, die sie auf großen Hamburger Festen traf, waren so. Aber in Laurents Gesicht las sie Aufmerksamkeit und spontane Natürlichkeit.

»Haben Sie mich jetzt genug studiert?« fragte er plötzlich, und in seinen Augen glitzerte es amüsiert.

Hanna lachte laut heraus. »Oh, tut mir leid. Ich habe Sie gerade mit einigen Hamburger Bekannten verglichen.«

»Und? Wie habe ich abgeschnitten?«

Jetzt wurde ihr klar, was sie gesagt hatte. »Ach du meine Güte. Was müssen Sie von mir denken? Ich habe es bestimmt nicht böse gemeint, ich …« Sie schüttelte unwillig den Kopf, und die Bewegung brachte den Kopfschmerz zurück. »Es tut mir leid. Das muß die Sonne sein.« Noch einmal blickte sie in seine Augen, doch jetzt war ihre Unbefangenheit dahin. Sie merkte, wie sie rot wurde. Die ganze Situation war ihr plötzlich sehr peinlich, und sie wollte so schnell wie möglich weg.

»Nun mal nicht so eilig«, sagte Laurent, während sie gemeinsam den Weg zum Ausgang nahmen. Er faßte sie am Ellenbogen, um sie aufzuhalten, doch Hanna verlangsamte ihre Schritte nicht. Sie mußte aus der Sonne heraus, die jetzt wieder auf ihren Schultern lastete wie ein tonnenschwerer Fels.

Vor dem Eingang lehnte sie sich an einen Baum. Sie würde die Sonne keine Sekunde länger ertragen. Laurent sah sich suchend um.

»Wo ist Ihr Auto?«

»Ich bin gelaufen.«

»Gut, dann bringe ich Sie nach Hause. Ich glaube, Sie brauchen jemand, der sich um Sie kümmert.«

Dankbar ließ Hanna sich auf den Beifahrersitz fallen und spürte die kühle Luft der Klimaanlage in ihrem Gesicht. In Les Oliviers angekommen, gaben sie sich zum Abschied die Hand.

»Danke, für alles«, sagte Hanna. »Und entschuldigen Sie meine Unverfrorenheit. Normalerweise bin ich nicht so.« Sie faßte sich an die Stirn, schloß die Augen und schüttelte resigniert den Kopf. »Schieben Sie es auf die Sonne. Ich glaube, ich werde Ihren Rat beherzigen und mich gleich hinlegen.«

»Tun Sie das. Und trinken Sie viel! Auf Wiedersehen.«

Als er schon bei seinem Wagen war, drehte er sich noch einmal um. »Übrigens«, sagte er, »ich mag Frauen, die zu ihren Blicken stehen.«

Hanna schenkte ihm ein Lächeln und ging ins Haus. Im

Badezimmer befeuchtete sie einen Waschlappen und legte ihn sich auf die Stirn. »Du meine Güte, wie sehe ich denn aus«, schimpfte sie, als sie ihr erschöpftes, gerötetes Gesicht im Spiegel sah. »Da habe ich ja einen tollen Eindruck hinterlassen.«

Gegen Abend ging es ihr besser, und sie verspürte einen Riesenhunger. Sie bereitete sich ein üppiges Abendessen zu und setzte sich mit einem Buch nach draußen.

Das Klingeln des Telefons riß sie aus ihrer Betrachtung des Sternenhimmels. Ullrich, war ihr erster Gedanke. Sie sprang auf. Wo hatte sie ihr Handy hingelegt? Sie wünschte sich, daß er es war. Er mußte sie doch anrufen und mit ihr sprechen. Vielleicht wollte er um Verzeihung bitten, vielleicht hatte er einen Vorschlag, wie es zwischen ihnen weitergehen konnte? Als sie atemlos den Empfangsknopf drückte, hörte sie die Stimme ihres Vaters.

»Was höre ich da für Geschichten?«

»Hallo, Papa. Was für Geschichten? Findest du nicht, daß ich zu alt für so eine Frage bin?«

»Ich finde, daß du zu alt für solche Sperenzchen bist. Mein Freund Werner hat mich angerufen und mir gesagt, daß du mir nichts, dir nichts, deinen Urlaub verlängert hast, telefonisch! Er ist sehr verärgert. Und das ist nicht die Arbeitsauffassung, die ich dich gelehrt habe. Und was ist das für eine Geschichte mit Ullrich? Du schmollst und ergreifst die Flucht wie ein unreifes Kind!«

»Was heißt denn Flucht ergreifen? Ich bin einfach hiergeblieben, im Haus, das der Familie gehört. Übrigens bin ich dabei, es wieder in Ordnung zu bringen. Du solltest mal sehen, was wir schon alles geschafft haben!« Wieso verfiel sie in diesen arglos-eifrigen Ton? Hörte dieses Vater-Tochter-Gefühl denn nie auf?

»Du hättest dich zumindest mit Ullrich besprechen müssen. Du kannst nicht so einfach deinen Platz im Haus verlassen. Schließlich lebst du mit ihm zusammen.«

Im Moment lebt er mit Susanne zusammen, hätte sie fast gesagt. »Hat Ullrich dir auch erzählt, warum ich nicht in Hamburg bin?« fragte sie bissig.

Ihr Vater überlegte kurz. »Er hat gesagt, an der Geschichte sei nichts dran, du hättest dir das alles nur ausgedacht. Du mußt zugeben, daß Maren noch nie ein gutes Haar an ihm gelassen hat.« Er räusperte sich und polterte dann los. »Und selbst wenn er eine Affäre hätte, ist das doch kein Grund, eine Ehe wegzuwerfen. Männer haben nun mal andere Bedürfnisse als Frauen, das ist doch kein Weltuntergang. Jeder kann mal einen Fehler machen. Man muß ihn nur aufrichtig bedauern.« Es fiel ihm offensichtlich nicht leicht, die passenden Worte zu finden.

»Natürlich kann jeder mal einen Fehler machen. Ich weiß aber beim besten Willen nicht, ob Ullrich seinen bereut. Er hat sich nämlich seit Tagen nicht bei mir gemeldet. Nur eine Frage, Papa: Hast du Mama jemals betrogen?«

Die Antwort klang nach aufrichtiger Empörung: »Selbstverständlich nicht. Wie kommst du denn auf so eine absurde Idee?«

»Siehst du«, antwortete Hanna.

Ihr Vater fühlte sich ertappt. »Aber das ist doch etwas ganz anderes, das mußt du doch einsehen!«

»Inwiefern ist es etwas anderes? Weil eure Ehe besser war als meine? Weißt du, was mir die ganze Zeit durch den Kopf geht, während ich hier Unkraut rode und Steine schichte? Ob ich vielleicht den falschen Mann geheiratet habe. Und solange ich auf diese Frage keine Antwort habe, bleibe ich hier.«

»Hanna, jetzt mach aber mal einen Punkt. Die Geschichte

mit Werner biege ich wieder hin, da mach dir mal keine Sorgen. Aber Ullrich geht hier allein vor die Hunde. Du setzt dich morgen früh ins erste Flugzeug und kommst zurück! Sonst bin ich ernstlich böse mit dir.«

»Das tut mir leid, Papa«, sagte Hanna leise und legte auf.

Was hatte Maren von der Ähnlichkeit zwischen ihrem Vater und Ullrich Ohnegroot gesagt? Ein bitteres Lächeln legte sich um Hannas Mund.

Hanna richtete sich in ihrer Einsamkeit ein und versuchte, sie zu genießen. Wenn die Momente des Zweifels kamen, mit der beschämenden Gewißheit, versagt zu haben, und der Angst, Ullrich vielleicht Unrecht zu tun, dann tröstete sie sich mit dem Gedanken, daß sie zum erstenmal seit Jahren Zeit für sich allein hatte. Und es fiel ihr erst jetzt auf, welch ein Luxus und welche Notwendigkeit das war. Hier in Saint Luron entschied nur sie allein, wie sie ihre Tage zubrachte. Wenn sie arbeitete wie ein Pferd, dann tat sie das, weil sie so entschieden hatte und weil sie ein selbstgestecktes Ziel erreichen wollte. Und noch etwas genoß sie: Zum erstenmal in ihrem Leben war sie die Chefin. Sie gab die Anordnungen und sagte, wie sie es haben wollte.

Auguste erschien, ein krummbeiniger Maurer, der die Trockenmauern wieder aufrichten sollte. Er wanderte sie einzeln ab, langsam und bedächtig, bückte sich hier und dort, zog an Steinen, gab ihnen auch einmal einen derben Stoß, um dann zu verkünden: »Schönes Gelände hier. Eigentlich eine lohnenswerte Sache, alles wieder in Ordnung zu bringen. Man könnte Subventionen beantragen. Der Staat gibt seit einigen Jahren Geld, um die alten Mauern zu erhalten. Sie sollten sich darum kümmern, denn es könnte teuer werden. Ich bringe ein paar Männer mit, aber selbst dann sind wir mindestens zwei Wochen beschäftigt.« Er kratzte sich am Hinterkopf.

Vom nächsten Tag an waren noch mehr Leute auf Les Oliviers bei der Arbeit: Jean-Claude und sein Nachbar, dessen Namen Hanna immer noch nicht wußte, Auguste und fünf wortkarge Jugendliche. Hanna arbeitete wie eine Besessene, und daneben gab es für sie viel zu organisieren und zu regeln. Sie kam überhaupt nicht zum Nachdenken, denn abends war sie immer noch wie erschlagen von der ungewohnten körperlichen Anstrengung. Aber sie fand sich in die Arbeit hinein. In den ersten Tagen hatte sie den Männern im Weg gestanden, sich ungeschickt angestellt, falsch angepackt, nicht sorgfältig genug gearbeitet. Jean-Claude hatte ihr mehrfach etwas unwirsch aus den Händen genommen. Aber mit der Zeit ging ihr die Arbeit leichter von der Hand, und heute hatte der Gärtner sie sogar gelobt.

Hanna hatte in der letzten Woche viel gelernt und sich jeden Abend an dem Fortgang des Wiederaufbaus gefreut. Wenn sie am Fluß stand und nach oben sah, erschienen die Olivenbäume jetzt, wo die Stämme wieder freigelegt waren, viel größer und nicht mehr verstümmelt. Sie hatten beinahe ihre alte Form wiedergewonnen. Und den Baumschnitt hatten sie noch rechtzeitig vorgenommen. Jean-Claude hatte die Äste untersucht und aus der Anzahl der Blüten geschlossen, daß sie schon in diesem Jahr mit einer kleinen Ernte rechnen konnte. Nur die Qualität blieb abzuwarten, schließlich waren die Bäume über Jahrzehnte nicht kultiviert worden. Die Treppe, die von der Terrasse hinunter zum Fluß führte, war ebenfalls fast wiederhergestellt. Die Männer hatten die herausgebrochenen Steine in der Umgebung gefunden und sie wieder eingesetzt. Ihr Anwesen ordnete sich langsam, und das erfüllte Hanna zum erstenmal seit Jahren wieder mit Zufriedenheit und Stolz. Die Arbeit, die sie hier tat, war um ein Vielfaches sinnvoller als maroden Firmen in den Konkurs zu helfen. Hanna beglückwünschte sich jeden Tag aufs neue für die einzig richtige Entscheidung, geblieben zu sein.

An diesem Abend war sie froh, als alle Männer Les Oliviers verlassen hatten. Ihr tat der Rücken weh, sie hatte Hunger, war aber zu erschöpft, um sich jetzt noch in die Küche zu stellen. Sie überlegte, zu Pierre zu fahren und dort zu Abend zu essen, aber dann hätte sie sich umziehen müssen, und dazu konnte sie sich nicht aufraffen.

»Ich glaube, Sie brauchen ein bißchen was zur Stärkung«, hörte sie plötzlich eine Stimme. Sie öffnete die Augen, und Laurent stand vor ihr.

»Hallo«, sagte sie und richtete sich in ihrem Stuhl auf.

»Hallo«, antwortete er. »Ich habe heute ein wunderbares Entrecote gekauft, das für mich allein viel zu groß ist. Wie wär's: in einer halben Stunde bei mir?«

»Sie meinen, Sie machen den Grill an, und ich ziehe mich um und komme dann zum Essen? Sie retten mir schon wieder das Leben«, sagte Hanna.

Im Nu war sie wieder ganz wach. Als Laurent gegangen war, sprang sie auf und sah an sich herab. Ihre Jeans war dreckig und von Dornen zerrissen, das T-Shirt war früher mal blütenweiß gewesen, jetzt aber schmutzig-braun in allen Schattierungen, außerdem waren ihre Schultern und Arme von der Sonne verbrannt, und in ihrem Haar, das sie nachlässig im Nacken zusammengebunden hatte, nisteten Dornen und Insekten.

Sie duschte und zog eine frische Jeans und eine weiße Bluse an. Sie bürstete wie eine Verrückte an ihren Nägeln herum, doch ganz ließ sich der hartnäckige Dreck nicht entfernen. Schließlich arbeite ich und muß mich nicht dafür schämen, dachte sie. Eine Geschichte über Katharine Hepburn fiel ihr ein, die einmal mit ebensolchen abgearbeiteten Fingernägeln auf einer offiziellen Party erschienen war, weil sie vorher in ihrem Garten gearbeitet hatte. Wenn die das konnte … Ein wenig Lippenstift, ein Hauch Parfüm, und sie war fertig. Als sie auf die Terrasse trat, wäre sie beinahe über Charlot gestolpert.

»Hallo, mein Kleiner. Bist du schon wieder hier? Dein Zuhause ist dort drüben.« Aber sie freute sich sehr über die Zuneigung des Katers, der sie in den letzten Tagen immer mal wieder besucht hatte. Er lag dann abends auf ihrem Schoß und schnurrte zufrieden. Jetzt lief er unter verrückten Sprüngen, mit denen er Insekten zu fangen vorgab, hinter ihr her.

»Eine Göttin, dem Wasser entstiegen«, sagte Laurent mit einem Lächeln, als sie das Haus betrat.

Zwei Komplimente an einem Tag, dachte Hanna glücklich. Erst lobte Jean-Claude ihre Arbeit, und dann sagte Laurent ihr, daß sie schön sei. Sie fuhr sich mit der Hand durch das feuchte Haar.

»Der Weg über den Fluß eignet sich nur bedingt für hohe Absätze. Und Charlot mag diese Abkürzung überhaupt nicht. Er hat mich so lange angemaunzt, bis ich zurückgelaufen bin und ihn hinübergetragen habe.«

Laurent lachte. »Charlot ist ein alter Gauner. Er sitzt manchmal stundenlang am Fluß und versucht Fliegen und andere Insekten zu fangen. Dabei macht er sich regelmäßig die Pfoten naß, und bisher hatte ich nie das Gefühl, daß es ihn stört. Er wollte einfach auf Ihren Arm. Was ich sehr gut verstehen kann«, fügte er hinzu. Und nach einer Pause, in der er sie betrachtete: »Wenn Sie so elegant sind, muß ich mich auch umziehen.«

»Meinetwegen nicht«, antwortete sie leichthin. Er trug nur eine Jeans, und sie sah seinen gebräunten Oberkörper. Unter der Haut, die völlig glatt war und leicht glänzte, spielten die Muskeln, während er vor dem Grill stand und das Fleisch wendete. Laurent bot einen Anblick, bei dem eine Frau schwach werden konnte. Hanna nahm dieses Gefühl erstaunt zur Kenntnis. Schon seit Ewigkeiten hatte kein Mann sie mehr erotisch angeregt. Was ist los mit mir? fragte sie sich. Sie drehte sich weg, damit er ihr verwirrtes Lächeln nicht sah.

»Setzen Sie sich, Essen kommt sofort. Einen Rotwein?«

»Sehr gerne.«

»Sie haben da oben ganz schön geschuftet. Wenn Sie so weitermachen, steht Les Oliviers bald wieder im alten Glanz da. Darauf trinken wir. Prost, und guten Appetit. Und du, Charlot, verziehst dich. Knochen gibt's später.«

»Wieso heißt er eigentlich Charlot? Nach Charlie Chaplin?«

Er lachte. »Meine Mutter hat immer Katzen gehabt. Die erste hieß Charles, nach Charles de Gaulle, dann kam Charlie, und dieser kleine Kerl hier heißt Charlot. Ich weiß nicht, was mit ihm werden soll. Er vermißt Sophie und streicht den ganzen Tag durchs Haus. Bei Ihnen scheint er sich wohl zu fühlen. Können Sie keine Katze brauchen?«

»Wieso nach Charles de Gaulle?« unterbrach Hanna.

»Weil der die Deutschen aus Frankreich vertrieben hat. Die Eltern meiner Mutter, meine Großeltern, haben die Vichy-Regierung gehaßt und natürlich auch die deutsche Besatzung. Sie haben sich auch nicht besonders große Mühe gegeben, das zu verbergen ... Na ja, und da mußte die Katze eben nach dem größten französischen Widerstandskämpfer heißen.«

»Haben Sie sie gekannt, Ihre Großeltern, meine ich?«

»Nein, sie sind beide vor meiner Geburt gestorben.«

»Das wußte ich nicht. Sophie hat angefangen, mir ausführlich die Geschichte ihrer Eltern zu erzählen, aber sie ist leider nicht damit zu Ende gekommen.«

»Sie haben sie sehr gemocht, nicht wahr?«

»Ja, sehr.«

Er nahm ganz kurz ihre Hand. »Lassen Sie uns essen. Sophie ist immer sehr wütend geworden, wenn man alles kalt werden ließ.«

Nach dem Essen lehnten sie sich entspannt zurück. Es war merkwürdig, Hanna kannte Laurent nicht, und dennoch fühlte sie sich in seiner Nähe nicht fremd.

Er stieß den Rauch seiner Zigarette aus und erzählte, warum er Saint Luron verlassen hatte. »Ich habe es einfach so gemacht wie die meisten. In den siebziger Jahren war hier nichts los, keine Ausbildung, keine Jobs, wenn man etwas anderes werden wollte als Bauer oder Handwerker. Die meisten jungen Leute haben damals die Dörfer verlassen. Die einzigen, die neu zuzogen, waren Ausländer, die sich hier alte Häuser kauften und sie wieder bewohnbar machten. Ihr Vater hatte damals einen guten Riecher.«

»Wo sind Sie hingegangen?«

»Nach Paris natürlich. Ich wollte in die Stadt, wollte Freiheit und neue Ideen, Frauen ...«, er sah sie mit einem entschuldigenden Grinsen an. »Es waren ein paar wilde Jahre, in denen ich sehr intensiv gelebt habe.«

Hanna dachte, wie charmant und verführerisch er war, nicht mehr nur besorgt und aufmerksam wie während ihrer Begegnung auf dem Friedhof. Sie versenkte ihren Blick in seinen. »Und was haben Sie studiert?«

»Ich bin Architekt. Nach dem Studium habe ich für ein Büro gearbeitet, das Verbindungen nach Amerika hatte. So bin ich nach New York gekommen.«

»Und dort leben Sie jetzt?«

»Ja. Aber ich bin an einem Punkt angelangt, wo ich nicht mehr so sicher bin, ob ich dort bleiben will. Es ist schwer, wenn man sich vorwerfen muß, der eigenen Mutter im Alter nicht genug beigestanden zu haben. Nun ist sie tot, und ich kann die Zeit nicht zurückdrehen. Wir zwei haben es nicht immer leicht gehabt, müssen Sie wissen.«

Die Frage nach Laurents Vater lag in der Luft, doch er wollte nicht darüber sprechen. Er lächelte sie an.

»Tut mir leid, ich sitze hier mit Ihnen, einer schönen, intelligenten Frau, und rede über die Unwiederbringlichkeit alter Zeiten, als wäre ich ein Rentner ...«

»Ich finde es sympathischer, Versäumnisse zu erkennen als über sie hinwegzutrampeln.«

»Eine gute Einstellung. Mir graut davor, mich wieder in das kalte, enge, hektische New York zu stürzen. Einen größeren Gegensatz als diese Stadt und die Provence kann es wohl kaum geben.«

»Wahrscheinlich sind Sie aus genau diesem Grund dorthin gegangen«, gab Hanna zu bedenken.

»Das ist gut möglich. Aber jetzt, wo ich wieder hier bin, merke ich, wie sehr mir die Ruhe und das einfache Leben gefehlt haben. Bisher hat mich das Haus kaltgelassen, aber in diesem Sommer hat sich etwas Entscheidendes verändert.« Ein eindringlicher Blick traf Hanna.

Er will doch damit nicht sagen, daß es etwas mit mir zu tun hat? fragte sie sich amüsiert. Bevor er konkreter werden konnte, pflichtete sie ihm bei. »Mir geht es genauso. Ich komme hier wunderbar zur Ruhe, ich habe eine Aufgabe, die mich ausfüllt, und ich habe nicht einen Funken Lust, nach Hamburg zurückzukehren.«

»Gibt es dort einen Mann?« fragte Laurent.

»Ja, gibt es«, sagte sie rasch. »Und bei Ihnen?«

»Bis vor kurzem war da jemand. Ich habe es kaputtgemacht.« Die Erinnerung tat ihm weh, das konnte Hanna erkennen.

»Was hindert Sie daran, Ihre Zelte dort abzubrechen und zurückzukommen? Als Architekt müßten Sie gute Chancen haben. Wenn ich mir so ansehe, wie viele Häuser hier gebaut oder umgebaut werden.«

»Ich habe noch nicht ernsthaft darüber nachgedacht. Werden Sie denn bleiben?«

»Keine Ahnung«, antwortete Hanna und ließ den Blick in die Ferne schweifen.

Er lachte. »Wir könnten uns zusammentun. Ich baue Häuser und Sie …«

» … ich verkaufe selbstgemachtes Olivenöl auf dem Markt? Nein danke.«

»Na gut. Wie wäre es mit einem Kaffee?«

»Gern. Den mache ich. Das habe ich in den letzten Tagen häufiger getan«, antwortete sie. »Ich kenne mich in der Küche aus.«

Gemeinsam räumten sie den Tisch ab. Hanna stellte das schmutzige Geschirr auf den Tisch und ging ins Wohnzimmer, um die Tassen zu holen.

Laurents warme Stimme drang nur langsam zu ihr durch. »Auf dem Sofa hast du gelegen, als ich dich zum erstenmal gesehen habe.« Laurent duzte sie, und es erschien ihr ganz natürlich. Als wären sie wieder Kinder.

»Wieso …?« Hanna spürte plötzlich ein Kribbeln auf der Kopfhaut, eine unerträgliche Spannung. Eine Erkenntnis, etwas, das sie im Grunde schon lange gewußt hatte, bahnte sich den Weg. Aber natürlich, er mußte auch dagewesen sein, er war doch Sophies Sohn. Sie schätzte ihn auf drei, vier Jahre älter als sie selbst, also mußte er ungefähr sechzehn gewesen sein. »Du bist im Haus gewesen, als meine Eltern den Unfall hatten?«

»Du hast mich kaum bemerkt.«

»Aber …« Ein Damm schien in ihr zu brechen. Zum zweitenmal innerhalb weniger Tage fühlte sie sich in die Zeit kurz nach dem Tod ihrer Mutter zurückversetzt. Die Erinnerung traf sie so machtvoll, daß ihre Zähne aufeinanderschlugen. Es dauerte einen Moment, bis sie weitersprechen konnte. »Ich war damals so verzweifelt, ich hatte das Gefühl, ganz allein auf der Welt zu sein. Und dann kam Sophie, sie hat mich getröstet, mir einen Platz zum Ausruhen gegeben, mich gefüttert wie ein kleines Kind … Ich war ihr so dankbar. Ich habe nur noch Augen für sie gehabt … Und dann bin ich erwachsen geworden und jahrelang nicht mehr hier gewesen.« Sie wußte nicht weiter und sah ihn hilfesuchend an. »Bis jetzt, und ich bin beinahe zu spät gekommen.«

Laurent kam auf sie zu und nahm sie in die Arme. Sie lehnte sich an ihn, und sie standen einen Augenblick ganz still. Die Umarmung war zärtlich und vertraut. Hanna fühlte sich in Laurents Armen geborgen wie lange nicht mehr. Als sie sich beruhigt hatte, machte sie sich vorsichtig los und sah ihn an.

»Was habe ich damals für einen Eindruck auf dich gemacht? Ich meine, weil ich dich offensichtlich komplett übersehen habe? Du mußt mich gehaßt haben, weil ich deine Mutter derart mit Beschlag belegt habe.«

Laurent strich ihr das Haar aus dem Gesicht und sah sie liebevoll an. »Nein, du warst in meinen Augen ein kleines Mädchen mit einem großen Schmerz. Das war unübersehbar. Sonst wollte ich eigentlich mit Mädchen nichts zu tun haben, aber du warst so ernst, so verwirrt und todunglücklich. Ich war damals fasziniert von dir. Ich habe manchmal neben dir gesessen, hier auf dem Sofa oder drüben am Küchentisch, wenn wir gegessen haben. Und ich bin dir nachgeschlichen, wenn du drüben bei euch durch den Garten gelaufen bist. Du hast dich ziemlich merkwürdig benommen, weißt du das? Ich habe dich dabei beobachtet, wie du deinen Kopf gegen einen Baum geschlagen hast. Ich hatte richtig Angst um dich und wollte auf dich aufpassen.«

Für eine Sekunde war es Hanna unangenehm, daß Laurent sie in diesem Zustand gesehen hatte. Aber dann erschien ihr die Idee, daß er sie beschützte, richtig. »Ich bin überzeugt, Sophie hat damals meine Seele gerettet. Ich meine, ich hätte auch ohne sie überlebt, aber sie hat mir gezeigt, daß es auch nach dem Tod der Mutter Liebe und Wärme und Zuverlässigkeit geben kann.« Hanna trat einen Schritt zurück und fuhr sich mit der Hand durch das Haar. »Vielen Dank für das Essen. Und auch für alles andere.« Sie wandte sich zur Tür.

»Alles in Ordnung? Kein Kaffee mehr?« fragte Laurent besorgt.

»Nein. Ich glaube, ich gehe jetzt besser. Auf Wiedersehen, Laurent.«

Laurent beugte sich zu ihr hinunter und küßte sie leicht auf beide Wangen. »Wozu sind Freunde da? Ich danke dir für den wunderschönen Abend.«

Hanna streichelte Charlot zum Abschied, dann ging sie nach Hause und nahm den herben Duft von Laurents Aftershave mit sich.

Obwohl es schon spät war, fühlte sie sich wach. Wach und getröstet durch den Abend mit Laurent. Sie tat etwas, was sie früher häufig getan hatte, aber schon seit einigen Jahren nicht mehr: Sie setzte sich mit Papier und Bleistift auf die Terrasse, um aufzuschreiben, was ihr durch den Kopf ging. Es war Vollmond, und sie brauchte nicht einmal eine Lampe. Sie saß mitten in der verzauberten Landschaft, die durch das Mondlicht einen silbernen Anstrich zu haben schien, und befragte sich selbst: Was waren die schönen Dinge in ihrem Leben, in der Vergangenheit und heute? Was mochte sie nicht, was haßte sie und würde es in Zukunft nie wieder tun? Wo waren die verpaßten Chancen in ihrem Leben, wann hatte sie einmal an einer Wegscheide gestanden und sich falsch entschieden? Und wie stand es um ihre Ehe? Was blieb, wenn sie Ullrich mit Daniel verglich?

Bogen um Bogen füllte sich, und Hanna merkte, wie gut es tat, einmal alles, was ihr durch den Kopf ging, systematisch und in Ruhe aufzuschreiben. Wie viele Dinge klarer wurden ... Wie auf den ersten Blick Wichtiges in den Hintergrund trat, wenn man versuchte, es zu formulieren. Ein Gedanke führte zum nächsten, und als sie meinte, alles notiert zu haben, setzte sie das Datum dazu, faltete die Bogen feinsäuberlich und legte sie in das Buch, das sie gerade las. In Hamburg würde sie ihre Aufzeichnungen hervorholen und sie wieder lesen.

Kapitel 16

Am Freitag kam Laurent gleich nach dem Frühstück zu ihr herauf. Hanna beobachtete seinen federnden Gang und wie er hier und dort stehenblieb, um sich die Veränderungen im Olivenhain anzusehen. Er trug eine weite weiße Leinenhose und ein schwarzes T-Shirt und sah entschieden eleganter aus als Hanna, die bereits in Arbeitskluft war.

»Guten Morgen. Heute kommt garantiert niemand zu dir hoch. Hat Jean-Claude dir nicht Bescheid gesagt? Das sieht ihm ähnlich.«

Hanna sah ihn verständnislos an.

»In Saint Luron wird heute die alte Ölmühle abgebrochen, alle Männer sind daran beteiligt. Und danach gibt es ein Aioli und Tanz bei Pierre.«

»Warum sagt mir das denn niemand? Da kann ich hier lange sitzen und warten.«

»Wie es aussieht, hast du heute nichts vor. Komm mit, ich möchte dir etwas zeigen. Wir müssen mit dem Auto fahren.«

Hanna sah ihn eine Sekunde zögernd an. Sie hatte am Vorabend lange über Laurent nachgedacht und war zu dem Schluß gekommen, daß er der beste Freund werden konnte, den sie je hatte, und daß sie seine erotische Anziehungskraft zwar genießen, ihr aber auf jeden Fall widerstehen würde. »Warte, ich ziehe mir nur rasch etwas anderes an.«

Sie gingen zum Fluß hinunter, und Hanna sah, daß Laurent große flache Steine gesucht und aus ihnen eine natürliche Brücke über den Fluß geschichtet hatte. Mit einer ausladenden Armbewegung lud er sie ein, sie zu betreten.

»Die ist natürlich nur für Charlot, damit er es bequemer hat, wenn er dich besuchen will.«

Hanna mußte lachen. »Das ist aber nett von dir.«

Sie fuhren nach Lourmarin und bogen dann ab in Richtung Bonnieux. Die kleine Nebenstraße trennte die beiden Höhenzüge des Großen und des Kleinen Lubéron und war die einzige Nord-Süd-Verbindung über den Berg. In atemberaubenden Kurven wand sie sich durch Steineichenwälder, über Flüsse und an Steilhängen vorbei, wobei sie immer wieder grandiose Ausblicke auf das hinter ihnen liegende Tal bot. Von Bonnieux aus fuhren sie weiter talwärts in Richtung Apt. Irgendwann sah Hanna ein Hinweisschild auf Buoux, dem Laurent folgte. Sie fuhren den Berg wieder hinauf, vorbei an Lavendelfeldern.

»Wie schade, daß er noch nicht blüht«, sagte Hanna.

»Hast du das schon mal gesehen?«

»Ja, als Kind, aber das ist lange her.«

»Du mußt in zwei Monaten wieder hier oben raufkommen. Der Anblick verschlägt einem den Atem. Jedes der Felder hat einen anderen Blauton, von Dunkellila bis ins Türkise hinein. Von hier oben sieht die Landschaft dann aus wie ein Flickenteppich in Blau. Und erst der Duft!«

Sie fuhren durch kleine Weiler und, als sie auf der Kuppe des Lubéron angelangt waren, kilometerweit durch die Garrigue, knochentrockenes, dorniges, unwirtliches Gestrüpp. Nur ab und zu lagen Bauernhäuser an der Straße, man konnte sie nicht sehen, da sie hinter Bäumen oder hohen Hecken verborgen lagen, lediglich Hinweisschilder auf den Verkauf von wildem Honig, Ziegenkäse und natürlich Lavendel verrieten ihre Existenz. Nach dem kleinen Ort Buoux fiel die Straße in wilden Kurven wieder ab. Da die Straße im Schatten lag, wurde es merklich kühler. Als ihnen ein Auto entgegenkam, das erste seit fast einer Stunde, mußte Laurent zurücksetzen, denn die Straße war für zwei Autos nicht breit genug.

»Wir sind da«, sagte Laurent plötzlich und bog in einen Waldparkplatz ein. Er stieg aus, öffnete den Kofferraum und nahm eine Kühltasche und eine Decke heraus. »Na ja, noch nicht ganz. Wir müssen noch ein kleines Stück zu Fuß.«

Sie folgten einem befestigten Weg, der sich steil um den Berg herum in die Höhe wand.

»Rauf und wieder runter, dann wieder rauf und dann wieder runter. Ich bewundere die Menschen, die hier wohnen. Wie sie es geschafft haben, in dieser Einsamkeit Häuser und Straßen zu bauen«, sagte Hanna.

Laurent blieb stehen und sah sie nachdenklich an. »Merkwürdig, daß du das jetzt sagst. Ich will dir nämlich gerade ein Zeugnis für die Baukunst und die unglaubliche Zähigkeit der Menschen zeigen, wenn es darum geht, ein Ziel zu erreichen.«

Sie kamen um eine letzte Biegung, und vor ihnen wuchs die Spitze des Berges schroff in den Himmel.

»Jetzt geht es nur noch über Treppen weiter. Los, komm, eine letzte Anstrengung, dann gibt es etwas zu essen.«

Der Ausblick war überwältigend. Sie standen etwas atemlos vom Anstieg auf einem felsigen Plateau, das vielleicht zwei Kilometer lang und einen halben breit war. Weit unter ihnen lagen Wälder und Felsen. Kein Haus war zu erkennen. Hier oben, so erfuhr Hanna von Laurent, hatte seit Jahrhunderten eine Festung gestanden und die umliegenden Dörfer des Lubéron bewacht. Die Reste von einzelnen, in den Fels gehauenen Behausungen, eine Kirche, unterirdische Vorratsräume und natürlich Wachanlagen, Türme mit Schießscharten und Schützengräben, waren erhalten.

Hanna und Laurent setzten sich, nachdem sie durch die Anlage geschlendert waren, in den mageren Schatten einer Eiche, und Laurent packte aus, was die Picknicktasche hergab. Hanna hatte selten etwas so gut geschmeckt wie die mit Phantasie belegten Sandwiches. Nachdem sie ihren Durst mit Wasser gelöscht hatte, trank sie ein Glas Wein. Zum Nachtisch gab es ein Stück hauchdünne Himbeertorte.

Sie legte sich zurück und träumte in den Himmel. »Es ist so unglaublich still hier.«

»Hier gibt es weit und breit keinen Menschen. Nur Wind und Landschaft.«

»Und Vögel«, antwortete Hanna. Sie beobachtete einen Habicht, der hoch über ihr seine Kreise zog. Es war, als würde der Vogel sie mit seinen Bewegungen hypnotisieren. Sie schloß die Augen, und die warme Sonne auf ihren Lippen ließ sie an Küsse denken. Sie schlief ein.

Als sie kurze Zeit später wieder erwachte, wußte sie im ersten Augenblick nicht, wo sie war. Dann hielt sie Ausschau nach Laurent, der etwas abseits von ihr in der Nähe der steil abfallenden Kante saß. Dort konnte man die Ruine einer alten Zisterne erkennen. Er hatte die Augen geschlossen und schien völlig in Gedanken versunken. Hanna trat von hinten an ihn heran und legte ihm leicht die Hand auf die Schulter. Ein zärtlicher Blick aus seinen dunklen Augen, die in diesem Licht einen Grünton hatten, traf sie.

»Na, ausgeschlafen?«

Hanna streckte die Arme von sich. »Ich fühle mich wie neugeboren. Danke, daß du mir diesen magischen Ort gezeigt hast.«

»Ich bin zum erstenmal als Kind mit Sophie hier gewesen und habe mich tödlich gelangweilt. Ich hörte nur das Wort Festung und dachte an Kanonen, Ritter und Schätze. Und dann kam diese Ruine, durch die ich in sengender Hitze laufen mußte.« Er lachte. »Ich glaube, ich habe meiner Mutter den Tag gründlich verdorben. Bis auf den Schluß.«

»Was meinst du?«

»Wirst du schon sehen. Komm, wir machen uns auf den Rückweg.«

Sie packten die Sachen zusammen und schüttelten die Ameisen von Tellern und Gläsern. Hanna wollte sich in die Richtung wenden, wo der Pfad sie hinaufgeführt hatte, doch Laurent schlug die entgegengesetzte Richtung ein.

»Es gibt hier eine geheime Treppe. Ich nehme an, sie wurde in Belagerungszeiten für Nachschub benutzt. Sie ist nicht ganz ungefährlich, aber zu schaffen. Traust du dir das zu?«

»Ja.« Hanna würde sich alles zutrauen, solange sie in Laurents Nähe war. Wenn er sagte, die Treppe sei sicher, dann war sie sicher.

Sie duckten sich unter einem natürlichen Torbogen und standen oben an der Treppe. Grobe Stufen waren in den Felsen gehauen und führten in Kurven und ohne seitliche Begrenzung nach unten. Laurent ging voraus und trug das Gepäck, Hanna tastete sich vorsichtig hinter ihm her. Als sie das erste Teilstück hinter sich hatte, wo man sich an einen Mauervorsprung anlehnen konnte, zitterten ihr ein wenig die Knie. Laurent bemerkte ihr Zögern, kam ihr wieder ein paar Stufen entgegen und reichte ihr die Hand.

»Wir sind gleich unten. Ich nehme an, diese Steigungen sind nichts für norddeutsche Flachländler?«

Das zweite Stück der Treppe war für Hanna vielleicht sogar noch schwieriger zu meistern, weil sie sich neben dem

Abstieg auch noch darauf konzentrieren mußte, daß Laurent ihre Hand hielt. Sie spürte die Berührung bis in ihren Arm hinauf kribbeln.

Er macht, daß ich mich wie eine verliebte Frau fühle, und ich flirte mit ihm, dachte sie, und der Gedanke malte ein glückliches Lächeln auf ihr Gesicht. Schließlich hatte sie ihre Gefühle unter Kontrolle und konnte diese leichte Verliebtheit einfach nur genießen. Vielleicht sollte ich doch ein bißchen aufpassen, dachte sie leicht beunruhigt, als sie das Bedauern spürte, nachdem sie am Fuß der Treppe angekommen waren und Laurent sie losließ.

Als sie wieder nach Saint Luron hineinfuhren, hatten sie Mühe, die Hauptstraße zu passieren, denn der Platz rund um den Wasserspeicher und auch die anliegende Straße waren mit Tischen und Stühlen vollgestellt, an denen die Leute saßen und es sich schmecken ließen. Eine Drei-Mann-Kapelle spielte Musetten, und einzelne Paare tanzten bereits.

Laurent parkte den Wagen, und sie fanden zwei Plätze an einem Tisch.

»Kennst du Aioli?« fragte Laurent. »Eine provenzalische Spezialität. Verschiedene Gemüse werden gekocht und dann mit einer stark gewürzten Knoblauchmayonnaise gegessen. Nichts für schwache Mägen!« warnte er.

»Ich habe Hunger«, gab Hanna zurück und sah auf das Treiben.

Matisse, einer der jungen Männer, die für sie arbeiteten, kam vorbei und grüßte sie. Jean-Claude zwinkerte ihr von weitem zu, und sie sah auch Auguste, der ziemlich eng mit einer Frau tanzte. Pierre brachte ihnen zwei Portionen Aioli und eine Flasche Rotwein. Das Essen war, wie Laurent gesagt hatte, scharf und deftig, und es schmeckte hervorragend. Sie bestellten eine zweite Flasche Wein, und der Abend wurde zunehmend lustiger. Hanna wurde sogar zum Tanzen aufgefordert, und Laurent sah ihr amüsiert zu, wie sie sich unter den Bäumen, in die man bunte Lampions gehängt hatte, zu den Walzerklängen drehte.

Gegen zehn Uhr abends brachen sie in ausgelassener Stimmung auf.

»Du mußt mich nicht nach oben fahren, ich laufe zu Fuß den Hügel hinauf«, sagte Hanna. Vor Sophies Haus verabschiedete sie sich: »Vielen Dank für den wunderschönen Tag. Ich habe mich schon lange nicht mehr so gut unterhalten.« Sie küßte ihn zweimal auf die Wangen, wie es hier üblich war.

Sie summte noch die letzte Melodie, zu der sie mit Auguste getanzt hatte, der trotz seiner krummen Beine ein hervorragender Tänzer war und sie ganz schön herumgewirbelt hatte, als sie oben am Haus ein Auto vorfahren hörte. Wieder so ein charmanter Einfall von Laurent, dachte sie und ging schneller, um vor ihm an der Tür zu sein. Als sie oben ankam, parkte in der Auffahrt ein fremder Wagen mit französischem Nummernschild. Der Kofferraum war geöffnet, eine Reisetasche stand schon daneben auf dem Boden. Als der Kofferraumdeckel geschlossen wurde, sah Hanna, daß es Ullrich war.

Ihr Herzschlag setzte für eine Sekunde aus. Sie fühlte, wie ihr Gesicht heiß wurde. Oh nein, ich will ihn hier nicht haben. Der Tag war so wunderschön, ich bin doch dabei, langsam meinen Frieden wiederzufinden, dachte sie voller Panik. Das soll er mir nicht kaputtmachen. Das andere Gefühl war Freude und Hoffnung. Er war gekommen, um alles zu erklären. Alles würde wieder gut.

Nervös ging sie auf ihn zu. Ullrich hatte sie jetzt auch entdeckt. Er setzte seine Tasche wieder ab und wußte nicht wohin mit seinen Händen. Hanna bemerkte gleich, daß er das rotbraune Hemd trug, das sie ihm geschenkt hatte und in dem er ungeheuer gut aussah. Ullrich mochte es nicht so sehr, und daß er es heute ihr zum Gefallen angezogen hatte, rührte sie.

Als sie vor ihm stand, hob er die Arme, als wollte er sie umarmen, dann überlegte er es sich anders und gab ihr etwas linkisch die Hand. Er war ebenso verunsichert wie sie selbst. Von seiner überheblichen Wut war nichts mehr zu spüren. Um seine Augen waren dunkle Schatten, er war offensichtlich übermüdet.

»Du siehst gut aus«, sagte er endlich. »Schön braun.« Er nahm seine Tasche wieder auf. »Darf ich reinkommen?«

Hanna hatte der alten Vertrautheit zwischen ihnen nichts entgegenzusetzen, die bekannten Gesten, seine Blicke, sie fühlte sich davon überrollt, weil sie nicht geglaubt hatte, daß sie ihr noch einmal gelten würden.

»Natürlich, komm rein«, brachte sie endlich hervor. Ihr war, als müßte sie sich schütteln oder selbst in den Arm zwicken. »Wie bist du hergekommen?«

»Ich bin geflogen und habe dann von Marseille aus einen Mietwagen genommen. Dein Haus war gar nicht so leicht zu finden, aber ich wollte dich überraschen.«

Hanna führte ihn durch das Haus. Er sah in jedes Zimmer, öffnete die Kühlschranktür und bückte sich, um in den Kamin zu sehen. Er klopfte an die Türrahmen und wippte auf den Dielen des Holzfußbodens. In ihrem Schlafzimmer ließ Ullrich seine Tasche vor das Bett fallen, und Hanna fand, daß sie viel zu groß war und den Weg versperrte.

»Ein schönes Haus«, sagte er, nachdem er seine Inspektion beendet hatte. »Ich hatte es mir ganz anders vorgestellt. Und das Gelände rundherum gehört dazu?« Sie standen auf der Terrasse.

Hanna wußte immer noch nicht, woher sie die Kraft nahm, mit ihm im Plauderton zu reden, als sei nichts geschehen. Es konnte nur der Wunsch sein, alles ungeschehen zu machen. Oder der Versuch, das unvermeidliche Gespräch über seinen Ehebruch hinauszuzögern. »Ja, den Hang hinunter bis zum Fluß. Du kannst ihn von hier oben nicht richtig sehen.«

»Das können wir ja später nachholen. Bietest du mir etwas zum Trinken an? Hier herrscht eine ganz schöne Hitze. Und hungrig bin ich auch, wenn ich so darüber nachdenke. Im Flugzeug gab es nur ungenießbares Zeug.«

Hanna stand vor dem Kühlschrank und holte tief Luft. Als sie Wurst, Käse und Oliven herausnahm, bemerkte sie, wie ihre Hände leicht zitterten. Was will er hier? fragte sie sich. Er hat bisher mit keinem Wort die Geschichte mit Susanne erwähnt. Sie stellte alles auf ein Tablett, dazu Teller und Gläser, Wasser, Wein und Brot und ging hinaus auf die Terrasse, wo Ullrich in ihrem Lieblingsstuhl saß und ihr verlegen entgegenlächelte.

Dann saßen sie sich gegenüber, und Ullrich fing an zu essen. »Schön hier, wirklich schön«, sagte er noch einmal. »Ich kann verstehen, daß du nicht nach Hamburg zurück willst.« Der Ton war versöhnlich und verständnisvoll, und er ging Hanna auf die Nerven. Auf einmal erschien es ihr falsch, um den heißen Brei herumzureden.

Erregt sprang sie auf und lief vor dem Tisch hin und her. Sie konnte sich jetzt keine Sekunde länger beherrschen. »Wie kommt es, daß ich die ganze Zeit das Gefühl habe, im falschen Film zu sitzen? Du tust gerade so, als wäre ich nur hiergeblieben, weil mir die Landschaft so gut gefällt, verdammt noch mal! Findest du nicht, wir haben etwas anderes zu besprechen als die Frage, ob die grünen oder die schwarzen Oliven besser sind? Ich kann es nicht länger ertragen, daß du mich wie ein kleines Kind behandelst. Laß uns endlich über die Dinge reden!« Zornig ballte sie die Fäuste.

Ullrich sah sie erschrocken an und zog dabei schuldbewußt die Augenbrauen hoch wie ein kleiner Junge, den man bei einer Unartigkeit erwischt hat. Hanna hatte diesen Gesichtsausdruck bei ihm immer gemocht, aber in dieser Situation machte er sie nur noch wütender. Ullrich blieb das nicht verborgen.

»Also gut. Was willst du wissen?« fragte er und legte Messer und Gabel neben den Teller. Er klang ein bißchen abwartend, aber hinter dieser Unsicherheit erkannte Hanna die Ergebenheit desjenigen, der zum hundertsten Mal dieselbe leidige Diskussion mit einem störrischen Kind führen muß.

Hanna wußte nicht, was sie auf seine Frage antworten sollte. »Im Grunde weiß ich doch schon alles«, brachte sie schließlich heraus. »Ich möchte nur gern wissen, warum? Bin ich dir so egal? Hast du überhaupt keine Skrupel? Warum hast du mir das angetan? Ausgerechnet mit meiner Freundin?« Sie setzte sich wieder ihm gegenüber an den Tisch.

Ullrich beugte sich nach vorn und legte seine Hand auf ihre. Hanna zog sie zurück, als hätte sie sich verbrannt, was er mit einer Grimasse zur Kenntnis nahm. »Hanna, du bist die Frau, die ich liebe. Ich habe dich geheiratet, weil ich mein Leben mit dir verbringen möchte. Ich will mit dir alt werden, das ist alles, was für mich zählt.«

»Red doch keinen Quatsch. Und was ist mit Susanne?«

Er hob in einer theatralischen Geste die Arme. »Was soll

denn schon groß mit ihr sein? Sie war da, als ich mich einsam gefühlt habe.«

»Aha, jetzt bin ich auch noch schuld?« rief Hanna laut.

»Nein, nein, so meine ich es natürlich nicht«, wehrte er ab. »Aber versuch doch auch, mich zu verstehen. Ich bin ein Mann, und Männer …«

»Männer brauchen das? Vielen Dank, diese Erkenntnis verdanke ich bereits meinem Vater.«

»Hat er dich angerufen?«

»Weil du ihn darum gebeten hast, nehme ich an. Er hat ungefähr das Gleiche gesagt wie du. Habt ihr euch abgesprochen, oder denken alle Männer so? Bin ich die einzige, die das noch nicht mitbekommen hat?« Ihre Stimme war voller Wut.

»Ach Hanna. Jetzt laß mich doch wenigstens versuchen, dir zu erklären …« Er stand auf und kam auf ihre Seite des Tisches herüber. Er setzte sich neben sie und versuchte, den Arm um sie zu legen, doch Hanna rückte heftig von ihm ab. Seine Berührung war das letzte, was sie jetzt ertragen konnte. Ullrich nahm einen neuen Anlauf. Er legte die Fingerspitzen wie in einer Beschwörung gegeneinander und bewegte sie im Takt seiner Worte auf und ab. »Susanne und ich kennen uns doch schon so lange. Wir sind immer Freunde gewesen. Und manchmal habe ich mich allein gefühlt und sie auch, und da ist es eben passiert. Aber es hat keine Bedeutung. Es ist etwas ganz anderes als mit dir. Hanna, hör mir zu: Ich würde niemals auf die Idee kommen, von Susanne ein Kind zu wollen. Aber von dir …«

Hannas Kopf flog herum. Was hatte er gesagt? Ein Kind? »Warum jetzt? Wir haben in all den Jahren kein Kind bekommen«, stotterte sie.

»Laß es uns versuchen, Hanna. Laß uns endlich eine richtige Familie werden. Ich bitte dich von ganzem Herzen: Gib uns noch eine Chance. Verzeih mir, Hanna.« Ullrich kniete vor ihr nieder und legte seinen Kopf in ihren Schoß. »Glaub mir, du bist die einzige Frau, die ich liebe. Nur darauf kommt es an.« Er raunte die letzten Worte, und dann immer wieder ihren Namen. »Hanna, meine Hanna.«

Sie streichelte mit den Händen über sein Haar und spürte, daß er seine Arme um sie schlang und über ihre Schenkel fuhr. Seine Bewegungen wurden fordernder. Er knöpfte ihr die Bluse auf und küßte sie auf die Stelle zwischen ihren Brüsten. Das hatte er früher immer getan, weil er wußte, daß es Hanna über die Maßen erregte. Wieder diese Vertrautheit! Wer außer Ullrich wußte das? Hanna lehnte sich zurück und überließ sich den Zärtlichkeiten ihres Mannes.

»Du bist schlanker geworden«, murmelte er zwischen zwei Küssen. »Du bist wunderschön.« Er biß sie leicht in die Unterlippe, und Hanna stöhnte auf. Ullrich stand auf und zog sie mit sich, sie beeilten sich, ins Schlafzimmer zu kommen, weil sie es nicht erwarten konnten, sich zu lieben. Während Hanna ihren Mann umfing, spürte sie eine lange nicht mehr erlebte Leidenschaft. War es ohnmächtiger Zorn, Trauer, unendliches Glück darüber, daß Ullrich zu ihr zurückgekehrt war, brennende Eifersucht auf Susanne? Der Aufruhr der Gefühle erregte sie so sehr, daß sie Ullrich in ihrer Leidenschaft mitriß. Immer wieder flüsterte er ihren Namen dicht an ihrem Ohr. Am Ende schrie er ihn heraus.

Danach lagen sie völlig erschöpft nebeneinander. In Hanna pulsierte immer noch die Erregung. Als sie zu Atem gekommen war, sagte sie: »Ich hatte vergessen, daß wir zu einer solchen Leidenschaft fähig sind.«

Ullrich sah sie nachdenklich an. »Das war die Angst, daß wir uns verlieren könnten.« Er streichelte über ihre Hüfte. »Ich muß morgen in aller Frühe zurück.«

In Hanna verflüchtigte sich das Gefühl der absoluten Nähe wieder. Damit hatte sie nicht gerechnet. Hatte er nur für eine Nacht die lange Reise gemacht?

»Kommst du mit?« fragte Ullrich, aber er wußte die Antwort bereits.

»Nein, ich muß hier noch einiges erledigen. Ich will endlich einmal ein paar Dinge zu Ende bringen.«

»Wie du willst.« Ullrich drehte sich auf die Seite und schlief augenblicklich ein.

Hanna befreite ihren Arm, der unter seinem Körper lag, und wartete lange vergeblich auf den Schlaf.

»Das Gefühl kenne ich«, sagte Marita, als Hanna ihr am nächsten Morgen von Ullrichs Besuch erzählte. »Du spürst die alte Vertrautheit, und das Wissen um die Endlichkeit der Beziehung, vielleicht auch die emotionale Aufgeladenheit, weil du weißt, daß dein Partner eine andere hat, das alles gibt dem Sex eine ganz besondere, sagen wir mal, Note. Bist du denn jetzt glücklich?«

Hanna zögerte. »Ich weiß nicht recht. Gestern nacht war ich mir sicher, aber danach habe ich stundenlang neben ihm gelegen und gegrübelt. Ich habe das Gefühl, daß Ullrich mir gleich wieder entglitten ist. Dennoch muß ich unserer Ehe diese Chance geben. Alles andere würde ich mir nie verzeihen.«

»Das kann ich gut verstehen«, antwortete Marita. »Aber du solltest dich auch ehrlich fragen, ob du Ullrich liebst. Darauf kommt es schließlich an.«

»Er hat gesagt, er will ein Kind. Das hat er bisher nie in dieser Deutlichkeit getan.«

»Ich meine nur, du sollst deinen eigenen Gefühlen trauen. Alles andere ist unwichtig. Und jetzt ist er wieder weg?«

»Ja, er ist heute morgen ganz früh geflogen.«

Der Abschied war kurz gewesen. Ullrich hatte Hanna flüchtig in den Arm genommen. »Überleg nicht zu lange. Komm zurück zu mir«, hatte er gesagt. Dann hatte er das Haus verlassen, und Hanna war irgendwie erleichtert gewesen.

»Und wie geht es dir? Neuigkeiten von Stephan?« fragte Hanna.

»Du wirst es nicht glauben!«

»Was denn?«

»Wir haben uns gestern zufällig im Supermarkt getroffen. Mir ist fast das Herz stehengeblieben, wie du dir vorstellen kannst. Na ja, wir haben ein bißchen geredet, und ich habe herausgehört, daß es mit der anderen gar nicht mehr so gut läuft. Es ist nur noch eine Frage der Zeit, bis er sie in die Wüste schickt und zu mir zurückkommt.«

Hanna lächelte in sich hinein. Nichts, das wußte sie inzwischen, würde Maritas Gefühle für Stephan zerstören. »Ach, wenn ich mir doch meiner Gefühle auch so sicher sein könnte wie du.«

»Wenn du es nicht bist, dann bist du mit dem falschen Mann verheiratet.«

Hatte sie den falschen Mann? Den ganzen Tag, während sie in der heißen Sonne Schubkarren voller Unkraut auf den Komposthaufen fuhr, der immer höher wurde, dachte sie darüber nach. Hatte sie den falschen Mann?

Abends ging sie zu Laurent hinunter, weil sie mit jemandem sprechen mußte. Sie setzten sich vor die blühende Glyzinie, und Hanna erzählte von Ullrich. Laurent hörte geduldig zu, und Hanna öffnete sich ihm immer mehr. Obwohl sie ihn erst ganz kurze Zeit kannte, fühlte sie sich ihm nahe wie einem Bruder oder einem alten Freund, der er ja im Grunde auch war.

»Wieso hält dieses Gefühl nicht an, daß ich gestern abend für Ullrich empfunden habe?« fragte sie, nachdem sie alles erzählt hatte.

»Verschaff dir Klarheit«, sagte er. »Warte nicht ab, bis es zu spät ist. Tu etwas. Sprich dich mit ihm aus. Und vor allen Dingen: Vertraue deinen eigenen Gefühlen.«

»Das hat heute schon einmal jemand zu mir gesagt.«

»Weil es wahr ist«, sagte Laurent. »Ich habe die Frau, die ich liebe, verloren, weil ich mir eingeredet habe, ohne sie wäre ich besser dran. Ich habe mich zu sicher gefühlt und darauf gewartet, daß sie den ersten Schritt tut. Ich habe nicht um ihre Liebe gekämpft, und sie hat mich verlassen.«

Hanna sah erschrocken auf. »Was du da sagst … Das Gefühl kenne ich. Ich habe damals auch nicht um Daniel gekämpft. Ich habe ihn gehen lassen, ohne den geringsten Versuch zu unternehmen, ihn zu halten. Es hätte Möglichkeiten gegeben. Ich hätte aus dem Haus meines Vaters ausziehen können, ich hätte mich um eine andere Stelle im Ausland bewerben können, vielleicht wäre er mit mir gekommen …«

»Wer ist Daniel?« fragte Laurent.

»Meine erste große Liebe. Ihn hätte ich heiraten sollen.«

»Ist es denn dafür zu spät?«

»Er ist schon lange aus meinem Leben verschwunden.«

»Dann mach nicht denselben Fehler noch einmal«, sagte er.

Hanna stand auf. Charlot, der es sich auf ihrem Schoß bequem gemacht hatte, miaute sie empört an. Auch Laurent erhob sich.

»Komm, Kater, wir bringen Hanna nach Hause.«

Sie nahmen den Weg nach oben. Vor dem mondhellen

Abendhimmel konnten sie zwei Fledermäuse beobachten, die durch die Luft flatterten und die Lampe auf Hannas Terrasse umschwirrten. Laurent warf ein Taschentuch in die Luft, und die Tiere schossen darauf zu, bis sie erkannten, daß es nicht die richtige Beute war. Charlot verfolgte sie wie hypnotisiert mit den Augen und jagte ihnen dann in wilden Sprüngen nach. Lachend sahen Hanna und Laurent, wie er am Boden kauerte und dann verzweifelt in die Höhe sprang, ohne auch nur annähernd an die Fledermäuse heranzukommen.

»Das Leben könnte so wundervoll sein«, sagte Hanna plötzlich leise.

Laurent nahm ihre beiden Hände und sah sie an. »Das Leben ist ein Wunder. Aber manchmal muß man um sein Glück kämpfen.« Er zog sie an sich, sie standen eine ganze Zeitlang engumschlungen da und lauschten dem Flügelschlagen der Fledermäuse.

»Schade, daß wir zwei nicht zusammengehören. Ich glaube, wir wären das perfekte Paar.« Hanna erschrak über das, was sie da gerade gesagt hatte. »Oh, Laurent, versteh mich jetzt bitte nicht falsch …«

Laurents Lippen waren in ihrem Haar vergraben. »Du hast ja recht, Hanna«, flüsterte er. »Für eine Liebesgeschichte taugen wir beide nicht, aber für eine tiefe Freundschaft, und die hält im Zweifelsfall länger. Ich werde immer dein Freund sein, und du kannst immer zu mir kommen. Das verspreche ich dir.«

Kapitel 17

Die nächste halbe Woche verging mit der Restaurierung des Olivenhains von Les Oliviers. Auguste und seine Truppe nahmen sich der Trockenmauern an, sie folgten sozusagen Jean-Claude und Hanna, indem sie von oben nach unten arbeiteten. Mit den ersten beiden Terrassen waren sie innerhalb je eines Tages fertig, doch die Schäden wurden größer, je weiter sie den Hang hinunterkamen. Am Mittwoch war Jean-Claude unaufmerksam und rutschte mit dem Trecker ab. Das schwere Fahrzeug kippte auf einer Seite ab und riß die reparierte Mauer auf einer Länge von gut zehn Metern ein. Die gerade mühsam aufgeschichteten Steine wurden von einer Schicht lehmiger, verkrusteter Erde begraben. Alle eilten herbei, um den Schaden zu begutachten und zu beratschlagen, wie sie den Trecker wieder aufrichten sollten. Ohne eine Zugmaschine war das unmöglich. Das Palaver endete damit, daß die Arbeit für diesen und den folgenden Tag ruhte.

Hanna war außer sich über die Verschwendung von Geld und Zeit. Sie mußte jemandem ihr Leid klagen und ging kurzerhand zu Laurent hinüber. Er amüsierte sich über das Mißgeschick.

»Reg dich nicht auf. Es würde ohnehin nichts helfen. Gib den Männern ein paar Tage Zeit, um sich zu beruhigen. Es ist ihnen nämlich sehr peinlich, was heute passiert ist. Sie werden sich ihre Wunden lecken, dann werden sie beschließen, daß es Schicksal war und sie sich ohnehin ein paar Tage zum Ausruhen verdient hätten, und spätestens in drei Tagen stehen sie wieder da, reparieren den Schaden und tun, als wäre nichts gewesen.«

Hanna lachte laut heraus. »Du scheinst keine gute Meinung von den französischen Arbeitern zu haben.«

»Doch, ganz im Gegenteil. Ist es nicht die einzige Möglichkeit, damit umzugehen und Ärger zu vermeiden? Du könntest, glaube ich, auch mal eine Pause vertragen. Du siehst ziemlich geschafft aus. Wie wäre es, wenn wir heute abend zusammen essen gehen?«

Sie gingen ins Vieille Maison, das beste Restaurant von Saint Luron. Der Koch hatte kürzlich sogar einen Stern erhalten. Hanna hatte anfangs gezögert, als Laurent den Ort vorschlug. Es lag nämlich ebenfalls an der Place de l'Etang, nur zwei Häuser von Pierres Restaurant entfernt.

»Können wir wirklich hier sitzen und essen?« fragte sie Laurent noch einmal, als sie auf den Tisch in der Ecke zusteuerten. Die Terrasse des Lokals war ein einziges Paradies aus üppig wuchernden Pflanzen, die in großen Töpfen und sogar aus den Ritzen zwischen den Steinplatten wuchsen. Rankgewächse hatten sich ihren Platz an der Mauer erkämpft und die Fenster belagert. Sogar über ihren Köpfen wuchs und duftete es. Das allgegenwärtige Grün wurde durch den Schein einzelner Fackeln und Kerzen beleuchtet. Über den Tischen war eine Kette aus kitschigen roten und grünen Glühbirnen gespannt.

Laurent verstand ihre Besorgnis nicht. »Natürlich können wir das! Bloß weil du sonst zu Pierre gehst, heißt das doch nicht, daß du nie wieder woanders essen darfst. Sieh das Ganze mal aus der Perspektive von Emile.« Emile war der

Koch des Vieille Maison. »Soll er glauben, du boykottierst sein Restaurant, weil du immer zu Pierre gehst?«

Hanna sah ihn zweifelnd an, und er lachte sie aus.

»Das ist typisch deutsch. Jetzt mach dir keine Gedanken und setz dich endlich.«

Er nahm sie bei den Schultern und drückte sie sanft auf den Stuhl.

»Dieser Garten ist ein Traum. Ich gebe zu, daß ich immer schon mal hierher wollte«, sagte sie und ließ das bunte Tuch von den Schultern gleiten, denn die Pflanzen wirkten wie ein Dach und speicherten die Wärme des Tages.

Als der Kellner die Karte brachte, kam Pierre an der Straßenseite vorbei. Er sah die beiden und zwinkerte ihnen freundlich zu.

»Na siehst du, überhaupt kein Problem.«

»Was sollte dieser verschwörerische Blick? Hält er uns jetzt für ein Liebespaar?« fragte Hanna lachend.

Laurent blieb ernst. »Ich muß dir etwas sagen.«

Hannas Blick wurde unruhig. Würde er ihr jetzt doch seine Liebe erklären? Oh, bitte nicht das, dachte sie. Es ist so wunderbar mit ihm, wie es jetzt ist, und er ist so ziemlich der letzte Mensch auf der Welt, dem ich weh tun möchte. Er ist der beste Freund, den ich mir denken kann, es kommt mir vor, als würde ich ihn schon seit Jahren kennen, aber ich kann mich nicht in ihn verlieben. Bitte, Laurent, sag nichts Falsches!

»Laß uns erst bestellen«, schlug sie vor, um Zeit zu gewinnen. »Hm, ich glaube, da mußt du mir helfen. Die Gerichte sind derart blumig beschrieben, daß ich nicht genau weiß, was sich dahinter verbirgt. Hier zum Beispiel: *Déclinaison autour de foie gras* … Und was sind *Griottes noires de Saint Luron*?«

Laurent nahm ihr die Speisekarte aus der Hand. »Jetzt laß doch mal …« Er klappte die Karte zu und legte sie vor sich auf den Tisch. »Hanna, ich fahre morgen zurück nach New York. Ich kann nicht länger bleiben.«

»Oh«, sagte Hanna und dachte: Du eingebildete Kuh! Sie fühlte, wie ihr die Tränen kamen. »Ich werde dich sehr vermissen. Ich habe mich so an dich gewöhnt.«

»Ich mich auch an dich«, antwortete Laurent und legte seine Hand auf ihre.

»Ob es noch einmal dreißig Jahre dauert, bis wir uns wiedersehen?«

»Das liegt an uns, meinst du nicht? Wir könnten uns zum Beispiel jeden Sommer hier in Saint Luron treffen.«

Die Aussicht tröstete Hanna. »Du hast recht«, sagte sie. »Es liegt an uns beiden, ob unsere Freundschaft besteht oder nicht.«

Laurent lächelte sie liebevoll an. »Dann laß uns jetzt bestellen. Ich habe Hunger.«

Es wurde ein wunderschöner Abend, an dem sie viel lachten. Hanna fühlte sich so wohl wie schon lange nicht mehr. Wenn sie mit Laurent zusammen war, gab es immer wieder Momente, in denen sie Ullrich vergaß. Laurent brachte sie bis zur Tür von Les Oliviers, und zum Abschied gaben sie sich einen Kuß. Er sollte freundschaftlich sein, doch er geriet ein wenig zu lang und es lag zuviel Zärtlichkeit in ihm. Hanna war Laurent dankbar, als er sich mit einem Räuspern von ihr losmachte und ohne ein weiteres Wort rasch in der Dunkelheit verschwand.

Am nächsten Tag brachte Hanna Laurent zum Flughafen. Gemeinsam verschlossen sie Sophies Haus und brachten das Gepäck ins Auto.

»Ich würde dir gern den Schlüssel überlassen, damit du ab und zu nach dem Rechten siehst.«

Hanna fiel etwas ein. »Ich habe sogar noch einen Schlüssel. Noch von dem Tag, an dem Sophie gestorben ist. Ich habe ganz vergessen, ihn dir zu geben. Aber ich kümmere mich gern um das Haus. Du weißt, wie sehr ich es mag.«

Laurent sah sie ernst an. »Du solltest nicht zu lange hierbleiben. Denk an die Dinge, die du in Hamburg zu regeln hast. Lauf nicht vor ihnen weg.«

Hanna seufzte tief. »Nein, versprochen.«

Laurent ging noch einmal ins Haus und kam mit einem Umschlag zurück. Er gab ihn Hanna. »Hier. Den habe ich gestern gefunden, als ich die Lebensmittel aus dem Küchenschrank ausgeräumt habe. Er lag ganz hinten.« Er lächelte. »Das ist typisch für Sophie. Einen Brief im Küchenschrank deponieren, wo ihn garantiert niemand sucht.«

Hanna warf einen zögernden Blick auf den Umschlag, auf dem ihr Name stand. »Ich habe mir gedacht, daß sie eine sehr schöne Handschrift hatte. Es paßt zu ihr«, sagte sie. Sie wog den Umschlag zögernd in der Hand. »Leg ihn bitte wieder zurück. Ich hole ihn mir später. Ich würde gern in Sophies Haus sein, wenn ich lese, was sie mir zu sagen hatte. Hier, wo sie es aufgeschrieben hat«, sagte sie dann.

Auf der Fahrt nach Marseille sprachen sie wenig. Jeder hing seinen Gedanken nach.

»Wußtest du, daß Sophie eine moderne amerikanische Kaffeemaschine mit allem Schnickschnack hatte? Ich habe sie ihr geschenkt. Sie hat sich geweigert, sie zu benutzen. Sie war eigenwillig. Immer schon«, sagte Laurent auf einmal.

Hanna fragte nach seinem Vater. Einem Freund durfte sie diese Frage stellen.

»Ich habe ihn nie kennengelernt. Er war ein amerikanischer Soldat, der in Wiesbaden stationiert war. Meine Eltern hatten wohl nur eine kurze Beziehung, er ist schon vor meiner Geburt nach Amerika zurückgegangen.«

»Lebst du deshalb in den Staaten?«

»Nein. Obwohl mich das Land in meiner Kindheit magisch angezogen hat. Als ich noch ein ganz kleiner Junge war, habe ich mir vorgestellt, wenn ich in Amerika wäre, würde ich ihm auf der Straße begegnen.«

»Es muß schlimm für ein Kind sein, nichts von seinem Vater zu wissen.«

»Eine Zeitlang habe ich sehr darunter gelitten. Aber Sophie hat immer ganz offen mit mir darüber geredet. ›Er war nicht der Richtige. Ich habe mich in ihm geirrt. Es tut mir leid. Hätte ich ihn heiraten sollen, obwohl ich das wußte?‹«

»Wollte er sie denn heiraten?«

»Er hat ihr einen Antrag gemacht, wohl mehr aus Verantwortungsgefühl, und sie hat abgelehnt. ›Das kann ich meiner Mutter nicht antun‹, hat sie gesagt. Und ich mußte das akzeptieren.«

»Wann seid ihr wieder nach Saint Luron gekommen?«

»1958, kurz vor meiner Geburt.«

Hanna kam nicht mit ins Flughafengebäude. Sie wollte draußen Abschied nehmen.

»Ich werde dich vermissen. Es war schön, zu wissen, daß du unten am Fluß wohnst und ich jederzeit zu dir gehen kann. Bei wem soll ich mir jetzt Rat holen?« fragte sie traurig.

Laurent strich ihr ein letztes Mal über das Haar. »Vertraue dir nur selbst. Du bist stark genug. Komm, schenk mir dein zauberhaftes Lächeln zum Abschied.«

»Ist mein Lächeln denn zauberhaft?« fragte Hanna überrascht.

»Hat dir das noch nie jemand gesagt?«

Hanna sah seiner hochgewachsenen Gestalt nach, bis er hinter der Glastür verschwand, erst dann gelang ihr ein kleines Lächeln.

Als sie in die Einfahrt von Les Oliviers bog, sah sie, daß alle Handwerker wieder an der Arbeit waren. Jean-Claude saß auf dem Trecker, als wäre nichts gewesen, Auguste und seine Helfer hatten die eingestürzte Mauer schon beinahe wieder aufgerichtet.

Hanna brachte ihre Einkäufe rasch ins Haus und packte einige Flaschen Bier und Wasser in einen Korb. Sie ging den Hang hinunter zu den Männern.

»Schön, daß Sie wieder da sind. Möchten Sie etwas trinken?«

Jean-Claude stellte den Motor ab und kletterte sehr behende von dem Fahrzeug.

»Ach, wissen Sie, gut Ding will Weile haben. Wir hatten etwas anderes zu erledigen, aber jetzt sind wir wieder bei Ihnen. Noch zwei, drei Tage, und alles sieht hier aus wie neu.«

Hanna dachte an Laurents Worte. »Meinen Sie wirklich, daß Sie in drei Tagen fertig sind?« fragte sie zweifelnd. »Es scheint mir noch eine ganze Menge Arbeit zu sein.«

Jean-Claude machte eine beschwichtigende Handbewegung. »Eine Woche, höchstens. Wenn nichts dazwischenkommt!« Und dabei grinste er sie listig an.

Er weiß genau, wovon wir reden, dachte Hanna und lächelte amüsiert in sich hinein.

Kurz bevor die Männer am Abend gingen, machte Hanna einen ihrer Rundgänge durch den Garten. Die Terrassen waren alle gerodet und von Unkraut befreit, die Bäume waren bis auf diejenigen auf den letzten zwei Terrassen beschnitten. Jetzt, wo alles freigelegt war, konnte Hanna erkennen, wie viele es ursprünglich gewesen waren: Zweihundertsiebzig Bäume hatten hier gestanden. Sie waren alle zur gleichen Zeit, kurz nach der letzten Jahrhundertwende, gepflanzt worden, nur die ganz alten Bäume am Fluß, von denen ihre Olive die einzige war, die ihr Vater verschont hatte, waren erheblich älter. Hanna seufzte, als sie die Lücken in den Reihen sah. Nicht alle Bäume hatten die Attacken ihres Vaters und den Lauf der Jahre überlebt. An einigen Stellen lagen große Haufen geschlagenen Holzes. Dort hatte früher ein Baum gestanden. Mit den Olivenbäumen war die Arbeit aber noch nicht getan. Jetzt kamen die Weinstöcke an die Reihe. Auch sie mußten beschnitten und hochgebunden werden. Jean-Claude hatte Pfähle und Draht mitgebracht. Er kam langsam zu ihr herüber und kniete sich neben Hanna, um eine Weinrebe zu begutachten.

»Sind Sie sicher, daß Sie all das Geld ausgeben wollen? Es macht nur Sinn, wenn jemand sich weiterhin um alles kümmert. Sonst ist spätestens in zwei Jahren wieder alles zugewuchert. Außerdem müssen Sie an die Ernte denken. Warum die Pflanzen zum Tragen bringen, wenn man sie dann nicht aberntet?«

»Darüber habe ich mir auch schon Gedanken gemacht. Ich will wirklich in Zukunft häufiger hier sein, aber wenn es nicht reicht, muß ich mir etwas einfallen lassen.«

»Haben Sie mal daran gedacht, den Olivenhain zu verpachten? Dies ist fruchtbares Land, ich wüßte da schon einen Interessenten.«

Hanna sah ihn dankbar an. »Das ist eine gute Idee. Ich werde darüber nachdenken.«

Jean-Claude legte die Hand an seine Mütze. »Dann bis morgen.«

Hanna ging zur alten Olive hinunter. Wie immer streichelte sie zärtlich über die Krater und Verhornungen der Rinde und fuhr mit den Fingern die Baumadern im gespaltenen Stamm entlang. Und wie immer empfand sie Ehrfurcht vor diesem Baum. Und Stolz, weil er ihr gehörte. Eine leichte Brise war aufgekommen und ließ die Blätter rascheln. Sie erinnerten Hanna an ein Windspiel aus Aluminiumstreifen. Sie schloß für einen Moment die Augen und gab sich dem Geräusch hin. Sonst war es still. Bis ein Miauen die Stille störte.

»Charlot, mein Süßer! Brauchst du mal wieder Dosenfutter?« Sie beugte sich zu dem Kater hinunter. Sie wollte ihn auf den Arm nehmen, doch er sprang gleich wieder auf den Boden und rieb sein weiches Fell an dem Baum. Dann sprang er in den ausgehöhlten Stamm, beschnupperte die Öffnung ausgiebig und rollte sich zusammen.

»Dieser alte Baum lockt nicht nur Menschen an, sondern auch kleine Kater.«

Hanna hatte Abschläge an die Handwerker bezahlt, aber die Endabrechnungen würden jetzt, wo die Arbeiten abgeschlossen waren, nicht auf sich warten lassen. Und sie würden üppig sein, das konnte sie sich ausrechnen. Neben den Löhnen für die Männer war eine ganze Menge Material zusammengekommen. Vor zwei Tagen war der Dachdecker dagewesen und hatte die schadhaften Pfannen ausgetauscht, und an diesem Tag wartete sie auf den Maler, der die Fensterläden lackieren sollte. Von ihrem Girokonto würde sie das alles nicht bezahlen können, und auch ihr Erspartes würde nicht ausreichen. Sie würde einen Kredit aufnehmen müssen.

Sie spürte ein Ziehen im Bauch und hastete auf die Toilette. Mit einem Wimmern der Enttäuschung stellte sie fest, daß ihre Periode gekommen war. Wieder einmal waren ihre

Hoffnungen umsonst gewesen. Und dieses Mal hatte sie noch mehr gehofft als sonst. Daß sie wieder nicht schwanger war, legte sie als weiteres schlechtes Vorzeichen aus. Seit Ullrich zurück in Hamburg war, rief sie ihn beinahe täglich an. Doch die Nähe, die sie in der gemeinsamen Nacht mit ihm so deutlich gespürt hatte, wollte sich nicht einstellen. Hinter seinem Bemühen, aufmerksam und liebevoll zu sein, spürte sie Ungeduld und die Erleichterung, wenn er die Gespräche unter einem Vorwand beenden konnte. Als sie ihn darauf ansprach, reagierte er beleidigt und versuchte ihre Besorgnis herunterzuspielen. So konnte es nicht weitergehen. Sie mußte etwas unternehmen. Sie würde nach Hause fahren müssen, um Geld zu besorgen und die Sache mit Ullrich zu klären.

Sie rief am Flughafen an und erfuhr, daß der nächste freie Flug erst am Montag ging. Sie war dankbar für den kleinen Aufschub.

Wie immer, wenn sie niedergeschlagen war, ging sie in Sophies Haus hinüber. Wie sie es Laurent versprochen hatte, sah sie alle zwei Tage nach dem Rechten. Es war jedesmal ein komisches Gefühl, ganz allein dort zu sein. Einerseits ging sie gern hin, weil das Haus ihr Trost spendete, andererseits machten die leeren Räume auf bedrückende Weise deutlich, daß Sophie und Laurent nicht mehr da waren.

Hanna öffnete die Eingangstür, und die Atmosphäre des Hauses mit Sophies altvertrautem Geruch nahm sie gefangen. Sie hoffte, wenigstens Charlot anzutreffen und rief nach ihm. Als er sich nicht zeigte, stieg sie die schmale Treppe ins obere Stockwerk hinauf. Hier, ganz am Ende der ehemaligen Magnanerie und wegen der vielen Spinnenweben kaum zu sehen, gab es ein halbgeöffnetes Fenster, durch das der kleine Kater über das Geäst eines Maulbeerbaums ins Haus und wieder hinaus konnte, wie er wollte. Meistens verschlief er hier oben die heißen Tage, und abends kam er nach Les Oliviers, weil er Gesellschaft und Futter suchte. Hanna trat auf das Fenster zu und entdeckte den schlafenden Charlot in einem alten Weidenkorb. Er wollte sich offensichtlich nicht stören lassen. Unter Hannas streichelnden Händen reckte er sich kurz und zeigte seine Krallen, dann rollte er sich erneut zusammen. Hanna ging hinunter in die Küche, um frisches Wasser in seinen Napf zu füllen.

Sie öffnete den Küchenschrank und holte den braunen Umschlag hervor, der zwischen den alten Blechdosen steckte. Darin lag ein Oktavheft von vierundsechzig Seiten. Oben und am Rand waren die einzelnen Bögen an den Pfalzen sorgfältig aufgeschnitten. Es war in blaugelb kariertes Wachstuch eingeschlagen, von der Art, wie früher die Tischdecken waren. Der Leim, der das Wachstuch hielt, war mit den Jahren brüchig geworden. Hanna klappte die Ecken vorsichtig auf und strich über die dicke rote Seide, in die das Büchlein ursprünglich gebunden war. Sie setzte sich an den Küchentisch und blätterte in dem Buch. Das hatte sie in den letzten Tagen sehr oft getan, und sie kannte den Inhalt der einzelnen Seiten in großen Teilen auswendig. Wie beim ersten Lesen fiel ihr die unterschiedliche Schrift auf. Die Einträge begannen im Jahr 1933. Kleine Dinge des Lebens waren in einer runden Jungmädchenschrift notiert: *Markttag in* Apt; *ein blaues Kleid!, Tanz in Lourmarin, eine Woche Tante Ludivine*! und ähnliche Dinge. Was man mit siebzehn so schreiben mochte, wenn das Leben noch keine Erschütterungen zu bieten hatte. Die Einträge wurden erst ausführlicher, die Schrift ungeduldiger, als der Name *Franz* auftauchte, der unterstrichen war. Spätestens hier hatte Hanna gewußt, daß sie Victoires Tagebuch in den Händen hielt. Die längsten Passagen stammten vom Mai 1941 bis zum Februar 1942. Das war die Zeit nach Victoires Verhaftung. Die Zeilen wirkten wie hastig hingekritzelt und waren nur mühsam zu entziffern. Hanna stellte sich vor, wie Victoire sie voller Angst und wahrscheinlich mit dem Heft auf den Knien und bei unzureichendem Licht geschrieben hatte. *Rieucros, Mai 1941. Für meine Tochter Sophie und meinen Mann Franz. Damit sie wissen, wie mein Leben aussieht, falls ich es ihnen nicht mehr selbst erzählen kann.* Das stand als Überschrift ungefähr in der Mitte des Heftes auf einer ganzen Seite.

Nach ihrer Rückkehr aus dem Lager hatte Victoire nur noch ein halbes Dutzend unwichtige Dinge notiert, als ob es in ihrem Leben nichts mehr gegeben hatte, das die Erinnerung wert gewesen wäre. Die Aufzeichnungen endeten im August 1945. Die letzten beiden Zeilen, doppelt unterstrichen und in großen, triumphierenden Lettern geschrieben, lauteten: *Ein neues Leben beginnt. Ich habe alles erreicht.* Nach diesem letzten Eintrag waren noch einige Seiten in dem Heft leer geblieben. Die Bindung knackte, als Hanna sie aufblätterte, und sie fragte sich, warum Victoire nicht weitergeschrieben hatte.

Zwischen dem Umschlag und der ersten Seite lag ein kurzer Brief in Sophies schöner Handschrift. Hanna faltete ihn auseinander und blickte versonnen auf das Blatt. Lesen mußte sie den Brief ebensowenig wie die Eintragungen in Victoires Tagebuch. Sie wußte, was darin stand.

Liebe Hanna,
ich spüre, ich werde nicht genügend Zeit haben, um Dir zu erzählen, wie die Geschichte meiner Eltern ausgegangen ist. Lies Victoires Tagebuch, darin wirst

Du Antworten auf Deine Fragen erhalten. Für den Rest frage Pierres Mutter.
Ich danke Dir, daß Du mir geholfen hast, Victoire und Franz noch einmal zum Leben zu erwecken, und wünsche Dir von Herzen, daß Du Dein Glück findest.

Sophie

Der Brief trug das Datum vom Vorabend ihres Todes.

Kapitel 18

Victoire war außer Atem, und ihre Füße in den feinen Schuhen begannen zu schmerzen, als sie die Place de l'Etang erreichten. Poulenc wollte ihr den Koffer abnehmen, doch Victoire lehnte das mit einem wütenden Zischen ab. Während sie die Dorfstraße hinuntergingen, faßte Jannel sie einige Male härter, als es nötig gewesen wäre, am Arm. Den Kopf hoch erhoben, das Kinn nach vorn gereckt, ging Victoire zwischen den beiden Polizisten. Sie wollte sich nicht anmerken lassen, daß die neugierigen Blicke der Saint Luroner sie bis ins Mark trafen. Aus den Augenwinkeln sah sie Häme und Mitleid, manchmal auch Scham in den Gesichtern. Ängstlich hielt sie Ausschau nach ihrem Vater, weil sie befürchtete, daß er sie auch in dieser Situation beschimpfen würde. Noch nie in ihrem Leben hatte Victoire sich derart gedemütigt gefühlt. Nur gut, daß Sophie das nicht erleben muß, dachte sie immer wieder. Bitte, lieber Gott, sorg dafür, daß meiner kleinen Sophie nichts passiert. Neben der Angst um ihre Tochter spürte sie Wellen der Wut in sich aufsteigen, als sie die Schaulustigen bemerkte, die in der Bar in ihrem Kaffee rührten und zu ihr herüberstarrten.

Der Bus war schon am Ortseingang zu sehen, als sich auf der anderen Straßenseite plötzlich eine Tür öffnete. Monique Lavande kam über die Straße auf Victoire zugerannt, einen Rucksack unter dem Arm. Sie ließ sich nicht von Jannel aufhalten, der einen Schritt nach vorn machte und sich vor Victoire stellte.

»Laß mich durch!« schrie sie ihn an und schob ihn mit einer Armbewegung zur Seite. Atemlos stand sie vor Victoire. Sie zeigte auf den Rucksack. »Für dich. Ich habe eine Decke hineingetan. Vielleicht kannst du sie brauchen. Etwas zum Essen ist auch drin.«

Victoire nickte nur langsam.

»Was ist mit Sopie? Wer kümmert sich um sie?« fragte Monique hastig, während der Bus schon hielt und einzelne Reisende ausstiegen.

»Sie ist bei Madame Clavel. Hilf ihr, wenn du kannst, bitte!«

Monique nickte, während sie einen Blick auf die Umstehenden warf. »Du kannst dich auf mich verlassen. Wohin bringen sie dich?«

Victoire schüttelte den Kopf. »Ich weiß es nicht.«

»Für wie lange?« Die Frage richtete sich auch an Jannel und Poulenc, aber Monique erhielt keine Antwort. »Warum tun sie uns das an?« fragte sie ihre Freundin.

Victoire wußte, daß Monique an ihren Mann dachte, von dem sie immer noch keine Nachricht hatte. Auch Victoire hatte seit drei Monaten nichts von Franz gehört. »Sie werden dafür büßen«, sagte sie und bohrte ihren Blick in die Augen von Poulenc, der betreten zu Boden sah.

»Los, einsteigen jetzt!« brüllte Jannel dazwischen und schubste Victoire auf die Bustür zu. »Xavier, sorg dafür, daß die Leute uns hier nicht im Weg herumstehen!«

Monique drückte Victoire den Rucksack vor die Brust, packte ihre Freundin an beiden Oberarmen und küßte sie auf die Wangen. »Komm bald wieder«, sagte sie. »Ich tue hier für dich, was ich kann. Gleich morgen gehe ich auf die

Mairie.« Dann trat sie einen Schritt zurück, ließ Victoire aber keine Sekunde aus den Augen, um auf diese Weise bei ihr zu sein. Das war alles, was sie für sie tun konnte, doch Victoire gab diese Geste der Menschlichkeit Hoffnung.

Sie drückte den Rucksack an sich, als sei sie ein kleines Kind und er ihr Lieblingsstofftier. Sie stieg als erste in den Bus, dann folgte Thomas Jannel. »Heute werde ich neben dir sitzen«, sagte er mit einem öligen Grinsen und schubste sie in die erste freie Bank hinter dem Fahrer. Er nahm den Platz neben ihr, so als müßte er befürchten, sie würde einen Fluchtversuch unternehmen. Breitbeinig saß er da und machte ein wichtiges Gesicht zu den Blicken der anderen Reisenden. Victoire fühlte diese Blicke wie glühende Eisen auf sich gerichtet. Sie war unfähig, einen klaren Gedanken zu fassen, sie dachte nur immer: Fang hier jetzt bloß nicht an zu weinen. Nicht vor all diesen Leuten, die doch deine Nachbarn, deine ehemaligen Klassenkameraden und Freunde sind. Sie suchte Monique, die immer noch draußen stand, und als sie sah, daß Doktor Verneuil herbeigeeilt kam und sich zu ihr stellte, gelang ihr sogar ein zaghaftes Lächeln.

Der Bus setzte sich in Bewegung. Das Café de l'Etang, die Mairie, ihre alte Schule, sie erhaschte einen Blick auf die Gebäude ihrer Kindheit und fragte sich, ob es der letzte sein würde.

Die Sonne stand hoch und heiß am Himmel, als sie auf dem Bahnhof in Apt ankamen. Dort wartete bereits ein dicker Kollege von Thomas Jannel mit einer weiteren Gefangenen, einer jungen, sehr schönen Frau, die keinerlei Gepäck bei sich hatte und lediglich ein spitzenbesetztes Nachthemd trug. Ihr tiefes Dekolleté und die rosafarbene Haut ihres Oberschenkels waren zu sehen. Und die Handschellen, die man ihr angelegt hatte. Sie war wohl direkt aus dem Bett heraus verhaftet worden. Wieder nahm Jannel Victoire grob am Arm und zwang sie, sich ihm gegenüberzustellen. Er ließ sie den Rucksack aufsetzen. Dann legte er ihr auch Handschellen an.

»Du bist verrückt. Was soll das?« fragte sie entsetzt.

»Vorschrift«, antwortete er und zog verächtlich die Mundwinkel herunter. Er schubste Victoire in die Richtung, wo sein Kollege mit der anderen Frau stand. »Da kommt der Zug. Paß gut auf die beiden auf«, rief er ihm zu. »Man weiß nie, auf was für Ideen diese Weiber kommen.« Sein letzter Blick galt Victoire. »Dann mal gute Fahrt!« Damit wandte er sich zum Gehen.

Vergeblich versuchte Victoire die Handschellen in ihrem Jackenärmel zu verstecken, während sie mühsam den Zug bestieg. Mit bebenden Lippen hörte sie die Kommentare der anderen Reisenden:

»Schon wieder eine deutsche Spionin.«

»Ja, und die andere haben sie wohl bei der Arbeit erwischt«, sagte jemand und ließ ein meckerndes Gelächter hören.

»Was gibt's da zu lachen?« mischte sich eine dralle Frau in einem zu engen Kleid ein. »Diese Huren sind eine Schande für jede anständige Frau. Nehmen uns die Männer weg und infizieren unsere Soldaten mit ihren Krankheiten!«

Es war Spießrutenlauf. Sie mußten zwei Waggons der Länge nach durchqueren. Während der ganzen Zeit raffte die Frau, die vor Victoire ging, verzweifelt das Negligé über dem Ausschnitt zusammen. Endlich wies der Polizist mit einer Kopfbewegung auf ein freies Abteil. Victoire wollte ihren kleinen Koffer in das Gepäcknetz hieven, was mit den gebundenen Händen gar nicht einfach war. Die Frau half ihr, wobei ihr Ausschnitt wieder verrutschte. Kurz entschlossen öffnete Victoire den Koffer und nahm die Strickjacke heraus. Die Frau schenkte ihr ein dankbares Lächeln.

»Mein Name ist Thérèse«, flüsterte sie.

»Victoire Gubin«, gab Victoire zurück.

»Keine Gespräche, sonst …«, sagte der dicke Polizist und zeigte auf seinen Schlagstock.

Er nahm Thérèse für einen Augenblick die Handschellen ab, damit sie die Jacke überstreifen konnte, aber das war sein einziges Entgegenkommen. Für den Rest der Reise machte er ein undurchdringliches Gesicht und antwortete nicht auf ihre Fragen.

Sie fuhren in nördlicher Richtung. Nach einer Fahrt, die Victoire wie eine Ewigkeit vorkam, hielt der Zug, und sie stiegen aus. Victoire hatte kaum das Ortsschild gelesen, da wurden sie und Thérèse schon weitergetrieben. Man nahm ihr die Handschellen ab, aber nur, damit sie ihr Gepäck aufnehmen konnte. Die Frauen und ihr Bewacher verließen den Ort und stiegen einen engen steinigen Weg bergan. Victoires Koffer wurde zusehends schwerer. Brennender Durst ließ ihr die Zunge am Gaumen kleben. Thérèse nahm ihr kurzerhand den Koffer ab, und für den Rest des Weges trugen sie ihn abwechselnd. Nach über einer Stunde beschwerlichen Marsches standen sie vor einem eisernen Tor. Sie durchschritten es und sahen auf der rechten Seite einige niedrige Holzbaracken. Rund um das Gelände starrte Stacheldraht, über dem Wäschestücke zum Trocknen hingen: spitzenbesetzte Unterwäsche und Kleider, Strümpfe, sogar eine Kinderhose.

Sie wurden in das Büro der Lagerleitung gebracht, das am Ende des Weges im einzigen gemauerten Haus lag. Der Polizist übergab die Akten der Neuzugänge. Victoire forschte ängstlich im Gesicht des Kommandanten, während er ihre Akte durchsah. Die Überprüfung dauerte keine zwei Minuten. »Baracke 11«, sagte er, und »Nummer 19« zu Thérèse. Sie erhielten ein Paar Holzpantinen, einen Umhang aus derbem Stoff und eine Decke, einen Nachttopf und ein Eßgeschirr. Dann wurden sie in ihre Baracken gebracht.

In der Unterkunft der Französinnen hausten bereits knapp achtzig Frauen, die nicht gerade begeistert waren, daß sie noch enger zusammenrücken mußten. Eine ältere Frau zeigte Victoire eine freie Pritsche. Victoire befühlte den Strohsack und die grobe Pferdedecke. Sie hatte ein unteres Bett, auf der Matratze über ihr schlief bereits eine Frau. Sie ließ sich auf die Pritsche fallen. Vor Erschöpfung fiel sie auf der Stelle in Schlaf.

In den nächsten Tagen gewöhnte sich Victoire langsam an ihr neues Leben, das ihr manchmal wie ein Alptraum vorkam. Der Tag war in die unterschiedlichen Warteschlangen gegliedert, in die die Frauen sich einreihen mußten: zum Waschen, für heißes Wasser, für die Suppe, für die Latrine, vor dem Büro des Kommandanten. Um sieben Uhr abends wurden die Barackentüren verriegelt, niemand durfte mehr hinaus. Victoire ließ sich im Strom der anderen mittreiben und versuchte, diese fremde Welt zu begreifen. Im Lager waren Frauen vieler Nationalitäten versammelt, die in Frankreich unerwünscht waren. Die Spanierinnen bildeten eine große Gruppe, viele von ihnen hatten Kinder bei sich. Aber es gab auch politische Flüchtlinge aus anderen Ländern, aus Deutschland, Polen, Holland. Mit ihnen waren gewöhnliche Kriminelle und Prostituierte inhaftiert, Frauen, deren Papiere nicht in Ordnung waren, was in diesen verrückten Zeiten gar nichts Ungewöhnliches war, und Jüdinnen. Und es gab eine immer größer werdende Zahl Französinnen unter ihnen: eingeschriebene Mitglieder der Kommunistischen Partei, aber auch die Ehefrau eines kommunistischen Abgeordneten, der gegen den Waffenstillstand gestimmt hatte, Frauen, die unter dem vagen Vorwurf des liederlichen Lebenswandels oder der politischen Unzuverlässigkeit inhaftiert waren. Zu letzteren zählte Victoire, und zu ihnen gehörte auch Chantal Legrand, eine Anwältin, die Frauen gegen ihre zudringlichen Chefs und vor allem politische Flüchtlinge vertreten hatte. Mit Chantals Hilfe formulierte Victoire eine Eingabe, die das vorläufige Sorgerecht für Sophie den Clavels übertrug, nachdem sie aus dem Brief von Agnès erfahren hatte, was Edouard getan hatte. Victoire durfte sogar mit einer Eskorte in die Stadt hinuntergehen, um das Schreiben notariell beglaubigen zu lassen.

Das undurchschaubare, paradoxe Nebeneinander von Freiheiten und Strenge verwunderte Victoire am meisten. Es war den Frauen erlaubt, das Lager zu verlassen, wenn sie auf ein Amt in den umliegenden Städten mußten, um ihre Papiere in Ordnung zu bringen oder ihre Ausreise aus Frankreich zu betreiben. Einige von ihnen hatte sogar regelmäßigen Kontakt zu ihren Ehemännern. Die Kinder, die mit ihren Müttern im Lager lebten, besuchten die örtlichen Schulen und warfen heimlich Briefe ein. Aber es gab auch einen Karzer, mit dem Fluchtversuche oder Aufsässigkeit bestraft wurden, es gab Briefsperren, Schmutz, Hunger und Kälte und vor allem Einsamkeit.

Freundschaften machten das Leben im Lager erträglicher. Konflikte und Streit, etwa um einen Platz am Ofen, um eine besonders begehrte Arbeit, wegen Diebstählen und Beleidigungen, gab es genug. Victoire freundete sich mit Thérèse an.

»Sag ruhig Zizi zu mir, so nennen mich alle«, sagte sie zu

Victoire, als sie sich nach einigen Tagen am Zaun trafen, um ihre Wäsche zum Trocknen aufzuhängen. Victoire starrte fasziniert auf die spitzenbesetzten Mieder, die Zizi vor ihr ausbreitete. Thérèse selbst trug an diesem Tag ein braunes Nachmittagskleid, das man beinahe elegant nennen konnte, dazu Lippenstift und feuerroten Nagellack.

»Woher hast du die Sachen? Ich habe geglaubt, solche Dinge nie in meinem Leben wieder zu Gesicht zu bekommen.«

Zizi warf lachend den hübschen Kopf zurück. »Beziehungen«, sagte sie und zeigte auf einen der jungen Bewacher, der auf der anderen Seite des Zaunes stand und sie mit den Augen verschlang. »Gelernt ist gelernt. Aber deine Schuhe sind auch nicht von schlechten Eltern«, fügte sie mit einem Blick auf Victoires Füße hinzu.

»Das wollte ich mir einfach nicht nehmen lassen«, sagte Victoire, und ihr Gesicht nahm einen entschlossenen Ausdruck an.

»Ich hab mir schon gedacht, daß du eine bist, die sich nicht so leicht unterkriegen läßt«, antwortete Zizi. »Genau wie ich!«

Zizi und Victoire mochten sich und versuchten sich gegenseitig das Leben erträglicher zu machen. Victoire litt besonders unter der Trennung von Sophie. Eines Tages sah sie ein Mädchen, das einen Pullover in denselben Farben wie Sophie trug. Für einen verrückten Moment glaubte sie, es sei ihre Tochter. Als sich das Mädchen zu ihr herumdrehte, erkannte Victoire, daß es natürlich, glücklicherweise! nicht Sophie war. Aber sie suchte von da an die Nähe der Kinder im Lager, kümmerte sich ein wenig um sie und brachte ihnen Lieder und Spiele bei. Eines Abends erschienen einige Frauen aus der deutschen Baracke in ihrer Ecke am Stacheldraht, wo sie mit einigen Kindern saß und malte, denn Zizi hatte etwas Papier organisiert.

»Du machst das gut. Würdest du uns helfen, unser Französisch zu verbessern?«

Victoire sah die Sprecherin, eine große blonde Frau mit einer dunkel gefaßten Brille, überrascht an.

»Warum ich? Gibt es keine Lehrerin unter euch?«

»Doch, wir haben sogar drei, aber die sprechen nicht so gut Französisch wie du.«

So kam es, daß Victoire an den Vormittagen einem knappen Dutzend Frauen unterschiedlicher Nationalität Französisch beibrachte. Am Nachmittag kümmerte sie sich nach wie vor um die Kinder, die zu ihr kamen. Die Aufgabe lenkte sie von der Monotonie und ihren Sorgen ab, und sie half damit anderen, manchmal bekam sie sogar etwas dafür.

Als es Herbst wurde, schenkten die Frauen ihr einen warmen Rock, der aus dem verächtlich »Pétain-Kleid« genannten Umhang genäht war, den alle Frauen im Lager bekamen und der mit der angenähten Pelerine an die Rot-Kreuz-Uniformen des Ersten Weltkriegs erinnerte. Die Kinder brachten ihr manchmal einen Apfel mit, den sie auf dem Schulweg gepflückt hatten. Frisches Obst war eine Seltenheit im Lager, und fast alle Frauen litten an Mangelerscheinungen, die zu Gelbsucht, schweren Durchfallepidemien und Kraftlosigkeit führten.

Das Leben war hart, viele Frauen waren krank, verzweifelt, in Sorge um ihre Männer und Kinder. Einige wurden bösartig und waren unfähig zum Zusammenleben mit den anderen. Ständig gab es Streit mit ihnen. Andere versuchten, das Beste aus der Situation zu machen, denn alle wußten, daß es Lager gab, in denen die Verhältnisse viel schlimmer waren und in denen die Insassen von der Deportation nach Deutschland bedroht waren.

Bei jedem Kämmen verlor Victoire büschelweise Haar,

zudem war es beschwerlich, es zu waschen. Dazu mußten die Frauen den umfunktionierten Nachttopf benutzen, und um das warme Wasser mußte man lange kämpfen. Eines Tages ging sie zu einer Frau, die in Montpellier Friseurin gewesen war, und ließ es sich abschneiden. Sie wußte, Franz würde es verstehen.

»Was ist mit dir? Du bist schon seit ein paar Tagen so niedergeschlagen«, fragte Zizi, als sie neben Victoire in der Schlange für die tägliche Mittagssuppe stand.

Victoire sah sie an und wußte nicht, was sie sagen sollte. Schließlich brachte sie heraus: »Ich glaube, ich bin schwanger.«

Zizi sah sie prüfend an. »Du bist doch jetzt schon fünf Monate hier. Und dein Mann ist seit Kriegsausbruch weg. Du kannst gar nicht schwanger sein. Es sei denn, du hast …«

Victoire schüttelte den Kopf. »Aber ich blute nicht. Schon seit zwei Monaten.«

»Das kommt vom Lager«, sagte Zizi und spuckte verächtlich in den Sand, eine Geste, die zu ihrem eleganten Kleid in heftigem Widerspruch stand. »Du bekommst nicht genug zu essen und vor allem nicht das richtige. Dazu die Sorgen um Franz und Sophie, da trifft dein Körper Vorkehrungen, damit du nicht auch noch schwanger wirst.«

»Meinst du wirklich?« fragte Victoire.

Zizi legte ihr den Arm um die Schulter, und Victoire wurde schmerzhaft bewußt, wie lange sie schon eine liebevolle Berührung vermißte. Die Sehnsucht nach Sophies Armen um ihren Hals überkam sie so plötzlich, daß sie aufschluchzte. Oder war es die Erleichterung? Zizi drückte sie fest an sich und tröstete sie. »Sei doch froh, daß es nicht so ist. Wenn du hier erst mal raus bist und dein normales Leben wieder hast, kannst du immer noch Kinder bekommen, glaub mir.«

An diesem Abend konnte Victoire keinen Schlaf finden. Zizis Worte von der Möglichkeit einer späteren Schwangerschaft hatten die Erinnerung an die Liebe mit Franz beschworen. Sie meinte in diesem Moment zu fühlen, wie ihr Mann auf ihr lag und sich in ihr bewegte. Sie meinte seinen Atem an ihrem Mund zu riechen und die Wärme seiner Hände auf ihrem Körper zu spüren. In diesem Augenblick liebte sie ihn so sehr, daß sie weinen mußte. Stöhnend warf sie sich auf ihrer Pritsche herum. Sie vermißte Franz sogar mehr als Sophie, und sie fragte sich, ob sie sich dafür schämen sollte.

Der Herbst 1941 war vorüber, und nun kam der Winter, der hier, im Norden der Cevennen, lang, kalt und schneereich war. Das schmale Heizungsrohr, das an der Decke über den oberen Pritschen entlang die Wärme aus dem kleinen Ofen führte, reichte bei weitem nicht aus, um die ganze Baracke zu wärmen. Die Streitigkeiten um einen der wenigen Plätze auf dem Ofen, wo die Frauen Wasser für Tee oder zum Waschen wärmten, wurden heftiger. Draußen vor den Baracken versanken sie in Matsch und Schnee. Eine schmerzhafte Augenentzündung grassierte im Lager, die von der Verwaltung weder erkannt noch richtig behandelt wurde. Victoire blieb verschont, aber das Gesicht der schönen Thérèse wurde durch die eiternden Wunden entstellt. Als sie es nicht mehr aushielt, verließ sie eines Nachts mit der Hilfe eines Wachpostens das Lager, um zu einem Arzt nach Montpellier zu fahren, der eine infektiöse Bindehautentzündung diagnostizierte und ihr entsprechende Medikamente mitgab. Zwei Tage später war sie zurück. Für ihren »Fluchtversuch«, so die Lagerleitung, bekam sie drei Tage Kerker aufgebrummt, außerdem Postverbot für zwei Wochen.

»Warum bist du zurückgekommen?« fragte Victoire sie.

Zizis Antwort war eindeutig. »Wo hätte ich ohne Papiere hingehen sollen? Die Straßen sind voller Polizisten und Soldaten. Hier bekomme ich wenigstens mein Essen, auch wenn es schlecht ist.«

Ein Postverbot wäre für Victoire die größte aller Strafen gewesen. Sie lebte nur für den Moment am Abend, kurz bevor die Baracken für die Nacht geschlossen wurden, wenn die Briefe verteilt wurden. Wurde ihr Name aufgerufen, dann stürzte sie nach vorn, um die Sendung in Empfang zu nehmen. Sie hätte nicht sagen können, was für sie wichtiger war: die Briefe, in denen Sophie in ihrer kindlichen Schrift erste Sätze schrieb, oder die Päckchen mit Lebensnotwendigem. Sie selbst schrieb auch, zärtliche Briefe, in denen sie kleine Begebenheiten aus dem Lager berichtete. Die Dinge, mit denen sie ihre Tochter nicht ängstigen wollte, schrieb sie auf kleine Zettel für Agnès Clavel. Ob sie endlich Nachricht von Franz habe? Ob sie wisse, wo er sei? Ob es Sophie auch wirklich gutgehe?

Kurz vor Weihnachten lag der Himmel grau und schwer über dem Lager. Die Wolken schienen direkt auf den Dächern der niedrigen Baracken zu hocken. Die Frauen versuchten unter ihren klammen Decken etwas Wärme zu finden. Wie jeden Abend warteten sie auf die Postverteilung. Die Barackenführerin nannte die Namen immer dem Alphabet nach. »Clément, Davout, Fallois …« Als sie bei Siraud angekommen war, ließ sich Victoire erschöpft auf ihre Pritsche zurückfallen. Ihr Name war nicht dabei.

»Moment, hier ist noch eine Sendung. Gubin«, rief die Frau, und noch einmal: »Gubin?«

Die Frau über ihr beugte sich zu Victoires Bett hinunter. »Victoire, du bist gemeint!«

Victoire sprang wie elektrisiert auf und drängelte sich zum Ofen durch, wo die anderen Glücklichen ihre Briefe und Päckchen bereits aufrissen. Sie nahm ein Paket von Agnès Clavel in Empfang. Obenauf lag ein Schal, den Sophie gestrickt hatte. Victoire legte ihn sich um und roch an ihm. Sie hoffte, die ganze Mühe und Liebe zu spüren, die ihre Tochter in die Arbeit gelegt hatte. Dann fiel ihr Blick auf einen Briefumschlag, auf dem sie Franz' Schrift erkannte. Langsam ging sie zu ihrer Pritsche zurück, und trotz der Kälte fuhr eine heiße Welle durch ihren Körper. Mit zitternden Fingern riß sie den Umschlag auf.

Geliebte Victoire,

ich bin in einem Lager an der spanischen Grenze. Morgen fahren wir nach Nordafrika, wahrscheinlich nach – der Name des Ortes war von der französischen Militärzensur geschwärzt. Ein dicker Stempel prangte daneben und verwischte noch Teile des Geschriebenen, die gar nicht betroffen waren. *Wir sollen dort beim Bau der Sahara-Bahn helfen. Endlich eine Beschäftigung! Mir geht es gut, ich bin gesund und stark, mir wird nichts passieren. Paß gut auf Dich und Sophie auf. Bis bald! Ich küsse Dich und Sophie,*

Franz.

Er hatte so klein wie möglich geschrieben, aber mehr faßte das Blatt nicht. Der Brief war nach Saint Luron adressiert. Woher sollte Franz auch wissen, daß sie hier festsaß? Victoire drehte und wendete das Papier, aber es enthielt keine weiteren Informationen, nicht einmal ein Datum! Wann mochte Franz geschrieben haben? War er vielleicht schon auf einem Schiff? Was hatte das zu bedeuten, Afrika? Wo in Afrika? Sie faltete den Brief sorgfältig zusammen und ging zu Chantal hinüber, um sie um Rat zu fragen. Chantal wußte aufgrund ihrer früheren Tätigkeit am besten Bescheid über die Flüchtlingspolitik der Vichy-Regierung.

Die Anwältin lag auf ihrer Matratze und rauchte. »Du mußt mir den Brief schon zeigen, wenn du willst, daß ich etwas dazu sage«, sagte sie sanft. Sie überflog den Bogen, den Victoire ihr reichte.

»Da kannst du mal wieder sehen, wie dumm die Militärs sind. Den Namen des Lagers haben sie geschwärzt, aber Sahara-Bahn haben sie stehenlassen. Er wird in Colomb-Béchar sein, das liegt in Algerien, an der Grenze zu Marokko. Dort ist ein großes Arbeitslager, in das sie die Flüchtlinge abschieben, damit sie zur größeren Ehre Frankreichs eine Eisenbahn durch die Wüste bauen.«

»Wie ist es dort?« fragte Victoire.

Chantal stieß eine Rauchwolke aus: »Es wird nicht viel besser sein als hier, vielleicht wärmer.« Als sie Victoires Erschrecken bemerkte, fügte sie hinzu: »Laut Waffenstillstandsvertrag hat Frankreich die Hoheitsrechte für die nordafrikanischen Protektorate und Départements behalten. Dort haben Vichy-Leute das Sagen. Mach dir nicht zu viele Sorgen. Auf jeden Fall ist Franz dort sicherer vor Hitlers Zugriff als hier in Frankreich. Ich weiß von einigen, die von dort geflohen sind. Und für dich kann es die Freilassung bedeuten.«

Victoire fuhr auf. »Was? Wieso?«

»Weil dein Mann jetzt für Frankreich arbeitet. Du mußt ein Entlassungsgesuch stellen.«

Victoire dankte ihr und ging nachdenklich zurück zu ihrer Pritsche.

Würde man sie jetzt entlassen? Durfte sie zurück zu Sophie? Sie las den Brief wieder und wieder. Was hatte es zu bedeuten, daß Franz mehrfach beteuerte, er sei gesund? Daß er es nicht war und sie nicht beunruhigen wollte? *Geliebte Victoire.* War das nicht alles, was zählte? Daß er sie liebte? *Bis bald,* hatte er geschrieben. Wenn es stimmte, daß von dort die Flucht einfacher war, plante er vielleicht einen Ausbruch?

Sie legte den Brief zur Seite, um nachzusehen, was noch in dem Paket war: einige Lebensmittel, die sie dringend brauchte, und, ganz unten, halb versteckt, ein Foto von Sophie. Agnès mußte mit ihr nach Apt gefahren sein, um es aufnehmen zu lassen. Mit Tränen in den Augen starrte Victoire es an. War das ihre Tochter? Sophie hatte sich verändert, ihr Haar war lang geworden, das Gesicht ernst und viel zu erwachsen für ein Kind. Aber sie lächelte ein schüchternes, zuversichtliches Lächeln. Sie hatte ein paar Milchzähne verloren. Abwechselnd nahm Victoire das Foto ihrer Tochter und den Brief ihres Mannes und drückte ihre Lippen darauf.

Eine Woche später kam der Jahreswechsel. Victoire fragte sich voller Angst, was das nächste Jahr ihr bringen möge. Wo mochte Franz in diesem Augenblick sein?

Sie grübelte und grübelte. Täglich wartete sie auf einen Bescheid, daß man sie entlassen würde. Sie wußte von anderen Frauen, die gehen durften, nachdem ihre Männer sich zum Arbeitsdienst gemeldet hatten. Es mußte doch endlich etwas geschehen! Hartnäckig hielt sich das Gerücht, das Lager werde demnächst aufgelöst. Die Frauen waren aufs höchste beunruhigt. Eine Auflösung des Lagers bedeutete, daß sie entweder in ein anderes Lager kamen oder entlassen wurden. Es gab aber auch die Möglichkeit, daß sie alle nach Deutschland verschleppt wurden. Victoire verfing sich in diesen Gedanken, und die Sorgen raubten ihr die letzte Kraft.

Ende Januar zog sie sich einen der fiebrigen Durchfälle zu, die die Frauen regelmäßig heimsuchten. Fast alle bemühten sich um Reinlichkeit, aber angesichts der steigenden Zahl der Inhaftierten, wegen der Wasserknappheit und der Ratten und Mäuse war das ein zum Scheitern verurteiltes Unterfangen.

Victoire konnte tagelang nicht einen Bissen zu sich nehmen und wurde zusehends schwächer. Das einzige, was sie heruntergebracht hätte, war Obst, aber sie hatte kein Geld mehr, um sich welches zu besorgen. Am vierten Tag erschien Zizi mit einem Apfel. Sie schnitt ihn klein, in winzige Stücke, und brachte zwei Stunden damit zu, Victoire damit zu füttern.

»Du mußt gesund werden, hörst du. Gib nicht auf. Denk an Sophie.« Thérèse sah sich um, ob jemand zuhörte. »Gestern hat meine Bettnachbarin behauptet, die Auflösung des Lagers sei beschlossene Sache. Der stellvertretende Lagerkommandant hat es ihr erzählt. Vielleicht werden wir alle freigelassen.«

Victoire wand sich in einem neuen Krampf. Keuchend übergab sie sich und spuckte den gesamten Apfel wieder aus.

Zizi sah auf sie herab und wischte ihr mit einem Tuch über das Gesicht. »Ich bringe dich jetzt in die Krankenstation. Du stirbst hier.«

Zwei Tage später, nach einer Infusion, ging es Victoire etwas besser, obwohl sie immer noch zu schwach zum Aufstehen war. Zizi besuchte sie regelmäßig.

»Es ist tatsächlich wahr. Unser Lager wird aufgelöst. Der Kommandant hat versprochen, sich unsere Dossiers anzusehen. Jede darf ihren Fall vortragen, und wo er es vertreten kann, kommen wir frei. Du mußt gesund werden, ganz schnell!«

Sobald sie sich auf den Beinen halten konnte, stand sie im Büro der Lagerverwaltung. Der Kommandant hielt einen Papphefter in der Hand, in dem sich mehrere Blatt Papier befanden.

»Ihr Mann ist Saarländer, und er hat Frankreich verlassen, um für uns in Nordafrika zu arbeiten?«

Victoire fuhr auf. »Wissen Sie etwas von ihm? Sagen Sie es mir! Wo ist er? Ist er gesund?«

Der Mann sah sie mit einer Mischung aus Erstaunen und Bekümmerung an. »Ich weiß nicht mehr als Sie. Aber ich bin sicher, er wird sich in den nächsten Wochen selbst brieflich bei Ihnen melden.«

Victoire mußte an sich halten, um ihn nicht zu beschimpfen. Wußte dieser Mann denn gar nichts? Er tat gerade so, als wäre Franz im Urlaub und habe vergessen, eine Ansichtskarte zu schicken! Sie glaubte an ihrer Empörung ersticken zu müssen.

»Das sieht doch alles recht gut aus.« Der Kommandant blätterte sich noch einmal durch den Inhalt des Hefters, dann sah er Victoire ins Gesicht. »Außerdem sind Sie krank, und ich will kein Risiko für den Transport eingehen. Hier sind Ihre Entlassungspapiere und ein Billett für den Zug nach Apt. Von dort müssen Sie selber sehen, wie Sie weiterkommen.« Er reichte ihr den Entlassungsschein und die Fahrkarte. Victoire rührte sich nicht von der Stelle. »Ist noch etwas?« fragte er mit leichter Ungeduld. »Sie können gehen.«

Als Victoire wieder draußen im schmutzigen Schnee stand, wo Thérèse auf sie wartete, verlor sie das Bewußtsein.

Kapitel 19

Den Sonntag, ihren vorerst letzten Tag in Saint Luron, verbrachte Hanna allein in Les Oliviers. Sie wollte diesen Tag ganz für sich haben, um von allem, was ihr in den letzten Wochen so ans Herz gewachsen war, Abschied zu nehmen. Sie putzte jeden Winkel des Hauses und brachte die Gartenmöbel bis auf ihren Lieblingsstuhl in den Schuppen. Sie goß alle Blumenkübel noch einmal und pflückte duftende Kräutersträuße aus ihrem Beet, die sie Marita mitbringen wollte. Dann wanderte sie jede einzelne Terrasse ab, blieb vor den Bäumen stehen, zog einen Ast heran, um die beginnende Fruchtbildung zu begutachten und hob eine Weinranke an ihren Platz. Am Ende stand sie vor der alten Olive unten am Fluß. Sie lehnte sich an den Baum und schloß die Augen, um auf diese Weise noch einmal so intensiv wie möglich Geräusche und Düfte ihres Gartens in sich aufzunehmen. Sie hoffte, daß ihr diese Erinnerungen Kraft geben würden, wenn sie wieder in Hamburg war. Denn je näher die Begegnung mit Ullrich rückte, um so mehr fürchtete sie sich vor ihr.

Am Abend zuvor hatte sie ihn angerufen. »Ich nehme übermorgen den Mittagsflug aus Marseille.«

Er antwortete nicht.

»Freust du dich nicht? Du wolltest doch, daß ich komme.«

»Doch, doch. Natürlich freue ich mich. Es kommt nur ein bißchen plötzlich«, sagte er hastig.

Hanna hatte das deutliche Gefühl, daß er blitzschnell überlegte, was er bis dahin noch alles zu tun habe. »Holst du mich am Flughafen ab?«

»Aber sicher. Gern.«

Es hatte aber anders geklungen. Ausweichend, unwillig. Ullrich war nicht ehrlich zu ihr, das war unüberhörbar. Der Gedanke durchzuckte sie schmerzhaft, ob er sich nach wie vor mit Susanne traf. In jedem Fall spürte sie sein Zurückweichen, und das führte dazu, daß auch sie sich ihm so fremd fühlte wie noch nie. Ihre Ehe hatte einen großen Riß bekommen, und sie würden sehr große Anstrengungen unternehmen müssen, um wieder zueinanderzufinden. Aber wollte sie das denn überhaupt?

Sie fuhr mit der Hand in die Öffnung des Stammes und mußte daran denken, wie Sophie hier nach Jahrzehnten ihre Marmel wiedergefunden hatte. Sophie … Wieder fragte sie sich, wie Sophie wohl über ihre Ehe mit Ullrich gedacht hätte. Sicherlich hätte sie ihr Zögern, ihre Unentschlossenheit nicht verstanden. Für Sophie war die Liebe die große Liebe, die ein Leben lang hielt, ohne jeden Zweifel. Und wenn es Zweifel gab, dann war es nicht die große Liebe. Eigentlich eine sehr logische, einfache Vorstellung. Aber konnte sie in heutigen Zeiten noch Gültigkeit haben, in der die Beziehungen zwischen Mann und Frau so kompliziert geworden waren?

Hanna ging weiter, überquerte den Fluß und stand vor Sophies Haus. Sie ging in jeden Raum und schloß die Fensterläden. Bei geschlossenen Läden waren die Zimmer und in ihnen viele Dinge, an denen Hannas Herz hing, in absolutes Dunkel getaucht. Die Anrichte mit dem Rosengeschirr, das rote Sofa mit dem goldenen Muster und darüber Victoires Bild. Hanna klappte den einen Ladenflügel noch einmal auf, um sich von dem ebenmäßigen, ernsten Gesicht zu verabschieden. Victoires Haar war so üppig, daß auch der Maler davor kapituliert hatte. Er hatte es nur teilweise auf das Bild gebannt, oben schien es in dem dunklen Rahmen zu verschwinden. Das Bild war kein Meisterwerk, aber es rührte Hanna jedesmal an, wenn sie es betrachtete. Sie hätte zu gern gewußt, wann es entstanden war und wer es in Auftrag gegeben hatte. Vielleicht Franz? Sie seufzte. Auch so eine Frage, die nur Sophie hätte beantworten können. Auf dem Weg in die Küche nahm sie Laurents Foto von der Anrichte und strich leicht über das Glas. Auch ihn vermißte sie schmerzlich.

Zum Schluß nahm sie den Umschlag mit Victoires Tagebuch aus dem Küchenschrank und drückte ihn an sich. Doch dann, in einer raschen Bewegung, legte sie ihn zurück an seinen Platz. Auch wenn Sophie ihr die Aufzeichnungen vermacht hatte, so gehörten sie doch hierher. Und sie würde wiederkommen, um sie erneut zu lesen.

Sie verschloß die Haustür und ging rasch hinauf in ihr Haus.

Es war später Nachmittag geworden. Vor der Abreise gab es nichts mehr für Hanna zu tun, und sie setzte sich auf die Terrasse, um ein letztes Mal die Stille und die Aussicht zu genießen. Sie kniff die Augen gegen das Licht zusammen, und für einen Augenblick sah es so aus, als bildeten die weißen Mauern eine Gliederkette, an der die Olivenbäume wie grüne Topase hingen. Ganz unten schimmerte das helle Band des Flusses durch die gelichteten Bäume. Es sah wunderschön aus, und Hanna schloß die Augen, um auszuprobieren, ob sie dieses Bild in ihrem Kopf mit nach Hamburg nehmen könnte. Was hatte sich hier in den vergangenen Wochen alles verändert, und es war ihr Werk! Hanna hatte den Stolz und die Erfüllung kennengelernt, die entstehen, wenn man eine Aufgabe in Angriff nimmt und sie bis zum Ende ausführt. Die Bewirtschaftung des Olivenhains war eine Pflicht, auf die sie sich von ganzem Herzen freute. Das war ihr in diesen Wochen klargeworden: Sie würde nicht länger in der Bank arbeiten. In Gedanken hatte sie ihr Kündigungsschreiben schon formuliert, daran würde auch die Freundschaft zwischen ihrem Vater und ihrem Chef nichts ändern.

Als Charlot erschien, machte sie ihm die letzte Dose Katzenfutter auf und sah ihm zu, wie er gierig fraß. »Du wirst mich vermissen, kleiner Kater. Aber Nadine wird ab und zu nach dir sehen, und außerdem bin ich bald wieder da. Das verspreche ich dir.«

Beim Landeanflug auf Hamburg war der Himmel blau, und Hanna genoß den Blick auf die Stadt, die sich unter ihr ausbreitete. Meistens regnete es, wenn sie nach Hamburg flog. Aber heute konnte sie die Außenalster ausmachen, dann das Planetarium und die City Nord mit ihren überdimensionalen Bürogebäuden. Der Pilot hatte durchgesagt, daß die Temperatur bei angenehmen 20 Grad liege. Trotzdem fröstelte Hanna, als sie auf die Tür zur Ankunftshalle zuging. Nervös hielt sie Ausschau nach Ullrich. Wie würde er reagieren? Wieder so kühl und unnahbar wie am Telefon?

Er stand vor der Absperrung und sah sie sofort, als sie aus der Tür trat. Er hatte ein kleines Lächeln um die Mundwinkel, von dem Hanna nicht sagen konnte, ob es verlegen oder gemein war. Er sah übernächtigt aus, noch müder als bei seinem Besuch in Saint Luron. Hanna machte die letzten Schritte auf ihn zu, und er nahm sie in den Arm. Sie roch den Geruch von zu vielen Zigaretten und fühlte sein unrasiertes Gesicht an ihrer Wange.

»Wie war der Flug?« fragte er, als sie sich voneinander gelöst hatten.

»Nichts Besonderes«, antwortete Hanna. »Aber du siehst aus, als hättest du einen Nachtflug hinter dir.«

Ullrich sah an sich herunter. »Tut mir leid.«

»Wo kommst du denn her? Hast du nicht zu Hause geschlafen?« Sie bemerkte die Doppeldeutigkeit ihrer Frage, die schärfer geklungen hatte als beabsichtigt.

»Nein«, sagte er. »Aber es ist nicht so, wie du denkst. Ich bin mit Kunden aus gewesen und habe dann im Büro übernachtet.«

»Im Büro? Das hast du doch noch nie getan.«

Ullrich nahm ihren Arm. »Müssen wir das alles hier am Flughafen besprechen? Wollen wir nicht erst mal nach Hause fahren und dort in Ruhe reden?«

Hanna nickte. Sie verließen das Flughafengebäude. Am Zebrastreifen streckte Ullrich den Arm seitlich vor ihrem Körper aus, um sie wie ein Kind vor den Autos zu beschützen. Sie fragte sich, ob er seinen schützenden Arm zukünftig für eine andere Frau heben würde, und Traurigkeit stieg in ihr auf.

Sie mußten quer durch die Stadt, und Hanna kamen die verstopften Straßen, die Hochhäuser und Busse fremd vor. An der Alsterkrugchaussee hatte es einen Unfall gegeben, die Kreuzung war gesperrt, zwei Krankenwagen und die Feuerwehr trafen gerade ein. Hanna sah an der anderen Seite aus dem Fenster, auf häßliche Häuserblocks, unter denen eine vierspurige Unterführung lief. Sie brauchten beinahe eine Stunde bis an die Elbchaussee.

Das Haus war aufgeräumt. Ullrich hatte sogar Blumen hingestellt.

Hannas erster Weg führte sie nach oben ins Schlafzimmer.

Sie hatte das Bedürfnis sich umziehen, aber sie wollte auch sehen, ob es Spuren von Susanne gab. Alles sah aus wie immer. Sie ging wieder hinunter und fand Ullrich auf der Terrasse. Er rauchte und starrte vor sich hin. Hanna ging auf ihn zu und legte ihm leicht die Hand auf die Schulter, um zu zeigen, daß sie da war. Ullrich zuckte unter ihrer Berührung zusammen, seine ganze Haltung drückte Abwehr aus. Hastig ging er einige Schritte von ihr weg.

»Was ist los?« fragte Hanna verunsichert.

»Was soll sein?«

Das Schweigen zwischen ihnen wurde unerträglich.

»Ich habe meine Periode bekommen«, sagte Hanna schließlich leise. »Ich hatte mir nach unserem letzten Zusammensein so gewünscht, es wäre diesmal anders.« Sie war den Tränen nahe, als sie das sagte. Sie hoffte, jetzt würde er sie in den Arm nehmen und sie trösten.

»Natürlich hattest du deine Periode«, gab er laut und brutal zur Antwort. Dann bemerkte er, daß er etwas Falsches gesagt hatte, sein Blick flackerte, als er sie ansah.

Hanna fühlte, wie ihr plötzlich kalt wurde. »Wie meinst du das?« stotterte sie. »Die Nacht mit dir war schön, ich habe mich dir so nahe wie schon lange nicht mehr gefühlt, und der Zeitpunkt stimmte ungefähr. Ich habe immer geglaubt, in solchen Augenblicken entstehen Kinder.«

Ullrich starrte auf den Boden.

»Sag mir jetzt sofort, was los ist«, rief Hanna plötzlich aus.

Ullrich hob den Kopf und sah sie einen Augenblick schweigend an. Hanna konnte förmlich sehen, wie er verschiedene Möglichkeiten durchspielte und einen Entschluß faßte. »Also gut«, sagte er dann, »wenn du es unbedingt wissen willst.« Er ging zu seinem Schreibtisch, um etwas zu suchen, und kam mit einem Brief wieder.

»Was ist das?« fragte Hanna verständnislos.

»Lies«, sagte er und wandte sich ab.

Hanna faltete den Bogen auseinander und erfaßte den Inhalt mit einem Blick. Die Worte verschwammen ihr vor den Augen. Es war der Brief einer urologischen Praxis. Der Name des Patienten war Ullrich Ohnegroot. »Sterilisation« stand dort. Und ein Datum, das bereits fünf Jahre zurücklag. Hanna merkte, wie ihr die Beine nachgaben. Mit einem Stöhnen ließ sie sich auf den Boden gleiten, den Brief immer noch in der Hand.

»Warum?« flüsterte sie immer wieder. »Warum? Warum hast du mir nicht wenigstens Bescheid gesagt?«

In diesem Augenblick zerbrach etwas in ihr. Die vielen Tage kamen ihr in den Sinn, an denen sie sich als Versagerin gefühlt hatte, weil entgegen aller Hoffnungen ihre Menstruation eingesetzt hatte. Die jovialen Fragen ihres Vaters: »Na, wann machst du mich denn endlich zum Großvater?« Und sein beredtes Schweigen, als er irgendwann die Hoffnung aufgegeben hatte und ihr die Schuld an ihrer Kinderlosigkeit gab. Die Arztbesuche, die demütigenden Untersuchungen, die Konsultationen bei unterschiedlichen Heilpraktikerinnen, die ihr Mut gemacht hatten. Bei ihr sei alles in Ordnung, sie könne jederzeit Kinder bekommen. Ihre sehnsüchtigen Blicke auf andere Mütter, die gutgemeinten, aber quälenden Ratschläge. Die unschuldige Frage: »Ach, Sie haben keine Kinder?«

Die hundertfachen Demütigungen und Verletzungen schlugen in diesem Augenblick über ihr zusammen. Ullrich hatte das ganz genau gewußt, und er hätte ihr all das ersparen können, wenn er mutig genug gewesen wäre, ihr die Wahrheit zu sagen. Als sie erkannte, was ihr Mann ihr damit angetan hatte, brach sie zusammen. Sie weinte ihr ganzes Leid hinaus, sie klagte und schrie. Als sie keine Tränen mehr hatte, kam ein anderer Gedanke hinzu. Das ist die Entscheidung, sagte sie sich.

Mühsam stand sie auf und ging mit steifen Schritten ins Bad, um sich das Gesicht zu waschen. Als sie wieder ins Wohnzimmer kam, saß Ullrich dort. Sein Blick war verschlossen.

»Ich werde morgen zu Dr. Meyer gehen und die Scheidung einreichen.«

Ullrich stand auf und ging zur Tür. »Ich nehme an, es ist dir recht, wenn ich heute nicht hier schlafe.« Ohne ihre Antwort abzuwarten, verließ er das Haus.

Maritas Küche war der zentrale Ort der Wohnung. An einem dunklen Holztisch mit einer stoffbezogenen Bank fand jeder seinen Platz und konnte mit Marita plaudern, während sie Kaffee kochte oder etwas Italienisches brutzelte. Die Sonne schien durch die Balkontür herein, es roch leicht verbrannt.

»Ich hätte mich schon viel früher von ihm trennen müssen. Vielleicht hätte ich dann schon Kinder. Warum ist er extra nach Saint Luron gekommen und hat mir seine Liebe geschworen?«

»Gut möglich, daß er das in dem Moment wirklich gewollt hat. Er verliert schließlich eine ganze Menge, wenn du gehst. Aber als er zurück in Hamburg war, wird Susanne ihm das wieder ausgetrieben haben.«

Wieder mußte Hanna weinen, aber in Gegenwart von Marita waren die Tränen leichter und tröstlicher. Bevor sie an Maritas Tür geklingelt hatte, hatte sie gezögert. Es war eigenartig, sie jetzt in Hamburg wiederzusehen, nachdem sie sich in Saint Luron verabschiedet hatten. Und nach dem, was inzwischen alles geschehen war … Von der äußeren Erscheinung her hätten sie an diesem Morgen unterschiedlicher nicht sein können: Marita wirbelte strahlend herum, alle dreißig Sekunden fuhr sie mit der Hand durch das störrische Haar und lachte. Hanna saß still am Tisch, übernächtigt und blaß, die Augen voller Trauer. Aber die beiden Frauen hatten zu vieles gemeinsam erlebt, um sich fremd zu werden.

Hanna schniefte und nahm einen Schluck von dem heißen Kaffee. »Ich könnte ihn dafür umbringen, daß er mir das angetan hat!«

»Du mußt ihn nicht umbringen. Sag ihm, er soll ausziehen und schmeiß ihn aus der Firma«, sagte Marita, während sie versuchte, eine Brötchenhälfte aus dem heißen Toaster zu zerren, wo sie sich zwischen den Heizstäben verklemmt hatte.

Hanna seufzte. »Du glaubst nicht, daß er das von allein kapieren wird?«

»Pah! Du wirst ihm noch einige unangenehme Wahrheiten sagen müssen. Du kennst doch Ullrich. Freiwillig räumt der nicht das Feld. Wie hat er reagiert, als du ihm gesagt hast, du würdest zum Scheidungsanwalt gehen?« Marita stellte jetzt den Toaster auf den Kopf und schüttelte an ihm herum, um das festgeklemmte Brötchen zu befreien. Als es endlich herausfiel, war es zur Hälfte verkohlt. Marita sah es angeekelt an und warf es mit einer heftigen Bewegung in den Mülleimer.

»Er hat gesagt, er würde woanders übernachten und ist gegangen. Manchmal könnte ich richtig Angst vor ihm bekommen.«

»Wenn der sich berappelt hat, wird er schon aus der Reserve kommen.«

Hanna warf einen Blick durch die offene Tür in das Arbeitszimmer ihrer Freundin, das von Büchern und Papierstapeln überquoll. »Aber ... das ist ja dein alter Schreibtisch!«

Marita lachte sie mit einem glücklichen Lächeln an. »Stephan hat ihn mir gestern zurückgebracht. Wir treffen uns nachher. Ich habe dir doch erzählt, daß er die andere verlassen hat?«

»Natürlich hast du mir das erzählt. Und?«

»Heute abend sprechen wir uns aus. Er wird zu mir zurückkommen, ich habe es immer gewußt!«

»Ob es wohl noch einmal eine Zeit gibt, in der wir beide gleichzeitig glücklich verliebt sind?« fragte Hanna.

»Das wäre zu schön, um wahr zu sein.« Marita sah in verschiedene Schränke, dann wandte sie sich zu Hanna um. »Magst du auch ein Müsli? Ich habe leider kein Brot mehr.«

»Nein«, entgegnete Hanna. »Ich bin mit meinem Vater verabredet. Und um drei habe ich einen Termin mit Dr. Meyer wegen der Scheidung.«

Marita schluckte. »Das sind ja gleich zwei schwere Schlachten, die du zu schlagen hast.«

Hanna war schon fast zur Tür hinaus, als Marita sie zurückhielt. »Hast du dir einmal überlegt, daß du immer noch Kinder haben kannst? Mit einem anderen Mann als Ullrich, meine ich?«

Hanna sah sie verwirrt an und wurde rot. »Das stimmt. Aber ich kann doch nicht in diesem Augenblick daran denken, wo ich gerade Ullrich verlassen habe.«

»Warum nicht?« fragte Marita. »Allzuviel Zeit solltest du dir mit der Entscheidung nicht lassen.«

Hanna freute sich nicht gerade auf die Begegnung mit ihrem Vater. Während sie die Treppe in den zweiten Stock der Gründerzeitvilla am Innocentiapark hochstieg, wo Hermann Behnsen nach ihrer Hochzeit mit Ullrich eine Wohnung gekauft hatte (»Ich will das junge Glück schließlich nicht stören«), machte sie sich auf Vorwürfe gefaßt. Und so kam es auch. »Was sind denn das für Geschichten? Eine Behnsen läßt sich nicht scheiden, die steht zu ihrem Mann«, fuhr er sie an, da hatte sie noch nicht einmal ihre Jacke ausgezogen.

Hanna drehte sich zu ihm um. »Immer ist für dich alles eine Geschichte«, sagte sie erbost. »Kannst du mich nicht einmal ernst nehmen? Und wieso weißt du schon davon? Hat Ullrich dir Bescheid gesagt? Wie wäre es, wenn du zur Abwechslung mal meiner Version glaubst?«

»Was tut das zur Sache!« entgegnete er wütend. Er ging voraus ins Wohnzimmer und ließ sich in einen Sessel fallen. Hanna folgte ihm und nahm ihm gegenüber Platz. Ihr Blick schweifte über das frische Grün der Kastanien, die auf der anderen Straßenseite im Park standen.

»Nicht ich habe Ullrich im Stich gelassen, sondern umgekehrt.« Ihre Stimme klang jetzt müde. Sie würde ihren Vater nicht überzeugen können. »Es dreht sich auch nicht um eine kleine Affäre, wie er dir vielleicht erzählt hat. Er betrügt mich seit zwei Jahren, mit Susanne, wenn du es genau wissen willst.« Bei der Erwähnung dieses Namens zuckte Hermann zusammen. »Ach, hat er das nicht erwähnt? Das paßt zu ihm.« Hanna sagte nichts von Ullrichs heimlicher Sterilisation, das war ein Thema, über das sie mit ihrem Vater nicht sprechen konnte.

Hermann war verunsichert. »Und was soll das, daß du da in Frankreich in dem alten Haus sitzt und deine Zeit vertrödelst? Gehörst du nicht hierher, nach Hamburg? Du solltest lieber deiner Arbeit nachgehen als in Saint Luron dein Geld zu verplempern.«

»Das Haus in Saint Luron ist ein Teil unserer Familiengeschichte. Und es wieder instand zu setzen ist die erste sinnvolle Aufgabe, die ich seit Jahren habe. Ich nehme an, Ullrich hat sich beklagt, weil ich *sein* Geld für die Arbeiten ausgebe? Soll er doch, schließlich hat er einige Jahre von *meinem* Geld nicht schlecht gelebt.« Sie bemerkte, daß ihr Vater aufbrausen wollte, und unterbrach ihn rasch. »Es stimmt doch: Wenn du ihn nicht in die Firma genommen und ihn vor fünf Jahren sogar beteiligt hättest, wer weiß, wo er dann heute wäre. Ich will ja gar nicht abstreiten, daß Ullrich ein guter Kaufmann ist. Aber ohne deine Starthilfe hätte er es nicht soweit gebracht. Du hast ihn doch in die richtigen Kreise eingeführt und ihm die wichtigen Kunden zugeschanzt. Warum bist du nur so parteiisch?«

Sie stand auf und ging zum Fenster. Von hier aus konnte sie auch die ersten Blüten sehen, die sich in den Kronen der Kastanien zeigten. Sie versuchte sich bei dem Anblick zu beruhigen.

»Weißt du«, sagte sie und drehte sich zu ihrem Vater um, »weißt du, ich habe viel zu lange das getan, was du für richtig gehalten hast. Ich habe über so viele Dinge hinweggesehen, die mir nicht gefallen haben. Du hast Daniel und mich auseinandergebracht ...«

»Jetzt fang doch nicht wieder mit dieser alten Geschichte an, der Junge war ein Taugenichts!« unterbrach Hermann Behnsen sie unwirsch.

In Hanna brachen plötzlich alle Dämme. Sie ließ den lebenslangen Respekt vor ihrem Vater hinter sich und sprach aus, was sie schon vor Jahren hätte aussprechen sollen. »Daß du ihn dafür gehalten hast, hast du ihn mehr als deutlich spüren lassen. Und als ich mit ihm weggehen wollte, hast du den einsamen alten Mann gespielt und dich an mich geklammert. Du hast mir die Luft zum Atmen genommen! Nie durfte ich selbst herausfinden, was gut für mich war. Immer hast du für mich entschieden. Natürlich nur zu meinem Besten!« rief sie voller Sarkasmus aus, als sie merkte, daß ihr Vater genau das sagen wollte. »Aber jetzt will ich endlich so leben, wie ich es für richtig halte. Und wenn ich Fehler mache, dann sind es meine eigenen Fehler!«

Sie verließ das Zimmer und knallte die Tür hinter sich zu. Im Treppenhaus atmete sie ein paarmal tief durch. Sie hatte das sichere Gefühl, gerade einen großen Schritt in die Freiheit getan zu haben.

Der nächste Termin war mit Dr. Meyer, dem langjährigen Rechtsanwalt der Familie. Er hatte seine Kanzlei nicht weit entfernt, in der Isestraße. Als Hanna in sein Büro kam, sah sie an der sorgenvollen Miene, mit der er hinter seinem Schreibtisch aufstand, das Jackett zuknöpfte und auf sie zukam, daß etwas nicht in Ordnung war.

»Frau Ohnegroot, tut mir leid, daß wir uns ausgerechnet unter diesen Umständen wiedersehen. Aber wie Ihr Mann mir heute morgen schon berichtet hat, sind Sie sich im großen und ganzen einig …?«

Hanna glaubte nicht richtig zu hören. »Wie bitte? Wieso mein Mann?«

Dr. Meyer blinzelte mit leichter Irritation durch seine Brillengläser. »Ja, wir haben bereits alles Nötige besprochen.«

»Er hat mit Ihnen bereits über unsere Scheidung gesprochen?«

»Er hat mir gesagt, wie sehr er Ihren Schritt bedauert, von

dem er hofft, daß er nicht endgültig ist. Und wir haben über die äußerst schmerzhaften Auswirkungen gesprochen, die ein solcher Schritt für die Firma hätte.«

Hanna hatte genug gehört. Wie gut, daß sie sich gar nicht erst gesetzt hatte. »Jetzt reicht es mir aber! Ich hatte gedacht, Sie wären mein Anwalt und nicht der meines Mannes. Ich werde mir jemanden suchen, der meine Interessen vertritt und nicht die irgendeiner Firma. Guten Tag.« Zum zweitenmal an diesem Tag knallte eine Tür ins Schloß, als sie den Raum verließ.

Als sie auf der Straße stand, hatte sie es plötzlich sehr eilig, zu ihrer Bank zu kommen und die Vollmachten für ihre Konten zu ändern. Sie ging in die Filiale am Klosterstern und nervte die Kundenberaterin so lange, bis diese vorerst telefonisch Ullrichs Vollmacht löschte. Dann fragte sie voller Unruhe die Kontostände ab. Was, wenn Ullrich auch hier schon gewesen war? Aber alles schien in Ordnung zu sein. Erleichtert transferierte sie eine größere Summe auf die Bank in Saint Luron, dann ging sie in das nächstgelegene Café und bestellte sich einen Cognac und eine Schachtel Zigaretten.

Nervös zündete sie sich eine Zigarette an und sog den Rauch tief ein. Sie hatte jetzt viel zu bedenken und durfte keinen Fehler machen. Wenn Ullrich und ihr Vater zusammenhielten, und danach sah es aus, mußte sie auf der Hut sein. Am liebsten hätte sie um Papier und Stift gebeten, um sich alles aufzuschreiben und ihre Gedanken zur Ruhe kommen zu lassen. Aber es erschien ihr unpassend, auf einem Kellnerblock ihr Leben zu notieren, also ließ sie es.

Es würde nicht einfach werden in der nächsten Zeit. Sie würde einiges zu entscheiden haben. Was sollte aus der Villa an der Elbchaussee werden? Hanna seufzte. Die Villa gehörte noch ihrem Vater, und wenn Ullrich nicht freiwillig auszog, würde sie es tun müssen.

Dann war da Behnsen & Ohnegroot Immobilien. Hanna hatte noch nie auf irgendeine sentimentale Weise an der Firma gehangen, die ihr Vater aufgebaut hatte. Ullrich und sie besaßen gemeinsam einen dreißigprozentigen Anteil, den Hermann Behnsen ihnen überschrieben hatte, als er Ullrich zum Kompagnon machte. Auf diesen Teil ihres Besitzes würde sie nicht verzichten und ihn bei einer Scheidung sofort verlangen. Sie brauchte das Geld, um sich ein neues Leben aufzubauen. Sie hätte gern gewußt, wieviel die Anteile wert waren, aber die Summe würde ausreichen, dessen war sie sich sicher. Mit dem Geld wäre sie unabhängig. Sie könnte es zum Beispiel einsetzen, um die Ernte in Les Oliviers einzubringen und zu vermarkten. Sie könnte die Ölmühle wieder instand setzen. Jean-Claude und die anderen hatten zwar das Gebäude wieder zugänglich gemacht, die Mechanik aber, die Mahlsteine und die hölzernen Gewinde, hatten sie unangetastet gelassen. Bei dem Gedanken an Les Oliviers wurde Hanna wehmütig, und sie schob ihn beiseite, weil sie jetzt keine Zeit für Sentimentalitäten hatte.

Was auch immer sie mit dem Geld tun würde: Die Zeiten, in denen andere über sie bestimmten, waren endgültig vorbei. Sie schlug mit der Hand auf den Tisch und machte ein grimmiges Gesicht dazu, um ihre Absicht zu bekräftigen. Der Kellner sah verwundert zu ihr herüber, aber Hanna war es egal.

Ein anderer Gedanke beschäftigte sie. Egal ob die Villa verkauft würde oder an Ullrich ging, sie würde sich eine neue Wohnung suchen müssen. Was sollte dann mit den Möbeln passieren? Das große Haus an der Elbe war voll von Familienerinnerungen. Resigniert pustete sie sich eine Haarsträhne aus dem Gesicht und bestellte einen weiteren Cognac. Nachdem sie ihn getrunken hatte, wurden die Dinge bestenfalls noch nebulöser. Zwei Dinge wußte Hanna allerdings ganz genau: Sie war entschlossen, sich scheiden zu lassen, sie würde nicht zu Ullrich zurückgehen, was immer er ihr versprechen sollte. Und sie würde Les Oliviers nicht hergeben.

Und noch etwas wußte sie: daß der Mann, der drei Tische weiter gesessen hatte und jetzt mit einem Siegerlächeln auf sie zukam und sie fragte, ob sie mit ihm einen dritten Cognac trinken würde, sie wütend machte wie selten jemand.

»Lassen Sie mich bloß in Ruhe«, zischte sie ihn an und ging zum Tresen, um zu bezahlen.

Ihre Beine fühlten sich ein bißchen wie Pudding an, als sie wieder auf der Straße stand. Bevor sie sich in ihr Auto setzte, mußte sie unbedingt frische Luft schnappen und vor allem etwas essen. Sie sah auf die Uhr, schon fast fünf. Unschlüssig sah sie sich um, in welche Richtung sie gehen sollte. In Richtung Eppendorf oder lieber ins Univiertel mit seinen vielen Kneipen und der internationalen Küche? Sie entschied sich für letzteres. Ihr Auto würde sie auf dem Rückweg abholen.

Sie war schon lange nicht mehr durch diese Straßen gelaufen. Sie freute sich, wenn sie einzelne Geschäfte wiedererkannte, die schon vor zwanzig Jahren, als sie hier täglich zu ihren Vorlesungen ging, an diesem Platz gewesen waren. Aber die meisten waren neu. Schmuck, türkische, afghanische und iranische Lebensmittel, Boutiquen natürlich, teure und Secondhand, Wohnbedarf, ab und zu mal ein Bäcker oder ein Schlachter, der die Umgestaltung des Viertels überlebt hatte. Einige Häuser waren heruntergekommen, die meisten erstrahlten in neuem Glanz.

Hanna kam an einem Bistro mit großen Fenstern vorbei und warf im Vorübergehen einen Blick hinein. Sie glaubte, ihren Augen nicht trauen zu können, und blieb abrupt stehen. Der Mann, der dort allein an einem Tisch saß, die Lederjacke, das schulterlange Haar, die Art, wie er sich eine Zigarette anzündete! Hanna blieb für eine Sekunde das Herz stehen. Sie starrte den Mann durch das Fenster hindurch an, als würde sie einen Geist sehen. In dem Augenblick wandte er den Kopf, und zu ihrer grenzenlosen Enttäuschung mußte Hanna sich eingestehen, daß es nicht Daniel war. Trotzdem ging sie in das Bistro und setzte sich an einen Tisch, von dem aus sie den Mann beobachten konnte. Er hatte tatsächlich Ähnlichkeit mit Daniel Kurella, aber ihm fehlte seine Lässigkeit, die oft etwas Provozierendes gehabt hatte. Dies war es, was Hermann Behnsen am meisten an ihm gehaßt hatte. Er die Pflichterfüllung in Person, und der Freund seiner Tochter ein Larifari ohne Biß!

Ach, daß dieser Mann sie ausgerechnet heute an Daniel erinnern mußte. Als ob ihr nicht schon genug durch den Kopf ging! Doch der Gedanke hatte sich in ihr festgesetzt und ließ sich nicht vertreiben. Als der Kellner zum zweitenmal an ihren Tisch kam und sie nach ihren Wünschen fragte, hatte sie noch immer keinen Blick in die Speisekarte geworfen.

»Wir haben Knusperlasagne als Tagesangebot. Wäre das etwas für Sie?« fragte der Kellner freundlich.

Hanna nickte mechanisch. »Und eine große Flasche Wasser bitte.«

Daniel. In Saint Luron war die Erinnerung an ihn, die sie über die Jahre völlig in den Hintergrund geschoben hatte, wieder in ihr aufgestiegen. Auch das hatte dieser magische Ort vollbracht. Sie fragte sich, ob sie den Mann am Nebentisch mit Daniel verwechselt hätte, wenn sie nicht in Saint Luron gewesen wäre. Wenn sie es recht überlegte, war dort kaum ein Tag vergangen, an dem sie nicht an ihre erste Liebe gedacht hatte. Sie hatte sogar von Daniel geträumt. Und was hatte Marita gesagt? Daß sie nie über ihn hinweggekommen sei? Wenn sie nun recht damit hatte?

Als Hanna die Lasagne gegessen hatte, fühlte sie sich nicht mehr so flau im Magen. Und sie wußte plötzlich, was sie zu tun hatte.

Kapitel 20

Über Nacht war das Wetter umgeschlagen. Es war einer dieser Hamburger Tage, an denen man sich halb zu Tode fror, weil der Anflug von Sommer sich in kühles Aprilwetter zurückverwandelt hatte.

Hanna fröstelte, als sie den trüben Himmel sah. Sie stand am Fenster und wartete, bis Ullrich in sein Auto stieg und wegfuhr. Erst dann ging sie hinunter in die Küche, um sich einen Kaffee zu kochen. Sie hätte es nicht ertragen, ihm zu begegnen. Es war schwer, mit dem Mann unter einem Dach zu leben, mit dem man nicht mehr zusammensein konnte. Schwerer als sie es sich ausgemalt hatte. Als sie am Abend zuvor nach Hause gekommen war, war er nicht dagewesen. Er ist bei Susanne! hatte Hanna gedacht, und der Gedanke hatte ihr die Tränen in die Augen getrieben. Erst am frühen Morgen war sie wach geworden, weil unten die Haustür ins Schloß fiel. Wahrscheinlich war er gekommen, weil er etwas Frisches zum Anziehen brauchte.

Jetzt stand seine Tasse einsam in der Spüle unter dem Wasserhahn, mit schmutzig-braunem Wasser bis zum Rand gefüllt, so daß es ihr über die Finger schwappte, als Hanna sie in die Spülmaschine räumte. Allein wegen dieser Angewohnheit, über die sie sich schon seit Jahren ärgerte, hätte sie sich von ihm trennen können.

Nach dem Frühstück setzte sie als erstes ihre Kündigung auf und unterschrieb mit großen Lettern. Sie wollte den

Brief heute noch persönlich bei ihrem Chef abliefern. Auf sein Gesicht, wenn sie ihm sagte, sie komme nicht wieder, freute sie sich jetzt schon. Wahrscheinlich glaubte er immer noch, sie würde nur ihren Urlaub verlängern.

Dann griff sie zum Telefon, um endlich in Angriff zu nehmen, was sie am Abend vorher beschlossen hatte. Sie zögerte vor dem Anruf und spielte mit dem Gedanken, erst mit Maren in Berlin zu telefonieren, um Zeit zu schinden, aber sie überwand sich.

Nacheinander wählte sie die Nummern von Daniels ehemaligen Freunden, die sie in ihrem alten Adreßbuch herausgesucht hatte. Jedesmal fragte sie, ob jemand wisse, wo er sei, sie müsse ihn unbedingt sprechen. Unter zwei Nummern wohnte längst jemand anderes, einer hatte seit Jahren nichts von Daniel gehört. Erst beim fünften Anruf hatte sie Glück.

»Daniel? Der war doch lange in Amerika. Aber ich habe gehört, er ist seit ein paar Monaten zurück. Ich weiß nicht, wo er wohnt, aber ich würde es am Rechenzentrum der Uni versuchen. Er hat mit den Leuten dort zu tun.«

Hanna legte auf. Daniel war in Hamburg?

Sie hatte sich bisher immer geweigert, an so etwas wie Schicksal zu glauben. In ihrer Familie war diese Rolle Helene Behnsen und nach ihrem Tod Maren zugefallen. Ihre Schwester hatte einen Hang dazu, überall die Vorsehung am Werk zu sehen, obwohl es überhaupt nicht zu ihrem sonst vernünftigen Wesen paßte, und las mit Hingabe jedes Horoskop, das sie finden konnte. Hanna ähnelte, was das betraf, ihrem Vater: Sie hatte nur ein nachsichtiges Lächeln für diese Marotte. Angesichts der vielen glücklichen Zufälle, die sie in den letzten Wochen getroffen hatten, fragte Hanna sich nun aber, ob sie in diesem Punkt nicht zu voreilig gewesen war. Was sollte es anderes gewesen sein, wenn nicht das Schicksal, das sie nach dreißig Jahren ausgerechnet jetzt nach Saint Luron getrieben hatte, gerade rechtzeitig, um Sophie vor ihrem Tod noch einmal zu sehen? Und wieso hatte sie Sophie auf Victoires Bild angesprochen und war so auf ihre Geschichte gestoßen, die sie dazu gebracht hatte, ihr eigenes Leben zu hinterfragen? Und jetzt war auch noch Daniel gerade zu dem Zeitpunkt aus Amerika zurück, wo sie für ein Wiedersehen bereit war. Nein, das konnten nicht alles voneinander unabhängige Zufälle sein. Da mußte mehr dahinterstecken. Auf jeden Fall konnte es nicht schaden, dem Schicksal jetzt eine Chance zu geben.

Hannas Stimme war belegt, als sie die Zentrale der Universität am Apparat hatte und sich zum Rechenzentrum durchfragte.

»Ich bin auf der Suche nach Herrn Kurella. Kann ich den bei Ihnen erreichen?« fragte sie, als sich dort jemand meldete.

»Wen? Meinen Sie Daniel Kurella? Den Informatiker?«

Hannas Herz machte einen Satz. »Ja, den meine ich. Kann ich mit ihm sprechen?«

»Tut mir leid, er ist nicht hier. Soweit ich weiß, kommt er morgen wieder.«

»Wo kann ich ihn erreichen?«

»Keine Ahnung.«

»Kann ich ihm eine Nachricht hinterlassen?«

Das Zögern am anderen Ende der Leitung ließ in Hannas Kopf das Bild eines hoffnungslos kleinen Büros mit einem überladenen Schreibtisch aufblitzen, den sich mindestens vier Personen teilten und der das »Sekretariat« eines Fachbereichs darstellte. So war es jedenfalls früher an der Uni gewesen.

»Also gut. Ich bin zwar morgen nicht da, aber ich schreibe einen großen Zettel und lege ihn hier hin. Was soll ich denn aufschreiben?«

Darüber hatte Hanna noch gar nicht nachgedacht. Ihre Handinnenflächen wurden feucht. Was wollte sie Daniel nach all den Jahren eigentlich sagen? »Sagen Sie ihm, ich bitte um seinen Anruf.« Sie gab ihre Telefonnummer durch und legte auf.

Während der nächsten zwei Stunden kreiste sie um das Telefon, und die Warterei begann sie nervös zu machen. Daniel würde ihre Nachricht heute gar nicht mehr erhalten, warum wagte sie dann nicht, vom Telefon wegzugehen? Sie versuchte sich zu beschäftigen und wünschte sich nach Saint Luron zurück. Dort wußte sie immer etwas mit ihrer Zeit anzufangen. Aber hier?

In der gepflegten Villa an der Elbchaussee fühlte Hanna sich nicht zu Hause. Im Grunde war das so seit dem Tod ihrer Mutter. Nach der Hochzeit mit Ullrich hatte sie endlich ausziehen wollen, doch er und Hermann Behnsen waren sich einig gewesen, daß es viel besser und zweckmäßiger sei, wenn das junge Paar blieb und Hermann sich eine neue Bleibe suchte. Hanna hatte sich endlich ein neues Zuhause ohne belastende Erinnerungen schaffen wollen, als das nicht ging, ließ sie alles beim alten. Sie hatten wenig verändert, viele Zimmer der Villa waren immer noch so eingerichtet wie damals.

Sie ging durch die Räume und sah sich um. Ihr Blick fiel auf gerahmte Fotos und Nippes. Eine alte Meißner Kanne mit abgeschlagenem und geklebtem Henkel stand an ihrem angestammten Platz auf dem Beistelltisch. Sie war vor vielen Jahren zu Bruch gegangen, als Maren und sie sich gestritten hatten. Hanna hatte ihre ältere Schwester gegen den Tisch geschubst, und die Kanne war heruntergefallen. In einer Schublade fand sie die alte Spielesammlung, die Spielfiguren waren noch aus Holz, die Farbe war an vielen Stellen abgestoßen. Nur die Würfel waren neu, denn Würfel waren in der Familie nach fast jedem Spiel auf geheimnisvolle Weise verschwunden. Nachdem alle tagelang unter Sofas und hinter Kissen ergebnislos nach ihnen gesucht hatten, fuhr ihr Vater mit seinen Töchtern in das traditionsreiche Spielwarengeschäft am Neuen Wall und kaufte neue. Sie öffnete die Türen des großen Schranks, der auf dem Flur stand und in dem selten benötigte Kleidungsstücke hingen. Ganz in der Ecke fand sie Helenes Fuchsstola an ihrem alten Platz. Hanna roch an dem Fell, doch statt des Dufts ihrer Mutter schlug ihr ein Gemisch aus Staub und Fett entgegen. Während sie weiter durch das Haus wanderte, ertappte sie sich dabei, daß sie die Sachen aufteilte. Welche Dinge gehörten ihr, welche Ullrich? Was würde sie mitnehmen, was nicht? Und was sollte mit den schon lange nicht mehr gebrauchten Möbeln und Gegenständen passieren, die in den oberen Zimmern eingelagert waren? Auf den Sperrmüll? Sie nahm sich vor, das mit Maren zu besprechen.

Hanna stieg noch ein Stockwerk höher und stand vor der Tür ihres Kinderzimmers. Sie hatte sich in diesem Raum immer sehr wohl gefühlt. Das Zimmer ging zur Elbseite hinaus, hatte aber nur ein kleines Gaubenfenster, so daß der spektakuläre Blick auf die Lichter des Containerhafens nur im Stehen zu genießen war. Hanna hatte das nie gestört, denn dafür fand sie in diesem Refugium Ruhe zum Träumen. Und als Daniel in ihr Leben kam, konnten sie hier ungestört sein, weil ihr Vater fast nie heraufkam.

Hanna setzte sich an ihren alten Schreibtisch und drehte

sich auf dem Stuhl sitzend im Kreis. Das Zimmer sah noch beinahe genauso aus wie früher, es war nicht nötig gewesen, es für Gäste oder einen anderen Zweck herzurichten, denn die Villa war groß genug. In den Regalen standen ihre Schul- und die Studienunterlagen. Hanna zog einen Ordner heraus und stieß auf eine Hausarbeit über die französische Frauenbewegung. Sie hatte sie gemeinsam mit Marita geschrieben. Hanna las einige Zeilen und wunderte sich über die feministische Verve und die herablassende Autorität, mit der der Text daherkam. Was war das für eine berauschende Zeit gewesen: Tagsüber hatten sie sich die Köpfe heiß geredet und von einer goldenen Zukunft geträumt, und nachts hatte sie in Daniels Armen gelegen ... Sie sah auf das Jahr, in dem die Arbeit entstanden war. 1986, ihr drittes Jahr mit ihm. In jenem Sommer waren sie gemeinsam nach Amerika gefahren und hatten das Land mit dem Greyhound-Bus bereist.

Damals hatte die Welt ihr gehört.

Sie hatte Lust, die Bilder von diesem Urlaub anzusehen und durchsuchte die Regale nach dem Fotoalbum. Es hatte eine Amerikaflagge auf dem Umschlag, das wußte sie ganz genau. Aber sie fand nur einige nicht eingeklebte Bilder hier und da, unscharfe Aufnahmen, die nicht gut genug für einen Platz im Album waren. Dann erinnerte sie sich, daß Daniel sich das Buch ausgeliehen und nie zurückgegeben hatte. So war Daniel. Unbekümmert verfügte er über das Eigentum anderer, und wenn jemand es zurückforderte, belächelte er ihn als Spießer. Weil er selbst auch nicht an seinem Besitz hing und alles verlieh oder verschenkte, konnte man ihm nicht einmal böse sein. Ein anderes Album fiel ihr in die Hände, der Thailandurlaub 1990, ihr letzter gemeinsamer Urlaub. Wie schön sie gewesen waren, wie jung und optimistisch! Im Frühjahr waren sie verreist, im Sommer hatte Daniel sie verlassen.

»Jetzt werd bloß nicht melancholisch«, sagte Hanna laut zu sich selbst und klappte das Album mit einem dumpfen Knall zu. So alt bist du nun auch noch nicht, daß du deiner verlorenen Jugend und den guten alten Zeiten nachtrauern mußt. Du bist dabei, dir eine bessere Zukunft aufzubauen!

Und weil sie das wirklich vorhatte, erschien es ihr passend, sich ins Auto zu setzten und in die Bank zu fahren. Leider war ihr Chef nicht da, und sie mußte die Kündigung der Sekretärin geben. Auf dem Rückweg bekam sie Hunger, und sie setzte sich in ein Bistro und aß eine Kleinigkeit.

Als sie gegen Abend zurückkam, galt ihr erster Blick dem Anrufbeantworter. Vier Anrufe waren in ihrer Abwesenheit eingegangen.

Die erste Nachricht war von Marita. »Wie geht's? Wie war's bei Dr. Meyer? Wollen wir uns morgen zum Mittagessen treffen? Um eins bei mir? Ruf mich an. Ich muß dir etwas erzählen …«

Dann ertönte zweimal ein schrilles Piepen, weil jemand aufgelegt hatte, ohne eine Nachricht auf das Band zu sprechen.

»Frechheit«, sagte Hanna. »Entweder man legt gleich wieder auf, oder man hinterläßt wenigstens seinen Namen.« Der Gedanke kam ihr, daß es Susanne gewesen sein könnte. Sie schüttelte ihn ab. Susanne würde Ullrich auf dem Handy anrufen. Sie wußte ja sicherlich, daß Hanna in Hamburg war. Obwohl, zuzutrauen wäre es ihr …

Die letzte Nachricht war von ihrer Schwester Maren. »Ich möchte wissen, wie es dir geht. Ruf mich zurück, bitte.«

Hanna wählte die Nummer von Marita. Auch dort sprang

der Anrufbeantworter an. »Hallo, hier ist Hanna. Danke für deine Einladung. Natürlich komme ich, mir fällt hier die Decke auf den Kopf. Ich bin gespannt, was …«

Das Band war voll, nach einem Piepen erklang das Besetztzeichen. Also versuchte sie es bei Maren. Sie berichtete, daß sie sich scheiden lassen wollte und fragte nach einer guten Anwältin. Maren empfahl ihr eine ehemalige Studienkollegin.

»Wieso gehst du nicht zu Dr. Meyer?« fragte sie dann.

»Bei dem war Ullrich schon.«

Maren sog scharf die Luft ein. »Dann weißt du ja, was auf dich zukommen wird. Er wird dir nichts freiwillig geben.«

»Hättest du eigentlich etwas dagegen, wenn wir die Villa verkaufen? Papa müßte natürlich zustimmen.«

»Nein, ich bin froh, wenn wir den alten Kasten los sind. Und das Geld könnte ich gut gebrauchen. Warum, was hast du vor?«

»Ich weiß noch nicht genau, ich habe nur so eine Idee. Ich erzähle dir ein andermal davon. Tschüs.« Hanna legte auf und blieb nachdenklich mit dem Hörer in der Hand sitzen.

»Was für eine Idee hast du denn?« Das war Ullrichs Stimme. Er stand in der Tür, den Mantel noch an, und klapperte mit seinem Schlüsselbund.

»Du bist schon da? Ich habe dich nicht kommen hören«, sagte Hanna steif.

»Hätte ich klingeln sollen?« fragte er eine Spur zu aggressiv. »Schließlich wohne ich hier.«

»Du weißt genau, daß ich es so nicht gemeint habe.« Hanna stand auf. »Warum bist du gestern bei Dr. Meyer gewesen? Ich wollte, daß er mich vertritt.«

Ullrich spielte den Unschuldigen. »Aber er kann doch uns beide vertreten. Warum sollen wir zwei Anwälte bezahlen?

Ich bin sicher, Dr. Meyer wird die beste Lösung für das Geschäft finden.«

»Ich will aber nicht die beste Lösung für das Geschäft, sondern ausnahmsweise die beste Lösung für mich!« brauste Hanna auf.

Ullrich machte einen Schritt auf sie zu. Mit belegter Stimme fragte er: »Glaubst du wirklich, wir haben keine Chance mehr? Wenn du mir doch nur verzeihen könntest.« Er räusperte sich. »Ich habe mich gestern abend von Susanne getrennt.«

Hanna sah ihn überrascht an. »Das hättest du nicht tun müssen. Für uns ist es in jedem Fall zu spät. Vielleicht hätte ich damit leben können, daß du mich betrügst, wenn alles andere gestimmt hätte. Wenn ich sonst das Gefühl gehabt hätte, du würdest mich lieben. Aber daß du mich mit deiner ..., deiner Sterilisation so hintergangen hast. Du wußtest doch, wie wichtig ein Kind für mich war.« Sie begann zu weinen.

Ullrich machte eine hilflose Geste. »Ich hatte Angst, es dir zu sagen. Ich fühle mich einfach nicht wie ein Vater. Ich will diese Verantwortung nicht ...«

»Du hättest dich mit mir besprechen müssen!«

Ullrich klopfte seinen Mantel ab, und Hanna glaubte, er würde ihr ein Taschentuch geben wollen. Immer hatte er Taschentücher bei sich und sie nie. Aber als er die Hand wieder hervorzog, hielt er eine samtbezogene Schmuckschatulle zwischen den Fingern.

»Hanna, sieh her. Ich habe ihn heute gekauft. Hier, sieh ihn dir an. Gefällt er dir?« Mit diesen Worten öffnete er die Schatulle vor Hannas Augen.

Hanna sah von dem eleganten, mit einem Diamanten besetzten Platinring in das erwartungsvolle Gesicht ihres

Mannes. »Du solltest den Juwelier wechseln. Er hätte dich darauf aufmerksam machen sollen, daß du den Ring schon einmal gekauft hast. Du hast ihn mir an unserem vorletzten Hochzeitstag geschenkt. Ach Ullrich. Es ist sinnlos.«

Ullrich schnappte nach Luft, sein Blick flackerte. Aber ihm fiel keine Antwort ein.

Hanna fühlte sich plötzlich unendlich müde. »Ich gehe schlafen. Gute Nacht.«

In ihrem Bett im Gästezimmer weinte sie sich in den Schlaf. Es war weniger Wut als Enttäuschung, die ihr die Tränen in die Augen trieb. Was war nur aus ihr und Ullrich geworden? Was aus dem strahlenden Hochzeitspaar, das eine verheißungsvolle Zukunft vor sich hatte?

Das Gespräch mit der Anwältin war kurz und aufschlußreich. Die Kanzlei von Ida Brockmann lag in einem Mehrfamilienhaus. Hanna stieg die knarrenden Treppen hinauf und klingelte an der doppelflügeligen Tür, die sich mit einem Summen öffnete. Innen, an den Wänden eines langen Flurs hingen Schwarzweißfotos aus dem Hamburger Hafen. Hanna ging an ihnen entlang und sah sich die Bilder von Hafenarbeitern und Kränen im Gegenlicht an. Der Raum mit dem glänzenden Holzfußboden und den schlichten Möbeln gefiel ihr. Sie kam sich vor wie in einer Galerie.

Eine Tür am Ende des Gangs öffnete sich, und eine etwas füllige Frau in einem weiten weißen Kleid kam auf sie zu. Um den Hals trug sie eine Kette aus kieselsteingroßen Bernsteinklumpen. Sie war Hanna auf Anhieb sympathisch, genau wie Maren es vorausgesagt hatte.

»Sie sind also die Schwester von Maren«, sagte Ida Brockmann, während sie Hanna mit der ausgestreckten Rechten entgegenkam. Ihr Händedruck war warm und fest. »Ich freue mich, Sie kennenzulernen. Möchten Sie etwas trinken? Kaffee? Wasser?«

Hanna verneinte. Sie wollte sich alles so schnell wie möglich von der Seele reden und keine Zeit mit dem Zubereiten oder Holen von Kaffee zubringen. Sie setzte sich in einen der hellen Ledersessel. »Ich weiß nicht recht, wo ich anfangen soll. Ich möchte mich von meinem Mann scheiden lassen. Er betrügt mich …«

»Sie wissen, daß es die Schuldzuweisung bei einer Scheidung nicht mehr gibt?« fragte Frau Brockmann.

»Sicher, das weiß ich. Und es liegt mir am Herzen, daß keine schmutzige Wäsche gewaschen wird. Ich möchte nur, daß Sie Bescheid wissen. Mein Vater hat in seinem Leben ein ziemliches Vermögen angehäuft und ein gutgehendes Immobiliengeschäft aufgebaut. Ihm gehört eine Villa an der Elbchaussee, in der mein Mann und ich wohnen. Mein Mann ist Partner in der Firma meines Vaters und führt dort die Geschäfte, und wir beide besitzen gemeinsam dreißig Prozent der Anteile. Wir haben ein Haus«, Hanna überlegte kurz und setzte dann voller Stolz hinzu: »und eine Olivenplantage in der Provence. Und eigentlich möchte ich nichts weiter als wieder dorthin zurück. Es fällt mir schwer, in Hamburg zu sein, unter einem Dach mit meinem Mann.«

»Wollen Sie, daß er auszieht?«

»Es wäre mir das liebste, aber ich kann es nicht von ihm verlangen. Das Haus gehört wie gesagt noch meinem Vater.«

»Nun, das dürfte kein Problem sein. Ihr Vater müßte doch nur …«

»Mein Vater ist gegen die Scheidung«, sagte Hanna rasch.

Ida Brockmann holte einmal tief Luft. »Ich verstehe …«

An dem besorgten Blick ihrer Anwältin erkannte Hanna plötzlich, worauf das alles hinauslaufen würde. »Ist es möglich, daß mein Mann und mein Vater sich zusammentun, um zu versuchen, mir meinen Anteil vorzuenthalten, damit die Firma keinen Schaden nimmt? Ich brauche das Geld aber, damit ich mir ein neues Leben aufbauen kann.«

»Und sonst wollen Sie nichts? Was ist mit dem Haus an der Elbe? Es scheint einen ziemlichen Wert zu haben.«

»Ich will das Haus in Südfrankreich. Es hat eine ganz besondere Bedeutung für mich.« Hanna erschrak. »Können sie es mir wegnehmen? Noch gehört es meinem Vater. Aber er hat immer gesagt, ich würde es einmal erben.«

»Nur Sie? Nicht Ihre Schwester?«

»Nein, Maren hat bereits Geld bekommen, um sich in Berlin ein Haus zu kaufen.«

Frau Brockmann dachte nach. »Nun, sie könnten vielleicht versuchen, das Haus in der Provence gegen die Firmenanteile aufzurechnen … Machen Sie sich keine Sorgen. Ich werde in den nächsten Wochen alle wichtigen Informationen einholen und mich mit dem Anwalt Ihres Mannes in Verbindung setzen.«

»Er ist eigentlich der Familienanwalt.«

Frau Brockmann lächelte ironisch. »Ich nehme an, Ihr Mann war schneller? Wie dem auch sei, ich kümmere mich um alles.« Sie stand auf, um Hanna die Hand zu reichen. Sie drückte sie einen Moment lang. »Nach dem, was Sie mir gerade berichtet haben, sollten Sie sich darauf einstellen, daß es hart werden könnte. Eine Scheidung tut weh, auch wenn man im ersten Moment nichts lieber will. Jeder von beiden läßt etwas zurück und erleidet einen Verlust, wenn eine Ehe auseinandergeht. Schließlich ist man damals vor den Traualtar getreten, weil es fürs Leben sein sollte.« Sie sah Hanna an und lächelte ihr beruhigend zu. »Aber man sagt ja schließlich auch: Lieber ein Ende mit Schrecken als ein Schrecken ohne Ende. Wenn ich Ihnen einen Rat geben darf: Vergraben Sie sich nicht in Vorwürfe. Quälen Sie sich und Ihren Mann nicht mit endlosen Schuldzuweisungen. Sehen Sie nach vorn. Suchen Sie sich eine Aufgabe, machen Sie eine Reise, tun Sie sich etwas Gutes.«

»Ich glaube, all das finde ich in dem Haus in Frankreich.«

»Um so besser. Haben Sie noch Fragen?«

»Ja«, sagte Hanna lächelnd. »Woher haben Sie diese wunderschöne Kette?«

Frau Brockmann griff mit der Rechten an die großen Steine und ließ sie leise klackern. »Sie gefällt Ihnen? Meine Tante hat sie mir vererbt. Sie lebte auf Rügen. Sie hat immer gesagt, ihr Mann habe über Jahre jeden einzelnen Stein selbst gesucht und gefunden, bis er genug für die Kette beisammenhatte. Ja, solche Ehen gibt es auch.«

Pünktlich um ein Uhr stand Hanna vor Maritas Wohnungstür und klingelte. Als die Tür geöffnet wurde, stand Stephan vor ihr, in T-Shirt und Unterhose.

»Hallo, Hanna. Lange nicht gesehen. Komm doch rein. Marita ist im Bad.« Er lächelte eine Spur verlegen, und das lag nicht daran, daß er kaum etwas anhatte.

Hanna wußte nicht, ob sie eintreten sollte oder nicht. »Na, ihr macht vielleicht Sachen«, sagte sie dann und umarmte Stephan.

Marita kam aus dem Bad. Auch sie hatte nur ein Handtuch um den Körper geschlungen. Ein strahlendes Lächeln ging über ihr Gesicht, als sie Hanna sah.

»Du hast mich zum Essen eingeladen, vergessen?« fragte Hanna.

»Ist es schon so spät?« antwortete Marita. »Komm rein. Ich bin gleich soweit. Ich ziehe mich nur schnell an.«

Normalerweise wäre Hanna ihr ins Schlafzimmer gefolgt, aber da war ja Stephan. Also ging sie in die Küche und füllte die Kaffeemaschine. Als sie die gebrauchte Filtertüte entsorgte, fand sie im Abfalleimer eine Champagnerflasche.

Stephan steckte den Kopf durch die Tür. »Ich lasse euch mal allein. Ich hab ohnehin etwas zu besorgen.« Er wandte sich ab, drehte sich dann aber noch einmal um und kam auf Hanna zu. Er hatte immer etwas Gemütliches gehabt, er war nicht besonders groß, rundlich und absolut unsportlich, das dunkel gelockte Haar hing ihm strubbelig in die Stirn und über die grau gefaßte Brille. Hanna hatte am Anfang, als sie ihn kennenlernte, gedacht, er könnte Bäcker sein. Stephan sah nicht wie der Intellektuelle mit dem messerscharfen Verstand aus, der er war. Aber er war der warmherzigste Mensch, den sie kannte, er konnte einen den ganzen Abend mit den komischsten und merkwürdigsten Geschichten unterhalten. Und er war ehrlich, gegenüber anderen und sich selbst.

»Wünsch uns Glück«, sagte er. »Ich bin froh, wieder hier zu sein. Ich war ein kompletter Idiot.« Er küßte Hanna auf die Wange, dann ging er.

Gleich darauf kam Marita in die Küche. Sie blieb in der Tür stehen, und Hanna und sie sahen sich an. Dann brach Marita plötzlich in ein übermütiges, lautes Lachen aus. Sie lachte, bis ihr die Tränen kamen, und es erinnerte Hanna an ihr erstes Treffen. Auch damals auf dem häßlichen Uniflur hatte Marita mit ihrem überbordenden Lachen ihre Welt verändert. Hanna liebte sie in diesem Augenblick sehr.

»Ist es nicht völlig verrückt?« fragte Marita und wischte sich die Lachtränen von der Wange.

»Was ist denn zwischen euch passiert?« fragte Hanna.

»In Kurzform? Wir haben uns angesehen, und dann haben wir uns auch schon in den Armen gelegen. Es war himmlisch!«

»Und was war mit der anderen?«

Marita zuckte mit den Schultern. »Es war so etwas wie Torschlußpanik bei ihm. Die andere hat eine Saite in ihm berührt, die er bisher nicht kannte, die er ausleben wollte. Das hat er getan, und er hat eingesehen, daß es das nicht wert war. Ach, Hanna, habe ich es dir nicht immer gesagt?«

Eine halbe Stunde später lief Hanna durch die Straßen von Maritas Viertel. Obwohl die gediegenen Häuser der Elbchaussee nur einige Autominuten von Ottensen entfernt standen, war hier eine ganz andere Welt: laut und bunt, alternativ, quirlig, international. Sie hatte sich schon vor dem Essen von Marita verabschiedet, weil sie sich am falschen Platz gefühlt hatte. Der Widerspruch zwischen Maritas Glück und ihrer eigenen Verfassung war nur schwer zu ertragen. Marita war laut und fröhlich gewesen, und Hanna hatte danebengesessen und war immer stiller geworden.

Irgendwann war es Marita aufgefallen. »Tut mir leid«, sagte sie zerknirscht. »Ich bin wohl nicht besonders mitfühlend.«

Hanna stand auf. »Ach was, genieße dein Glück. Aber ich glaube, ich gehe jetzt besser. Ich freue mich für dich. Nur kann ich mich jetzt gerade nicht so laut freuen.«

Marita nahm sie in den Arm und drückte sie kräftig. »Kopf hoch.«

Auf dem Weg zu ihrem Auto kam sie an einem Geschäft mit marrokanischen Artikeln vorbei und blieb stehen. Im Fenster, zwischen buntbestickten Babouches, Teegläsern und Sturmlampen, hatte sie einen riesigen blauen Kronleuchter entdeckt. Unzählige geschliffene Glastropfen fingen das Licht der Deckenstrahler ein und gaben es hundertfach zurück. Marita suchte schon seit langem nach genauso einer Lampe. Hanna betrat den Laden und fragte nach dem Preis. Die Lampe war teurer, als sie erwartet hatte, sie kaufte sie trotzdem. Mit dem verschnürten Paket unter dem Arm lief sie zurück zu Maritas Wohnung und stellte es vor die Tür. In ihrer Tasche suchte sie Zettel und Stift und schrieb: »Zerbrechlich! Hält hoffentlich nicht so lange wie euer Glück.«

Als sie wieder unten auf der Straße stand, klingelte ihr Handy. Nanu, dachte sie, hat Marita mein Geschenk schon gefunden? Aber sie kannte die Nummer auf dem Display nicht und meldete sich mit einem fragenden »Hallo«.

»Bist das wirklich du?« fragte eine Stimme, die Hanna sofort wiedererkannte.

»Daniel!« Hanna blieb stehen und suchte mit den Augen nach einer Bank. Sie mußte sich unbedingt setzen. »Woher hast du meine Handynummer?«

Er lachte. »Das ist genau die Frage, die ich von jemandem erwarte, den ich jahrelang nicht gesehen habe. Wo bist du gerade?«

»In Ottensen.«

»Hast du Zeit? Kannst du in den Grindelhof kommen? Es gibt dort immer noch den kleinen Syrer.«

»Du meinst das Restaurant, wo wir uns früher ein paarmal getroffen haben?«

»Genau. In einer halben Stunde?«

»Ich werde da sein.« Sie wollte schon auflegen, als er zu ihr sagte:

»Hanna?«

»Ja?«

»Ich freue mich tierisch auf dich.«

»Ich mich auch.«

Hanna setzte sich in ihr Auto und fuhr so unaufmerksam

wie noch nie in ihrem Leben, weil sie während der Fahrt ständig ihr Gesicht im Rückspiegel betrachtete. Wie gut, daß sie in Saint Luron braun geworden war, da fiel ihre Müdigkeit nicht auf. Als sie vor einer roten Ampel halten mußte, zog sie die Lippen nach, und der Fahrer hinter ihr hupte wütend, als sie bei Grün nicht anfuhr. Hanna schenkte ihm ihr schönstes Lächeln. Sie fand einen Parkplatz und ging in Richtung des kleinen Lokals. Vor dem Schaufenster einer Boutique blieb sie stehen, um sich zu betrachten. Sie hatte heute morgen eine Jeans und eine dunkle Bluse angezogen und kam sich plötzlich blaß und farblos vor. Kurz entschlossen ging sie in den Laden und ließ sich die roséfarbene Strickjacke zeigen, die sie im Fenster gesehen hatte.

»Die Farbe steht Ihnen gut, sie macht Sie viel fröhlicher«, sagte die Verkäuferin.

»Ich behalte sie gleich an«, antwortete Hanna.

Sie verließ das Geschäft und ging weiter die Straße hinunter. Vor der Tür des Restaurants zögerte sie, um tief durchzuatmen. Daniels Stimme am Telefon war unverändert gewesen, dieselbe dunkle, wohlklingende Stimme. Ob er auch noch so aussah wie damals? Hanna kannte genügend Beispiele von ehemaligen Mitschülern oder Freunden, die über die Jahre dick und bequem geworden waren, die die gleichen gemusterten Pullover wie ihre Väter trugen und eine beginnende Glatze hatten. Was, wenn er seine Lässigkeit übertrieben hatte und heute verlebt und ungepflegt war? Und was, wenn er sich in seinem Inneren verändert hatte und sie nichts mehr für ihn empfinden konnte? Oder wenn es umgekehrt war, daß er das Interesse an ihr verloren hatte? Hanna stand immer noch vor dem Lokal und malte sich die schlimmsten Dinge aus.

»Hanna? Mensch, Hanna!«

Sie drehte sich langsam zu ihm um, auf alles gefaßt. Doch er hatte sie bereits in die Arme genommen und wirbelte sie herum. Er stellte sie wieder auf die Füße, und einen Augenblick standen sie eng umschlungen. Hanna schloß die Augen, während Daniel sie wie früher hin und her wiegte und dabei lachte. Sie sog den Duft ein, der aus seiner Lederjacke aufstieg, ein Duft nach Metall und Weite, den sie gut kannte.

Fünf Minuten später saßen sie sich gegenüber, und Hanna konnte Daniel endlich in Ruhe betrachten. Er war immer noch der leicht ungekämmte Typ, dem man den Individualisten auf den ersten Blick ansah. In dem schmalen Gesicht leuchteten die weißesten Zähne, um den Mund und die Augen zeigten Lachfältchen, daß er ein fröhlicher Mensch war. Er war sehr braun, er sah aus wie frisch aus einem Urlaubsprospekt gesprungen. Um den Hals trug er ein Lederband mit einem merkwürdigen Anhänger. Es war das einzige sichtbare Zugeständnis an den ehemaligen Weltenbummler und junggebliebenen Hippie. Denn Daniels Lederjacke war sehr edel und teuer, das sah Hanna auf den ersten Blick. Darunter trug er zwar keine Krawatte, aber immerhin ein gut gebügeltes Hemd. Und seine Schuhe waren von ausgesuchter Qualität.

»Du bist noch genauso schön wie damals«, sagte Daniel zu ihr. »An dir sind die Jahre spurlos vorübergegangen.«

»Bis auf die Brille.«

»Ja, und ein bißchen Lebenserfahrung ist auch hinzugekommen. Beides steht dir. Macht dich interessant. Ich hatte schon Angst, du wärst so eine magere blonde Zicke mit operierter Nase und Louis-Vuitton-Tasche.«

»Wie kommst du denn darauf?« fragte Hanna.

»Du warst damals auf dem besten Weg dorthin. Ich bin froh, daß du ihn nicht gegangen bist.«

Er lächelte sie an und drehte sich eine Zigarette. Meine Güte, gab's die überhaupt noch, Leute, die ihre Zigaretten selber drehten? Das war noch ein Relikt aus seinen früheren Jahren. Daniel führte das Blättchen zum Mund und sah sie über die fast fertige Zigarette hinweg an. »Geht's dir auch gut?« Da war wieder diese Stimme, die sie immer am meisten an ihm geliebt hatte, dunkel und samtweich wie ein Streicheln.

Hanna riß sich zusammen. »Na ja, ich lasse mich gerade scheiden.«

»Dann bist du also doch über mich hinweggekommen?« fragte er frech.

»Würde ich mich dann scheiden lassen?« antwortete sie und lächelte ihn dabei an.

»Hört, hört«, grinste er.

Sie bestellten eine Mezze, bei der der Wirt ständig neue Schüsselchen mit orientalischen Köstlichkeiten vor sie hinstellte: Paprika und Tomatenmus, gebratene Sardinen, Oliven, Schafskäse, Kichererbsen in verschiedenen Variationen und vieles mehr. Dazu tranken sie Rotwein, und Daniel erzählte, was er in den letzten vierzehn Jahren getrieben hatte.

Er war viele Jahre im Ausland gewesen, in Australien und Amerika. »Südamerika«, betonte er.

»Was hast du dort gemacht? Hast du eigentlich dein Studium abgeschlossen? Als wir uns getrennt haben, wolltest du dich gerade zum Examen melden.«

»Was glaubst du?« fragte er sie augenzwinkernd.

»Nein.«

»Richtig. Ich wußte plötzlich nicht mehr, was ich mit einem Romanistikstudium anfangen sollte. Lehrer gab es genug, und Sartre war auch schon übersetzt. Und außerdem wollte ich dir vorerst nicht begegnen ...« Er sah sie fragend an, als wartete er auf eine Reaktion.

»Ich war damals ganz froh, als ich hörte, daß du aus Hamburg weg warst. Sonst hätte es noch mehr weh getan«, sagte Hanna. »Wohin bist zu gegangen?«

»Zunächst nach Australien.«

»Da war doch damals auch dein Freund Berthold!«

»Genau. Ich bin erst einmal zu ihm. Er hatte mir so von dem Land vorgeschwärmt.«

»Was hast du dort gemacht?«

Er grinste. »Schafscherer werden immer gesucht. Ansonsten habe ich gesurft und gekifft. War 'ne schöne Zeit.«

»Vierzehn Jahre lang Schafe scheren, surfen und rauchen?« Hanna sah ihn skeptisch an.

Daniel nahm einen Schluck Rotwein. »Nein, nein. Mitte der Neunziger habe ich in Mexiko mit einem Kumpel zusammen eine Art Hotel für Rucksacktouristen aufgebaut. Wir waren damals die ersten, die so was im Angebot hatten.«

»Was ist daraus geworden?«

»Irgendwann war der Zug abgefahren. Die Leute wollten in richtigen Hotels mit Pool und Frühstücksservice absteigen. Da habe ich meine Sachen gepackt.«

Hanna griff nach einem Stück Fladenbrot und streifte dabei Daniels sehnige Hand, die Berührung durchzuckte sie wie ein Funke.

»Sollte mein Vater recht behalten haben und aus dir ist tatsächlich nichts geworden?« fragte sie mit einem spöttischen Lächeln.

Er verzog das Gesicht. »Wie geht's dem alten Knochen? Ist er immer noch so ein Prinzipienreiter?«

»Ja, leider«, seufzte Hanna. »Und? Was kam nach Mexiko?«

»Du wirst es nicht glauben. Ich habe noch mal studiert. Informatik. Und den Abschluß gemacht. Ich war einige Jahre in den Staaten, in Silicon Valley. Und jetzt bin ich seit ein paar Monaten wieder in Hamburg. Ich habe eine neue Software zur Virenerkennung entwickelt und will mein Programm hier an der Uni verkaufen.«

»Du verkaufst dein Programm an Universitäten? Dann muß es richtig gut sein. Daher die teuren Klamotten.« Ohne zu überlegen griff sie nach seiner Hand. »Ich freue mich, daß du Erfolg hast. Aber ich habe dich auch ohne das geliebt.« Rasch zog sie ihre Hand zurück.

Daniel sah sie lange an. »Ja, es stimmt, ich habe Erfolg und verdiene mehr Geld, als ich ausgeben kann. Dein Vater wäre wahrscheinlich stolz auf mich. Möchtest du noch Auberginencreme? Sonst nehme ich sie.«

Hanna war ihm dankbar, daß er das Thema wechselte. »Nein, danke, ich bin satt. Drehst du mir eine Zigarette? Ich glaube, ich kann das nicht mehr.«

Er reichte ihr das Päckchen Tabak. »Das verlernt man nicht, ist wie radfahren.«

Während Hanna sich eine Zigarette drehte, wobei sie das erste Papierchen wegwerfen mußte, weil es völlig durchnäßt und zerrissen war, erzählte sie von sich.

»Zwei Jahre, nachdem wir uns getrennt haben, habe ich geheiratet. Du kennst ihn …«

»Jetzt sag bloß nicht, du sprichst von Ullrich Ohnegroot.«

Hanna nickte. »Er ist wirklich in allem das Gegenteil von dir. Vielleicht hat es genau deshalb nicht funktioniert. Ich war heute morgen beim Scheidungsanwalt …«

Daniel nahm ihre Hand und küßte die Fingerspitzen. Seine Lippen berührten sie ganz zart. »Traurig?« fragte er.

Hanna sah ihn nachdenklich an. »Was denkst du denn? Es ist nicht gerade leicht, sich einzugestehen, daß man mit dem falschen Mann gelebt hat. Ich hätte diesen Schritt schon viel früher wagen sollen. Aber ich hätte mich wahrscheinlich immer noch nicht getraut, wenn ich nicht dahintergekommen wäre, daß Ullrich mich betrügt.«

»Au weia!«

»Jetzt mach dich bloß nicht über mich lustig. Ich weiß, was du von bürgerlichen Moralvorstellungen hältst.«

»Nein, so habe ich das gar nicht gemeint.« Er hob abwehrend die Hände. »Hört sich nur so an, als würde es dir im Moment nicht gutgehen. Hast du denn wenigstens einen guten Job? Mit Afrika hat es damals ja nicht geklappt.«

Hanna senkte den Blick. »Erinnere mich nicht daran. Ich glaube, das war der größte Fehler meines Lebens. Ich bin ... ich war in der Rechtsabteilung einer Bank. Aber ich habe gestern gekündigt.«

»Hast du Kinder?«

Hannas Blick flackerte. »Nein. Kinder habe ich auch nicht. Jetzt hör bloß auf mit diesen Fragen, sonst breche ich hier in Tränen aus.«

»Aber Hanna! Ich wollte dir bestimmt nicht weh tun. Es tut mir leid.«

Ein warmer Blick traf sie, und Hanna gelang ein schiefes Lächeln. »Ich werde das schon schaffen. Ich bin jedenfalls froh, daß ich dich wiedergetroffen habe. Weißt du noch, wieviel wir zusammen gelacht haben?«

»Es war mit keiner anderen so wie mit dir.« Seine Stimme wurde noch dunkler, als er das sagte.

»Du alter Charmeur. Das hast du offensichtlich nicht verlernt.«

Daniel sah auf die Uhr und erschrak. »Mist, schon so spät. Ich muß gehen, Geschäfte.« Er lachte heraus. »Ist das nicht witzig, ich muß gehen, weil ich einen Geschäftstermin habe?«

»Hm«, meinte Hanna.

Daniel rutschte zu ihr auf die Bank und legte den Arm um sie. In Hanna kamen Erinnerungen hoch und sie ließ sich gegen ihn fallen. Aber Daniel machte sich los. »Auf Wiedersehen. Ich rufe dich an.« Er küßte sie auf die Wange. Dann ging er mit großen Schritten davon, und Hanna sah ihm nach. Erst als er das Restaurant verlassen hatte und an dem Fenster vorbeiging, fiel Hanna auf, daß er sie die Rechnung bezahlen ließ, genauso wie früher. Und daß er ihr nicht einmal seine Telefonnummer gegeben hatte.

Kapitel 21

Du hast Daniel wiedergetroffen? Ausgerechnet jetzt, wo du dich von Ullrich trennst? Das ist Schicksal, meine Liebe«, sagte Maren zu ihr. »Und? Wie ist er? Immer noch so gutaussehend wie früher?«

In Gedanken sah Hanna sein Gesicht vor sich, die schmale Silhouette, das Haar, das ihm ins Gesicht fiel, sein unwiderstehliches Lachen. »Er sieht noch besser aus, reifer und männlicher. Und es scheint ihm auch gutzugehen. Stell dir vor, er hat eine eigene Software-Firma und verkauft seine Programme an Universitäten.«

»Ich habe ja damals schon gesagt, daß etwas in ihm steckt. Und? Siehst du ihn wieder?«

Hanna atmete tief ein. »Ich habe seine Nummer nicht. Er hat gesagt, er ruft mich an. Außerdem schuldet er mir noch ein Essen.«

Maren wußte sofort, was ihre Schwester meinte. »Hast du die Rechnung bezahlen müssen?« Sie lachte. »In diesem Punkt scheint er ja noch ganz der alte zu sein.«

Hanna lachte mit ihr, aber nachdem sie aufgelegt hatte, wurde sie unsicher. Und wenn Daniel doch nicht anrief?

»Natürlich wird er sich melden«, versuchte Marita ihr Mut zu machen. Hanna hatte sie angerufen, sobald sie das Gespräch mit Maren beendet hatte. »Auf Daniels Wort konnte man sich schon immer verlassen. Du hast gesagt, ihr hättet euch blendend unterhalten?«

»Ja, haben wir, aber dann mußte er Hals über Kopf weg. Er hat gesagt, er hätte Termine.«

Marita kicherte, und Hanna wußte genau, warum. »Daniel hat Termine, ich lach mich tot. Aber jetzt laß mal den Kopf nicht hängen. Dazu fällt mir etwas ganz anderes ein: Dein Leuchter hängt über dem Eßtisch. Unsere Küche sieht jetzt aus wie eine orientalische Garküche. Nochmals vielen Dank. Ich lade dich in den nächsten Tagen zum Essen ein, dann kannst du ihn bewundern.«

Hanna verabschiedete sich und sah auf die Uhr. Es war erst elf Uhr. Wie sollte sie bloß diesen Tag herumbringen? Sie vergewisserte sich, daß ihr Handy aufgeladen war und sie keinen Anruf überhört hatte. Nein, Daniel hatte noch nicht angerufen. Wahrscheinlich saß er in einer geschäftlichen Besprechung fest. Aber er würde anrufen, da war Hanna sich felsenfest sicher.

Gegen sechs Uhr klingelte endlich das Telefon.

»Hallo Hanna, ich hoffe, du hast einen schönen Tag gehabt?«

»Ich habe auf deinen Anruf gewartet«, antwortete sie, und ihre Stimme zitterte ein wenig dabei.

»Wo wollen wir uns treffen?«

»Gleicher Ort?«

»In Ordnung. In einer Stunde?«

Hanna ging nach oben, um sich umzuziehen, und sie summte dabei die ganze Zeit. Als sie vor ihrem Kleiderschrank stand, kam sie sich vor wie ein Teenager beim allerersten Rendezvous. Sie zog dies und das heraus, zog eine Bluse über und gleich wieder aus, dann die nächste, sie drehte sich vor dem Spiegel, um zu überprüfen, ob die Jeans zu eng war. Als sie sich bewußt wurde, daß sie sich vorstellte, was Daniel zu ihrer Kleidung sagen würde, mußte sie lachen. Sie warf all die anprobierten Sachen über eine Stuhllehne und zog das schwarze Kleid an, darüber eine rote Strickjacke. Dann nahm sie ihre dunkelroten Pumps und drehte sich in den hochhackigen Schuhen vor dem Spiegel. Dabei fiel ihr Victoire ein. Auch sie hatte rote Schuhe getragen, und auf die hohen Absätze hatte sie nicht verzichten wollen. Der Gedanke gab ihr Selbstvertrauen, und plötzlich fühlte sie sich schön. Sie hob das Kinn und warf sich selbst einen vieldeutigen Blick zu.

Sie ging ins Bad, um ein wenig Puder und Lippenstift aufzutragen, dann war sie fertig. Ein Blick auf die Uhr sagte ihr, daß es höchste Zeit war zu gehen.

In der Eingangshalle traf sie auf Ullrich, der gerade nach Hause kam. Er sah sie auf eine merkwürdige Weise an, und Hanna merkte gleich, daß etwas nicht stimmte. Er roch nach Alkohol.

»Schönes Kleid«, sagte er, aber es klang nicht wie ein Kompliment, eher nach Eifersucht. »Gehst du aus?«

»Ich bin verabredet, in der Stadt«, antwortete Hanna und wollte sich an ihm vorbeischieben.

»Wir müssen reden«, sagte er rauh und legte den Arm zwischen sie und die Tür. In diesem Augenblick hatte seine Geste überhaupt nichts Beschützendes.

»Es gibt nichts mehr zu reden. Außerdem bin ich in Eile.«

Er wurde sofort aggressiv. »Na gut, wenn du es unbedingt so haben willst. Aber du machst einen Fehler. Ich habe mit Hermann gesprochen.«

Hanna fuhr herum und prallte dabei mit der Schulter an seinen Brustkorb. »Du hast mit meinem Vater gesprochen? Worüber?«

Ullrich hatte immer noch den rechten Arm ausgestreckt.

Er stand dicht vor ihr und fuchtelte mit dem Zeigefinger seiner Linken vor ihrem Gesicht. Hanna wich zurück.

»Denk bloß nicht, daß du die Firma kaputtmachen kannst!« brüllte er unvermittelt. »Darin sind Hermann und ich uns einig. Wenn du gehen willst, dann geh, aber glaube nicht, daß ich dir deinen Abschied vergolden werde!«

Hanna wußte nicht, was sie sagen sollte. Dann wurde sie wütend. »Mir gehören fünfzehn Prozent der Anteile, und die will ich sofort.«

Ullrich setzte ein höhnisches Grinsen auf. »Fünfzehn Prozent von was? Die Firma besteht aus ideellen Werten, aus den guten Namen unserer Kunden. Wie willst du die denn zu Geld machen? Du hast ja keine Ahnung!«

»Und was ist mit dem Bürogebäude mitten in der Stadt? Ist das nichts wert? Und mit den anderen Immobilien, die ihr verwaltet? Glaubst du, ich weiß davon nichts?«

Ullrich fummelte eine Zigarette aus seiner Jackentasche, zündete sie an und pustete ihr den Rauch ins Gesicht. Ein böses Lächeln verzerrte sein Gesicht. »Genau das glaube ich: daß du von diesen Dingen keinen Schimmer hast. Es wird mir nicht schwerfallen, das Kapital der Firma auf Null herunterzurechnen. Wenn ich mich anstrenge, bleiben am Ende sogar noch Schulden übrig. Wenn du unbedingt teilen willst, dann bitte auch die Außenstände.« Sein haßerfülltes Gesicht ließ keinen Zweifel daran, daß er es ernst meinte.

»Aber … Ich hätte nie gedacht, daß du so bösartig sein kannst.«

»Was heißt hier bösartig?« fragte er gefährlich leise. »Ich habe doch nicht Jahre meines Lebens in diese Firma investiert, gute Miene zu den senilen Ideen deines Vaters gemacht, nur damit du eines Tages daherkommst und mir alles wegnimmst. Wenn du gehen willst, dann geh. Vielleicht hättest du dein Geld nicht in so ein blödes Ferienhaus stekken sollen, dann wäre jetzt noch etwas übrig. Wenn du Geld willst, dann werde ich das Haus in Frankreich verkaufen müssen, um flüssig zu sein.« Er ging in die Küche, und Hanna hörte, wie er den Kühlschrank aufriß, um sich Eis für einen Whiskey zu holen.

Es dauerte, bis das Klingeln ihres Handys in ihr Bewußtsein drang. Sie rannte ins Wohnzimmer, wo ihre Tasche noch lag, und durchwühlte sie nach dem Apparat. »Daniel? Ja, ich bin schon fast auf dem Weg. Ich wurde aufgehalten ... In einer halben Stun ...«

Plötzlich stand Ullrich hinter ihr. Sie konnte seinen Whiskey-Atem riechen, noch bevor sie ihn sah. Mit einem Wutschrei riß er ihr das Telefon aus der Hand und schleuderte es in die Ecke.

»Ullrich! Spinnst du jetzt?« Angst kroch in ihr hoch.

Wieder brachte er sein Gesicht ganz dicht vor ihres und zischte sie an. »Das haben wir gern. Den Moralapostel spielen und selbst?« Er breitete in einer theatralischen Geste die Arme aus. »Daniel Kurella, wer hätte das gedacht. Ist er aus der Versenkung wieder aufgetaucht? Da haben sich ja zwei Versager gefunden! Wolltest du ihm mein Geld in den Hintern schieben? Aber daraus wird nichts, mein Schatz.« Er trank sein Glas in einem großen Schluck aus.

»Du bist widerlich und gemein«, sagte Hanna in schneidendem Ton zu ihm. »Ich verstehe nicht, wie ich dich je lieben konnte.«

»Lieben? Hah! Ich habe mir unter Liebe auch immer etwas anderes vorgestellt, das kannst du mir glauben.« Er ging in die Küche, um sich noch einen Drink zu holen. Er war inzwischen so betrunken, daß er nicht mehr gerade gehen konnte. »Ach ja, noch etwas: Auf dieses Haus brauchst du auch nicht zu spekulieren. Es wird nicht verkauft, hat dein Vater gesagt. Aber vielleicht können wir ja weiterhin beide hier wohnen. So eine Art Zweck-WG. Mehr waren wir doch ohnehin nie!« Er ließ sich in einen Sessel fallen und starrte vor sich hin.

Die letzte Beleidigung war zuviel für Hanna. Sie konnte nicht verhindern, daß sie anfing zu weinen. Sie nahm ihre Tasche, um das Haus zu verlassen. »Hau doch ab!« schrie er ihr nach. »Geh doch zu deinem Versager von Daniel!« Unter seinem höhnischen Gelächter verließ sie das Haus wie von Furien gehetzt. Ohne nachzudenken nahm sie den Weg zur Elbe hinunter. Sie lief fast, so aufgewühlt war sie. Die abstoßende Art, in der Ullrich eben zu ihr gesprochen hatte, zeigte ihr, was er all die Jahre von ihr gehalten hatte. Wahrscheinlich hatte er sie nie wirklich geliebt. Er hatte sie aus halbherzigen Gefühlen heraus geheiratet, um an die Firma zu kommen. Und wie er über ihren Vater sprach. Er hatte ihn als senil bezeichnet! Gut möglich, daß er Hermann genauso für seine Zwecke eingespannt hatte. Aber war der nicht selbst schuld? Hatte er nicht auch alles den Interessen der Firma untergeordnet und Hanna zu der Ehe mit Ullrich gedrängt? Die Parteilichkeit ihres Vaters verletzte sie zutiefst. Aber sie fragte sich, ob er all das wußte, was Ullrich ihr gerade in seiner Wut und seiner Trunkenheit gesagt hatte. Mit einem Ruck blieb sie stehen. Sie ging zurück zur Straße und hielt ein Taxi an.

»Innocentiapark«, sagte sie.

»Ich habe damit gerechnet, daß du kommst«, sagte ihr Vater. »Ich nehme an, du hast deine Meinung bezüglich der Scheidung nicht geändert?«

Aber dann sah er, daß Hannas Gesicht naß von Tränen war. »Komm erst mal herein.«

Sie ließ sich in einen Sessel fallen. Hermann verließ den Raum, und sie fragte sich bereits, wo er geblieben sei. Da kam er mit einer Tasse dampfenden Tees zurück. Es war das erste Mal, daß er so etwas für sie tat. Als Hanna die Tasse nahm, fing sie haltlos an zu weinen. Der Tee schwappte über, und ihr Vater nahm ihr die Tasse aus der Hand und stellte sie auf den Tisch.

»Was ist los?« fragte er.

Hanna erzählte ihm von der Auseinandersetzung mit Ullrich und fragte ihn, ob das alles wahr sei. Ob Hermann wirklich gesagt habe, sie würde keinen Cent bekommen, weder von der Firma noch von dem Haus? »Und dann hat er noch gesagt, er will Les Oliviers verkaufen. Papa, das dürft ihr nicht. Ich brauche das Haus!« Ihre Stimme wurde leiser. »Es ist im Moment das einzige, was meinem Leben einen Sinn gibt.«

Ihr Vater hatte auf einem Stuhl ihr gegenüber Platz genommen und wurde zusehends bleicher. Seine Schultern sackten nach vorn.

»Diesmal ist er zu weit gegangen. Ich habe nicht gewollt, daß es soweit kommt, das mußt du mir glauben«, sagte er schließlich, ohne sie anzusehen. »Es stimmt, Ullrich war heute morgen bei mir, und das Gespräch hat mir die Augen geöffnet. Du weißt, ich war immer der Meinung, daß das Wohl der Firma vorgeht, und ich habe deinen Mann für einen fähigen Kaufmann mit Prinzipien gehalten. Ich habe ihm blind vertraut, schließlich ist er in meine Schule gegangen. Ich habe ihm sogar meine Tochter zur Frau gegeben. Aber er hat sich mir gegenüber auf eine … unangemessene Art und Weise benommen. Er hat mir ins Gesicht gesagt, daß er in den letzten Jahren Geschäftsbeziehungen aufgebaut hat, die ich nie gebilligt hätte. Er hat an Spielhöllen und Bordelle vermietet«, sagte er voller Erbitterung, doch dann wurde er wieder kleinlaut. »Ich hätte es wissen können, denn es gab Alarmzeichen, Andeutungen von Freunden, die viel früher Bescheid wußten … Ich habe ihm zu lange freie Hand gelassen. Das war ein Fehler. Ich weiß nicht, ob er nie der Mann war, für den ich ihn gehalten habe – und ich habe ihn auch für einen guten Ehemann gehalten –, oder ob er über die Jahre so gierig und skrupellos geworden ist.«

Hermann Behnsen saß zusammengesunken auf seinem Stuhl. Sein Schwiegersohn hatte mit einem Schlag seine Autorität und seinen guten Namen zunichte gemacht. Mit Schrecken stellte Hanna fest, daß Hermanns Zustand sie an die Zeit nach dem Unfall erinnerte. Sie fragte sich, wann er in seinem Leben eigentlich richtig glücklich und unbeschwert gewesen war. Zufriedenheit mit dem Erreichten war wohl das Höchste, was er gefühlt hatte. Plötzlich tat er Hanna leid. Sie widerstand dem Wunsch, aufzustehen und ihn zu umarmen. Das hatte sie seit Jahren nicht mehr getan, und es hätte ihm allzu deutlich gemacht, daß er verloren hatte.

»Was wirst du jetzt tun?« frage sie.

»Ich gehe morgen zu Dr. Meyer. Ich will nicht, daß Ullrich Chef der Firma wird.«

»Er wird nicht ohne weiteres gehen.«

»Wenn es sein muß, verkaufe ich.« Die letzten Worte waren nur noch ein Flüstern.

»Ach, Papa.« Hanna stand auf und legte ihrem Vater die Hand auf die Schulter.

Als sie wieder unten auf der Straße stand und auf die Uhr sah, erschrak sie. Es war schon nach zehn Uhr. Sie hatte die Verabredung mit Daniel versäumt! Sie tastete nach ihrem Handy, und ihr fiel ein, daß es immer noch in einer Ecke des Wohnzimmers lag. Aber sie konnte ihn ohnehin nicht anrufen, sie wußte ja nicht einmal seine Nummer.

Sie stand immer noch auf der Straße und spürte, wie die Kälte durch ihre dünne Strickjacke drang. Als ein Taxi vorbeifuhr, winkte sie es heran und ließ sich zum Grindelhof fahren. Es war immerhin möglich, daß Daniel auf sie wartete. Früher hätte er es getan, in seinem unerschütterlichen Vertrauen und in dem Wissen, daß er selbst auch meistens viel zu spät kam.

Auf einmal schien ihr nichts auf der Welt wichtiger als Daniel zu sehen, und sie drängte den Taxifahrer, schneller zu fahren. Als sie vor dem Restaurant hielten, wartete sie nicht auf das Wechselgeld. Sie hatte das Gefühl, es ginge jetzt um jede Minute. Sie riß die Tür des Lokals auf und sah ihn sofort. Er saß mit dem Gesicht zur Tür und erwartete sie. Hanna blieb atemlos stehen und fuhr sich mit der Hand durch das Haar. Daniel stand auf und kam auf sie zu.

Er nahm sie fest in die Arme, und Hanna fing an zu weinen. Es waren Tränen der Erleichterung.

»Was ist denn los?« flüsterte er. »Ich habe mir Sorgen gemacht. Ich habe deinen Mann im Hintergrund wütend herumschreien hören, und plötzlich war die Verbindung weg. Ich bin zu dir nach Hause gefahren, aber er hat mir gesagt, du seist nicht da.« Seine Stimme war voller zärtlicher Sorge.

»Und dann hast du hier die ganze Zeit gewartet?«

Er nickte. »Ich wußte, du würdest kommen. Ich habe die Speisekarte schon einmal runter und wieder rauf gegessen.«

Hanna lächelte unter Tränen. »Wir hatten Streit. Es ging

auch um meinen Vater. Ich komme gerade von ihm. Ich glaube, wir haben uns ausgesprochen. Soweit man sich mit meinem Vater aussprechen kann.« Sie putzte sich die Nase. »Ich sehe bestimmt schrecklich aus.«

»Ich würde sagen, du siehst aus wie jemand, der einen Schnaps und etwas zu Essen braucht. Und heute abend bist du mein Gast.«

Mit dieser Bemerkung schaffte er es, daß sie in ein befreites Lachen ausbrach, und mit dem Lachen kam ihre Fröhlichkeit zurück. Sie freute sich einfach über das Wiedersehen mit Daniel, und sie wollte diesen Abend genießen. Alles andere mußte warten. Sie fing die Blicke von zwei Frauen auf, die dauernd zu ihrem Tisch herüberstarrten. Daniel wirkte auf Frauen, heute wahrscheinlich noch mehr als früher. Bei ganz jungen Männern sah man diese verwirrende Nonchalance schließlich oft, doch bei einem Vierzigjährigen war sie selten. Aber auch Frauen in den Vierzigern träumten ab und zu von einem Mann, der so offensichtlich Jugendlichkeit und Abenteuer verströmte.

Daniel nahm ihre Hand und drückte sie leicht, was die beiden Frauen am Nebentisch vor Neid erblassen ließ.

»Gibt es eigentlich eine Frau in deinem Leben?« fragte Hanna plötzlich ganz ungeniert. »Wenn nicht, dann könntest du jetzt jemanden glücklich machen.« Sie machte eine leichte Kopfbewegung in Richung des Nebentisches.

»Du meinst die beiden da drüben?«

»Das hast du bemerkt?«

Er antwortete nicht auf ihre Frage. »Es geht ja nicht darum, eine Frau zu becircen und sie für die Nacht rumzukriegen. Da habe ich keine Probleme. Aber es hält einfach nicht. Nach einer gewissen Zeit verlassen mich alle.«

»Wünschst du dir, daß es anders wäre?«

Er zog die Stirn kraus, überlegte einen Moment und sah sie mit entwaffnender Ehrlichkeit an. »Nach dir wollte ich sowieso keine andere.«

Hanna lächelte verwirrt. »Jetzt laß uns doch mal ernst sein.«

»Ich meine es ernst. Ich habe in jeder anderen Frau nach dir gesucht.«

Hanna wußte darauf nichts zu sagen. Eine Welle stieg heiß in ihr auf. Sie wußte nicht, ob es Scham oder Freude war.

Es war schon sehr spät, sie waren die letzten Gäste, die das Restaurant verließen.

»Komm, wir nehmen noch einen Absacker bei mir«, raunte Daniel dicht an Hannas Ohr und nahm ihre Hand, weil sie in ihren hochhackigen Schuhen nur schwankend vorankam. Sie befand sich in einem seltsam angespannten Zustand der Übererregung. Der Streit mit Ullrich hatte sie ebenso verunsichert wie die Niedergeschlagenheit ihres Vaters. Dazu waren der Wein und die emotionale Aufgeladenheit der Begegnung mit Daniel gekommen. Hanna kam sich vor, als würde sie schweben. Alle ihre Sinne waren zum Zerreißen gespannt.

Sie ließ sich von Daniel an der Hand nehmen. Sie überquerten die nächste größere Straße und bogen nach kurzer Zeit rechts in eine kleine Seitenstraße. Daniel kramte einen Schlüssel aus seiner Hosentasche und schloß auf. Kichernd stolperten sie in den zweiten Stock hinauf.

»Hier wohnst du?« fragte Hanna.

»Ja, gefällt's dir? Ich bin für den Anfang bei einem Freund untergekommen, aber ab nächsten Ersten habe ich eine eigene Wohnung. Komm rein. Du mußt keine Angst haben, die Zeiten der Schmuddel-WGs sind auch für mich vorbei.«

Das stimmte. Hanna kam in einen geräumigen Flur, sah abgezogene Dielen und großflächige Kunst an den Wänden. Daniels Zimmer lag nach hinten raus, es war groß mit hohen Decken. Ein Bett, ein Schreibtisch und eine Kleiderstange, auf der seine Garderobe hing, daneben eine Art Truhe und eine kleine Musikanlage, das war die gesamte Einrichtung. Eine Nachttischlampe stand auf einem Bücherstapel.

»Was möchtest du trinken? Soll ich einen Kaffee machen?«

»Der würde uns bestimmt guttun. Wo wollen wir uns hinsetzen?«

»Wir können in die Küche gehen, aber hier ist es gemütlicher.«

Also ließ Hanna sich auf das Bett fallen und lehnte den Oberkörper zurück. Erleichtert streifte sie ihre Pumps ab. Ihr war schwindlig von dem vielen Rotwein, aber gleichzeitig war sie hellwach. Während Daniel in der Küche den Kaffee machte, sah Hanna sich in seinem Zimmer um. Außer dem Notwendigsten gab es nichts, an dem sich das Auge festhalten konnte. Schon früher hatte Daniel nur sehr wenige Dinge besessen, in diesem Punkt war er sich offensichtlich treu geblieben. Hanna neigte den Kopf, um die Titel der Bücher zu lesen, Computerliteratur, die Clinton-Autobiographie. Ganz oben lag ein dicker Taschenbuchkrimi. Hanna lehnte sich auf die Seite, um besser heranreichen zu können. Dabei stieg ihr aus der Bettwäsche Daniels unverwechselbarer, herber Duft in die Nase. Sie schloß die Augen und sog ihn tief ein, und die Erinnerung an die Nächte mit ihm wurde wach. Paß bloß auf, dachte sie, was machst du denn hier?

Sie hörte Daniel in der Küche mit Geschirr klappern und richtete sich wieder auf.

»Immer noch kein Zucker?«

»Nein, ich nehme immer noch keinen Zucker«, antwortete sie lächelnd.

Daniel stellte das Tablett vor dem Bett ab und setzte sich zu ihr. Vorsichtig reichte er ihr eine Tasse. »Sei vorsichtig, er ist sehr heiß. Trinkst du auch einen Grappa dazu?«

»Nein danke, ich habe genug für heute.«

Daniel schenkte sich ein Glas ein und trank es aus. »Musik?«

»Was hast du da?«

»Wart's ab«, sagte er und stand auf, um zu der Truhe zu gehen. Wenig später füllte Bob Dylans brüchige Stimme den Raum. *Forever Young.*

»Ach du meine Güte! Das habe ich seit Ewigkeiten nicht mehr gehört.« Hanna kannte den Text immer noch auswendig, leise sang sie einige Takte mit.

Daniel unterbrach sie grinsend. »Kein Wunder. Es ist deine Platte.« Er reichte ihr das Cover, und sie konnte ihren Namen unten auf der Ecke erkennen. Damals hatten alle ihre Platten mit Namen gekennzeichnet, weil man so stolz auf sie war.

»Soll ich mich jetzt darüber freuen, daß du sie über die Jahre gerettet hast?«

»Willst du sie zurück?« Er setzte sich wieder zu ihr auf das Bett und lehnte sich zurück, so daß sein Gesicht ganz dicht neben ihrem war. Die Bettdecke raschelte unter seinem Gewicht.

Hanna sah die sinnlichen Lippen und die weißen Zähne. Sein Atem roch süßlich nach einer Mischung aus Kaffee und Alkohol, betörend. Sie drehte den Kopf, um der sehnsüchtigen Erinnerung zu entkommen, obwohl sie sich ihr am liebsten hingegeben hätte. Es war wie ein Spiel zwischen Daniel und ihr, nein, es war viel mehr als ein Spiel, es war ein heftiger Flirt mit weitreichenden Konsequenzen, wenn sie ihm nachgab. Sein Atem in ihrem Nacken ließ die Haut prickeln. Sie schloß für eine Sekunde die Augen und stellte sich vor, wie es wäre, wenn sie sich jetzt zu ihm umdrehen würde. »Nein, ich brauche die Platte nicht mehr. Wenn sie es so lange mit dir ausgehalten hat, dann soll sie auch bei dir bleiben«, sagte sie statt dessen.

»Du willst sie nicht zurück? Immerhin war das eines unserer Lieblingslieder«, fragte Daniel.

Hanna wunderte sich. »Ich habe nicht gewußt, daß du sentimental bist und dein Herz an Dinge hängst.« Sie mußte an den vorangegangenen Tag denken, als sie in ihrem Kinderzimmer in den alten Sachen gekramt hatte. »Aber du hast recht«, sagte sie langsam, »ein paar Dinge habe ich auch aufgehoben, und von ihnen würde ich mich nie trennen. Jeder hat seine eigenen Erinnerungsstücke.«

»Siehst du, und für mich gehört diese Platte dazu.«

Sie merkte, daß Daniel sie ansah. Diesmal nicht mit der üblichen Unbekümmertheit, sondern voller Ernst. »Wir hatten eine schöne Zeit, wir zwei«, sagte er dann. Er kam näher und küßte sie auf die Wange. Hanna wandte in einem Reflex den Kopf in seine Richtung, und plötzlich fanden sich ihre Lippen. Die Berührung war zärtlich, wie unbeabsichtigt, und doch setzte sie eine Lawine von Gefühlen in Gang. Ohne es aufhalten zu können, küßten sie sich heftig und voller Leidenschaft. Sie klammerten sich aneinander. Hanna spürte das Blut zwischen ihren Schenkeln pulsieren. Als er seine Hand auf ihre Brust legte, stöhnte sie lustvoll auf. Es war unglaublich, denn es war, als wären die letzten vierzehn Jahre nicht passiert. Sie fühlte sich auf einmal wieder wie eine ganz junge Frau, die die Liebe erfuhr.

Sie fragte sich, ob sie das Richtige tat. Vorsichtig machte

sie sich los, obwohl ihr ganzer Körper nach Daniels Berührungen schrie.

»Glaubst du, daß wir das tun sollten?« fragte sie ihn außer Atem. »Ich bin nicht mehr dieselbe wie früher.«

Daniel stützte sich auf seinem Ellenbogen ab. Mit dem Zeigefinger fuhr er die Linien ihres Gesichts nach. »Wir hatten eine schöne Zeit. Sie könnte von vorn beginnen. Nur weil wir damals einen Fehler gemacht haben, müssen wir ihn nicht ein zweites Mal machen.«

Hanna sah ihn an. Er meinte es ernst. »Ich kann nicht so tun, als wären wir noch dieselben wie damals. Nicht nach dem, was in den letzten Wochen passiert ist. Das kann nicht funktionieren.«

»Ich hoffe doch, daß du nicht dieselbe bist. Du bist nachdenklicher geworden und selbstbewußter. Das gefällt mir. Genau wie alles andere ...« Wieder berührte er sie und brachte seine Lippen auf ihre.

Hanna fuhr mit den Händen über seinen Körper. Sie erkannte seinen Rücken wieder, er war nur ein bißchen kompakter und weicher um die Taille. Ihr war, als würde sie eine tausendfach gegangene Straße noch einmal hinuntergehen. Sie wußte nicht mehr, was sie denken sollte, sie wußte nur, daß sie sich diesen zärtlichen Händen ergeben wollte. »Daniel, oh, Daniel«, flüsterte sie.

Es war gegen neun Uhr, als sie am nächsten Morgen erwachte. Sie öffnete die Augen und spürte ihren Körper, jeden Muskel, jede Sehne. Ihre Lippen fühlten sich prall und warm an. Daniel lag neben ihr auf dem Bauch, den Arm um ihren Leib gelegt. Er bewegte leicht die Fingerspitzen auf ihrer Haut, und wieder fühlte Hanna das elektrisierende Gefühl, wenn er sie berührte. Wie Sturmwellen waren die Gefühle in der vergangenen Nacht aus ihrem Körper hervorgebrochen und hatten sie unter sich begraben. Es war eine unglaubliche Freiheit in ihr gewesen, das Wissen, daß ihr Körper und Daniels Körper eins waren, daß sie schon immer zusammengehört hatten und sich nun gegenseitig bereicherten. Es war ein Wiedererkennen gewesen. Einerseits war ihre Liebe wie früher gewesen: unschuldig, zärtlich, spontan und voller Lust am Neuen, aber es war etwas anderes hinzugekommen: Hanna hatte die wissende, selbstbewußte Lust einer reifen Frau empfunden, und sie hatte diese Lust geschenkt, ohne Hintergedanken, ohne Empfindlichkeiten oder falsche Scham. Die Nacht mit Daniel war berauschend für alle Sinne gewesen. Was für ein himmlisches Gefühl, dachte Hanna. Vorsichtig, um ihn nicht zu wecken, zog sie seinen Unterarm näher zu sich und küßte ihn leicht. Die Berührung reichte aus, um das Blut in ihrem Körper pulsieren zu lassen. Sie drehte sich sachte um. Sie wollte sein schlafendes Gesicht sehen.

Der Anblick macht sie glücklich wie schon lange nicht mehr. Sie hatte Daniel wiedergefunden, und er empfand nach all den Jahren immer noch für sie. Sie würden nicht da weitermachen, wo sie vor vierzehn Jahren aufgehört hatten. Das war unmöglich. Sie hatte sich verändert, ihr Bild von der Liebe und vom Leben war ein anderes. Und auch Daniel war nicht mehr so wie früher. Er war jetzt offensichtlich bereit, Verantwortung zu übernehmen. Ob er sich reif genug für ein Kind fühlte?

Wir haben eine Chance auf einen neuen Anfang, dachte Hanna glücklich.

Sie küßte ihn leicht auf die Wange. Er schlang die Arme um sie und lächelte sie an. »Guten Morgen. Ich kann noch gar nicht glauben, daß ich dich wiederhabe«, sagte er, und in seinen dunkelblauen Augen funkelte es. »Und ich laß dich nie wieder gehen.«

Er fuhr ihr mit der Hand zärtlich durch das Haar und zog sie an sich. Das Klingeln des Telefons ließ ihn auffahren. »Verdammt, doch nicht jetzt!« Trotzdem stand er auf und fischte sein Handy aus der Tasche seiner Hose.

Hanna wollte sich in die warme Decke kuscheln, doch etwas in Daniels Stimme ließ sie aufhorchen.

»Ich muß nach San Francisco«, sagte er, nachdem er aufgelegt hatte. »Jetzt gleich. Ich kann dir nicht einmal mehr einen Kaffee machen.« Er sah Hannas Gesicht, aus dem alle Farbe gewichen war. Sie zog die Bettdecke über sich, weil ihr kalt war und sie plötzlich nicht mehr wollte, daß er sie nackt sah.

Daniel kam auf sie zu. »Es tut mir leid, aber es muß sein. Ich würde nichts lieber tun als hier im Bett mit dir frühstücken.«

»Wie lange wirst du weg sein?« brachte sie hervor.

»Ich kann es nicht genau sagen. Eine Woche, nehme ich an.«

»Und es kann nicht warten?«

Er schüttelte langsam den Kopf. »Nein, das geht leider nicht. Hör zu, ich habe jetzt nicht die Zeit, dir alles zu erklären. Ich muß sofort los, wenn ich das Flugzeug erreichen will. Es ist wirklich dringend, sonst hätten sie mich nicht um diese Zeit angerufen.« Er griff nach einer Tasche, die griffbereit neben dem Bett stand, und hielt inne. »Kannst du nicht mitkommen? Ich werde ziemlich viel um die Ohren haben, aber abends könnten wir uns sehen. Wir hätten die Nächte zusammen …« Seine Stimme klang hoffnungsvoll.

»Nein, das ist keine gute Idee. Ich würde dich nur ablenken.«

»Gut, wie du willst. Ich verspreche dir, so schnell wie möglich zurückzukommen, und dann haben wir alle Zeit der Welt. Ein ganzes Leben, wenn du willst.« Er sah die Unruhe in ihren Augen. Er warf die Tasche auf den Boden und kam noch einmal an das Bett. Heftig zog er sie an sich. »Jetzt, wo ich dich wiedergefunden habe, wirst du mich nicht wieder los«, sagte er. »Vertrau mir. Ich liebe dich.« Ein letztes Mal küßte er sie mit einer Leidenschaft, die an Wut grenzte. Dann fiel die Tür hinter ihm ins Schloß.

Kapitel 22

Noch am selben Abend landete Hanna auf dem Flughafen von Marseille und mietete sich ein Auto. Nachdem sie Daniels Wohnung verlassen hatte, war sie nach Hause gefahren, hatte geduscht und sich umgezogen und einige Dinge in eine Tasche geworfen, dann war sie auf gut Glück zum Flughafen gefahren. Daniels Berührungen brannten immer noch auf ihrer Haut. Sie hätte schreien mögen, weil sie auf ihn verzichten mußte, kaum daß sie ihn wiedergefunden hatte. Die Aussicht, bald in Saint Luron zu sein, tröstete sie ein wenig, aber es tat trotzdem weh, als sie am Flughafen Hamburg die Gänge entlangging, die einige Stunden zuvor Daniel genommen hatte.

Die Autobahnstrecke zwischen Marseille und Aix-en-Provence war wenig spektakulär, und sie durchfuhr sie so schnell es ging. Hinter Aix tauchte rechts die Montagne Sainte Victoire auf, Cézannes Berg, mit seinen zerklüfteten Ausläufern, die sich fast bis an die Straße heranschoben. Dann folgten rechts und links Mandelbäume und Weinberge, die sich, je näher sie dem fruchtbaren Tal der Durance kam, zu Obstplantagen ausweiteten. Nachdem sie die stählerne Hängebrücke bei Pertuis überquert hatte, konnte sie endlich die Hänge des Lubéron ausmachen, die aus dieser Perspektive wie eine in der Sonne dösende Katze aussahen. Der Anblick ließ sie ruhiger werden. Sie fuhr durch Saint Luron und passierte die Mairie und die Place de l'Etang. Pierre stand mit einem großen Tablett vor einem Tisch. Sie winkte einen Gruß in seine Richtung und fuhr weiter, bis sie nach Les Oliviers abbiegen mußte.

Sie holte ihre Tasche aus dem Kofferraum, aber noch bevor sie die Tür aufschloß, ging sie um das Haus herum, um zu sehen, wie es um ihren Olivenhain stand. Als sie die Bäume schnurgerade im Licht der untergehenden Sonne stehen sah, atmete sie erleichtert auf. Alles war, wie es sein sollte.

Doch nicht ganz. Leuchtete da nicht etwas in intensivem Rot zwischen den Bäumen hindurch? Sie kniff die Augen zusammen, um besser sehen zu können. Sie mußte sich erst wieder an dieses flirrende Licht gewöhnen, in dem die Dinge manchmal eine andere Gestalt annahmen. Aber dort unten, rund um die alte Olive herum, waren tatsächlich rote Farbtupfer zu sehen. Neugierig ging Hanna die Treppe hinunter, um der Sache auf den Grund zu gehen. Etwa in der Mitte des Abhangs angekommen, erkannte sie, daß unten am Fluß riesige Bougainvilleen gepflanzt waren, die in voller Blüte standen und sich bereits jetzt an einigen abgestorbenen Weinstöcken hochwanden. Wahre Blütenkaskaden breiteten sich aus, und als sie näher kam, konnte sie auch den betörenden Duft wahrnehmen. Hanna wurde das Herz warm, als sie daran dachte, daß ihr da jemand eine liebevolle Überraschung beschert hatte. Doch wer mochte das gewesen sein? Sie kam zu dem Schluß, daß die Blumen nur ein Abschiedsgeschenk von Jean-Claude sein konnten. Hinter dem Rot der Bougainvilleen konnte Hanna das verblassende Violett der abgeblühten Glyzinie vor Sophies Haus ausmachen. Sie würde später hinübergehen.

Langsam ging sie den Hügel wieder hinauf, drehte sich aber immer wieder um, damit sie den Anblick aus verschiedenen Perspektiven bewundern konnte.

Hanna mußte nicht viel tun, um das Haus wieder wohnlich zu machen. Sie war zu kurz weg gewesen, als daß Spinnen und Staub es erobert haben konnten. Sie öffnete nur überall die Fensterläden und bezog ihr Bett frisch. Mit einem Glas Wein setzte sie sich auf die Terrasse und blätterte zerstreut in einem Gesellschaftsmagazin, das sie im Flugzeug mitgenommen hatte. Ihr Blick fiel auf die Meldung von einer reifen Schauspielerin, die auf der Beerdigung ihres Ehemanns ihre Jugendliebe wiedergetroffen und sich sofort erneut in ihn verliebt hatte. Sie riß die Seite heraus und heftete sie über ihr Bett.

»Bist du gut angekommen?« fragte Daniel, als er spät abends anrief. »Ich vermisse dich jetzt schon, ich glaube, ich verliere gerade sehr viel Geld, weil ich mit meinen Gedanken nicht bei den Verhandlungen, sondern bei dir bin. Ich hasse diese Telefongespräche. Sie genügen mir nicht. Ich will dich sehen, dich anfassen.«

»Ist es denn so wichtig, daß du dort bist?«

Daniel zögerte mit der Antwort. »Es geht um die Existenz meiner Firma. Ich habe mein Programm an ein sehr großes Unternehmen verkauft, und sie haben Probleme mit der Anwendung. Jetzt verlangen sie eine riesige Summe an Schadenersatz von uns. Du weiß ja, daß das in Amerika allgemein üblich ist. Wenn wir uns nicht einigen, verliere ich die Firma und ein paar Leute ihren Job.«

Hanna ahnte, wie schwer diese Verantwortung auf ihm lastete. »So ernst ist es?«

Er lachte. »Glaubst du, ich wäre sonst gefahren, gleich nachdem ich dich wiedergetroffen habe?« Er machte eine kleine Pause. »Ich muß das hier zu einem guten Ende bringen. Aber dann werden wir zwei uns Gedanken machen müssen, wie wir es schaffen, daß unsere Leben zusammenpassen. Vielleicht kaufe ich mir ein Haus neben deinem?«

Darüber hatte Hanna noch nicht nachgedacht. Sie hatte nur das Glück gespürt, daß sie und Daniel sich wiedergefunden hatten, und hatte auf eine gemeinsame Zukunft gehofft. Aber wie sollte die eigentlich aussehen? »Laß uns darüber reden, wenn du mich hier besuchst. Wirst du kommen? Ich möchte dir Les Oliviers zeigen.«

»Ich komme überall hin, wo du bist«, sagte er zum Abschied.

Am dritten Abend ließ sich auch Charlot endlich blicken. Er sah gut genährt aus, aber er stürzte sich dennoch gierig auf das Dosenfutter, das Hanna ihm hinstellte, als wollte er ihr ein schlechtes Gewissen einreden. Als sie Jean-Claude anrief, um mit ihm über die Ölmühle zu sprechen, zwängte er sich zwischen sie und den Hörer und versuchte ihre Aufmerksamkeit auf sich zu lenken.

»Übrigens, Jean-Claude«, sagte Hanna am Ende des Gesprächs, »vielen Dank für die Blumen. Sie sind wunderschön.«

Jean-Claude lachte leise. »Ich habe sie nur gepflanzt, Madame«, sagte er.

Plötzlich wußte Hanna, von wem die Bougainvilleen kamen. Sie rief Laurent in New York an.

»Ich wollte dir eine Freude machen«, sagte er. »Außerdem muß ich mich bei dir bedanken, für alles, was du für Sophie getan hast. Wie geht es dir? Bist du in Hamburg?«

»Ich war da, habe es aber nicht ausgehalten.« Hanna erzählte von Ullrich und von Daniel. »Er ist gerade in Amerika, und ich habe Liebeskummer. Den kann ich hier noch am leichtesten ertragen.«

»Ich würde ihn gern kennenlernen.«

»Das wirst du bestimmt.« Während sie das sagte, hatte Hanna plötzlich eine wunderbare Idee. »Ich rufe dich wieder an. Bis bald.«

Der Postbote brachte einen Brief von Hermann Behnsen. Verwundert riß Hanna den Umschlag auf. Ihr Vater hatte ihr noch nie geschrieben. Es war eine notariell beglaubigte Übertragung von Les Oliviers an sie, Hanna Ohnegroot. »Ich hoffe, ich kann damit einiges wiedergutmachen«, hatte Hermann dazugeschrieben.

Wenn es möglich war, liebte Hanna das Haus und den Olivenhain nun, wo sie ihr gehörten, noch mehr. Die Pflanzen, die sie gemeinsam mit Marita auf dem Markt gekauft hatte, ohne zu wissen, was aus ihnen werden würde, waren zu blaßrosa und weiß blühenden Cosmea gewachsen, deren fedriges Grün sie an Spargelkraut erinnerte. Sie waren zu groß für die Kübel geworden, und sie setzte sie neben die Terrasse. Ihr Garten wurde immer mehr zu einem Blütenmeer, und Hanna hatte einiges zu tun, um alles in Ordnung zu halten. Aber die Arbeit war nicht so schwer wie das Roden der Terrassen. Als sie in einer Gärtnerei an Tomatensetzlingen vorbeikam, an denen bereits kleine grüne Früchte hingen, entschloß sie sich, auch etwas Gemüse anzupflanzen. Neben den Tomaten erwarb sie Zucchini und Knoblauch. Und sie kaufte endlich den Feigenbaum, den sie schon immer haben wollte. Er hatte bereits eine stattliche Größe, und sie mußte Jean-Claude anrufen, damit er ihr beim Pflanzen half. Seine Blätter und die der Kastanie waren sich sehr ähnlich, wenn man nicht aufpaßte, konnte man sie verwechseln. Hanna freute sich auf den Moment, wo beide Bäume Früchte tragen würden.

Wenn sie mit ihrer Arbeit fertig war, unternahm sie lange, einsame Spaziergänge in der Umgebung. Sie stieg die Hänge des Lubéron hinauf, wobei sie sich manchmal durch undurchdringliches Dickicht kämpfen mußte. Sie hoffte, zufällig auf den alten Olivenbaum zu stoßen, von dem Edouard

Thaumiaux seiner Tochter Victoire erzählt hatte, um ihr Mut zu machen.

Hanna durchquerte den Torbogen, der aus den Gassen der Altstadt führte. Vor ihr lag die Place de l'Etang mit dem Restaurant und dem ochsenblutfarbenen Café. Sie überquerte die Straße und stand unter dem dichten Blätterdach der Platanen. Wie von Monet gemalt lag die Wasseroberfläche des Bassins da. Die hohen Bäume spiegelten sich in unzähligen Grün- und Gelbtönen in dem stillen Wasser, die hellgetünchte Mauer ließ einige Autos, die rund um den Platz parkten, aufleuchten. Auch heute bewunderte Hanna dieses außergewöhnliche Farbenspiel. Sie nickte Monique zu, die wie meistens in einem mit Kissen ausgepolsterten Plastikstuhl vor dem Eingang von Pierres Café saß, und ging zu einem freien Tisch.

Morgen würde man den 14. Juli, den französischen Nationalfeiertag begehen. Wie es sich gehörte, war strahlendes Wetter. Eine beständige Hitze lag über dem Land und würde es bis mindestens Ende August im Griff haben. Über die Mittagszeit waren die Straßen jetzt ausgestorben, jeder suchte der Sonne zu entfliehen. Aber am Abend des Feiertags waren überall Feste mit Tanz und Feuerwerk angekündigt. In Saint Luron wurde um den alten Schloßturm herum gefeiert. Die Gastwirte hatten genug zu tun, um Tische, Bänke, Grillroste und was man sonst brauchen würde, nach oben zu schleppen. Auch Pierre würde einen Stand aufmachen, sein Lokal blieb an dem Tag geschlossen.

Schimpfend wischte er sich den Schweiß von der Stirn, als er an Hannas Tisch kam. »Wenn man nicht alles selbst macht. Wozu bezahle ich diese Trottel?«

»Was ist denn passiert?« fragte Hanna amüsiert.

»Die haben doch glatt die falschen Tische nach oben getragen, die stehen nicht auf dem felsigen Untergrund. Jetzt müssen sie wieder herunter. Die ganze Arbeit umsonst!«

Einer der Männer kam auf ihn zu, um ihn etwas zu fragen. In komischer Verzweiflung raufte sich Pierre die Haare und machte eine Bewegung in seine Richtung, als würde er eine Schar Gänse vor sich hertreiben. »Frag mich bloß nichts. Ich komme gleich! – Was darf ich Ihnen bringen?«

Hanna bestellte eine gebratene Rotbarbe mit Gemüse und einen Wein.

Pierre hatte seine Karte für die vielen Touristen, die jetzt hier Urlaub machten, erweitert, und an dem Feiertag kamen traditionell auch jede Menge Franzosen aus Paris. Die ganze Provence schien aus den Nähten zu platzen, auf den Terrassen der Cafés war kaum noch ein Plätzchen zu bekommen, und alle zogen die Preise an.

»Das ist jedes Jahr so«, sagte Pierre, als sie ihn darauf ansprach. »Im Juli und August haben wir hier eine Invasion, man kommt gar nicht mehr zum Nachdenken. Aber dann, eines Tages, sind alle Fremden wieder weg, und wir sind unter uns. Sie wohnen da oben ja relativ ruhig, und Sie werden das zu schätzen wissen.«

»Ja, ich merke bereits, daß die Parkplätze knapp werden.«

»Das ist erst der Anfang«, prophezeite er. »Sie kommen doch morgen abend auch?«

Er sah, wie Hanna zögerte.

»Natürlich kommen Sie! Sie gehören doch schon fast dazu. Außerdem kann man bei der Gelegenheit nützliche Kontakte knüpfen. Jean-Claude sagte mir, daß Sie mit dem Gedanken spielen, den Olivenhain zu verpachten? Mathieu Cixous aus La Tour d'Aigues und sein Bruder suchen Land, das weiß ich. Sie sollten kommen und die beiden kennenlernen. Sie sind exzellente Olivenzüchter, ihr Öl hat schon so manchen Preis gewonnen. Und außerdem«, er zwinkerte ihr zu, »müssen Sie doch mal unter Leute. Eine hübsche junge Frau wie Sie!« Lachend entfernte er sich.

Am nächsten Abend ging Hanna zu dem Fest. Als die Sonne in einem Himmel von unterschiedlichen Bronzetönen hinter dem Horizont verschwand und ein leichter Luftzug die Hitze vertrieb, verspürte sie plötzlich Lust, den schönen Abend in Gesellschaft zu verbringen. Sie parkte das Auto unterhalb des Glockenturms und stieg zur Schloßruine hinauf. An einem der Tische, die zu Pierres Freiluftbar gehörten, trank sie eiskalten Weißwein, dazu wurde Merguez, eine scharfgewürzte Lammwurst vom Grill, serviert. Es waren gut hundert Menschen gekommen. Einige schienen nur darauf gewartet zu haben, daß die Kapelle endlich zu spielen anfing. Auch Auguste gehörte zu ihnen, und wenn er tanzte, fielen seine krummen Beine gar nicht auf. Er zwinkerte ihr hinter dem Rücken seiner Partnerin zu, dann wirbelte er sie in kühnem Schwung davon. Einige der jungen Männer waren bereits schwer angetrunken, und das erinnerte Hanna daran, was Victoire über die Männer des Dorfes gesagt hatte. Viel schien sich nicht geändert zu haben. Jean-Claude kam zu ihr herüber und fragte, ob er sie mit Mathieu Cixous und seinem Bruder Erneste bekannt machen dürfe. Er hatte bereits mit ihnen über Les Oliviers gesprochen. Die beiden waren um die Fünfzig und sympathisch. Sie baten Hanna zu einem Glas Wein an ihren Tisch. Hanna lernte auch die Ehefrauen kennen, die von ihrer Garderobe und dem Auftreten eher an Pariserinnen als an Bäuerinnen erinnerten. Alle vier sprachen mit einem Enthusiasmus über ihr Öl, der Hanna gefiel. Die Familie war vor zwanzig Jahren aus Paris gekommen und hatte sich mit ihrem Olivenöl einen guten Namen gemacht. Sie luden Hanna für den übernächsten Tag zum Essen ein. Sie sollte sich den Hain und die Verarbeitungsmaschinen ansehen, dann würde man auch über das Geschäft reden.

»Es lohnt sich, anderswo die Zelte abzubrechen und hier neu anzufangen«, sagte Chantal, die dunkelhaarige und vor Temperament schier überbordende Frau von Erneste zu Hanna.

»Haben Sie es nie bereut?«

»Nein, warum sollte ich? Natürlich, manchmal geht es hier etwas kleinkarierter zu als in der Großstadt. Aber ich schere mich nicht um das Gerede der anderen, und wenn mir die Decke auf den Kopf fällt, dann fahre ich für ein paar Tage nach Paris.«

Hanna war schon auf dem Rückweg den Berg hinunter, als hinter ihr das Feuerwerk begann. Sie sah nach oben in den nachtblauen Himmel, wo die funkelnden Explosionen den Schloßturm in allen Farben erleuchteten. Von dort, wo sie stand, hatte sie einen unverstellten Blick auf das Spektakel, das sie mit Ehrfurcht erfüllte. Sie blieb stehen, bis die letzte Rakete verglüht war, dann machte sie sich auf den Heimweg. Sie fühlte sich so zufrieden und glücklich wie schon lange nicht mehr.

Als sie zurück in Les Oliviers war, rief sie Daniel an. »Diesmal werden wir es schaffen, nicht wahr?« fragte sie.

»Dafür werde ich alles geben.«

Am nächsten Morgen waren deutlich weniger Menschen unterwegs als üblich. Sie waren wohl alle müde und verkatert vom Vorabend und blieben in ihren Häusern. Hanna hatte Mühe, ein geöffnetes Geschäft für ihre Einkäufe zu finden. Sie legte die Tasche mit dem Gemüse und dem Brot in den Kofferraum. Sie hatte schon die Fahrertür geöffnet, als sie es sich anders überlegte. Sie schloß wieder ab und lenkte ihre Schritte in Richtung des Friedhofs von Saint Luron. Die Stille des Tages paßte zu einem Besuch an Sophies Grab. Auf der anderen Straßenseite wucherte eine zartrosa Kletterrose. Hanna ging über die Straße und pflückte kurzerhand einige der mit Blüten übersäten Stiele. Während sie vor dem Gartenzaun stand, mußte sie daran denken, daß dies Victoires Elternhaus gewesen sein könnte. Hanna gefiel der Gedanke, daß sie Sophie Blumen aus dem Garten ihrer Familie mitbrachte. Sie ging durch das Tor, und die Stille des Friedhofs umgab sie. Niemand außer ihr war zu sehen. Auf Sophies Grab lagen Blumen, die trotz der Hitze noch nicht verblüht waren. Sie fragte sich, wer sie dorthin gelegt haben mochte.

Sie legte die Rosen dazu. Dann trat sie einen Schritt zurück. Sie war damals nicht bei der Beisetzung ihrer Mutter gewesen. Hermann hatte es verhindert. Bestimmt hatte er sie schützen wollen, aber seither trug Hanna das beklemmende Gefühl in sich, sie hätte Helene gehen lassen, ohne sich von ihr zu verabschieden. Erst seit sie Sophie zu Grabe getragen hatte, hatte sie so etwas wie Frieden in dieser Sache gefunden. Als sollte Hermann mit seinem Vorwurf recht behalten, Hanna hätte in Sophie einen Muttersatz gesucht.

»Und wenn es so wäre?« sagte sie laut zu sich selbst.

Sie hörte langsame Schritte auf dem gekiesten Weg und sah Nadine und ihre Schwiegermutter auf sich zukommen. Nadine hatte einen kleinen Hocker bei sich, den sie für Monique vor Sophies Grab aufstellte.

»Hallo«, begrüßte sie Hanna, die fragend auf den Hocke sah. »Manchmal besteht die alte Dame darauf, hier zu sitzen und mit den Toten zu reden. Ich tue ihr den Gefallen und bringe sie her.« Sie wies auf Monique.

Hanna wollte sich abwenden, doch Nadine wehrte ab. »Nein, nein, bleiben Sie ruhig, sie läßt sich ohnehin von nichts und niemandem in ihren Zwiegesprächen stören.«

Nadine half Monique, sich auf dem Hocker niederzulassen. »Bis nachher, Maman«, sagte sie laut. Monique zeigte keine Reaktion. Nadine nickte Hanna zu und wandte sich zum Gehen. »Ich muß ins Café«, flüsterte sie Hanna zu.

Hanna sah ihr nach, dann machte sie einen Schritt auf Monique zu. Sie überlegte noch, ob es Sinn machte, ihr die Hand hinzustrecken, als Monique plötzlich zu sprechen begann.

»Warum mußtest du immer alles haben? Warum hast du dich nie mit weniger zufriedengegeben?«

»Wie bitte?« fragte Hanna ärgerlich. Was redete die alte Frau denn da?

»Andere hatten doch auch nicht mehr! Man ist nicht ungestraft so hochmütig, und nun hast du mit deinem Leben dafür bezahlt, mit deinem blühenden, jungen Leben …«

Jetzt erkannte Hanna, daß Monique sie gar nicht meinte. Sie hörte die wütende Verzweiflung in der Stimme der alten Frau und sah verwundert auf sie herab. Von wem sprach sie denn? Sie suchte im Kopf nach einer vorsichtigen Frage, um sie nicht zu erschrecken, doch Monique sprach bereits weiter.

»Warum noch ein Kind? Alle haben dir abgeraten, auch der Doktor. Und dabei hättet ihr endlich glücklich sein können. Endlich ward ihr wieder vereint, die Zukunft lag vor euch!« Sie schüttelte heftig den Kopf. »Mir brauchtest du nichts vorzumachen, ich habe gleich gesehen, daß du ein Kind erwartest, noch bevor du es gesagt hast. Das Leuchten in deinen Augen, die Blicke, die du für François hattest, deine Hände, die deinen Leib streichelten! Aber du hattest doch schon Sophie!« Ihre Stimme wurde klagend. »Ja, es hat mir weh getan, dich so glücklich zu sehen. Ich wünsche mir doch auch so sehr ein Kind, aber mein Hugo ist immer noch verschollen. Ich schreibe Gesuch um Gesuch und warte vergebens auf Antwort. Weißt du, ich habe ihn schon so lange nicht mehr gesehen, ich habe Mühe, mir sein Gesicht vorzustellen. Manchmal bekomme ich Angst bei der Vorstellung, daß er eines Tages wieder vor mir steht und seinen Platz als mein Ehemann beansprucht.« Sie senkte den Kopf und legte die rechte Hand über die Augen, wie um ihre Tränen zu bannen. Dann richtete sie sich wieder auf. »Ich weiß, das wäre bei dir unmöglich gewesen. François und du, ihr seid doch wie eine Person gewesen. Wie gut, daß du ihn in seinem jetzigen Zustand nicht sehen kannst. Er flieht für ganze Nächte in die Berge, er gebärdet sich wie ein Verrückter, sein Gesicht ist zum Fürchten! Was hast du denn geglaubt? Natürlich gibt er sich die Schuld an dem, was passiert ist. Wenn du ihn nicht geheiratet hättest, wärst du nicht in dieses verfluchte Lager gekommen und hättest nicht deine Gesundheit ruiniert. Ach, das eine Jahr, das euch noch blieb. Es war ein wunderbares Jahr, und viele andere hätten folgen können.«

Hanna hatte ungläubig zugehört, und als sie begriff, kamen ihr die Tränen. Monique sprach nicht von Sophie, sondern von Victoire! In ihrer Verwirrung glaubte sie, wieder jung zu sein und am Grab ihrer Freundin Victoire zu sitzen.

Während die alte Frau für einen Augenblick schwieg, weil sie ein Taschentuch aus ihrer Jackentasche nestelte, um sich die Augen zu wischen, versuchte Hanna zu verstehen, was sie gehört hatte. Was mochte damals geschehen sein? *Ein neues Leben beginnt.* Diesen Satz hatte Victoire im August 1945 als letzte Eintragung in ihrem Tagebuch notiert. Bisher hatte Hanna geglaubt, er solle bedeuten, daß sie und Franz endlich wieder zusammen waren. Aber Victoire hatte gemeint, daß sie ein Kind erwartete! Was war aus diesem Kind geworden? Wo war Sophies Bruder oder Schwester? Victoire und Franz hatten sich offensichtlich wiedergefunden, nur um sich kurze Zeit später endgültig zu verlieren. Warum war das Leben so ungerecht zu ihnen? Hatten sie denn nicht schon genug durchgemacht?

In diesem Augenblick drehte sich Monique mit einem Ruck zu ihr um. Hanna mußte die letzten Worte laut gesprochen haben, und die alte Frau hatte sie vernommen.

»Ich glaube, die Ungerechtigkeit ist gerade gerecht verteilt. Nehmen Sie nur Victoire und mich: Sie und François hatten ein paar Jahre des vollkommenen Glücks, das vielen anderen verwehrt bleibt. Ihre Liebe war ihnen das wichtigste im Leben, geradezu verzehrend, sie haben auf nichts und niemanden Rücksicht genommen, sie haben auf die Konventionen gepfiffen, und am Ende haben sie für diese Liebe sogar den Tod herausgefordert. Wenn Sie meine Meinung wissen wollen: Victoire ist an ihrer Liebe zu François verbrannt.«

Hanna ging um den Hocker herum und stand jetzt vor der alten Frau. »Sie haben gesagt, die Ungerechtigkeit sei gerecht verteilt. Wie war das bei Ihnen?«

Monique sah sie einen Augenblick freundlich an, und Hanna fürchtete schon, sie würde wieder in ihre andere Welt eintauchen. Aber sie seufzte einmal tief auf und sprach weiter: »Bei mir? Bevor Hugo und ich uns richtig kennenlernen konnten, mußte er schon in den Krieg. Ich kann nicht einmal mehr mit Gewißheit sagen, ob ich ihn geliebt habe.

Er ist nie aus Deutschland zurückgekehrt. Ich habe bis heute keine Hinweise, was ihm zugestoßen ist. Einige Jahre später habe ich George Picadieu geheiratet, weil ich eine Familie wollte. Wir haben vier Söhne großgezogen, von denen Pierre der jüngste ist. Aber auch George ist nicht bei mir geblieben, er liegt schon seit fünfzehn Jahren hier auf dem Friedhof, dort hinten, zwei Reihen weiter.«

Hanna folgte mit den Augen der Richtung, in die die runzlige Hand wies. »Und wann ist Victoire gestorben? Bei der Geburt? Was ist danach aus Franz geworden?«

»Ach, das ist eine traurige Geschichte.«

»Erzählen Sie sie mir?« wagte Hanna zu fragen.

»Nicht jetzt«, sagte Monique und strich mit den Händen über ihr Kleid. Ihr versonnenes Lächeln zeigte Hanna, daß sie alles noch ganz genau wußte, aber nur soviel erzählen würde, wie sie für richtig hielt.

»Sind sie wenigstens hier beerdigt, gemeinsam im selben Grab, meine ich?«

»Ja. Das Leben hat sie getrennt, aber der Tod hat sie wieder vereint.«

»Und Sophie? Was hat sie gemacht, nachdem ihre Mutter tot war?« Hanna fragte hastig, damit die alte Dame nicht vergaß, daß sie eigentlich nichts mehr sagen wollte.

»Sie haben sie in ihrem Bett gefunden, nicht wahr?«

Hanna nickte. Ein kluger Blick aus wasserblauen Augen traf sie. Monique war aus ihrer Zeitreise in die Gegenwart zurückgekehrt.

»François hat damals Les Oliviers verkauft und mit Sophie Saint Luron verlassen. Das muß im Herbst 1946 gewesen sein, zwei oder drei Monate nach Victoires Tod. Ich konnte gut verstehen, daß sie nicht bleiben wollten. Sie sind ins Saarland gegangen, wo seine Mutter lebte. Sophie hat in Sulzbach das Gymnasium besucht, und Franz arbeitete wieder als Journalist und ist in die Politik gegangen. Er hat sogar für die SPD im Landtag gesessen. 1956 ist er an einem Herzinfarkt gestorben, mit gerade fünfzig Jahren. Wundert Sie das nicht, daß es gerade das Herz war? Es war seit Victoires Tod gebrochen, ja, genauso war es.« Monique nickte aufgebracht mit dem Kopf. »Ich habe François nicht wiedergesehen, nachdem er Saint Luron verlassen hatte, aber Sophie hat mir erzählt, daß er die letzten Jahre seines Lebens ein stiller, in sich gekehrter Mann war, der nur aus sich herausging, wenn es um die Politik ging. Kurz nach seinem Tod sind die Clavels innerhalb weniger Monate nacheinander gestorben und haben Sophie das Haus vererbt. Sie selbst hatten ja keine Kinder. Sophie kehrte zurück nach Saint Luron, mit einem dicken Bauch, aber ohne Mann. Da hatten die im Dorf wieder was zu Tratschen! Sophie hat zurückgezogen gelebt, nur am Sonntag kam sie immer ins Café zum Essen. Dann haben wir geplaudert. Aber sie hat mir gegenüber nur ein einziges Mal davon gesprochen, was damals passiert ist. Sie wußte, daß ich als eine der ganz wenigen zu ihrer Mutter gehalten hatte, und meinte, es mir schuldig zu sein. Den anderen gegenüber war sie reserviert. Bei jedem fragte sie sich, auf welcher Seite er während der Okkupation gestanden hatte. Es sind einige unschöne Dinge passiert, müssen Sie wissen, auch nachdem der Krieg aus war. Als ihr Laurent dann nach Amerika ging, war sie ganz allein. Sie lebte ziemlich einsam, aber es scheint sie nie besonders gestört zu haben. Sie genügte sich selbst, glaube ich. In ihren letzten Jahren nahm sie Kontakt zu anderen auf, die einen deutschen Vater hatten. Ich glaube, sie hat sogar eine Organisation gegründet, um ihnen zu helfen.«

Monique richtete sich auf und rieb sich den schmerzenden Rücken. Es war heiß geworden, weil es gegen Mittag ging.

»Wir sollten in den Schatten gehen«, sagte Hanna.

Monique nickte. »Helfen Sie mir auf?«

»Natürlich.«

Mühsam erhob sich Madame Picadieu und klappte ihren Hocker zusammen. Sie gingen nebeneinander in Richtung des Ausgangs. Als sie durch das Friedhofstor traten, wies Hanna auf das Haus, in dessen Garten die Kletterrose stand: »Ist das dort drüben eigentlich das Haus, in dem die Thaumiaux gewohnt haben?«

Monique nickte. »Es ist gleich nach Edouards Tod verkauft worden. Begleiten Sie mich bis ins Café?«

»Natürlich, gern. Ich muß ohnehin in die Richtung.«

Hanna lieferte Madame Picadieu bei Pierre ab.

»Oh, vielen Dank, daß Sie sie hergebracht haben«, sagte Pierre und sah sie nachdenklich an. »Sie tun ihr gut, wissen Sie das? Sie ist lebhafter als gewöhnlich.«

Monique ließ sich in ihren Sessel fallen, der im Schatten stand.

»Erzählen Sie mir von Victoire«, bat Hanna und ging vor ihr in die Hocke.

Monique sah sie an, als versuche sie sich zu erinnern, ob sie sie kennen müsse, dann schüttelte sie den Kopf. »Ich mußt jetzt essen«, sagte sie mit einer veränderten, harten Stimme. »Ich esse immer um zwölf. Pierre, wo bleibt mein Essen? Pierre?«

Am nächsten Tag fuhr ein Auto vor dem Haus vor. Hanna stürzte ans Fenster, weil die verrückte Hoffnung sie durchzuckte, es könnte Daniel sein, obwohl er seinen Besuch erst für die darauffolgende Woche angekündigt hatte. Sie erkannte den verbeulten Peugeot von Pierre. Nadine stieg aus und ging zur Beifahrertür, um ihrer Schwiegermutter herauszuhelfen. Hanna öffnete die Haustür.

»Sie wollte unbedingt zu Ihnen und etwas erzählen, hat sie gesagt. Den ganzen Morgen ist sie schon kribbelig und liegt mir damit in den Ohren. Ich konnte sie nicht davon abhalten. Wenn Sie keine Zeit haben …«

»Nein, nein, alles in Ordnung«, sagte Hanna rasch. »Fahren Sie nur wieder zurück ins Café.«

»Vielen Dank. Es ist schon ziemlich voll, und Pierre muß in die Küche. Es wird Zeit, daß unser Saisonkoch kommt. Wann soll ich sie wieder abholen?«

»Ich bringe sie dann, machen Sie sich keine Sorgen.«

Monique war bereits ins Haus gegangen. Hanna fand sie in der Küche, wo sie vor dem Herd stand.

»Victoire war eine sehr gute Köchin. Sie war eine perfekte Gastgeberin, und was sie kochte, war immer ein Gedicht. Davon könnte sogar mein Pierre sich noch eine Scheibe abschneiden. Aber es kamen ja so selten Gäste in dieses Haus.« Sie sah sich suchend um und entdeckte dann einen alten Hocker, der schon seit ewigen Zeiten neben dem Herd stand. Als wäre er ihr angestammter Platz, ging sie auf ihn zu und setzte sich.

Kapitel 23

An einem Sonntag kehrte Victoire nach Saint Luron zurück. Die Messe war gerade vorüber und die ersten Kirchgänger kamen durch das alte Stadttor, um im Café de l'Etang einen Kaffee oder einen kleinen Roten zu trinken. Tuschelnd blieben sie stehen, um zu beobachten, wie der klapprige Lieferwagen hielt und Victoire von der Ladefläche stieg. Sie war erschreckend mager geworden, und ihre Zerbrechlichkeit wirkte bedrohlich, wie ein Vorwurf. Der viel zu große Umhang wurde wegen einiger fehlender Knöpfe von einem zerschlissenen Schal vor der Brust zusammengehalten. Die zarten, ausgetretenen roten Schuhe, viel zu dünn für die Jahreszeit, bildeten einen geradezu grotesken Gegensatz dazu. Der Koffer in ihrer Hand war aus Pappe und klein, dennoch schleppte sie sich an ihm ab. Die guten Leute von Saint Luron sahen zu, wie sie in langsamen Schritten die Straße hinunterging. Niemand sprach sie an, bis der Wirt des Cafés den Anblick nicht länger ertrug. Er schickte seinen Sohn hinter Victoire her, der ihr den Koffer abnahm und ihn den Berg hinauftrug. Kurz darauf kamen Agnès Clavel und Sophie ihr entgegengelaufen.

Sophie war zu Tode erschrocken, als sie sich in die Arme ihrer Mutter warf. Wo war die Weichheit ihres Bauchs, der Arme geblieben? Voller Entsetzen fühlte sie statt dessen Knochen und Härte. Auch Agnès hatte Mühe, ihren Schrekken zu verbergen. Sie nahmen Victoire, der die letzten Kräfte versagten, in die Mitte, und gemeinsam brachten sie sie zum Haus. Bernard lief sofort den Berg wieder hinunter, um Doktor Verneuil zu holen.

Victoire war nicht kräftig genug, um sich allein um Sophie zu kümmern. Sie blieb im Haus der Clavels, bis sie sich erholt hatte. Die Spritzen vom Doktor, Agnès' gutes Essen, besonders aber die unglaubliche Freude, wieder bei Sophie zu sein, sorgten dafür, daß sie langsam zunahm und sich erholte, doch sie war nach wie vor schwach. Die kleinste Anstrengung ließ sie leichenblaß werden, und die Röte auf den Wangen war zu heftig und unnatürlich.

Agnès tat ihr Bestes und wartete wie alle anderen sehnlichst auf das Ende des strengen Winters. Doch der Frühling 1942 wollte nicht kommen. Das Eis hielt sich bis in den März hinein, und als der Schnee endlich in der fahlen Sonne schmolz, fanden die hungrigen Tiere nur das Wenige zum Fressen, was vom letzten Jahr übriggeblieben war. Aus Paris sah man Bilder von langen Menschenschlangen vor den Geschäften, in denen es nichts zu kaufen gab. Die Heizungen blieben kalt, Autos fuhren nicht. Mit dem Wissen, im Recht zu sein, vernahm man die Nachricht, daß der Krieg allmählich auch die deutschen Städte erreichte.

Erst Anfang April wurde die Sonne wärmer, und Victoire und Sophie kehrten nach Les Oliviers zurück. »Mir geht es besser, und ich habe Arbeit«, sagte Victoire schlicht. »Und außerdem muß ich doch dasein, wenn Franz nach Hause kommt.«

Franz. Von ihm gab es nach wie vor kein Lebenszeichen. Die Nachricht, daß er nach Nordafrika geschickt würde, war die letzte, die Victoire erhalten hatte. Sie hielt Augen und Ohren offen, durchsuchte die Zeitungen und Wochenschauen nach Hinweisen, doch vergeblich. Sie telefonierte mit Ludivine und bat sie, sich in Sanary umzuhören. Vielleicht hatte einer seiner Bekannten etwas von ihm gehört? Aber ihre Tante konnte ihr auch nicht weiterhelfen. »Es gibt keine Emigranten mehr in Sanary«, sagte sie. »Sie sind entweder im Gefängnis, oder sie halten sich versteckt.« So blieb Victoire ihrer Phantasie überlassen, und man mußte kein Prophet sein, um sich vorzustellen, daß die Kriegsgefangenen und Zwangsarbeiter unter unmenschlichen Bedingungen harte und gefährliche Arbeiten verrichten mußten. Die romantischen Bilder von Afrika, die ihre Kolonialalben für sie bereitgehalten hatten, entsprachen wohl nicht der Wirklichkeit, in der Franz ausharren mußte. Ein Lager in der Wüste würde nicht besonders viele Annehmlichkeiten zu bieten haben.

Sie schickte auf gut Glück ein Päckchen an Thérèse in Rieucros. Zwei Wochen später kam es zurück mit der Notiz, das Lager sei aufgelöst. Was mochte aus den vielen Menschen geworden sein? Aus Zizi, aus Chantal, aus den Kindern?

Sophie fuhr fort, Briefe zu schreiben und sie abends in die Höhlung des Olivenbaums zu legen. »Damit Papa alles nachholen kann, was er jetzt versäumt«, sagte sie.

»Wie meinst du das?« fragte Victoire.

»Na, wenn er wieder da ist«, entgegnete Sophie, als gebe es nicht den geringsten Zweifel daran.

»Natürlich«, antwortete Victoire und wünschte sich die Zeit zurück, in der sie ebenso überzeugt gewesen war.

Auch sie schrieb Briefe an Franz. Sie schickte sie an die Adresse des Lagers, in dem er gewesen war, in der Hoffnung, sie würden ihm vielleicht nachgesendet. Manchmal kam ein Brief mit dem Vermerk »Empfänger unbekannt« zurück. Sie legte ihn in einen Schuhkarton, den sie in ihrem Wäscheschrank aufbewahrte.

Der Winter meldete sich bereits zurück, als im November 1942 Amerikaner und Briten in Nordafrika landeten. Daraufhin besetzten die Deutschen auch die bisher freie Zone Frankreichs. Im Juni 1943 gründete General de Gaulle in Algier ein Befreiungskomitee und versammelte eine Armee zur Befreiung Frankreichs um sich. Victoire schöpfte Hoffnung.

Die Résistance in Frankreich wurde mächtiger und mutiger. Immer mehr Menschen schlossen sich an – gleichwohl lag der Grund häufig darin, daß ganze Jahrgänge junger Franzosen ab Februar 1943 durch ein neues Gesetz zum Arbeitsdienst in Deutschland verpflichtet wurden. Um dem zu entgehen, verließen sie ihre Dörfer und schlossen sich dem Maquis an. Wieder kamen sie nachts an die Tür von Les Oliviers. Victoire gab die Hoffnung nicht auf, Franz würde bei ihnen sein. Doch an seiner Stelle stand eines Tages jemand anderes vor der Tür, den Victoire kannte: Thérèse.

»Ich heiße jetzt Valérie«, sagte Zizi, als sie unter dem Schein der kleinen Lampe um den Tisch saßen. Zwei Männer waren bei ihr. »Zizi paßt nicht mehr, so nennen mich nur die Männer, die ich bespitzeln soll.«

In knappen Worten, zwischen zwei Bissen Essen, das sie hungrig in sich hineinstopfte, gab sie Victoire einen Bericht über ihr neues Leben. Thérèse war aus Rieucros geflohen, als die Auflösung des Lagers immer näher rückte und es abzusehen war, daß sie nicht freikommen, sondern in ein anderes Lager gebracht werden würde. Sie hatte sich für einen Freigang gemeldet, angeblich um Papiere zu besorgen, und war nicht zurückgekehrt. Mit viel Glück hatte sie sich in nordwestlicher Richtung bis ins Limousin durchgeschlagen, wo eine ihrer Freundinnen für die Résistance arbeitete. Die Genossin hatte ihr neue Papiere besorgt, die sie als Elsäßerin ausgaben, und ihr gesagt, was sie tun sollte: private Kontakte zu deutschen Soldaten schaffen, um sie auszuhorchen. Als die Deutschen Frankreichs Süden besetzten, war Thérèse mit einem Unteroffizier verbandelt, der sich ernsthaft in sie verliebt hatte. Er besorgte ihr eine Arbeit in einer Wehrmachtskantine. Sie nutzte das, um Informationen über Truppenbewegungen, geplante Razzien und so fort zu beschaffen. Sie erzählte von all dem mit einer Unbekümmertheit, die Victoire um sie fürchten ließ.

»Du hast falsche Papiere, und wenn sie dich erwischen, erschießen sie dich«, sagte sie und faßte Thérèse am Unterarm.

»Sie kriegen mich aber nicht«, sagte Zizi mit einem zuversichtlichen Lächeln und wischte sich mit dem Handrücken über den Mund. »Und wenn, dann weiß ich wenigstens, wofür.«

»Valérie sagt uns, wer von unseren Landsleuten zu enge Kontakte zu den Deutschen hat. Wir wollen schließlich keinen ungeschoren davonkommen lassen, wenn es soweit ist«, knurrte der jüngere der beiden Männer und warf dabei stolze und begehrliche Blicke auf Zizi. Der ältere saß die ganze Zeit stumm daneben.

»Was meint ihr mit guten Kontakten?« fragte Victoire vorsichtig. Sie fragte sich, ob Zizi ihnen erzählt hatte, daß Franz Deutscher war.

»Na ja, Leute, die ihre Nachbarn denunzieren, weil die Radio London hören oder illegal ein Schwein schlachten. Und natürlich die, die die Drecksarbeit für die Deutschen machen, übereifrige Polizisten und Verräter …«

Nachdem sie gegessen hatten, gab Victoire den beiden Männern ein paar Decken und zeigte ihnen den Weg zur Ölmühle, wo sie ein paar Stunden schlafen wollten. Thérèse würde im Haus übernachten. Sie war vor Müdigkeit grau im Gesicht.

»Das ist das Schlimmste, daß man nie sein eigenes Bett hat. Im Sommer können wir draußen schlafen, aber jetzt ist es zu kalt. Wenn es keine Leute wie dich gäbe, würden wir glatt erfrieren«, seufzte sie, während sie sich wohlig ausstreckte. Dann setzte sie sich wieder auf und sah Victoire an. »Ich muß dir etwas sagen«, begann sie. »Es gibt eine Widerstandsgruppe in den Cevennen, die sich Bir-Hakeim nennt. Einer der Anführer soll Franz sein ...«

Victoire stieß einen kleinen Schrei aus. »Woher weißt du das?«

»Psst, nicht so laut!« beschwor sie Zizi.

»Aber ...«

»Ich kann dir nicht mehr sagen. Ich habe es von einem Kameraden gehört, der in seiner Gruppe war ...«

Victoire stand ruckartig auf.

»Nein, es ist keiner von denen, die jetzt bei mir sind. Dieser – Jean – hat von seinem ehemaligen Kommandanten erzählt, der aus dem Saarland stammt und in Nordafrika war. Und er ist mit einer Französin verheiratet und hat eine Tochter in Sophies Alter. So viele gibt es nicht, auf die diese Beschreibung paßt.«

»Und? Hat er gesagt, wie es Franz geht? Wann hat er ihn zuletzt gesehen?«

Thérèse schüttelte den Kopf. »Er hat nur gesagt, daß er hart wäre. Und gerecht.«

»Aber wie ist er aus Afrika herausgekommen?«

»Oh, das ist nicht so ungewöhnlich. Viele, die in Nordafrika interniert waren, haben sich de Gaulles Armee angeschlossen. Einige von ihnen wurden nach Frankreich geschleust, um hier den Widerstand zu koordinieren ...«

»Ich glaube nicht, daß Franz bei ihnen ist«, flüsterte Victoire schließlich. »Er hätte mir doch längst Nachricht gegeben, wenn er es könnte!«

Zizi schluckte. »Ich wäre mir da nicht so sicher. Die Partisanen dürfen sich nicht zu erkennen geben, nicht einmal ihren eigenen Familien. Es steht zuviel auf dem Spiel, das Leben der Männer und Frauen in ihrer Gruppe, ihr eigenes Leben … Außerdem würde er auch dich und Sophie in Gefahr bringen.«

»Aber du könntest doch etwas über ihn herausfinden. Kannst du nicht deinen Kameraden fragen? Bitte, für mich!«

»Wenn ich etwas erfahre, dann gebe ich dir Bescheid, ich verspreche es.« Sie sah Victoire prüfend an. »Du solltest mehr auf dich achten. Du siehst elend aus. Du willst doch für ihn da sein, wenn er zurückkommt?«

Victoire nickte. »Was wirst du tun?«

Thérèse zuckte mit den Schultern. »Das, was ich am besten kann: Männer um den kleinen Finger wickeln.«

»Versprich mir, daß du vorsichtig bist.«

»Mach dir keine Sorgen um mich. Unkraut vergeht nicht. Und jetzt laß uns schlafen, sonst sehe ich morgen früh schrecklich aus, und das wäre nicht gut für Frankreich.«

Als Victoire am nächsten Morgen noch vor Morgengrauen von leisen Geräuschen aufwachte, war das Bett neben ihr leer. Sie sprang auf und lief zum Fenster. Zizi rannte eilig hinter den beiden Männern her. Sie drehte sich noch einmal um und winkte, dann war sie nur noch ein Schatten in der Dunkelheit.

Die Neuigkeiten, die Thérèse gebracht hatte, wühlten Victoire auf. Der Wunsch, Gewißheit zu haben, ob es wirklich Franz war, ließ sie nicht zur Ruhe kommen. Wenn Nachrichten von Überfällen auf die Eisenbahn oder Sabotageanschläge auf deutsche Einrichtungen durchsickerten, bewunderte sie ihren Mann, aber gleichzeitig haderte sie mit ihm, weil er sich der Gefahr aussetzte. Ihr Herz begann zu rasen, und sie fühlte sich noch erschöpfter als üblich. Es gab Ehefrauen, die an der Seite ihrer Männer für die Résistance arbeiteten. Sollte sie auf eigene Faust nach ihm suchen? Der Gedanke war verlockend, aber unsinnig. Sie war körperlich nicht in der Lage, sich einem Leben in der Illegalität auszusetzen. Und sie wußte ja nicht einmal sicher, daß es wirklich Franz war. In fieberhafter Unruhe bewegte sie diese Gedanken in ihrem Herzen.

In ihrer Verzweiflung und weil ihr nichts anderes zu tun blieb, beschloß sie, eine Kartenlegerin in Apt zu befragen, zu der viele Leute aus Saint Luron gingen.

Die Frau lebte allein in einem Haus am Ende einer Sackgasse. Mit einer vagen Handbewegung lud sie Victoire ein, sich an einen kleinen Tisch in der Ecke der Küche zu setzen, auf dem ein nachtblaues Tuch lag. Sie löschte die Lichter bis auf eine Lampe, die nur den Tisch erhellte. Die Frau war von unbestimmbarem Alter. Ihre Haut war glatt und weich wie bei einer ganz jungen Frau, doch sie ging in gebückter Haltung vor Victoire her, so als leide sie unter Rheuma. Während sie die Karten legte, konnte Victoire ihre Hände sehen, die in fingerlosen, golddurchwirkten Handschuhen steckten. Die Nägel waren rosenfarben. Ihre Vorfahren mußten schwarz gewesen sein. Die Frau legte mit unglaublich raschen und sicheren Bewegungen die Karten in senkrechte und waagerechte Reihen auf den Tisch. Dabei bemerkte Victoire, daß ihr an beiden Händen jeweils das letzte Glied des kleinen Fingers fehlte. Sie war so in ihre Beobachtung versunken, daß sie darüber fast vergaß, warum sie gekommen war. Sie erschrak leicht, als die Frau zu sprechen begann.

»Wissen Sie denn nicht, daß es Verbindungen zwischen Mann und Frau gibt, die nicht bestehen dürfen, weil sie die Ordnung der Welt stören?« fragte sie, nachdem sie alle Karten bis auf fünf auf dem Tisch verteilt und dann quälend lange Victoires Gesicht fixiert hatte.

»Wie meinen Sie das?« fragte Victoire unsicher.

»Die Liebe zwischen zwei Menschen kann eine zerstörerische Kraft entwickeln, sie kann Revolutionen entfachen und Kriege. Im Kleinen entzweit sie Nachbarn oder Dörfer ...«

»Aber was hat das mit mir zu tun?«

»Sie und der Mann, auf den Sie warten, leben eine solche Liebe. Niemand hat zwischen Ihnen Platz, Sie lassen niemanden außer Ihnen beiden gelten. Davor haben sehr viele Menschen Angst. Es gehört Mut dazu, so zu lieben, wie Sie es tun.«

Was reden Sie denn da für einen Unsinn! hätte Victoire am liebsten gerufen. Aber ihr Vater kam ihr in den Sinn. Eine Liebe, die Familien entzweit ... Sie sagte nichts.

»Werde ich ihn wiedersehen?« fragte sie, und die Angst raubte ihr den Atem.

»Was würde passieren, wenn er nicht zurückkommt?« fragte die Frau, statt eine Antwort zu geben.

»Ich weiß nicht, ob ich die Kraft habe, ohne ihn zu leben.« Die Antwort war nicht mehr als ein Flüstern.

Die Wahrsagerin nickte, als hätte sie das bereits geahnt. Sie untersuchte noch einmal ihre Karten, nahm eine auf und tauschte sie gegen eine andere.

»Er kommt zurück, aber er bleibt nicht«, sagte sie dann. »Und jetzt gehen Sie, mehr sehe ich nicht.«

Mitte August 1944 marschierte de Gaulle an der Spitze seiner Armee in Paris ein. Endlich war die Stadt wieder frei. In den Wochenschauen sah man die Barrikaden auf den Pariser Straßen und Plätzen, über denen das Sternenbanner und die Trikolore gehißt waren; Pariserinnen, die amerikanische GIs küßten, und französische Widerstandskämpfer, die deutsche Gefangene vor sich hertrieben. In einer winzigen Szene meinte Victoire Franz zu erkennen. Er trug ein Gewehr über der Schulter und schob ein Fahrrad neben sich her. Er sah siegesgewiß und zugleich gehetzt und zu Tode erschöpft aus. Bevor Victoire sich sicher sein konnte, war die Szene vorüber. Aber von nun an fand Victoire Schlaf in der Nacht, denn sie wußte, Franz würde bald nach Hause komme.

Sophie sah ihn als erste. Sie war an diesem heißen Nachmittag Ende September auf dem Nachhauseweg von der Schule, als sie einen Mann einige hundert Meter vor sich den Hügel hinaufgehen sah. Diese Silhouette kannte sie. Sie mußte sich allerdings daran erinnern, daß sie zu ihrem Vater gehörte. Schließlich hatte sie ihn vier Jahre lang nicht gesehen. Sie begann hinter ihm herzurennen, und er drehte sich um. Er hatte Tränen in den Augen, als er sie umarmte.

»Sophie, meine Sophie. Laß dich anschauen!« Er schob sie auf Armeslänge von sich weg, um zu sehen, wie groß sie geworden war. Dann nahm er sie hoch und drehte sich lachend so schnell er konnte mit ihr im Kreis. Er setzte sie wieder ab, und Hand in Hand gingen sie den Rest des Weges nach Les Oliviers.

Als sie unter der Kastanie ankamen, öffnete sich die Haustür. Victoire trat aus dem Haus und wischte sich die Hände in der Schürze ab. Automatisch fuhr sie sich mit den Händen über das Haar, das nur noch halb so lang war wie damals, als ihr Mann sie zum letzten Mal gesehen hatte.

Langsam gingen sie aufeinander zu, ohne sich für einen Wimpernschlag aus den Augen zu lassen. Franz sah Victoires glänzende Augen und die rotgefärbten Wangen. Sie erschien ihm schöner, als sie je gewesen war, noch schöner, als er sie in seiner Erinnerung bewahrt hatte und wie er sie tausendmal während seiner Abwesenheit vor sich gesehen hatte.

Victoire versuchte ihn zu erfassen, seine gesamte Gestalt. Ängstlich forschte sie nach Verletzungen, denn sie sah auf den ersten Blick, daß sein Gang ein anderer geworden war: schwerer, bedächtiger, so als wollte er Kraft sparen, von der man ihm soviel abverlangt hatte. Er war dünn, ebenso abgemagert wie sie nach ihrer Gefangenschaft. Die Kastanie warf Schatten in sein Gesicht, und sie konnte es erst ausmachen, als er einen Schritt vor ihr war. Ein Lächeln umspielte seinen Mund. Die Brille war über der Nase zerbrochen und mit dunkelbraunem Heftpflaster notdürftig geflickt. Sein Aussehen hatte sich verändert. Die Jugendlichkeit schien ihm abhanden gekommen. Die Augen hatten Mühe, unter den Falten, die vor dem Krieg noch Fältchen gewesen waren, zu leuchten.

Franz ließ Sophie, die er die ganze Zeit an der Hand gehalten hatte, los, und machte den letzten Schritt auf seine Frau zu. Mit einem Stöhnen riß er sie an sich und preßte sie an seinen Körper. Dann ging er auf die Knie und hielt ihre Taille umschlungen, als wollte er sie nie wieder loslassen. Victoire fuhr ihm mit beiden Händen durch das Haar, während ihr die Tränen über die Wangen liefen.

Sophie trat dazu, und Franz und Victoire legten einen Arm um sie. So, wortlos und unbeweglich, standen sie und vergewisserten sich, daß sie endlich wieder beieinander waren.

In der Nacht lagen sie engumschlungen im Bett. Victoire spürte ein Brennen am ganzen Körper. Bevor Franz vorsichtig seine Hände auf sie legte, ahnte sie, wo er sie berühren würde. Es war, als würde jede einzelne Pore ihn wiedererkennen, jedes Härchen ihm entgegenstreben. Sie wollte, daß er seine Hand an jeder Stelle ihres Körpers für alle Ewigkeiten liegen ließ, gleichzeitig schrien alle anderen Körperteile nach seiner Berührung. Sie flüsterte seinen Namen: »Franz, oh, mein Gott, Franz! Ich habe dich so sehr vermißt!« und weinte vor Seligkeit. Wie zwei Ertrinkende klammerten sie sich aneinander und rollten über das Bett. Sie kosteten einander aus und versanken in einem Meer von Liebe.

An der Art, wie Franz seine Mahlzeiten zu sich nahm, konnte Victoire erahnen, was er durchgemacht hatte. Er aß hastig, wobei er ständig Blicke zur Seite warf, wie um Diebe oder Störer abzuwehren. Er kaute nur kurz und schluckte viel zu große Bissen hinunter. Victoire mußte an ihre erste Begegnung denken, an die Andacht, mit der er im Bus nach Sanary sein Brot verzehrt hatte. Dies hier hatte damit nicht das geringste zu tun. Hier aß einer, der wußte, daß es um sein Überleben ging. Auch Sophie fiel das auf, sie wollte etwas sagen, doch Victoire legte ihr die Hand auf den Arm und schüttelte den Kopf. Franz bemerkte es nicht, er hielt den Blick unverwandt auf seinen Teller gerichtet. Es dauerte einige Wochen, bis er diese Angewohnheit ablegen konnte.

Er erzählte nicht viel von dem, was er in den vergangenen Jahren erlebt hatte. Die Internierungslager in Frankreich, erst Les Milles (»Dort habe ich mit dem berühmten Dichter Lion Feuchtwanger das Zimmer geteilt – zusammen mit ungefähr dreihundert anderen!« – »Seitdem möchte ich niemals in meinem ganzen Leben wieder Kartoffeln schälen.«), die Fahrt in dem Gespensterzug auf der Flucht vor den Deutschen (»Damals habe ich die größte Angst gehabt, daß sie mich doch noch kriegen!«), die Überstellung in das riesige Lager Gurs am Fuß der Pyrenäen, wohin man die »Gefährlichen«, weil Politischen unter den Ausländern brachte. Dann die Überfahrt nach Colomb-Béchar in Nordafrika, sein Eintritt in de Gaulles Befreiungsarmee 1943, die Leitung eines Widerstandskommandos in den Cevennen, schließlich der Kampf um Paris.

»Vielleicht hätte ich den Kampf früher aufnehmen müssen«, sagte er eines Abends zu Victoire, als sie vor dem Haus standen und über die Olivenbäume sahen. Es war gegen Ende des Jahres, die Luft war kühl und klar, und die meisten Bäume waren bereits abgeerntet.

»Wie meinst du das?«

»Nun ja, wenn mehr von uns sich von Anfang an gewehrt hätten, vielleicht hätten wir den Krieg verhindern, ihn zumindest abkürzen können.«

»Aber du hast dir doch nichts vorzuwerfen. Du hast auf der richtigen Seite gestanden. Es gibt nichts, wofür du dich schämen müßtest, und ich bin stolz auf dich.«

Er drehte sich zu ihr herum. »Ja, ich weiß. Aber wenn ich bedenke, was du alles meinetwegen durchmachen mußtest ...« Er nahm sie in die Arme und vergrub seine Lippen in ihrem Haar. »Ich könnte vor Zorn jemanden umbringen, für jeden einzelnen Tag, den ich nicht bei dir sein durfte. Manchmal habe ich dich so sehr vermißt, daß ich völlig verzweifelt war und mich unnötig in Gefahr gebracht habe. Immer wieder habe ich mich gefragt, ob es richtig war, in einer Armee zu kämpfen statt bei dir und Sophie zu sein.«

»Es war richtig, das weiß ich jetzt, auch wenn ich es vor dem Krieg nicht wahrhaben wollte.«

Er sah sie dankbar an, und Victoire streichelte seine Wange. »Das einzige, was zählt, ist, daß ich dich wiederhabe. Endlich können wir die Jahre nachholen, um die man uns betrogen hat. Wir haben unser ganzes Leben vor uns. Ich verspreche dir, daß nichts uns wieder trennen soll.«

Victoire lehnte sich an seine Schulter, aber sie antwortete nicht. Sie ahnte, daß es nicht so kommen würde. Nichts war mehr so wie vor dem Krieg. Das Land hatte seine Unschuld verloren. Bemerkte Franz denn nicht die Blicke der Saint Luroner, die jetzt, wo Franz Recht behalten hatte, womöglich noch feindlicher waren? Und die anderen, die um ihn herumscharwenzelten, weil sie sich im Ruhm des Widerstandskämpfers und Befreiers von Paris sonnen wollten? »Nichts für ungut«, sagten sie beschwichtigend zu Victoire. »Es ging ja nicht gegen dich persönlich, aber wir mußten doch vorsichtig sein und konnten nicht ahnen, was dein François für einer war.« Es waren dieselben Leute, die gleich nach der Befreiung Frauen, die sich mit deutschen Soldaten eingelassen hatten, den Kopf geschoren und sie halbnackt durch die Straßen gejagt hatten.

Und noch aus einem anderen Grund wußte sie, daß sie und Franz keine Zukunft hatten: Sie spürte, daß ihre Kräfte sie nach und nach verließen. Immer wieder kam ihr der Spruch der Kartenlegerin in den Sinn. Wie hatte sie gesagt: »Er wird zurückkommen, aber er wird nicht bleiben.« Was, wenn sie diejenige war, die nicht bleiben konnte?

Sie hatten noch ein gemeinsames Jahr. Ein Jahr des Glücks, in dem sie sich liebten. Sie taten ihre Arbeit in dem Rhythmus, den die Landwirtschaft und das Wetter vorgaben. Sie pflückten die Oliven des Jahres 1945, es kam ihnen vor, als würden sie die Ernte ihres Lebens einfahren. Schweigend arbeiteten sie nebeneinander. Immer war der eine in der Nähe des anderen. Manchmal beklagte sich Sophie, die sich ausgeschlossen fühlte. Dann fuhren sie für ein Picknick in die Berge und lagen zu dritt als Knäuel verschlungen und ließen die Wolken über ihren Köpfen vorüberziehen. Franz sah wohl, daß es Victoire nicht gutging. Sie versuchte sich nichts anmerken zu lassen, aber viele Arbeiten waren zu schwer für sie geworden. Schweigend tat Franz sie, und wenn Victoire abends diese auffällig geröteten Wangen hatte, dann machte er sich Vorwürfe.

Edouard Thaumiaux starb um Weihnachten herum. Victoire ging nicht zu seiner Beerdigung, sie besuchte das Grab einen Tag später, als niemand dort war. »Du alter Narr«, rief sie laut am Grab. »Um was hast du dich betrogen!« Sogar jetzt noch meinte sie seine im Zorn erhobene Faust im Nakken zu spüren. Sie verkaufte das Haus und legte die bescheidene Summe, die sie dafür erzielte, für Sophies Ausbildung zurück.

Auch Ludivine war nicht zur Beerdigung ihres Schwagers erschienen. Sie war zu krank, um zu reisen. Franz, Victoire und Sophie besuchten sie eine Woche später in Sanary. Alle wußten, daß es ein Abschiedsbesuch war. Ludivine lag abgemagert wie ein Skelett auf dem Bett und dämmerte vor sich hin. Sie erkannte Victoire, nahm ihre Hand und drückte sie, aber sie verweigerte nach wie vor jede Nahrung. Sie wollte nicht mehr leben.

Abends gingen Franz und Victoire zu ihrem Lieblingsplatz unten am Strand. Es war viel zu kalt, um zu schwimmen.

»Weißt du noch?« fragte Victoire und nahm seine Hand.

»Wie könnte ich das vergessen«, antwortete Franz. »Ich glaube, ich kann mich an jedes einzelne Mal erinnern, an dem wir uns geliebt haben, hier am Strand, in Les Oliviers … Es hat nie eine andere für mich gegeben, in den ganzen Jahren, weißt du das eigentlich? Du bist in meinen Körper eingebrannt, ich kann keine andere Frau lieben.«

Victoire dachte an die Jahre, die sie verloren hatten, an die Ablehnung der anderen, an ihren Vater. Wenn sie bisher noch Zweifel gehegt haben mochte, so wußte sie nun: Es war bedeutungslos gewesen. Bedeutung hatte dies hier. Die Art, mit der er sie jetzt berührte und sie in Flammen setzte und gleichzeitig versuchte, den Mantel, den er wegen der kühlen Luft um sie gelegt hatte, nicht verrutschen zu lassen. Bedeutung hatte die Innigkeit, mit der er ihren Namen wieder und wieder an ihrem Hals, zwischen ihren Brüsten flüsterte, wie er sich an sie drängte und der Druck seiner Hände fester wurde. Das Stöhnen der Liebe, das sich ihm entrang. Sie fuhr mit den Händen über seine glatte Haut und spürte voller Glück, daß sein Körper wieder fest und stark war wie früher. In dieser Minute fühlte sie sich geradezu übermächtig, und sie war bereit, ihm alles zu geben: ihr Leben.

»Bleib bei mir«, flüsterte sie, »bleib heute bei mir. Sieh mich an!« Sie öffnete die Augen, und ihr Blick senkte sich in den von Franz, in dem sie Liebe und Bewunderung las. »Bleib bei mir. Ich will es.«

»Nein, Victoire, es geht nicht, nein …«

Doch sie hielt ihn fest, umklammerte ihn und ließ ihn nicht von sich fort, bis seine Erregung sich in einem wilden Stöhnen entlud. Franz sank auf ihr nieder, machtlos gegen ihre Liebe.

Und Victoire wußte, daß etwas in ihr keimen und sich entfalten würde.

In den Anfängen ihrer Schwangerschaft war Victoire schön wie nie zuvor. Das Glück, ein Kind zu erwarten, ließ ihre Wangen glühen, aber nicht dieses krankhafte Rot, das alle in Schrecken versetzte. Sie sang den ganzen Tag und war von einer Ausgeglichenheit und von einem Glück, das auf ihre Umgebung ausstrahlte. Sie fühlte sich gut, sie erledigte ihr Tagwerk ohne Schwierigkeiten, und abends erzählte sie Sophie, wie es sein würde, ein Baby im Haus zu haben. Es war, als würde das ungeborene Kind sie gesund machen. Dr. Verneuil, der sie gescholten hatte, als er erfuhr, wie unvernünftig sie gewesen war, glaubte schon, alles würde gut werden.

Es war noch ungefähr zwei Monate bis zum Geburtstermin, als Victoires Kräfte auf erschreckende Weise nachließen. Sie magerte wieder ab, ihr aufgeblähter Leib stand in einem grotesken Gegensatz zu den dünnen Gliedern und den eingefallenen Wangen. Franz und der alte Doktor beschworen sie, für die Geburt nach Aix ins Krankenhaus zu fahren, doch Victoire lehnte ab.

»Es wird alles so kommen, wie es kommen soll«, sagte sie. »Ich will hierbleiben.«

Als die Wehen einsetzten, drei Wochen zu früh, hatte sie keine Kraft mehr, um das Kind aus sich herauszupressen. Zwei lange Tage quälten sie und das Kind sich. Schließlich entschied Dr. Verneuil, sie für einen Kaiserschnitt ins Krankenhaus zu bringen. Victoire wehrte sich. Sie nahm alle Kraft zusammen, und in einer schier unmenschlichen Anstrengung wurde ihr kleiner Sohn geboren.

»Ich will mein Kind sehen«, schrie sie in einer Lautstärke, die ihr niemand mehr zugetraut hatte. Franz legte ihr ihren Sohn in die Arme. »Wird er leben?« flüsterte Victoire, während sie ihm zärtlich über den Kopf strich. »Er hat deine Augen.«

Zwei Stunden später waren Mutter und Kind tot.

Franz irrte durch das stachelbewehrte Gestrüpp an den Hängen des Lubéron. Seine Kleidung war zerrissen, weil er in Dornen und an Ästen hängenblieb. Er merkte es nicht einmal. Er strich sich eine Schliere Blut aus dem Gesicht, die ihm die Sicht nahm, dann stürzte er wieder vorwärts durch die Nacht, als habe er den Verstand verloren. Immer wieder rief er Victoires Namen.

Gegen Morgen kam er zurück nach Hause. Er wußte um seine Verantwortung für Sophie. Er wusch sich und zog sich um, damit sie ihn nicht in diesem beängstigenden Zustand sah. Dann versuchte er über den Tag zu kommen, er funktionierte wie eine Maschine, gab seiner Tochter zu essen und sorgte dafür, daß sie sauber gekleidet in die Schule ging. Doch sobald sie abends schlief, trieb es ihn wieder hinaus.

Nach einer Woche trat Sophie vor ihn hin: »Ich komme mit dir, wenn du willst. Wir müssen nicht hierbleiben. Ich finde mich auch anderswo zurecht.«

Franz sah zu ihr herunter, voller Liebe und Bewunderung für seine Tochter.

»Die Beerdigung war eine der größten, die Saint Luron je gesehen hat«, erzählte Monique und suchte sich eine bequemere Position auf dem Hocker. »Und kurze Zeit später hat Franz Les Oliviers verkauft und uns mit Sophie verlassen.«

Hanna hatte atemlos zugehört. Sie war immer trauriger geworden. »Was ist denn aus den anderen geworden, zum Beispiel aus Thomas Jannel und aus Xavier Poulenc?« fragte sie.

»Jannel hat sich im August 1944 abgesetzt, man hat nie wieder von ihm gehört. Einige behaupten, er sei bei der Fremdenlegion gelandet. Hoffentlich verrottet er irgendwo. Und Poulenc?« Sie verzog ein wenig die Mundwinkel. »Der war doch nur ein Mitläufer. Er ist bis zu seiner Pensionierung Polizist hier in Saint Luron gewesen. Er hat nie jemanden schlechter behandelt als er mußte. Allerdings ist er nach dem Krieg einmal schrecklich verprügelt worden. Da hatten sich Leute aus den umliegenden Dörfern zusammengerottet, um aufzuräumen und für Gerechtigkeit zu sorgen, wie sie das nannten. Poulenc hat ganz schön was abbekommen, und einige andere auch. Aber das Tollste war, daß sie auch Victoire auf ihrer Liste hatten. Sie wissen doch, was man den Frauen, die sich mit deutschen Soldaten eingelassen hatten, antat? Nun, einige Übereifrige meinten damals, Victoire müßte zu diesen Unglücklichen gehören, und verabredeten sich vor ihrem Haus. Ich habe davon Wind bekommen und einige unserer Männer zusammengetrommelt. Bei der Gelegenheit konnten sie sich endlich mal für die richtige Sache einsetzen.« Sie lächelte wieder hintergründig. »Ich habe denen ganz schön Dampf gemacht, aber schließlich haben sie sich vor Les Oliviers postiert, um Victoire zu beschützen, und es hat eine ordentliche Keilerei gegeben. Damals war François natürlich noch nicht zurück, sonst hätten sie das niemals gewagt, die Feiglinge!«

Monique Picadieu, verwitwete Lavande, sah Hanna an und wollte aufstehen. Hanna hielt sie mit einem Blick zurück.

»Haben Sie auch Thérèse gekannt? Was ist mit ihr?«

»Die schöne Zizi, wie Victoire und Sophie sie immer genannt haben? Ich habe sie nur einmal gesehen, gleich nach der Befreiung. Stellen Sie sich vor, sie kam auf einem Armeelastwagen ins Dorf gefahren. Sie machte einen furchteinflößenden Eindruck, wie sie da auf der Ladefläche stand, eine Maschinenpistole im Anschlag. Ich hätte nicht ihr Feind sein wollen.«

»Was hat sie nach dem Krieg gemacht?«

»Sie hat einen Weinhändler aus Bordeaux geheiratet und einige Jahre lang ein ganz normales Leben geführt, sozusagen ehrbar«, kicherte Monique. »Aber dann ist ihr das wohl zu langweilig geworden. Sie hat sich scheiden lassen und ist nach Amerika gegangen. In seiner ersten Zeit drüben hat sie Laurent unter die Arme gegriffen. Aber sie ist nie wieder nach Frankreich zurückgekehrt. Soweit ich weiß, ist sie vor einigen Jahren hochbetagt und steinreich gestorben.«

Monique stand mühsam auf. »So, nun wissen Sie Bescheid über alles, was damals geschehen ist.«

»Was für ein reiches, aber auch schweres Leben sie alle geführt haben. Auch Sie selbst, Madame.«

»Ja, der Krieg hat uns alle ziemlich durcheinandergewirbelt und uns viel genommen. Da hatte eure Generation es besser.«

»Am meisten bedaure ich Victoire. Ihre Zukunft war vielversprechend, weil sie eine so kompromißlose Frau war. Sie hätte ihren Weg machen können. Und dann ist sie viel zu jung gestorben, aus Liebe zu ihrem Mann. Und ihr Kind mit ihr. Wenn wenigstens die Jahre vorher ungetrübt gewesen wären! Aber da waren der Krieg, die Trennung von der Familie, das Gefängnis, das Mißtrauen der anderen.« Hanna nahm einen Apfel aus der Obstschale und drehte ihn in der Hand. »Sie hat doch keine unerfüllbaren Wünsche an ihr Leben gestellt. Sie wollte mit Franz leben. Vielleicht ein paar Reisen machen, die Welt sehen, Afrika oder wenigstens Paris, das sie nur aus ihren Magazinen kannte. Und wie weit ist sie gekommen? Bis an die Küste. Und hundert Kilometer nach Norden, an einen Ort, den sie nie sehen wollte.« Hanna verstummte, um dann beinahe trotzig fortzufahren. »Und doch ist Victoire etwas ganz Besonderes, etwas Kostbares in ihrem kurzen Leben widerfahren: Sie hat die wahre Liebe gekannt, die vielleicht der einzige Grund ist, das Leben zu lieben, und die alle Widerstände überwindet.«

Monique nickte. »Das kann einen wirklich wütend machen. Aber stellen Sie sich vor, Victoire hätte wählen können: François oder Paris, wofür, meinen Sie, hätte sie sich entschieden?« Mit diesen Worten wandte sie sich zur Tür. »Fahren Sie mich nach Hause, bitte?«

Kapitel 24

Vier Monate waren vergangen, seitdem Hanna den Weg nach Les Oliviers gefunden hatte. Der August neigte sich bereits dem Ende zu. Bald würde die Olivenernte beginnen, auf die Hanna unglaublich stolz war, die sie aber auch mit einer kribbeligen Nervosität erfüllte. Täglich machte sie einen Inspektionsgang durch ihren Hain und versuchte die Bäume so zu begutachten, wie sie es bei Mathieu Cixous gesehen hatte. Er war in den letzten Wochen oft in Les Oliviers gewesen, und was er gesehen hatte, gefiel ihm. Er war mit Hanna übereingekommen, daß er und sein Bruder die Olivenernte einfahren und vermarkten würden. »Aber vorerst nur für dieses Jahr, ich weiß noch nicht, wie ich es in Zukunft machen will«, hatte Hanna gesagt. Sie ging unter den Bäumen entlang, pflückte eine der harten Früchte, drückte mit dem Fingernagel in das Fruchtfleisch und leckte an dem winzigen Tropfen Saft, der austrat. Sie verzog den Mund. Zum Essen waren sie noch viel zu hart und bitter, aber Mathieu meinte, in drei bis vier Wochen seien die ersten Früchte reif, die die Tischoliven abgeben sollten. Sie wurden für ungefähr sechs Wochen in Wasser gelegt, um ihnen die Bitterstoffe und die Säure zu entziehen. Dann kamen sie noch einmal für einige Wochen in eine Salzlake, die täglich erneuert werden mußte. Ungefähr um die Zeit, gegen Ende des Jahres, wenn die Tischoliven eßbar waren, ging es an die Ernte der Oliven, aus denen Öl gepreßt wurde. Und zwischendurch mußte der Wein gelesen werden. Hanna wollte die Trauben in der Kooperative von Saint Luron keltern lassen. Sie stellte sich oft vor, wie es sein würde, den eigenen Wein zu trinken, das eigene Öl an den Salat zu geben.

Doch bevor es soweit war, würde Hanna vierzig Jahre alt werden. Sie steckte bereits mitten in den Vorbereitungen für das Fest, das sie bei der Gelegenheit veranstalten wollte. Sie hatte Marita und Stephan eingeladen und ihre Schwester Maren mit Familie. Hermann Behnsen hatte sich über ihre Einladung gefreut. Er lehnte ab zu kommen, aber er wünschte ihr Glück. »Mache es diesmal richtig. Ich werde dir nicht mehr hineinreden.«

Laurent hatte sich extra aus New York angesagt, und natürlich würde Daniel an ihrer Seite sein. Neben den Hamburger Freunden hatten sich Jean-Claude, Auguste und die anderen Arbeiter, Pierre mit Nadine und Monique und die Cixous-Brüder mit ihren Frauen angekündigt.

Für Hanna sollte dieses Fest nicht nur ihren Geburtstag markieren, sondern das neue Leben, das für sie begonnen hatte, für sie und Daniel. Er war bereits zweimal für einige Tage in Saint Luron gewesen, und die Tage mit ihm hatten sich angefühlt wie der Himmel auf Erden. Viele Dinge zwischen ihnen waren so vertraut gewesen, so selbstverständlich und leicht wie ganz am Anfang ihrer Beziehung. Doch ihre Liebe hatte eine neue Ernsthaftigkeit, eine Reife bekommen, die ihr früher gefehlt hatte. Natürlich war Hanna traurig, wenn Daniel sie wieder verlassen mußte, aber es war nicht so wie früher, als sie geglaubt hatte, ohne ihn sei ihr Leben nichts wert.

In Gedanken versunken näherte sie sich dem alten Olivenbaum und fand Charlot schlafend in der Höhle. »Das ist wohl dein neuer Lieblingsplatz geworden?« fragte sie ihn.

Der Kater reckte sich und zeigte seine rosa Zunge. Sein Fell fühlte sich warm und weich an, und Hanna liebkoste ihn zärtlich. Charlot hatte sie als neues Frauchen erwählt, das sah sie daran, daß er ihr jeden Morgen die Beute seiner nächtlichen Jagdzüge vor die Terrassentür legte.

»Kommst du mit zu Sophie? Wir wollen dort nach dem Rechten sehen.« Charlot sah sie träge aus halbgeschlossenen Augen an und rollte sich wieder zusammen. Hanna kraulte ihn noch einmal und nahm den Weg über die Steine, die Laurent für sie aufgeschichtet hatte. Sie wären um diese Jahreszeit nicht notwendig gewesen. Der Fluß führte so wenig Wasser, daß er leicht zu überwinden war.

Die brombeerartigen Früchte der Maulbeerbäume vor Sophies Haus waren reif und bedeckten den Boden. Sie rochen süßlich, als Hanna auf sie trat. Sie riß ein Blatt des Baumes ab und zerzupfte es in den Händen. Das leise Knakken erinnerte sie an das, was Sophie über die Geräusche gesagt hatte, die die Seidenraupen beim Fressen gemacht hatten. Sie steckte den Schlüssel ins Schloß und öffnete die Tür. Wie immer atmete sie tief ein, um Sophies Duft in sich aufzunehmen. Leider hatte er sich in den Monaten seit ihrem Tod immer mehr verflüchtigt und war nur noch als Note unter anderen zu erkennen.

Auf dem Weg von der dämmrigen Küche ins Wohnzimmer stolperte sie über eine umgeklappte Teppichkante. Wahrscheinlich hatte Charlot hier seine Krallen geschärft. Hanna stieß einen kurzen Schrei aus und versuchte sich irgendwo festzuhalten. Mit der Linken fand sie Halt an der großen Anrichte, die Rechte wirbelte durch die Luft und riß eines der gerahmten Fotos herunter. »Oh, verflixt!« rief sie aus und bückte sich nach dem Rahmen. Die beiden dünnen Messingschienen, die auf der Rückseite das Foto im Rahmen hielten, waren aufgesprungen und gaben eine Pappwand und das Foto frei. Es zeigte Franz Gubin am Hafen von Sanary. Seine Brillengläser leuchteten in der Sonne, er hielt einen Hut und die Jacke seines Anzugs in der Hand und wies auf eine Jacht in seinem Rücken, als würde sie ihm gehören. Sein Lächeln war zuversichtlich und ein bißchen frech, er sah unverschämt gut aus. Es war das einzige Foto von ihm, das Sophie ihr gezeigt hatte, und er würde immer so in Hannas Erinnerung bleiben: ein junger Mann voller Zuversicht und Tatendrang. Hanna hob die einzelnen Teile des Bilderrahmens auf, um ihn wieder zusammenzusetzen. Das Glas war glücklicherweise unversehrt geblieben. Ein vergilbter Briefumschlag rutschte zwischen der Papprückwand und dem Rahmen heraus. Sie hielt den Atem an, als sie die Adresse in Victoires Schrift las: *Franz Gubin, Camp d'internement de Gurs.* Daneben ein offizieller Stempel: *Retour à l'envoyeur.*

Der Umschlag war verschlossen, so, wie Victoire ihn aufgegeben hatte und wie er zurück an den Absender gekommen war. Was mochte sie gedacht haben, als sie den Brief wieder in ihren Händen gehalten hatte? War sie mutlos geworden? Hatte sie gar befürchtet, Franz sei tot?

Hannas Finger machten sich automatisch daran, den Umschlag zu öffnen, doch dann hielten sie inne. Sie dachte an Daniel. Und daran, daß sie ein neues Leben begonnen hatte, an der Seite des Mannes, den sie schon immer geliebt hatte. Langsam drehte sie sich zu Victoires Bild herum, das nach wie vor über dem Sofa hing, und betrachtete das schöne, ebenmäßige Gesicht.

Wieder fragte sie sich, warum ausgerechnet das Schicksal dieser Frau sie so sehr berührte. Hatte der Krieg nicht ungezählte Liebespaare auseinandergerissen? Was machte Victoire so außergewöhnlich?

»Weil ich manchmal gern so wäre wie du. Du bist der Liebe begegnet und hattest den Mut, sie anzunehmen. Victoire, die Siegreiche«, sagte Hanna laut und hörte den Klang ihrer eigenen Stimme. Victoire, deren Liebe über das Mißtrauen und den Neid ihrer Mitmenschen gesiegt hatte. Und am Ende sogar über den Tod. Hanna richtete den Blick wieder auf das Bild.

»Ich weiß nicht, ob ich immer deine Stärke aufbringen kann. Aber ich verspreche dir hiermit, daß dein Beispiel nicht umsonst gewesen sein soll. Ich werde mein Leben in Zukunft anders führen. Ich habe schließlich schon damit begonnen. Ab heute werde ich mir nicht länger von anderen in mein Leben hineinreden lassen. Ich habe einmal den Fehler gemacht, vor meinen Gefühlen davonzulaufen. Es ist noch nicht zu spät, diesen Fehler wiedergutzumachen.«

Sie schenkte Victoire ein befreites Lächeln, das von Herzen kam. »Aber ich werde deine Geschichte jetzt ruhen lassen. Die Vergangenheit ist abgeschlossen, wir wenden uns der Zukunft zu.«

Vorsichtig klemmte sie nacheinander den Brief und die Rückwand wieder in den Rahmen, setzte die Messingschienen ein und drehte ihn herum. Franz sah sie an. Hanna strich über das Glas, dann stellte sie den Rahmen zurück an seinen Platz.

Tania Schlie
ELSAS ERBE
Roman

Marion von Schröder ist ein Verlag
der Ullstein Buchverlage GmbH

ISBN-13: 978-3-547-71083-0
ISBN-10: 3-547-71083-9

Gesetzt aus der 11/14 pt Minion bei LVD GmbH, Berlin.
Druck und Bindung: Pustet, Regensburg
Printed in Germany